PETER GLANNINGER

Blutgrund

PETER GLANNINGER

Blutgrund

KRIMINALROMAN

GMEINER

Immer informiert

NEWSLETTER

Spannung pur – mit unserem Newsletter informieren wir Sie
regelmäßig über Wissenswertes aus unserer Bücherwelt.

Gefällt mir!

Facebook: @Gmeiner.Verlag
Instagram: @gmeinerverlag
Twitter: @GmeinerVerlag

MIX
Papier aus verantwortungsvollen Quellen
FSC® C083411
www.fsc.org

Besuchen Sie uns im Internet:
www.gmeiner-verlag.de

Im Ehnried 5, 88605 Meßkirch
Telefon 07575/2095-0
info@gmeiner-verlag.de

1. Auflage 2022

Lektorat: Christine Braun
Herstellung: Mirjam Hecht
Umschlaggestaltung: U.O.R.G. Lutz Eberle, Stuttgart
unter Verwendung eines Fotos von: © Fotomek / pixabay
und anzeletti / istockphoto
Druck: CPI books GmbH, Leck
Printed in Germany
ISBN 978-3-8392-0108-4

Personen und Handlung sind frei erfunden.
Ähnlichkeiten mit lebenden oder toten Personen
sind rein zufällig und nicht beabsichtigt.

1.

Man musste kämpfen, wenn man nicht ewig am unteren Ende der Leiter stehen und zu den Mächtigen hinaufsehen wollte. Man musste gegen die Mächtigen kämpfen. Und er würde es tun. Er würde nicht klein beigeben. Davon war er überzeugt. Jetzt, nach dem Gespräch mit dem jungen Mann, noch mehr als zuvor. Er hatte bereits zu viel geopfert, stand zu lange schon unten, geduckt und geprügelt, immer mit der Angst im Nacken, dass es irgendwann einmal nicht mehr weitergehen würde.

Es wurde Zeit aufzustehen.

Radu Tirla war müde. Er hatte einen langen Tag hinter sich. Bereits um halb sieben war er auf der Baustelle gewesen. So vieles musste noch fertig gemacht werden. Sie waren in Verzug. Sie mussten schneller arbeiten, sonst würde man ihnen Geld vom Lohn abziehen. Es war ein harter Job.

Bis nach 20 Uhr war er auf dem Bau geblieben, dann in die Heßstraße, in das Büro dieser kleinen Partei, gefahren, um sich wieder mit dem jungen Mann zu treffen. Dort hatten sie ein langes Gespräch geführt. Radu war schon vorher davon überzeugt gewesen, dass man etwas unternehmen musste, sich nicht nur ducken durfte, doch jetzt hatten sie einen Weg gefunden, um sich zu wehren.

Der junge Mann war eifrig, wie die Jugend so ist, begeistert und voller Feuer für seine Sache. Radu wusste nicht, ob er am Ende einen Vorteil davon haben würde, aber der junge Mann hatte recht: Wer nicht kämpft, hat schon verloren.

Jetzt war es 22.30 Uhr. Er spürte die Müdigkeit wie eine zähe Flüssigkeit, die ihn umhüllte. Seine Beine waren schwer, als er kraftlos nach Hause marschierte.

Radu Tirla stammte aus Vorniceni, einer Kleinstadt mit rund 4.000 Einwohnern im Kreis Botoşani im letzten Winkel der Region Moldau, dem Osten Rumäniens, der als ärmste Gegend des Landes galt. Sein 16-jähriger Sohn Dumitru sagte, Vorniceni sei ein so unbedeutendes Nest, dass man nicht einmal auf Wikipedia einen Eintrag darüber finden würde. Das stimmte nicht ganz, Radu hatte das nachgeprüft. Zwei Sätze gab es dort über seinen Heimatort. Sein Sohn wollte ihm damit klarmachen, wo sie lebten und vor allem wie und welche Chancen sie hatten, jemals da rauszukommen – nämlich keine.

Die nächste größere Stadt, Săveni, war etwa 20 Kilometer entfernt, die Kreishauptstadt Botoşani 30. Arbeit gab es in keinem der beiden Orte für Radu. Selbst wenn er eine gefunden hätte, wäre das Gehalt so niedrig gewesen, dass er seine Familie damit nicht durchgebracht hätte. Bei seinem letzten Job in Rumänien hatte er umgerechnet 250 Euro im Monat verdient. Das bekam er hier pro Woche.

Von Vorniceni nach Bukarest waren es beinahe 500 Kilometer. Zu weit weg, um zu Hause zu leben. Da konnte er genauso gut in Ungarn, Österreich oder Deutschland arbeiten.

Im Dezember 1989, als die Revolution ausbrach, war Radu 14 Jahre alt gewesen. Politik hatte ihn damals nicht interessiert, die Mädchen waren wichtiger gewesen. Die Kämpfe in Timişoara und Bukarest, die Flucht von Ceauşescu, dessen Festnahme, der Schauprozess und seine Hinrichtung, all das hatte er im Fernsehen gesehen. Es war für ihn so weit weg gewesen, als wäre es in einem fernen Land geschehen.

Damals war er als Maurerlehrling bei einer großen staatsnahen Baufirma in Botoşani angestellt gewesen. Man konnte über Ceauşescu schimpfen, so viel man wollte, aber zumindest hatte es damals Arbeit gegeben.

Ein Jahr später wurde er entlassen. Keine Aufträge mehr, die Firma musste sparen. Viele im Betrieb erhielten in dieser Zeit ihre Kündigung. Nach einem weiteren Jahr wurde die Firma geschlossen.

Radu ging nach Ungarn. Illegal. Nachdem die Grenzzäune abgebaut worden waren, stellte das kein Problem dar. Blieb einige Monate in Budapest. Dann fuhr er weiter nach Österreich und nach Deutschland. Immer illegal. Jedes Mal erwischten sie ihn nach einiger Zeit, und er versuchte, ins nächste Land zu kommen.

Fünf Jahre lang schlug er sich so durch. Er verdiente gutes Geld, schickte viel davon seinen Eltern nach Hause. Dann lernte er Felicia kennen, blieb in Rumänien und sie heirateten bald. Felicia arbeitete in einer großen Möbelfabrik in Botoşani, nähte Bezüge für Polstermöbel, die nach Westeuropa verkauft wurden. Als sie mit ihrer Tochter Mirela schwanger war, verlor sie ihre Stelle und fand keine neue mehr. Drei Jahre später kam Dumitru zur Welt.

Lange Zeit war es Radu gelungen, seine Familie zu ernähren. Er hatte einige Ersparnisse und Arbeit in einer Fabrik für Betonguss in Dorohoi, eine halbe Autostunde von Vorniceni entfernt. Sie wohnten in einem kleinen Haus in der Nähe von Felicias Eltern. Alles lief gut. Doch dann kaufte ein englischer Investor die Firma, und Teile der Produktion wurden nach China verlegt. Dort könne man billiger herstellen, hieß es. 200 Arbeiter wurden entlassen, darunter auch Radu. Mehrere Monate bemühte er sich vergeblich, eine neue Stelle zu finden. Er hätte alles gemacht. Aber es gab nichts. 43 Prozent Arbeitslosigkeit in der Region.

Das war die Zeit, in der sein Sohn geboren wurde.

Deshalb entschloss er sich, wieder nach Westeuropa zu gehen. Zuerst nach Deutschland, illegal. Immer mit der Angst, erwischt zu werden. Zwei Jahre ging es gut, dann wurde er geschnappt. Zurückgeschickt. Das Ganze wiederholte sich zweimal, dann ein Einreiseverbot.

Am 1. Januar 2007 traten Rumänien und Bulgarien der EU bei. Es gab strenge Auflagen, was die Beschäftigung betraf, aber keine Einschränkungen mehr im Reiseverkehr.

Ein Onkel gab Radu eine Adresse von einem Arbeitsvermittler in Bukarest, und dort wurde ihm eine legale Arbeitserlaubnis für Österreich besorgt. So kam er in dieses Land. Zum ersten Mal seit mehr als zehn Jahren durfte er offiziell in Westeuropa Geld verdienen. Er arbeitete viel und wurde gut bezahlt – für rumänische Verhältnisse.

In den letzten Jahren war es jedoch schwieriger geworden. Immer härter die Arbeit, immer geringer der Lohn. Doch auch das hatte er ertragen. Bis vor einigen Wochen, als der Bauherr ihm und seinen Kollegen das Geld für eine ganze Woche verweigert hatte, weil sie angeblich schlechte Arbeit abgeliefert hätten. In Wirklichkeit wollte der Kerl sie um ihren Lohn betrügen. Da hatte es ihm gereicht.

Aber sie waren machtlos. Was hätten sie auch tun sollen? Wohl oder übel hatten sie es akzeptiert. Doch Radu hatte es nicht vergessen. Seine Wut war groß.

Ein Glück, dass er dem jungen Mann begegnet war, sich mit ihm unterhalten und ihn heute erneut getroffen hatte.

Es war Zeit, aufzustehen! Es war Zeit, sich zu wehren!

Obwohl Radu Tirla von dem langen Tag sehr müde war, ging er zu Fuß zurück. Er schätzte, dass er etwa eine Viertelstunde brauchen würde, und ging absichtlich langsam. Er musste nachdenken, das konnte er nicht in seinem Zimmer, weil er es mit mehreren Kollegen teilte. Außerdem war die

Nacht angenehm, die Sommerhitze der vergangenen Tage vorüber. Jetzt, Anfang September, war es kühler geworden.

Er bemerkte nicht, dass ihm drei Männer folgten, in einiger Entfernung und getrennt voneinander, auf derselben Straßenseite und auf der gegenüberliegenden, aber so, dass sie ihn nicht aus den Augen verloren. Jetzt schlossen die drei zu ihm auf, einer von ihnen überholte ihn und stellte sich ihm in den Weg. Es war ein großer Kerl, Mitte 30, kräftig gebaut, mit einem runden Gesicht und einer Glatze. Er trug eine kurze Jacke und Jeans, alles in Schwarz.

Radu erstarrte. Hätte er an ihm hinuntergesehen, wären ihm die schweren Stiefel aufgefallen.

»He, du Scheißzigeuner«, zischte der Mann vor ihm. Leise und gefährlich klang es, und der Mann grinste, aber das Lächeln war nicht freundlich, sondern böse und gemein.

Radu war ein Rom, so wie die meisten Leute in Vorniceni. Er wunderte sich, woher der Mann das wusste.

»Wir brauchen hier keine Zigeuner.« Der Typ gab ihm einen Stoß, drängte ihn von der Straße auf einen kleinen Parkplatz. Die zwei anderen traten hinter Radu.

Radu wollte keinen Streit. Er lebte lange genug in diesem Land, um die Ausländerfeindlichkeit der Leute zu kennen. Sie wurde nicht immer offen zur Schau gestellt, brodelte meist unter der Oberfläche der Menschen. Doch wenn sich eine Gelegenheit bot, sprudelte sie hervor wie die Unheil bringende Lava eines heimtückischen Vulkans. Er wollte einfach weitergehen, versuchte, an dem Mann vorbeizukommen, aber der stellte sich ihm erneut in den Weg.

Bevor Radu ein Wort sagen konnte, spürte er einen heftigen Schlag im Rücken, genau an der Niere. Eine Welle des Schmerzes packte ihn. Der nächste Hieb, diesmal in den Magen. Die Luft blieb ihm weg, helle Punkte tanzten vor seinen Augen. Er krümmte sich nach vorne. Noch einmal wurde zugeschlagen, in die Rippen. Er hörte, wie sie knackten, und ein heftiger Stich durchfuhr seinen Oberkörper. Er rang nach Atem. Doch da wurde er erneut getroffen, jetzt in die Seite. Er schrie vor Schmerz, ging in die Knie. Unfähig, zu denken. Er hatte Panik. Wollten die ihn totprügeln?

Er wurde an den Haaren gepackt und hochgezogen. Der Mann vor ihm schlug ihm die Faust ins Gesicht. Sofort spürte er Blut im Mund. Der Mann schlug noch einmal zu und noch einmal. Radu war benommen, sah den Kerl vor sich nur mehr verschwommen.

Der Kerl beugte sich über ihn und flüsterte: »Wir brauchen dich hier nicht. Also verschwinde dahin, wo du hergekommen bist.« Er richtete sich auf, griff in seine Jackentasche und zog einen Schlagring heraus. Langsam schob er ihn über seine Hand.

Der erste Schlag traf Radu an der Schulter. Ohne dass er etwas dagegen tun konnte, zerschmetterte der zweite Hieb sein Gesicht.

Dann wurde alles schwarz.

2.

Das Gespräch war ihm unangenehm. Obwohl Armin Sulzer und Harald Jungmann Geschäftspartner waren, sich gut verstanden, sogar gemeinsam Golf spielten, hatte Sulzer das Gefühl, wie ein kleiner Arbeiter, der vor seinem Chef eine Untat beichten musste, in Jungmanns Büro zu sitzen. Vielleicht lag es daran, dass Harald, der Inhaber von Jungmann Bau, zehn Jahre älter, erfolgreicher und wohlhabender war.

Die Sekretärin brachte ihnen Kaffee. Sie war ein junges Ding, lange Beine, enge Bluse, kurzer Rock, schulterlange schwarze Haare, hübsches Gesicht mit vollen Lippen und einem Lächeln, das zu sagen schien: Du kannst mich angaffen, so lange du willst, ich gehöre trotzdem nur dem Chef.

Sulzer trank einen Schluck Kaffee. Er wusste, dass Jungmann etwas mit der Kleinen hatte, auch wenn der das nie zugeben würde. Was für ein Klischee! Der alte Bauunternehmer und die junge Sekretärin. Jungmann war verheiratet, hatte zwei Kinder, und Sulzer glaubte ihm sogar, wenn er behauptete, seine Familie zu lieben. Dennoch, Jungmann war Ende 40 und die Midlife-Crisis hatte ihn gepackt. Deshalb suchte er sich etwas Junges fürs Bett. Die Kleine war noch keine 30. Lange Zeit hatte Sulzer den Verdacht gehabt, dass Jungmann seine Sekretärin vor drei Jahren nur deshalb eingestellt hatte, um sie bumsen zu können. Na ja – auch egal, es ging ihn nichts an. Er hatte andere Sorgen. Deswegen war er hier.

»Wir haben ein Problem in der Kerensstraße«, sagte er vorsichtig.

»Welches Problem?« Jungmann wurde hellhörig.

Sulzer hatte sich auf dem Weg hierher sein Vorgehen zwar zurechtgelegt, trotzdem musste er kurz überlegen, wie er seinem Geschäftspartner die schlechte Neuigkeit am besten verkaufen konnte. »Es gibt Unruhe unter den Arbeitern«, erklärte er. »Sie mucken auf, sie murren wegen der Miete und der Bezahlung und anderer Dinge. Sie stacheln sich gegenseitig an, sie streiten untereinander.«

Jungmann blickte ihn unverwandt an. Er war Geschäftsmann. Er wollte, dass die Dinge funktionieren. Sulzer wusste das. Er kannte Teile der Lebensgeschichte Jungmanns: ein eiskalter Unternehmer, der keine Stümpereien duldete. Wahrscheinlich das Rezept, um in dieser Branche erfolgreich zu sein und zu bleiben, dachte Sulzer und griff neuerlich zur Kaffeetasse.

»Dann kümmere dich darum. Wir können uns keine Schwierigkeiten leisten«, verlangte Jungmann kalt. Sie konnten derartige Probleme nicht brauchen, und Sulzer war dafür da, um genau solche Sachen zu verhindern.

»Ich bin dabei.« Sulzer kam sich vor wie ein Polier, der von seinem Chef Arbeitsaufträge entgegennimmt.

»Das Projekt Theresienhofgasse ist angelaufen. Ich vermute, dass es dort bald mit den ersten Arbeiten losgeht. Dann haben wir einen engen Zeitplan. Bis dahin müssen diese Streitereien beendet sein. Wir brauchen Arbeiter, die sich reinknien und nicht anfangen, über ihre Befindlichkeiten zu diskutieren. Hast du verstanden?«

Sulzer nickte. »Es wird alles rechtzeitig wieder laufen.«

»Das hoffe ich für dich und unsere Zusammenarbeit«,

sagte Jungmann und schaute ihn mit einer Strenge an, die Sulzer so an ihm noch nie wahrgenommen hatte. Gut, es war auch das erste Mal, dass er Jungmann von Problemen berichten musste. Bisher hatte er Konflikte unter den Arbeitern schnell geregelt. Doch diesmal war es anders, gefährlicher. Ihm war klar, dass dadurch ihre Geschäfte empfindlich gestört werden konnten. Deshalb wollte er Jungmann vorwarnen und saß nun hier wie ein kleiner Bittsteller, der von seinem Geldgeber einen Zahlungsaufschub erhoffte.

»Sonst noch was?«, fragte Jungmann. »Ich möchte dich nicht rausschmeißen, aber ich habe heute einen dichten Terminkalender und muss mich mit anderen Dingen beschäftigen als mit deinen Arbeitern.«

Es war ein Rauswurf, auch wenn Jungmann etwas anderes behauptete, das wusste Sulzer. »Nein, sonst gibt es nichts mehr, ich wollte dir das nur sagen.«

»Okay, jetzt weiß ich es. Ich verlasse mich darauf, dass du die Sache in Ordnung bringst!«

»Selbstverständlich«, sagte er, stand auf und verließ das Büro. Die Tasse Kaffee war noch halb voll.

Die Sekretärin blickte ihm spöttisch nach, als er an ihr vorbeiging.

3.

»Mordkommission« nannte sie nur der Volksmund. Die fachlich richtige Bezeichnung lautete: Einsatzbereich 1, Leib und Leben, im Landeskriminalamt. Und im polizeiinternen Jargon hießen sie kurz »Leib und Leben« oder »EB 1«. Oder »Gewaltgruppe«, weil sie nicht nur Morde und andere Tötungsdelikte bearbeiteten, sondern auch Formen schwerer Körperverletzung, was ihr Hauptgeschäft ausmachte, und alle Fälle, die mit Erpressung, Entführung oder Geiselnahme zusammenhingen. Im EB 1 gab es zwei Gruppen mit jeweils sechs Mitarbeitern. Ihr Gruppenführer war Chefinspektor Andreas Pirker, ein griesgrämiger Kriminalbeamter Anfang 50.

Der kam gerade mit einem jovialen »Hallo, Burschen« ins Büro. Das konnte nichts Gutes bedeuten. Er hielt einige Blätter Papier in der Hand.

Sieht nach Arbeit aus, dachte Thomas Radek, einer der beiden Beamten im Raum, und wechselte einen schnellen Blick mit seinem Kollegen Bernd Neumann, der ihm gegenübersaß und dessen Gesichtsausdruck signalisierte, dass er ähnliche Befürchtungen hegte.

Pirker reichte Radek die Papiere und erklärte: »Schaut euch das mal an. Ein Ausländer wurde im Glasscherbenviertel niedergeschlagen. Liegt im Krankenhaus. Die uniformierten Kollegen haben einen Mordversuch geschrieben.

Warum, weiß ich nicht. Ist alles ein bisschen unklar, könnte auch ein Raub sein. Den Rest findet ihr im Computer.« Als Radek die Papiere an sich genommen hatte, fügte der Gruppenführer hinzu: »Haltet mich auf dem Laufenden.« Einer seiner Standardsprüche. Und schon war er verschwunden.

Dass er die Unterlagen Radek gegeben hatte und nicht Neumann, lag daran, dass Radek an Lebensjahren zwar jünger, aber länger im EB 1 war und damit automatisch eine Art Führungsfunktion im Duo Radek/Neumann einnahm, was ihm nicht immer behagte.

Radek hatte die Gruppe gewechselt, weil er mit seinem früheren Chef nicht zurechtgekommen und hier bei Pirker ein Platz frei geworden war. Die Stelle war auch besser bewertet, sodass er zum Bezirksinspektor aufgestiegen war. Neumann war ein halbes Jahr nach ihm gekommen.

»And the winner is …«, feixte Neumann und grinste zu Radek hinüber.

»Du kannst mich mal«, antwortete Radek und unterdrückte einen Fluch. So schnell hatte man einen neuen Fall. Bei der Morgenbesprechung war davon noch keine Rede gewesen, doch jetzt, zwei Stunden später, schien es plötzlich dringend zu sein. Messerstechereien, Schießereien, und Ehemänner, die ihren Frauen drohten, sie umzubringen, wanderten ständig über ihre Schreibtische. Und nun ein verprügelter Ausländer. Was würde als Nächstes kommen?

Radek überflog den Ausdruck der Anzeige. Der Sachverhalt war dürftig: Am Vorabend um 22.34 Uhr war eine Funkstreife in die Kremser Landstraße auf den Kundenparkplatz einer Supermarktfiliale gerufen worden, weil dort ein Mann auf dem Gehsteig lag. Die Beamten fanden einen bewusstlosen 49-jährigen Rumänen namens Radu Tirla. Sie kümmerten sich um die Erstversorgung. Die Rettung brachte den Mann ins Krankenhaus. Was genau geschehen war, konnte vor Ort nicht geklärt werden. Der Rettungsarzt vermutete aufgrund der Verletzungen, dass der Mann zusammengeschlagen worden war. Außerdem bestand akute Lebensgefahr. Diese beiden Faktoren führten bei den uniformierten Polizisten zu der Annahme, dass es sich um einen Mordversuch handelte. Zeugen gab es keine. Das war's. Radek erklärte Neumann mit wenigen Sätzen, worum es ging.

Der verdrehte die Augen. »Verdammt, müssen wir uns denn um jeden Scheiß kümmern? Mordversuch. Dass ich nicht lache! Warum macht das nicht die zuständige PI oder das Kriminalreferat? Die wollen die Arbeit abschieben, so sieht's aus! Mach den Akt zum Wanderer, dann kriegt ihn ein anderer. Das ist was für die Kollegen im Stadtpolizeikommando, nicht für uns.«

»Das sieht Pirker offensichtlich anders«, antwortete Radek, gab Neumann insgeheim aber recht. Er öffnete den Akt im Computer, fand dort jedoch nichts, was ihm weitergeholfen hätte. »Ich fürchte, wir werden nicht umhinkommen, im Spital vorbeizuschauen und mit diesem Tirla zu reden.«

»Dann sollten wir das möglichst schnell hinter uns bringen«, seufzte Neumann.

Radek nickte und stand auf. »Los geht's!«

*

Es war nicht einfach, im Universitätsklinikum St. Pölten, das beständig wuchs und sich ausbreitete wie ein Krebsgeschwür, einen Patienten zu finden.

Von der Kanzlei im Eingangsbereich des Krankenhauses wurden sie zur Intensivstation geschickt. Nach einem längeren Irrweg durch verschiedene Gänge und Stockwerke des Gebäudes standen sie schließlich vor einer Glastür mit der Aufschrift »Anästhesie und allgemeine Intensivmedizin«.

Dahinter befand sich ein halbrundes, hüfthohes Pult, darunter eine Reihe von Computermonitoren mit unterschiedlichen Anzeigen, die von einer stattlichen Krankenschwester bewacht wurden. Die Schwester reagierte zunächst ungehalten, wurde aber um einiges freundlicher, nachdem Neumann ihr seine Dienstmarke gezeigt und den Grund ihres Auftauchens erklärt hatte. Der Besuch der Polizisten schien ihr eine willkommene Abwechslung im Routinealltag.

»Herr Tirla befindet sich derzeit in künstlichem Tiefschlaf«, lautete die ernüchternde Auskunft der Krankenschwester.

»Kann uns jemand mehr über seinen Zustand sagen?«, fragte Radek, und sofort griff sie zum Telefon.

Wenige Minuten später schlenderte ein Arzt heran, die Hände tief in den Taschen seines weißen Mantels vergraben. Er stellte sich als Doktor Mahler vor, war um die 40, machte einen übernächtigten Eindruck und wirkte genervt, als er erfuhr, worum es ging. Die Schwester machte ihm Platz, und er suchte die elektronische Patientenakte von Tirla.

»Radu Tirla liegt derzeit im künstlichen Koma«, erklärte Doktor Mahler. »Er hat schwere Kopfverletzungen. Fraktur des linken Os zygomaticums sowie der … Moment …«

»Können Sie uns die medizinischen Dinge bitte so erklären, dass sie auch für einen Laien verständlich sind?« Radek nutzte die kurze Pause, die der Arzt benötigte, um die nächsten Details zu suchen.

Mahler blickte ihn mit hochgezogenen Brauen an, schien eine Entgegnung auf den Lippen zu haben, schluckte sie aber hinunter und murmelte: »Ja, klar, das lässt sich machen. Also, Bruch des Jochbeins und des Nasenbeins sowie des rechten Schlüsselbeins. Zwei gebrochene Rippen auf der linken Seite, vier angeknackte auf der rechten. Zeigefinger und Ringfinger der rechten Hand gebrochen, Nierenquetschung rechts und ein Schädel-Hirn-Trauma. Dazu jede Menge Prellungen. Dabei hatte er Glück im Unglück. Der Jochbeinbruch ist nicht disloziert, das bedeutet, es gab keine Verschiebung der Knochen, was ihm eine Operation erspart hat. Auch an der Nase ist es nur ein Knorpelbruch. Das Schlüsselbein und die Rippen sind ebenfalls an ihrem Platz geblieben.« Er grinste über seinen Witz, den wohl nur ein Arzt verstand.

»Können wir ihn sehen?«, fragte Radek.

»Das wird Ihnen nichts nützen. Wie gesagt: künstlicher Tiefschlaf, Intensivpflege. Aber wenn Sie unbedingt wollen …«

Er führte sie zu einem Raum, in dem drei Krankenbetten mit Patienten standen, jedes umgeben von einer Vielzahl an Geräten und Monitoren. Eine Beatmungsmaschine lief mit dumpfem Röcheln, begleitet vom Piepsen und Summen der Geräte rund um die Betten. Ein scharfer Geruch nach Desinfektionsmitteln stieg Radek in die Nase.

»Ich würde Sie ersuchen, hier draußen zu bleiben«, mahnte der Arzt. »Tirla ist der Patient im mittleren Bett.«

Dort lag ein Mann in einem Krankenhaushemd, den Kopf einbandagiert. Die wenigen Stellen, die vom Gesicht noch zu sehen waren, waren blau und violett verfärbt, Schläuche steckten in Mund und Nase. Unter dem Hemd zeichnete sich ein Verband um den Oberkörper ab, die linke Hand war eingegipst, in den Venen der Unterarme steckten Infusionsnadeln.

Radek spürte, wie ein Gefühl des Unbehagens seinen Rücken hinaufkroch. »Wann holen Sie ihn aus dem künstlichen Koma?«, fragte er flüsternd, als wolle er die Patienten nicht wecken.

Mahler zuckte die Schultern. »Schwer zu sagen. In einem oder zwei Tagen, frühestens. Derzeit besteht zwar keine unmittelbare Lebensgefahr mehr, aber wir müssen ihn ruhigstellen, bis die Schwellung in seinem Gehirn zurückgeht. War's das? Dann folgen Sie mir bitte zurück.« Er drehte sich um und verließ die Station.

Radek und Neumann folgten ihm.

Draußen bei der Leitstelle erklärte der Arzt: »Tja, tut mir leid, dass ich Ihnen nicht weiterhelfen kann. Wenn Sie eine Telefonnummer hierlassen, werden wir Sie verständigen, sobald es Herrn Tirla besser geht und wir ihn auf eine normale Station verlegen können.«

»Das wäre sehr freundlich.« Radek gab dem Arzt seine Visitenkarte, der sie mit einer kurzen Anweisung der Schwester hinter den Monitoren weiterreichte.

»Eins noch, Doktor Mahler. Hat Herr Tirla persönliche Sachen bei seiner Aufnahme dabeigehabt?«, fragte Neumann.

Der zuckte mit den Schultern. Die Schwester jedoch nickte, stand auf und brachte ihnen aus einem Nebenraum eine blaue Plastikbox. »Das ist alles«, sagte sie. »Abgesehen von seiner Kleidung.«

»Ich nehme an, mich brauchen Sie hier nicht mehr.« Der Arzt verabschiedete sich.

In der Box lag nicht viel: ein rumänischer Reisepass, ein Wohnungsschlüssel mit einem kleinen Anhänger, Papiertaschentücher und eine Geldbörse. Radek nahm sie heraus und durchsuchte sie. Kein Geld, weder Scheine noch Münzen. Rumänischer Führerschein, Sozialversicherungskarte, eine Meldebestätigung und eine Visitenkarte. Auf deren linken oberen Ecke ein Logo: »PNL – Partei der Neuen Linken. Büro Niederösterreich.« Darunter eine Adresse und in der Mitte der Name Klaus Winkler.

»Sagt dir das was?«, fragte Radek und reichte seinem Kollegen die Visitenkarte.

Der las sie und schüttelte den Kopf. »Nein, nie gehört.« Er wendete sich an die Schwester. »War das wirklich alles?«

Die Schwester bestätigte es.

»Gab es kein Handy?«, wollte Neumann wissen und erntete ein Kopfschütteln. Er konnte nicht glauben, dass Radu Tirla ohne Handy unterwegs gewesen war.

Radek fragte, ob es hier einen Kopierer gäbe, und sie brachte ihn zu einem Gerät. Er kopierte alles, was er gefunden hatte, und machte mit seinem Handy ein Bild des Passfotos. Anschließend versuchten sie den Rückweg zu finden, ohne sich dabei zu verirren.

»Das sieht nach einem Raubüberfall aus, wenn du mich fragst. Kein Geld, kein Handy«, bemerkte Neumann, als sie mit dem Lift nach unten fuhren, und sprach damit aus, was beide dachten. »Vielleicht wollte er sein Handy nicht freiwillig hergeben, und die Täter haben ihn deshalb so zugerichtet. Du weißt ja, wie das läuft: eine Bande Jugendlicher, ein leichtes Opfer, und schon geht's dahin. Da soll sich die EB 2 drum kümmern, Raub ist deren Angelegenheit.«

Radek nickte. »Du hast recht. Das sollten wir mit Pirker klären.«

4.

Als sie von der Straße in das Halbdunkel des Flurs traten, empfing sie ein undefinierbarer Gestank nach Müll, vollgepissten Klos und der Küche eines grindigen Beisls.

»Das ist ja zum Kotzen«, murrte Klemens Engelmeier. Er bemühte sich, nirgends anzustreifen, weil er Angst hatte, sich Jeans oder Sakko zu ruinieren.

»Mach dir nicht ins Hemd«, antwortete sein Begleiter Viktor Gsida. »Du tust, als wärst du das erste Mal hier.«

»Aber das wird immer schlimmer! Scheiße«, fluchte Engelmeier und stieg über eine mit Abfällen vollgestopfte Einkaufstasche aus Plastik neben dem Treppenaufgang, der in einen Gang und zu den Wohnungen führte.

»Das ist Teil des Plans«, antwortete Gsida und folgte seinem Begleiter die Treppe hoch.

»Wo fangen wir an?«, wollte Engelmeier wissen.

»Wie immer bei Tür eins«, sagte Gsida.

Vor einer braunen schäbigen Wohnungstür blieben sie stehen und Gsida klopfte an. Mit der Faust und so stark, dass sich die Türfüllung bedenklich nach innen bog und es drinnen unmöglich zu überhören war.

Beide waren kräftig gebaute Männer, Bodybuilder und, obwohl nicht mehr die jüngsten, Respekt einflößend.

Die Tür wurde geöffnet und ein junger Mann erschien.

Als er sie erkannte, bekam sein zunächst fragender Blick etwas Furchtsames.

Engelmeier drängte ihn beiseite und schob sich in die Wohnung. »Zahltag«, brüllte er. »350 Euro Miete pro Nase, bitte.«

Gsida folgte ihm. Die Wohnung war klein. Eine schmale Küche mit einer nachträglich eingebauten Duschzelle und einer Waschmaschine daneben, die mit bedenklichem Kratzen der Trommel vor sich hin ratterte. Ein alter Gasherd und eine winzige Kochzeile. Auf dem Herd brodelte in einem uralten Topf eine Flüssigkeit, die nach Suppe aussah, aber für Gsida roch, als würden darin alte Socken ausgekocht.

Hinter der Küche lag ein Wohnraum, etwa 20 Quadratmeter groß. Jeweils zwei metallene Stockbetten an den Wänden links und rechts, dazwischen schmale Spinde. In der Mitte ein länglicher Tisch mit acht Stühlen. Drei Männer saßen am Tisch, drei weitere lagen in den Betten und dösten vor sich hin.

»Zahltag!«, schrie Engelmeier erneut, und die drei Männer krochen träge aus den Betten und kamen an den Tisch.

Es stank nach Schweiß, alter Schmutzwäsche, gebratenem Fleisch und der Brühe, die auf dem Ofen köchelte. Über und zwischen den Betten waren Leinen gespannt, auf denen vereinzelt Wäschestücke hingen. Mehrere Unterhosen, T-Shirts, zwei Hemden, eine alte Jeans.

Heute war der erste Dienstag im Monat – und jeder im Raum wusste, dass am ersten Dienstag im Monat die Miete im Voraus kassiert wurde. 350 Euro für ein Bett, einen Kasten, das Benutzen von Dusche, Waschmaschine, Küche und dem Klo auf dem Gang.

Gsida suchte einen sauberen Stuhl, setzte sich an den Tisch, öffnete seine Schreibmappe und holte eine Liste heraus, in der die aktuelle Belegung der Wohnungen in diesem Haus aufgeführt war. Wohnung 1: sieben vermietete Plätze, ein Bett frei.

Der junge Mann, der ihnen die Tür geöffnet hatte, war der Erste, der seine Miete bezahlte. Er schob das Geld herüber, nannte seinen Namen und Gsida hakte ihn in der Liste ab. So kam einer nach dem anderen dran.

Die Männer waren dünn und abgezehrt, sahen müde aus, erschöpft, trugen Unterleibchen oder T-Shirts, Jeans oder lediglich Unterhosen. Die meisten von ihnen hatten Flip-Flops an den Füßen, einige standen barfuß im Zimmer. Es war heiß und stickig in der Wohnung, obwohl das einzige Fenster weit offen stand.

»Anjo Parvanov«, sagte Gsida so laut, dass ihn niemand überhören konnte. »Wo ist Anjo Parvanov? Der hat noch nicht bezahlt.«

Niemand rührte sich.

Gsida blickte in die Runde der Arbeiter. Keine Reaktion. Schnell zählte er sie durch, sieben Mann, und versuchte sich zu erinnern, wer ihm das Geld bereits hingelegt hatte. Der Typ, der sich an eines der Stockbetten drückte und so tat, als würde ihn das alles nichts angehen, war noch nicht bei ihm am Tisch gewesen, da war er sich ziemlich sicher. »Du, komm her!«

Der Mann folgte der Aufforderung zögerlich. Er war um die 30, trug ein dunkles, fleckiges T-Shirt und roch, als wäre er seit Tagen nicht mehr unter einer Dusche gewesen.

»Du bist Anjo Parvanov«, sagte Gsida, und es klang nicht wie eine Frage.

Der Mann nickte zögerlich. Offensichtlich hatte er erkannt, dass es sinnlos war, seine Identität zu leugnen.

»Woher kommst du?«

»Zhedna, Bulgarien«, antwortete Anjo Parvanov.

»Wo ist deine Miete?«

»Ich haben nix bekommen Geld«, stammelte er, strich sich eine dunkle Haarsträhne aus dem Gesicht und blickte schuldbewusst zu Boden. »Können nix zahlen.«

»Was heißt, du hast kein Geld bekommen?«, fauchte ihn Engelmeier an, der sich neben den Mann gestellt hatte. »Wo arbeitest du?«

»Bei Firma Jungmann.«

»Die zahlt immer, wenn die Arbeit passt. Und wenn sie nicht passt und es kein Geld gibt, seid ihr selber schuld«, sagte Gsida. Er war ruhig und es war ihm völlig egal, dass sich der junge Bulgare wand wie ein Fisch auf dem Trockenen. Er hatte kein Mitleid. Er hatte einen Job zu erledigen, und der bestand darin, die Miete einzukassieren. Alles andere interessierte ihn nicht. »Abgesehen davon ist es mir scheißegal, wo du dein Geld herbekommst. Du schuldest uns 350.« Gsida hob ihm die Hand entgegen als Zeichen, dass er erwartete, jetzt die Miete zu kassieren.

»Aber ich nix kann zahlen«, sagte der Bulgare mit einem unübersehbaren Anflug der Verzweiflung, der ihm beinahe die Tränen in die Augen trieb.

Gsida blickte Engelmeier nur kurz an. Der verstand und schlug sofort zu. Er gab dem Bulgaren eine so kräftige Ohrfeige, dass dieser zur Seite taumelte, dann setzte er einen Schlag in den Magen nach, der dem jungen Mann die Beine einknicken ließ.

Sofort rumorte es in der Gruppe der Männer, die rund um sie herum im Raum standen.

»Du nix schlagen Anjo«, hörte Gsida einen der Arbeiter sagen. Ein anderer schrie: »Hey, was du machen?«, und ein Dritter: »Hören auf!« Sie rückten bedrohlich nahe an Engelmeier und Gsida heran. Als einer Klemens Engelmeier an die Schulter fasste, um ihn zurückzuziehen, schlug dieser ihm die Hand weg. Mit einer flüssigen Bewegung griff seine Rechte unter das Sakko und tauchte eine Sekunde später mit einer Pistole wieder auf. Der Lauf zeigte direkt auf das linke Auge des Mannes, der vor ihm stand.

»Greif mich nie wieder an«, zischte Engelmeier, »sonst mach ich dich kalt!«

Der Mann wich erschrocken einen Schritt zurück und hob abwehrend die Hände.

Engelmeier zielte drohend mit der Waffe auf jeden einzelnen der anwesenden Männer.

Gsida strich sich mit der Hand über seine Glatze, auf der sich ein feiner Schweißfilm gebildet hatte. Nicht aus Angst, sondern weil es im Raum so heiß war. Dann wandte er sich erneut an Parvanov, der sich langsam und mit zittrigen Knien erhob. »Wenn du nicht bezahlst, brechen wir dir die Nase oder schlagen dir ein paar Zähne aus. Mir fallen bestimmt noch mehr schöne Sachen ein, die wehtun, aber deine Arbeitsfähigkeit nicht einschränken. Oder wir schmeißen dich raus. Hast du das verstanden?«

Parvanov nickte. Sein Gesicht war blass, er blickte ängstlich auf die Waffe in Engelmeiers Hand.

»Fein, dann werden wir morgen wiederkommen und die Miete kassieren.«

»Und lass dir nicht einfallen, uns zu bescheißen, das haben schon andere versucht, und es hat ihnen nicht gutgetan. Legt euch nicht mit den falschen Leuten an, sonst geht es euch wie eurem Freund«, fügte Engelmeier hinzu.

Parvanov buckelte unterwürfig. »Ich bezahlen morgen«, versprach er mit leiser Stimme.

»Das ist gut.« Engelmeier klopfte ihm väterlich auf die Schulter, trat zwei Schritte zurück und senkte die Waffe.

Gsida und Engelmeier verließen die Wohnung im Rückwärtsgang. Draußen steckte Engelmeier die Waffe weg. Keiner von ihnen gab einen Kommentar zu dem ab, was gerade geschehen war. Es stellte für sie nichts Ungewöhnliches dar. Sie waren ein eingespieltes Team, und es war nicht das erste Mal, dass es beim Kassieren Schwierigkeiten gab. Davon ließen sie sich nicht abhalten, denn dafür waren sie angestellt worden. Sie waren schließlich keine Buchhalter in einem Scheißbüro!

Sie gingen zur nächsten Wohnung.

5.

»Hallo, wie geht's?« Der Anrufer sprach mit der gekünstelten Umgänglichkeit eines Vertreters, der ihm übers Telefon eine Versicherung aufschwatzen wollte. Und er hielt es nicht für nötig, sich vorzustellen, offenbar ging er davon aus, dass er wusste, wer sich am anderen Ende der Leitung befand. Zumindest damit hatte er recht.

»Mir geht's gut«, antwortete er gereizt. »Aber das interessiert dich wohl kaum. Was willst du?« Sein Gesprächspartner rief nie an, um übers Wetter oder andere Nebensächlichkeiten zu plaudern. Es war unter seiner Würde, mit ihm zu reden. Vielleicht fühlte er sich dadurch schmutzig. Oder er hatte ein schlechtes Gewissen. Vielleicht fühlte sein Gesprächspartner im Innersten, dass er sich nicht mit ihm abgeben durfte.

Der andere zögerte. Überlegte vermutlich, was er ihm sagen sollte. »Da läuft ein Typ rum und stellt blöde Fragen.«

Die Stimme seines Gesprächspartners wirkte plötzlich unsicher und zittrig. Das entsprach nicht dem Bild, das er in der Öffentlichkeit vermittelte. Dort trat er souverän auf, ganz der Mann von Welt, wie man es von ihm erwartete. Aber jetzt, wo es um seinen Hals ging, oder wo er glaubte, dass es darum ging, gab er die erbärmliche Karikatur eines Mächtigen ab, der Angst um seine Zukunft hatte.

Er hasste es, wenn sein Gesprächspartner sich so kryptisch äußerte. »Und welche blöden Fragen sind das?«

»Er wollte etwas über das Projekt Wiesengasse wissen«, kam eine leise Antwort, »und über die Theresienhofgasse.«

Das war nicht gut. Er konnte sich gut vorstellen, was genau diesen Typen an den beiden Projekten interessierte. Aber das jetzt zu besprechen, hielt er für keine gute Idee. Er hasste es, solche Gespräche am Telefon zu führen. Er hatte zwar keine Angst davor, abgehört zu werden, dafür nahm er sich nicht wichtig genug, trotzdem konnte man nie wissen. Möglicherweise war die Korruptionsstaatsanwaltschaft oder das Bundesamt zur Korruptionsbekämpfung an seinem Gesprächspartner dran und hörte diesen ab. Immerhin war der um einiges exponierter als er selbst. Und wenn dann am Telefon Dinge besprochen wurden, die als Beitrag zu einer Straftat gewertet werden könnten, hätte das ungute Folgen für ihn.

»Ist der Typ ein Reporter?«, fragte er nach.

»Ich weiß es nicht. Er hat mit meiner Assistentin wegen eines Termins gesprochen. Und mit dem Bauamt. Dort wollte er sich ebenfalls mit einem Verantwortlichen unterhalten. Aber er hat nicht gesagt, ob er von der Presse kommt.«

Natürlich nicht. Es war jedoch ziemlich wahrscheinlich. Wäre der Typ ein Polizist gewesen, hätte er sich legitimiert. Oder es war jemand von der Konkurrenz, auch das wäre möglich.

»Und was soll ich jetzt tun?«, fragte er. Er hatte gute Lust hinzuzufügen: Soll ich ihm die Beine brechen oder soll ich ihn umlegen? Er wusste, dass diese Äußerung den anderen schockieren würde. Sein Gesprächspartner war ein Schwächling. Er ließ sich zwar bereitwillig schmieren, hatte aber keine Nerven. Und er brauchte jemanden, der für ihn die Drecksarbeit erledigte, wenn etwas schiefging. Sich nur nicht selber die Finger schmutzig machen. Nach außen immer sauber bleiben. Dafür verachtete er ihn. Doch er verbiss sich eine Bemerkung. »Hast du nähere Informationen über den Kerl? Name, Adresse oder so?«

»Ja, habe ich.«

Er überlegte. Zuerst musste er wissen, woher dieser Typ kam und was er wollte. Dann konnte man geeignete Maßnahmen ergreifen. Vielleicht war die Sache ganz einfach aus der Welt zu schaffen. Ohne viel Aufsehen. Solche Probleme waren schon öfters aufgetaucht. Bisher hatten sie jedes Mal eine brauchbare Lösung gefunden. Auch wenn die nicht immer astrein war. Dieses Risiko brachten ihre Geschäfte mit sich. Da konnte man nicht immer den geraden, ehrlichen Weg gehen. »Ich kümmere mich darum«, sagte er. »Schick mir die Informationen, die du hast.«

»Mach ich.« Der andere klang erleichtert und fügte fast unterwürfig hinzu: »Danke für deine Hilfe.«

»Ich tu das nicht nur für dich«, brummte er. Wie er diesen Schleimer hasste! »Wir hängen da alle mit drin.«

6.

»Irgendwann kommen die große Abrissbirne und die Bagger, und dann werden hier bald schöne Neubauten mit tollen Wohnungen für unsere jungen Familien stehen«, merkte Radek an, als sie vor dem Haus an der Ecke Kerensstraße/ Maximilianstraße standen.

Das Gebäude war das einzige verbliebene auf einer großen Fläche Brachland. Rundum war bereits alles abgerissen worden. Wie ein einsamer letzter Zahn in einem verfaulten Gebiss. Ein dreistöckiges Gebäude aus dem 19. Jahrhundert, und es schien, als würde es von innen heraus verrotten. Radek und Neumann hatten das Gefühl, gegen eine Wand aus purem Gestank zu laufen, die unmittelbar hinter dem Haustor lauerte.

»Suchen wir hier nach einer Leiche, oder was?«, fragte Neumann und verzog das Gesicht.

»Keine Ahnung«, antwortete Radek verunsichert. Er konnte sich nicht vorstellen, dass in diesem Drecksloch jemand wohnte. Aber aus dem ersten Stock kam Lärm, laute Männerstimmen. Er holte die Kopie des Meldezettels aus seiner Tasche und überprüfte die Adresse. Sie stimmte.

Neumann ging vor und betrat als Erster den Innenhof. Dort standen zwei große Mülltonnen, die bis zum Überlaufen gefüllt waren, dazwischen und daneben riesige Berge aus Müllsäcken, zum Teil aufgeplatzt, umgefallen und halb entleert. Er fluchte leise. »Das erinnert mich an die Hausräumungen in Wagram vor einigen Jahren«, sagte er. »Aber das waren Abbruchhäuser, die besetzt worden sind und bei denen es keine Infrastruktur mehr gegeben hat. Das hier ist ein *normales* Wohnhaus.«

»Oder sollte es sein«, ätzte Radek.

»Schauen wir mal nach der Wohnung von diesem Tirla«, schlug Neumann vor und ging voran, rechts über einige Stufen in einen Gang, von dem aus das Treppenhaus hochführte. Der Lärm von oben wurde lauter.

Sie hatten am Morgen mit Pirker gesprochen. Solange Tirla nicht vernehmungsfähig und der Tathergang nicht geklärt sei, bleibe der Fall in ihrer Zuständigkeit, hatte ihr Gruppenführer entschieden. Enttäuscht hatten Radek und Neumann anschließend in ihrem Büro besprochen, wo sie anfangen wollten. Der Bericht der Streifenpolizisten enthielt nichts, was die Tat erklärte. Außer Radu Tirla gab es daher niemanden, der ihnen weiterhelfen konnte. Die beiden hatten keine Ahnung, was passiert war und wo sie mit ihrer Ermittlung beginnen sollten. Letztendlich hatten sie sich für drei erste Schritte entschieden: Tirlas Wohnadresse aufzusuchen und dort mit Nachbarn zu reden, sich den Tatort anzusehen und schließlich mit Klaus Winkler zu sprechen, dessen Visitenkarte sie bei Tirlas Sachen gefunden hatten. Das waren ihre einzigen drei Ansatzpunkte.

Vom Treppenabsatz im ersten Stock aus sahen sie auf dem Gang mehrere Männer stehen und rauchen. Sie waren in eine aufgeregte Diskussion verstrickt. Radek verstand nicht, was sie sagten. Sie redeten in einer slawischen Sprache. Scheinbar waren hier ausländische Arbeiter untergebracht. Als die Männer sie bemerkten, verstummte das Gespräch für einen Moment und die Beamten wurden misstrauisch gemustert. Radek und Neumann gingen weiter, und die Unterhaltung setzte unvermittelt in gleicher Lautstärke wieder ein.

Tirlas Wohnung befand sich im zweiten Stock. Dort lag zwar kein Müll auf dem Gang, dennoch war der Geruch nicht viel besser, trotz eines geöffneten Fensters. Wahrscheinlich zog er vom Innenhof herein.

»Hier.« Radek deutete auf die Türnummer und Neumann klopfte kräftig. Sie machten sich nicht viel Hoffnung, dass jemand zu Hause war. Tirla lag im Krankenhaus, und wenn er die Wohnung mit jemandem teilte, waren die Mitbewohner um diese Zeit am späten Vormittag vermutlich bei der Arbeit.

Doch die Tür wurde geöffnet und ein etwa 50-jähriger Mann in schmutzigem T-Shirt und Jogginghose öffnete ihnen. Er hustete in ein Taschentuch und schaute sie fragend an.

»Polizei«, sagte Radek und zeigte dem Mann seine Marke. »Wohnt hier Radu Tirla?«

Der Blick des Mannes hing wie gebannt am Dienstabzeichen und wurde ängstlich. »Nix verstehen«, antwortete er zögerlich.

Radek zeigte dem Mann das Bild auf seinem Handy, das er von Tirlas Passfoto gemacht hatte. »Das Radu Tirla.« Er deutete auf das Foto. »Er hier wohnen?«

»Ah, Radu«, sagte der Mann und verfiel dann in seine Muttersprache.

»Deutsch«, bat ihn Neumann. »Sprechen Sie Deutsch?«

»Nix gut Deutsch«, antwortete der Mann.

»Radu Tirla – hier wohnen?«, versuchte es Radek noch einmal.

Der Mann nickte. »Ja, Radu hier wohnen. Kommen.« Er bat sie mit einer ausladenden Geste in die Wohnung und hustete wieder ins Taschentuch, während die beiden Polizisten eintraten.

Es stank nach Schweiß, alter Wäsche und Essen. Der Mann führte sie durch eine vollgeräumte Küche in einen Wohnraum, der kaum Platz zum Umdrehen bot. Vier Stockbetten standen an den Wänden, dazwischen schmale Blechspinde und ein Tisch mit Stühlen. Über den Betten waren Wäscheleinen gespannt, auf denen einzelne Kleidungsstücke hingen. Er deutete auf die Stühle, woraufhin sich alle drei an den Tisch setzten.

»Alle Arbeit«, sagte er und zeigte auf die leeren Betten. »Nur ich da. Ich krank. Heute nix Arbeit. Morgen wieder, wenn besser.« Wie zur Bestätigung hustete er neuerlich.

Wir machen keine Krankenstandskontrolle, wollte Radek erwidern, unterließ es aber.

»Woher kommen Sie?«, fragte Neumann langsam.

Der Mann hörte aufmerksam zu und antwortete voller Freude: »Rumänien. Alle in Wohnung kommen Rumänien.« Er ging zu seinem Bett, kramte aus dem Spind daneben einen Zettel und reichte ihn den Polizisten. Es war eine Meldebestätigung.

Neumann notierte die Daten des Mannes. Sein Name war Mitica Vladescu. »Alles in Ordnung«, sagte er lächelnd.

»Nix illegal. Ich ordentlich arbeiten. Alle ordentlich arbeiten. Auch Radu.« Er zeigte auf das Handy, das Radek noch in der Hand hielt. »Aber Radu nix da. Nix kommen gestern. Ich nix wissen, wo ist. Keiner wissen, wo ist.«

Radek erklärte dem Mann in kurzen und, wie er hoffte, verständlichen Sätzen, was geschehen war.

Vladescu setzte sich wieder, fuhr sich mit den Händen übers Gesicht und schaute Radek anschließend ungläubig an. »Radu kaputt? Große Unglück!«

»Wieso?«

»Radu immer helfen uns.«

»Helfen wobei?«

Vladescu suchte nach den richtigen Worten. »Bei Arbeit, bei bekommen Geld, bei Chef. Wenn Chef böse und Streit mit Chef, Radu helfen.«

Neumann warf Radek einen fragenden Blick zu und zuckte unmerklich mit den Schultern. Er wurde aus dem, was der Mann erzählte, genauso wenig schlau wie Radek.

»Wann haben Sie Radu Tirla zum letzten Mal gesehen?«, fragte Radek langsam und jedes Wort betonend. Vielleicht konnten sie noch mehr von dem Mann erfahren, auch wenn die Verständigung sehr schwierig war.

Vladescu dachte nach. »Montag, wenn gehen in Arbeit«, antwortete er. »Dann Radu nix mehr kommen.«

»Wissen Sie, wo Radu arbeitet?«

Eifrig nickte der Mann. »Ja, bei Firma Jungmann. Baufirma. Radu machen Maurer. Ich auch arbeiten da. Auf Baustelle. Auch Maurer.«

»Wo sind Radus Sachen?«, fragte Neumann.

Vladescu zeigte ihnen das Bett, es war halbwegs ordentlich gemacht. Daneben ein Kasten, allerdings mit einem Vorhängeschloss abgesperrt.

Radek verfluchte sich im Stillen. Warum hatten sie die Schlüssel von Tirlas Kram im Krankenhaus nicht mitgenommen? »Hatte Radu in den letzten Tagen mit jemandem Streit? Bei der Arbeit oder hier im Haus?«

Wieder dachte der Mann lange nach, bevor er antwortete. »Nein, nix Streit. Nur mit Bulgaren manchmal viel Problem. Wegen Arbeit. Sonst nix Streit.«

»Wo sind diese Bulgaren?«, hakte Neumann sofort nach.

»Erste Stock und Gang am Boden. Da Bulgaren. Hier und oben Rumänen.« Er deutete an die Decke.

Ethnisch streng getrennt, dachte Radek. »Wohnen im ganzen Haus Arbeiter wie Sie?«

»Ja, alles wohnen Arbeiter. Alles machen gute Arbeit.«

»Bei Jungmann?«

»Ja, bei Jungmann und andere Firma.«

Mehr fiel Radek nicht mehr ein. Alle anderen Fragen

waren schwieriger. Für die müssten sie mit einem Dolmetscher anrücken, um brauchbare Antworten zu bekommen. Einen Moment lang überlegte er, ob er das dem Mann ankündigen sollte, ließ es aber bleiben. Er würde seine Mitbewohner ohnehin über ihren Besuch informieren, und ihnen allen würde schnell klar sein, dass die Polizisten sicher noch einmal auftauchten.

Sie verabschiedeten sich und der Rumäne brachte sie bis zur Tür.

Im ersten Stock diskutierten die Männer von vorhin noch immer.

»Das müssen ein paar der Bulgaren sein, von denen der Rumäne gesprochen hat«, merkte Neumann an. »Ob die auch krank sind?«

»Vielleicht haben sie einen freien Tag oder arbeiten in der Spätschicht. Kann uns doch egal sein«, erwiderte Radek. »Fragen wir sie nach Tirla.«

Sie steuerten auf die Gruppe zu. Es waren fünf Männer. Radek schätzte ihr Alter von Mitte 20 bis Ende 40.

Als Neumann ihnen seine Kokarde zeigte, die ihn als Polizisten auswies, wurden ihre Blicke misstrauisch.

Radek hatte keine Lust, lange um den heißen Brei herumzureden. Außerdem wollte er das Überraschungsmoment ausnutzen. Er zeigte ihnen das Handyfoto von Tirla.

Sofort sagten die Männer etwas in ihrer Muttersprache, alle gleichzeitig.

»Kennen Sie diesen Mann?«, fragte Neumann streng.

»Radu«, antwortete einer von ihnen und fügte etwas auf Bulgarisch hinzu, das nicht wie ein Kompliment klang.

»Können Sie uns etwas über Radu erzählen?«

Einer der Umstehenden drängte sich vor, es war ein jüngerer Mann in schwarzem T-Shirt und einer verschlissenen, um gut eine Nummer zu großen Jeans.

»Radu Arschloch-Rumäne. Immer machen Streit. In Arbeit und in Haus. Nix gut, diese Radu. War nix zufrieden, mit was hatte. Arschloch-Rom, immer wollen mehr.«

Wieder sprachen alle auf Bulgarisch durcheinander, offensichtlich schimpften sie auf Radu Tirla, bis Neumann sie energisch aufforderte, deutsch zu reden.

»Nur Probleme mit Radu. Sollen gehen heim nach Rumänien. Nix brauchen hier Radu«, sagte ein älterer Arbeiter und fluchte erneut im Chor mit den anderen.

»Hatten Sie Streit mit Radu?«, fragte Radek.

»Immer Streit. Radu nix zufrieden mit Arbeit, mit Wohnung, mit zahlen. Immer sagen, Geld zu wenig, nix gut. Wir arbeiten und bekommen Geld und zufrieden, und Radu nix zufrieden. Immer machen Streit auf Baustelle und in Haus.«

Dann sagte er etwas zu den anderen. Vermutlich übersetzte er, was gerade gesprochen worden war, und die übrigen Männer fielen in seine Unmutsäußerungen ein.

»Warum genau hattet ihr Streit?«, hakte Radek nach. »Und welche Probleme machte er?«

»Ja, immer machen Probleme. Radu nix gut. Nix zufrieden«, wiederholte der Bulgare. Offenbar konnte oder wollte er Radeks Fragen nicht beantworten.

»Hauen wir ab, das bringt nichts«, sagte Neumann. »So kommen wir keinen Schritt weiter.«

Gerade als sie sich zum Gehen wandten, hielt sie der junge Bulgare zurück. »Warum du fragen über Radu? Er machen Probleme mit Polizei? Dann schicken heim. Schnell.«

»Er liegt im Krankenhaus«, antwortete Radek, weil er die Reaktion der Männer sehen wollte. »Er wurde überfallen und schwer verletzt.«

Es dauerte einen Moment, bis der Junge begriff. Er zuckte nur mit den Schultern. »Auch gut. Wichtig, Radu nicht mehr kommen und machen Probleme.«

Radek und Neumann gingen.

»Viel schlauer sind wir nicht. Aber zumindest ist klar, warum es hier so aussieht«, sagte Radek, als sie die Treppe hinunterstiegen. »Das ist eine Massenunterkunft. Überbelegte Wohnungen, viel zu viele Leute für die Infrastruktur des Hauses. Deshalb der ganze Müll im Innenhof.«

»Und die verheerenden Zustände und der Gestank. Wir sollten eine Meldung wegen sanitärer Übelstände machen«, schlug Neumann vor.

Auf der Straße zündete sich Radek eine Zigarette an. Langsam schlenderten sie zu ihrem Dienstwagen.

»Hey Alder, wenn du machen Probleme, wir dich machen Krankenhaus.« Neumann schüttelte den Kopf. »So sieht's aus, Fall gelöst. Gibt's mit einem Schwierigkeiten, bekommt er Prügel.«

»Glaubst du im Ernst, dass ihn die Bulgaren so zugerichtet haben?«

»Warum nicht? Wir sollten alle vorladen und mit einem Dolmetscher vernünftig befragen.«

Radek wusste, was das bedeutete. Wenn in dem Haus geschätzt 20 Wohnungen mit jeweils acht Gastarbeitern angefüllt waren, mussten sie 160 Leute mit einem Übersetzer einvernehmen. Die Wahrscheinlichkeit, dass dabei etwas Brauchbares herauskam, ging nahezu gegen null. Sie würden eine Menge Zeit und Dolmetscherhonorar verschwenden und möglicherweise keinen einzigen verwertbaren Hinweis bekommen. »Nein, das wird so nicht funktionieren«, erwiderte er. »Wir sollten die Mitbewohner von Tirla mit einem Dolmetscher befragen, damit wir mehr Einblick in die Hintergründe bekommen. Dann können wir immer noch gezielt einzelne Leute holen und einvernehmen.«

7.

Radek und Neumann wurden sich schnell einig, dass sie dem Vermieter einen Besuch abstatten sollten. Nicht, weil sie vermuteten, dass der mit der ganzen Sache etwas zu tun haben könnte, sondern weil sie neugierig darauf waren, wer Häuser so verkommen ließ und trotzdem Menschen darin unterbrachte. Auf der Meldebestätigung, die sich unter Tirlas Sachen befunden und die Radek kopiert hatte, war als Vermieter die »Sulzer Arbeitsvermittlung und Immobilienverwaltung GmbH« angeführt. Im Internet fanden sie rasch die dazugehörige Adresse.

Auf der Fahrt dorthin fragten sie sich, welche Tatbestände mit dieser Massenunterkunft erfüllt wurden, kamen aber auf keine brauchbaren Ergebnisse. Außer, dass die üblen hygienischen Zustände einen Anlass für behördliches Einschreiten boten.

Die beiden Polizisten waren nicht zum ersten Mal mit solchen Unterkünften konfrontiert. Während ihrer Zeit als Streifenpolizisten hatten beide mit solchen Dingen zu tun gehabt. Das System war einfach. Ein windiger Hausbesitzer vermietete Schlafplätze in überfüllten Wohnräumen an ausländische Arbeiter und machte damit eine Menge Geld. Die Arbeiter bezahlten für ein Bett überteuerte Preise. Meist waren es illegale Ausländer ohne Arbeitserlaubnis. Sie schufteten als Tagelöhner, boten sich auf mehreren Arbeiterstrichen an und wurden von Firmen oder Privatleuten als billige Arbeitskräfte ausgenutzt. Auf dem Bau, als Erntehelfer, wo auch immer.

Soweit Radek sich erinnern konnte, waren zumeist die fremdenrechtlichen Bestimmungen und Verstöße gegen das Meldegesetz Anlass für das Einschreiten der Polizei gewesen. Aber wie er die Lage in der Kerensstraße einschätzte, schien die Situation dort anders zu sein. Rumänen und Bulgaren waren Angehörige der EU, genossen dadurch Reisefreiheit und durften sich problemlos und ganz legal in Österreich aufhalten. Sie waren ordnungsgemäß gemeldet, und offensichtlich war ihnen eingetrichtert worden, auf ihre Meldebestätigungen achtzugeben und sie bei Kontrollen artig vorzuweisen. Damit konnte ihnen die Polizei nichts anhaben. Für alle anderen Dinge waren die Stadt, die Arbeitsinspektorate, Finanzbehörden oder die Sozialversicherungen zuständig. Bei diesem Kompetenzgewirr konnte man leicht auf der illegalen Seite des Arbeitsmarktes existieren, ohne großartig aufzufallen.

Die Sulzer Arbeitsvermittlung GmbH befand sich in der Josefstraße. Der Eingangsbereich war unscheinbar, nur ein dezentes Firmenschild wies auf das Unternehmen hin.

Der Empfang sah aus wie in einer Arztpraxis. Links und rechts an den Wänden standen kurze Sesselreihen für die Wartenden, dazwischen befand sich ein brusthohes Pult, hinter dem zwei Damen regierten. Die eine war um die 30, die andere deutlich älter. Beide vermittelten den Eindruck geschäftiger Beflissenheit, obwohl Radek und Neumann im Moment die einzigen Anwesenden waren. Nachdem die Frauen sie bemerkt hatten, warfen ihnen beide einen abschätzenden Blick zu. Vermutlich fragten sie sich, ob die beiden Männer erwarteten, hier eine Arbeit zu finden.

»Was können wir für Sie tun?«, wandte sich die Jüngere an sie.

Sie hatte einen schiefen Mund, trotzdem war sie nicht unhübsch. Schwarzes Haar in einem strengen Pagenschnitt rahmte ihr Gesicht ein.

Ich kommen, suchen Arbeit, nix können, nur Polizei, wollte Radek sagen, verkniff es sich aber, zog die Dienstmarke aus der Tasche und stellte sich und Neumann brav als Polizeibeamte vor.

Nun wurde auch die Ältere aufmerksam und betrachtete die Ankömmlinge misstrauisch. Die Polizei war hier wohl nicht gerne gesehen.

Das geschäftsmäßige Lächeln der Schwarzhaarigen fror ein. »Was führt Sie zu uns?«, fragte sie.

»Wir würden gerne Ihren Chef oder die Chefin sprechen.«

»In welcher Angelegenheit?«, fragte die Schwarzhaarige schnippisch.

»In geschäftlicher«, entgegnete Neumann im gleichen Tonfall.

»Ich weiß nicht, ob Herr Sulzer Zeit hat«, versuchte die ältere Frau sie abzuwiegeln.

»Dann soll er sie sich nehmen«, mischte Radek sich ein.

Die Schwarzhaarige griff zum Telefon, drückte eine Kurzwahltaste und sagte nach einem Moment des Wartens: »Herr Sulzer, hier sind zwei Herren von der Polizei, die Sie gerne sprechen wollen … Nein, sie haben nicht gesagt, weswegen … Ja, das mache ich.«

Sie legte auf, lächelte eisig und wies Radek und Neumann in einen Gang auf der linken Seite. »Bitte, dort entlang, dritte Tür rechts.«

Die beiden Polizisten murmelten ein »Danke« und folgten ihrer Wegbeschreibung. Durch die Milchglasfenster fiel von der Straße her trübes Licht. Die Wände waren weiß gestrichen, ein weicher, dunkelblauer Teppichboden dämpfte dezent ihre Schritte. Radek las neben den ersten beiden Türen auf Schildern »Buchhaltung« und »Hausverwaltung«. An der dritten Tür stand »Geschäftsleitung, Armin Sulzer«.

Neumann klopfte und trat ein, ohne auf ein »Herein« zu warten.

Zwei Männer befanden sich im Büro und verabschiedeten sich gerade voneinander.

»Wir telefonieren in dieser Sache noch«, sagte der eine hinter dem Schreibtisch, und der andere antwortete mit einem dumpfen »Okay«, drehte sich um, grüßte die Ankömmlinge mit einem kurzen Nicken und einem schnell hingeworfenen »Guten Tag« und zwängte sich an ihnen vorbei aus dem Büro. Er war groß, kräftig gebaut und sah aus wie eine kahl geschorene Version des Terminators, den man in einen schlecht sitzenden Anzug gezwängt hatte.

Vielleicht gibt es für Leute mit dieser Figur keinen Anzug von der Stange, dachte Radek.

Der Mann hinter dem Schreibtisch lächelte sie freundlich an. »Bitte, meine Herren, nehmen Sie Platz.« Er wies auf die zwei Besucherstühle vor seinem Schreibtisch. »Mein Name ist Armin Sulzer«, stellte er sich vor, fand es aber nicht der Mühe wert, ihnen die Hand zu geben, bevor er sich setzte. »Was kann ich für Sie tun?«

Sulzer war von ähnlicher Gestalt wie der Besucher vorhin, nicht so austrainiert, dennoch groß und kräftig. Sein Sakko spannte deutlich um die Schultern. Er trug keine Krawatte, dafür glitzerte an seinem Hals eine breite Goldkette. Sein kurz geschnittenes, dunkles Haar war gegelt und in kunstvolle Unordnung gebracht, was ihm einen jugendlichen Anstrich verlieh. Radek schätzte Sulzer auf Ende 30.

»Es geht um eine Ihrer Liegenschaften«, begann Radek. »Um das Haus in der Kerensstraße.«

Sulzer beobachtete sie aufmerksam. Dessen Freundlichkeit konnte Radek nicht darüber hinwegtäuschen, dass sich dahinter eine große Portion Argwohn verbarg.

»Was ist damit? Gibt es dort Probleme, die die Polizei interessieren?«, fragte Sulzer vorsichtig.

Radek ignorierte die Frage. »Können Sie mir etwas über dieses Haus erzählen? Über seine Verwendung zum Beispiel und in wessen Besitz es sich befindet?«

»Gibt es dafür einen bestimmten Grund?«, wich Sulzer aus.

»Ja, den gibt es«, antwortete Neumann streng. »Würden Sie bitte unsere Fragen beantworten?«

Sulzer überlegte und versuchte die Situation einzuschätzen. Wahrscheinlich fragte er sich, ob es Sinn machte, mit den beiden Polizisten einen Streit anzufangen. »Einen Moment bitte«, sagte er dann, wandte sich dem Computer zu, klickte und tippte herum, bis er gefunden hatte, was er suchte. »Das Haus in der Kerensstraße gehört einer Investmentgruppe. Es wird derzeit an ausländische Arbeitskräfte vermietet.«

»Welcher Investmentgruppe?«, bohrte Radek nach.

»Austria-Invest«, lautete die knappe Antwort.

»Können Sie uns dazu Details geben?«

Sulzer blickte ihn missfällig an und schüttelte den Kopf. »Tut mir leid, aber Kundendaten gebe ich Ihnen nur mit einem Beschluss vom Gericht.«

Sulzer war also nicht unerfahren, was diese Dinge betraf, dachte Radek.

»Vermieten Sie alle Häuser, die Sie verwalten, als Massenunterkünfte?«, fragte Neumann trocken und wechselte damit das Thema.

»›Massenunterkünfte‹ scheint mir etwas übertrieben zu sein«, entgegnete Sulzer. »Die Mieter leben in Wohngemeinschaften. In billigen Quartieren. Es sind ausländische Arbeitskräfte aus dem EU-Raum. Sie wollen hier Geld verdienen und möglichst viel davon für ihre Familien in den Herkunftsländern sparen. Deswegen suchen sie preisgünstige Unterkünfte. Und die stellen wir ihnen zur Verfügung.«

»Ich vermute, dass Sie Ihren Mietern auch gleich die Arbeit dazu vermitteln?« Radek konnte seinen Sarkasmus nicht verbergen.

Sulzer ließ sich davon nicht irritieren. »Wenn es geht, ja. Hören Sie, diese Leute sind alle legal im Land, haben ein ordnungsgemäßes Mietverhältnis und sind aufrecht gemeldet. Da stecken keine krummen Geschäfte dahinter, falls Sie das vermuten. Und dass ich den Leuten Arbeit vermittle, ist Teil meines Geschäfts. Spricht etwas dagegen?«

Radek schüttelte den Kopf. »Nein. Können Sie uns dieses Geschäft näher erklären?«

Sulzer fasste sich kurz. »Es ist ganz einfach. Ich vermiete preisgünstige Unterkünfte in verschiedenen Liegenschaften an ausländische Arbeiter. Gleichzeit vermittle ich vielen dieser Mieter Arbeit auf dem österreichischen Arbeitsmarkt.«

»Und Arbeitsbewilligungen?«

»Sofern sie welche brauchen, müssen sie sich selbst darum kümmern. Aber wir beraten sie dabei.«

»Gegen Gebühr?«

»Wenn sie eine Beschäftigung finden, kassieren wir natürlich eine Provision. Wir sind nicht das Arbeitsmarktservice oder die Caritas. Wir müssen ja unsere Unkosten hereinbringen.«

»Selbstverständlich.«

»Kennen Sie die Zustände in Ihren Häusern?«

»Teilweise.«

»In der Kerensstraße grenzen sie unseres Erachtens an einen sanitären Übelstand. Wir haben beim Herfahren überlegt, ob es nicht sinnvoll wäre, eine entsprechende Meldung an die zuständige Magistratsabteilung zu machen.«

Sulzer blickte zwar überrascht, ließ sich von Radeks Androhung jedoch nicht weiter beeindrucken. »Davon weiß ich nichts. Woher denn? Ich kümmere mich nicht um solche Details.«

Natürlich nicht, dachte Radek, du kümmerst dich nur ums Geld.

»Aber danke für den Hinweis. Ich werde sofort veranlassen, dass jemand hinfährt und sich die Sache vor Ort ansieht. Sollten in dem Haus wirklich solche Zustände herrschen, wie Sie sagen, werden wir das schnellstens beheben. Wir legen Wert darauf, dass bei uns alles tadellos ist. Doch manchmal haben unsere ausländischen Mieter ... wie soll ich sagen ... eine andere Auffassung von Ordnung und Reinlichkeit, wenn Sie wissen, was ich meine.«

»Selbstverständlich, wir haben nichts anderes vermutet.« Auch Neumann konnte eine sarkastische Bemerkung nicht unterdrücken.

»Leben in diesen Häusern nur Ausländer?«, fragte Radek.

»Nein, auch österreichische Mieter.«

»Gibt es da keine Nutzerkonflikte?«

»Nicht dass ich wüsste.«

»Und zwischen den ausländischen Mietern? Immerhin leben sie in sehr beengten Verhältnissen. Kommt es manchmal zu Streitereien?«

Sulzer zuckte die Schultern. »Ja, das passiert schon mal. Aber das sind eher Kleinigkeiten. Nichts, worum sich die Polizei kümmern müsste.«

Radek zog sein Handy aus der Tasche und zeigte Sulzer das Foto von Tirla. »Kennen Sie diesen Mann?«

Sulzer betrachtete das Foto kurz und schüttelte den Kopf. »Nein. Sollte ich?«

»Das ist einer Ihrer Mieter: Radu Tirla.«

»Sie erwarten nicht ernsthaft, dass ich jeden unserer Mieter persönlich kenne.« Sein Spott tropfte förmlich aus dieser Feststellung.

»Das wäre zumindest hilfreich«, antwortete Neumann.

»Radu Tirla wurde vorgestern Abend auf offener Straße überfallen und übel zusammengeschlagen. Derzeit befindet er sich auf der Intensivstation im LKH im künstlichen Koma«, erklärte Radek.

Sulzer schien diese Neuigkeit nicht zu erschüttern. »Und was hat das mit mir zu tun?«

Darauf wusste Radek keine plausible Antwort. »Wir dachten, dass Sie uns als Hausverwaltung vielleicht weiterhelfen könnten.«

Sulzer verschränkte die Hände und beugte sich über den Schreibtisch. »Hören Sie, Herr Bezirksinspektor. Wir verwalten ungefähr 50 Objekte von unterschiedlicher Größe und Art für unterschiedliche Kunden in dieser Stadt. Das beginnt bei Zinshäusern mit billigem Wohnraum und geht bis zu hochpreisigen Anlageobjekten für Investoren. Vorsorgewohnungen, wenn Sie so möchten. Ich kenne nicht jedes Haus und seine Bewohner. Unabhängig davon gibt es auf dem Sektor des günstigen Wohnraums eine hohe Mieterfluktuation, wie Sie sich vorstellen können. Also, wenn Sie bestimmte Details brauchen, muss ich Sie an meine Mitarbeiter verweisen, die die Hausverwaltung erledigen. Da kann ich Ihnen beim besten Willen nicht weiterhelfen.«

»Es geht uns nicht um Details«, entgegnete Radek. »Soweit wir gesehen haben, herrschen in der Kerensstraße sehr beengte Wohnverhältnisse, dazu beschränkte Ressourcen. Wir würden gerne Ihre persönliche Einschätzung zum möglichen Konfliktpotenzial in Ihren Mietobjekten hören.«

»Wie gesagt, manchmal gibt es Probleme zwischen den Arbeitern. Jedoch nicht wegen der Wohnsituation, darüber hat sich noch nie jemand beschwert. Es sind Konflikte ethnischer Natur, Bulgaren gegen Rumänen, Slowaken gegen Ungarn, wenn Sie wissen, was ich meine.«

Radek nickte.

»Außerdem spielt Konkurrenz eine Rolle. Die Leute arbeiten häufig im Baugewerbe und auf den gleichen Baustellen, jedoch in unterschiedlichen Berufen. Maurer, Zimmerer, Eisenbieger, Fliesenleger und was weiß ich, als was. Wenn bestimmte Berufsgruppen bevorzugt und besser bezahlt werden, steigt der Neid, und das führt manchmal auch zu Auseinandersetzungen.«

»Zu gewaltsamen?«

Sulzer nickte. »Ja, auch. Wir hatten bereits mehrere Raufereien zwischen Bulgaren und Rumänen, bei denen wir Polizei und Rettung brauchten.«

»In der Kerensstraße?«, fragte Neumann.

»Nein, in anderen Objekten.«

»Können Sie sich vorstellen, dass hinter dem Überfall auf Radu Tirla ein solches Motiv steckt?«

Sulzer zuckte die Schultern. »Möglich wäre es, sogar wahrscheinlich. Wo ist das passiert? Im Haus?«

»Nein, in der Nähe.«

»Dann scheint es mir sogar sehr wahrscheinlich. Keiner will die Polizei im Haus haben. Wenn sie diesem – wie hieß er, Tirla? – eine Abreibung verpassen wollten, haben sie das sicher auf offener Straße getan. So gesehen könnte es sich durchaus um eine Sache zwischen Bulgaren und Rumänen handeln.«

Radek hatte den Eindruck, als wollte Sulzer nur das bestätigen, was sie ihm vorschlugen. In Wirklichkeit war es ihm scheißegal, was passiert war. Hätten sie die Vermutung geäußert, dass es sich um ein postkommunistisches Attentat handelte, hätte Sulzer vermutlich ebenfalls Gründe gefunden, um einen solchen Verdacht zu bestätigten.

»Haben Sie sonst noch Fragen an mich? Ich möchte nicht unhöflich sein, aber ich glaube nicht, dass ich Ihnen in dieser Angelegenheit weiterhelfen kann.«

Radek hätte zwar gerne noch nach dem Charakter der GmbH gefragt, nach den anderen Gesellschaftern und weiteren Details der Unternehmenskonstruktion, doch er wusste, dass er darauf nicht mehr Antworten bekommen würde, als er im Firmenbuch finden konnte, deshalb ließ er es bleiben. Dass die Art von Sulzers Geschäften ihm moralisch miserabel erschien, war kein Anhaltspunkt. Auch die Geschäfte vieler Bankkonzerne waren fragwürdig und niemand kümmerte sich darum. »Sie haben uns schon weitergeholfen, danke«, sagte er.

Zumindest hatten sie ihre Neugierde befriedigt und denjenigen kennengelernt, der mit Billigschlafplätzen für ausländische Arbeiter gute Geschäfte machte.

8.

Die Leute am Tisch waren in eine mühsame Diskussion verstrickt, bei der er nicht mehr nachvollziehen konnte, warum sie so kompliziert geworden war. Eigentlich ging es nur um die Route und die Örtlichkeit einer Demonstration, die sie gegen die Beteiligung der Landesregierung an der bundesweiten Asylpolitik abhalten wollten. Mittlerweile gab es dazu mehrere Varianten.

Vom Hauptbahnhof durch die Fußgängerzone in der Kremser Gasse und die Wiener Straße weiter bis zum Regierungsviertel, wo die Abschlusskundgebung stattfinden sollte. Oder eine Standkundgebung im Regierungsviertel, am Franz-Schubert-Platz oder direkt in der Neuen Herrengasse. Oder, und das war sein Vorschlag gewesen, weil er bezweifelte, dass die Polizei die Demonstranten bis ins Regierungsviertel lassen würde, eine Rundwanderung. Zuerst über den Niederösterreichring, dann auf die Franz-Josef-Promenade und an der Traisen entlang, schließlich über die B1 zum Ausgangspunkt zurück. Zehnmal das Regierungsviertel auf dieser Route umkreisen, die Demonstrationskette würde sich, je nach Teilnehmerzahl, in die Länge ziehen und vielleicht einen Kreis bilden, der den Verkehr in diesem Bereich lahmlegen würde.

Doch nun diskutierten sie seit einer Stunde über die Vor- und Nachteile der einzelnen Vorschläge. Von einer Entscheidung waren sie weiter entfernt als zu Beginn des Meetings. Im Grunde, dachte er, waren Route oder Örtlichkeit egal. Es ging nur darum, möglichst viel Störung der alltäglichen, kleinbürgerlichen Ruhe zu verursachen und damit größtmögliches Interesse für ihre Anliegen und ihren Protest gegen die Politik des Landesrats für Integration und des Innenministers zu erreichen.

Manchmal ging ihm dieses basisdemokratische Gelaber gehörig auf die Nerven. Er wünschte sich eine Entscheidung und ein Ende dieses sinnlosen Herumgeredes.

Während die Diskussion sich in eine neue Endlosschleife drehte, amüsierte er sich über den alten, verschlissenen Stadtplan, der vor ihnen auf dem Tisch lag. Sie alle verwendeten auf ihren Smartphones Google Maps und verschiedene Navigations-Apps. Aber wenn es darum ging, sich konkrete Positionen und Strecken zu vergegenwärtigen, kramten sie diesen alten Plan hervor, der an vielen Kanten so eingerissen war, dass er jedes Mal, wenn sie ihn auseinanderfalteten, befürchtete, dieses Ding zerfalle wie die Schriftrollen von Qumran.

Abrupt endete das Stimmengewirr. Jedoch nicht, weil ein Beschluss gefasst worden war, sondern weil zwei Männer das Parteibüro der PNL betraten, die überhaupt nicht ihren üblichen Klienten entsprachen. Es waren keine Alternativen, keine schrillen Punks, keine schüchternen Studentinnen, die die Welt verbessern wollten und dafür die richtige politische Gruppierung suchten. Auch keine Ausländer, die Unterstützung in ihren Angelegenheiten brauchten. Die beiden Männer waren Polizisten. Das sah er sofort.

Er erkannte es an ihrer Erscheinung. Sie waren groß, wirkten sportlich und durchtrainiert, waren beide um die 30, das Haar, bei einem schwarz, beim anderen dunkelbraun, kurz geschnitten. Sie trugen Jeans und Sakkos wie eine Uniform.

Er erkannte es auch an ihren Blicken, die sie zunächst unauffällig, aber aufmerksam durch den Raum schweifen ließen. Sie checkten zuerst die Lage, bevor sie die fünf Parteileute am Tisch musterten.

Das waren Bullen, er wusste es, ehe Bettina, ihre Büroleiterin, aufstand, zu ihnen ging und sie begrüßte. Als Antwort hielten die beiden ihr eine Polizeimarke vor die Nase und nannten ihre Namen: Bezirksinspektor Neumann, das war der Schwarzhaarige, und Bezirksinspektor Radek, der mit dem braunen Haar.

Panik befiel ihn, und er musste seinen ersten Impuls unterdrücken, aufzustehen und zu verschwinden. Er brauchte keine Angst zu haben, sagte er sich, er hatte nichts zu befürchten. Sie konnten nichts gegen ihn in der Hand haben. Trotzdem beobachtete er argwöhnisch, was geschah. Wenn die Bullen von der Staatspolizei ihren Rappel kriegten, holten sie die üblichen Verdächtigen, setzten sie ein bisschen auf den heißen Stuhl und machten so lange Druck, bis sie irgendetwas erfuhren.

»Ich hoffe, wir stören nicht«, sagte der, der sich als Radek vorgestellt hatte.

»Nein, nein, Sie stören nicht«, antwortete Bettina schnell.

»Wir suchen Klaus Winkler«, kam der Polizist sofort zur Sache. »Ist er hier?«

Also doch, dachte er, und wieder stieg Furcht in ihm hoch. Er überlegte, was er tun sollte. Abhauen? Das würde nur den Verdacht der Bullen erregen und einem Schuldeingeständnis gleichkommen, unabhängig davon, dass er gar nicht wusste, was ihm vorgeworfen wurde. Außerdem war es zum Verschwinden ohnehin zu spät.

Bettina wandte sich zu ihm und blickte ihn fragend an.

Bleib cool, sagte er sich, während er langsam aufstand und mit wenigen Schritten neben die drei trat. Die können dir nichts anhaben.

Die beiden Polizisten stellen sich noch einmal vor – das erschien ihm als gutes Zeichen. Wären sie auf Konfrontation aus oder hier, um ihn festzunehmen, würden sie nicht einen auf Freundlich machen.

»Sind Sie Klaus Winkler?«, fragte der Polizist namens Neumann.

»Ja.« Klaus nahm sich vor, nur auf das zu antworten, was er gefragt wurde, und kein Wort mehr als nötig zu sagen. Er wartete, was passierte. Bettina machte keine Anstalten, wegzugehen, und da die Polizisten sie nicht fortschickten, vermutete er, dass die Sache nicht so gefährlich war, wie er zunächst angenommen hatte.

Für Klaus Winkler war der Umgang mit der Polizei nichts Ungewöhnliches. Er war in dem Viertel hinter dem Bahnhof aufgewachsen, dort in den Kindergarten und in die Volksschule gegangen, bevor er in die Stadt ins Gymnasium kam. Die Gegend hieß im Volksmund »Glasscherbenviertel« und verfügte über einen hohen Ausländeranteil. Es hatte ständig Streit zwischen migrantischen und österreichischen Jugendlichen gegeben. In den wenigen Parks, in der Schule, später in den Kneipen. Polizeikontakte waren nichts Seltenes gewesen. Seit Winkler bei der Partei der Neuen Linken tätig war, hatte er ohnehin ständig Stress mit den Bullen. Hier in St. Pölten und in Wien. Vor allem bei Demos, aber auch, wenn mal wieder Graffitis auftauchten, bei denen es gegen die Rechten ging. Dann tanzten die Staatsbullen an und glaubten, wenn sie einen auf dicke Hose machten, könnten sie irgendwen einschüchtern.

Klaus Winkler war groß und schlank, beinahe hager, dennoch durchtrainiert. Bereits im Gymnasium hatte er das vielfältige Sportangebot genutzt. Seither war Sport ein wichtiger Teil seines Lebens. Mittlerweile hatte er einen großen Teil seiner Parteigenossen ebenfalls dazu motiviert. Sie gingen regelmäßig laufen und trainierten Kung Fu und Krav Maga, um sich im Fall einer Prügelei gegen die Rechten wehren zu können. Die PNL-Aktivisten waren keine Krawallmacher, nicht so wie der Schwarze Block, dem es mehr um Randale als um politische Inhalte ging. Die PNL wollte den herrschenden Verhältnissen mit friedlichen und demokratischen Mitteln entgegentreten. Aber sie waren auch keine naiven Idioten, sie wussten, dass die Neonazis zuschlugen, wenn sich die Gelegenheit dazu ergab. Und keiner von ihnen verspürte den Wunsch, sich mit Sprüchen zur Gewaltfreiheit auf den Lippen von ihnen verprügeln zu lassen. Selbst Bettina kam regelmäßig zum Training und war durchaus in der Lage, einem Angreifer einige schmerzhafte Verletzungen zuzufügen. Klaus Winkler war zwar erst 23, hatte aber schon so viel hinter sich gebracht, dass er sich vor Skinheads genauso wenig fürchtete wie vor den zwei Bullen, die überraschend aufgetaucht waren.

Der größere der beiden, dieser Radek, musterte ihn aufmerksam, dann zog er ein Handy aus der Tasche und suchte ein Foto. »Wir haben ein paar Fragen, Herr Winkler.«

»Bitte«, sagte er knapp, aber nicht unhöflich.

Radek zeigte ihm ein Foto. »Kennen Sie diesen Mann?«

Selbstverständlich kannte Klaus ihn. Das war Radu. Es war zwar ein beschissen schlechtes Foto, doch er erkannte ihn sofort. Verdammt, was wollten die Bullen von Radu? Suchten sie ihn? Hatte er Probleme? Die Bullen schossen sich gerne auf Ausländer ein. Und die konnten sich nicht gegen Diskriminierung wehren, kannten sich mit den hiesigen Gesetzen nicht aus, hatten keine Widerstandskraft. Für die Bullen war es einfach, Ausländer plattzumachen.

»Nein, kenn ich nicht«, sagte Klaus deshalb, nachdem er das Foto einige Sekunden lang betrachtet hatte. »Wer soll das sein?« Ihm entging nicht, dass der andere Polizist, dieser Neumann, ihn misstrauisch beobachtete. Ob sie ihm den Kontakt zu Radu nachweisen konnten?

»Sicher nicht?«, fragte Radek.

Klaus betrachtete das Bild noch einmal. »Nein, kenn ich wirklich nicht.«

»Seltsam«, mischte sich Neumann ein. »Dieser Herr trug nämlich Ihre Visitenkarte bei sich.«

Trug? War Radu tot? Klaus musste sich zusammenreißen und seine aufkommende Angst unterdrücken. Das konnte nicht sein. Weswegen auch? Doch nicht wegen der Dinge, die sie vor einigen Tagen besprochen hatten! »Echt?« Er gab sich ungläubig.

»Ja, echt«, äffte ihn Neumann nach. »Können Sie mir erklären, wie er zu Ihrer Visitenkarte kam?«

Es war klar, dass ihm der Polizist kein Wort glaubte. Klaus zuckte mit den Schultern. »Keine Ahnung.« Und bevor Neumann zu einer Entgegnung ansetzen konnte, fügte er hinzu: »Wir verteilen unsere Visitenkarten bei Straßenaktionen wie andere Leute ihre Coronaviren. Jedem, der vorbeikommt, drücken wir einen Flyer in die Hand. Und jeder, der mehr mit uns spricht als ›Guten Tag‹ oder ›Leck mich am Arsch‹, kriegt eine Visitenkarte. Das ist eine unserer Marketingstrategien. Die Partei soll nicht aus anonymen Aktivisten bestehen, sondern es soll Namen zu den Gesichtern geben.«

»Das stimmt«, bestätigte Bettina ungefragt. »Wir verteilen bei unseren Aktivitäten haufenweise Visitenkarten. Also, dieser Herr da«, sie deutete auf Radeks Handy, das der noch immer in der Hand hielt, den Arm bereits nach unten gesenkt, »hätte sie bei einer Straßenaktion bekommen können, ohne viel mit uns zu tun zu haben.«

Das erschien den beiden Polizisten einleuchtend. Radek nutzte die Gelegenheit und zeigte Bettina das Bild Tirlas. »Haben Sie diesen Mann schon einmal gesehen?«

Bettina betrachtete das Foto und schüttelte den Kopf. »Nein.«

Klaus musste sich ein Grinsen verkneifen. Klar kannte auch Bettina Radu. Aber weil er es verschwieg, hielt sie auch den Mund. Das war Solidarität.

»Schade.« Radek steckte das Telefon weg. »Wir dachten, Sie könnten uns weiterhelfen.«

»Was ist denn mit diesem Mann?«, fragte Klaus. Er konnte seine Neugierde nicht länger zurückhalten.

Radek antwortete: »Das ist ein rumänischer Arbeiter, der vor ein paar Tagen in der Kremser Landstraße übel zusammengeschlagen wurde. Derzeit liegt er im Krankenhaus. Wir vermuten, dass es sich um einen Raubüberfall handelt. Unter den wenigen Sachen, die wir bei ihm gefunden haben, war diese Visitenkarte.«

Klaus versuchte, sich nicht anmerken zu lassen, wie diese Nachricht auf ihn wirkte. Radu zusammengeschlagen! Überfall! Was hatte das zu bedeuten? Deshalb konnte er ihn nicht erreichen, deswegen war er nicht gekommen. Aber warum zusammengeschlagen? Das mit dem Raubüberfall glaubte er keine Sekunde. Scheiße, wer überfällt einen rumänischen Wanderarbeiter, der ohnehin nichts hat außer dem Wenigen, das er bei sich tragen kann? Bullshit. Da steckte etwas anderes dahinter. »Das klingt tragisch«, versuchte er eine unverfängliche Antwort. Es kostete ihn viel Mühe, seine Aufregung zu unterdrücken. »Schade, dass ich Ihnen nicht weiterhelfen kann.«

»Na dann, wenn Ihnen noch was einfällt, rufen Sie mich bitte an.« Mit dieser Floskel zog Radek eine Visitenkarte aus der Sakkotasche und reichte sie Klaus, der sie kurz überflog und einsteckte.

»Klar, mach ich«, sagte er. »Thomas Radek lautet Ihr Name? Sie sind nicht zufällig mit dem russischen Kommunisten verwandt?«

»Nein. Nicht dass ich wüsste.«

Klaus grinste den Polizisten spöttisch an. »War nur so eine Idee. Ist ein guter Mann gewesen.«

Radek hatte keine Ahnung, wen oder was Klaus meinte, das sah er ihm an.

Die beiden Polizisten verschwanden und Bettina stellte keine Fragen. Damit war die Sache erledigt.

Sie kehrten zum Tisch zurück und widmeten sich wieder ihrem Besprechungsthema. Doch Klaus blieb unkonzentriert. Er fragte sich die ganze Zeit über, was mit Radu passiert war, wie es ihm ging, warum er zusammengeschlagen worden war und ob es mit dem zu tun hatte, was sie vor einigen Tagen besprochen hatten.

Klaus Winkler war seit vier Jahren in der Partei tätig. Sein Vater war Arbeiter im Gleisbau bei den Österreichischen Bundesbahnen. Privilegiert auf gewisse Weise, aber doch nur ein kleiner Arbeiter. Seine Mutter schuftete in einem Supermarkt an der Kassa. Das Geld hatte gerade so für die vierköpfige Familie gereicht, als sie alle noch zu Hause gewohnt hatten. Trotzdem hatten ihn seine Eltern aufs Gymnasium geschickt und einige Jahre später auch seine jüngere Schwester. Die Kinder sollten es einmal besser haben als die Eltern. Nach der Matura hatte er mit einem Studium der Politikwissenschaften begonnen, im zweiten Semester war er in eine WG in der Daniel-Gran-Straße gezogen. Es war die Wohnung eines Studienkollegen, eigentlich die seiner Eltern, die mittlerweile in Prinzersdorf ein Haus gebaut hatten und dort wohnten. Klaus Winkler bekam die Familienbeihilfe, mit der er gerade mal seine Mietkosten bezahlen konnte. Klar würden seine Eltern ihn finanziell unterstützen, aber das wollte er nicht. Er hatte sich gleich zu Beginn des Studiums einen Job gesucht, genau genommen mehrere. Er arbeitete aushilfsweise als

Fahrradkurier und jobbte als Komparse bei einer Filmproduktionsfirma in Wien.

Auf das Parteibüro der PNL in der Heßstraße war er schon vor der Matura gestoßen und betätigte sich dort seither politisch. Er wollte nichts mit der Sozialistischen Union Österreichs zu tun haben. Sein Vater war bei dieser Partei, jedoch nur passives Mitglied. Er engagierte sich nicht, zahlte aber brav seine Mitgliedsbeiträge und machte alle paar Jahre ein Kreuzchen bei den Roten. Das war nicht Klaus' politische Welt. Mit der Sozialistischen Union hatte er nichts am Hut. Mit den Konservativen oder den Nationalen sowieso nicht, und auch die Grünen waren ihm nicht geheuer, obwohl sie bei den letzten Wahlen in St. Pölten ordentlich dazugewonnen hatten und nun drei statt einen Gemeinderat stellten. Doch er konnte mit ihnen nichts anfangen. Sie liefen mit linken Themen durch die Gegend und schwenkten sie wie bunte Fähnchen. Aber wenn es darauf ankam, waren sie nur die konservativen, grün gefärbten Bobos, die bourgeoisen Bohemiens. Er hasste diese Heuchelei – und deshalb auch die Grünen, die mehr mit den Bürgerlichen gemein hatten als mit den Linken, selbst wenn sie es nicht wahrhaben wollten.

Er war ein Linker. Immer schon gewesen. Das war das ideologische Erbe seiner Eltern. Aber er hatte keine politische Heimat gehabt, bis er die PNL gefunden hatte, eine neue Linke, die sich von den fettgefressenen und bequem gewordenen Bonzen der SUÖ deutlich abhob und sich auch nicht in den sinnlosen dogmatischen Diskussionen verlor, wie es viele andere Gruppen taten, die sich als marxistisch oder leninistisch oder trotzkistisch oder stalinistisch oder maoistisch bezeichneten und außer ihrer ideologischen Hirnwichserei nichts auf die Reihe kriegten. Die PNL war eine pragmatische linke Gruppe, ideologisch war sie zwar trotzkistisch ausgerichtet, aber das diente eher als Grundierung ihrer politischen Arbeit, nicht als Dogma. Sie verfügte über vier Regionalbüros in Wien und einem in Niederösterreich. Die PNL engagierte sich in vielen Bereichen, aktuell zu Fragen der Asylproblematik. Deshalb die geplante Demonstration. Deshalb diese lähmende Diskussion um Standorte und Routen.

Klaus hielt es nicht mehr aus. Er musste raus und ein Telefonat führen. »Ich geh eine rauchen«, sagte er, stand auf und verzog sich auf die Straße. Er drehte sich eine Zigarette und nahm genüsslich ein paar Züge. Dann holte er das Telefon aus der Tasche, suchte Radus Nummer und wurde sofort auf die Mobilbox weitergeleitet. Offensichtlich war es ausgeschaltet. Logisch, wenn er im Krankenhaus lag.

Er fragte sich, ob sich die Bullen nur wegen des Überfalls für Radu interessierten oder ob da mehr dahintersteckte. Verdächtigten sie Radu? Oder sogar ihn selbst? Aber weswegen? Er und Radu hatten nichts ausgefressen. Trotzdem – bei den Bullen konnte man nie wissen.

Er suchte noch eine Nummer aus seinem Telefonverzeichnis.

»Hallo, Valentin«, begrüßte er seinen Gesprächspartner.

»Hallo, Klaus, was gibt's?«

Sie hatten vereinbart, sich vorübergehend so wenig wie möglich zu kontaktieren. Das erschien ihnen sicherer. Zumindest so lange, bis die Sache vorüber war.

»Die Bullen waren gerade bei uns«, erklärte Klaus. »Sie haben sich nach Radu erkundigt.«

Kurzes Schweigen am anderen Ende. »Was wollten sie wissen?«

»Ob ich ihn kenne. Radu wurde zusammengeschlagen. Sie haben was von einem Überfall gefaselt.«

»Blödsinn. Wer überfällt jemanden wie Radu?«

»Das denke ich auch.«

»Was hast du ihnen gesagt?«

»Nichts. Ich habe behauptet, dass ich Radu nicht kenne.«

»Haben sie es geschluckt?«

Klaus überlegte einen Moment. Er war sich nicht sicher. »Ich glaub schon.«

»Gut.« Valentin zögerte, bevor er fragte: »Glaubst du, dass das etwas mit uns zu tun hat?«

Auch Klaus ging dieser Gedanke nicht aus dem Kopf. »Ich weiß es nicht«, antwortete er. »Jedenfalls sollten wir aufpassen, besonders du.«

»Das mach ich«, antwortete Valentin.

9.

In der Meldung, die jene Streifenpolizisten geschrieben hatten, die als Erste am Tatort eingetroffen waren, stand, dass Radu Tirla bewusstlos auf dem Kundenparkplatz eines Supermarkts in der Kremser Landstraße aufgefunden worden war.

Die Kremser Landstraße war eine schmucklose Straße, die vom Bahnhof gerade hinunter bis zum Krankenhaus verlief. Der Supermarkt lag nicht weit vom Bahnhof entfernt. Zwischen ihm und dem nächsten Haus befand sich ein kleiner Parkplatz.

An der linken Seite, bei der Hauswand zum Nachbargebäude, sahen sie getrocknete Blutspuren am Boden, die sehr wahrscheinlich von Tirla stammten. Und neben einem einfachen, einbetonierten Radständer fanden sie zwei Verpackungen von Verbandsmull.

»Er muss ziemlich geblutet haben«, sagte Neumann und deutete auf die vielen dunklen Flecke. Er machte mit einer kleinen Spiegelreflexkamera einige Fotos.

»Aber nur an dieser Stelle. Es gibt keine Blutspuren, die her- oder wegführen«, bemerkte Radek und deutete auf den Gehsteig zu beiden Seiten. »Ich vermute, dass sie ihn hier niedergemacht haben.«

Sie schauten sich um. Der Parkplatz, die Rückseite des Supermarkts, die Wand des Nachbarhauses. Darauf ein vergammeltes Schild mit der Aufschrift »Büros zu vermieten« und einer halb abgeblätterten Telefonnummer darunter. Gegenüber der große, moderne Verwaltungsbau der Pensionsversicherungsanstalt mit einem Durchgang hinüber zur Schöpferstraße.

»Hier ist am Abend tote Hose«, sagte Neumann. »Wir werden kaum Zeugen finden.«

»Die Spurensicherung hat sich nicht um den Tatort gekümmert«, bemerkte Radek. »Hat bis dato scheinbar niemanden interessiert.«

Neumann zuckte mit den Schultern. »Jetzt bringt es nichts mehr.«

»Vermutlich nicht«, bestätigte Radek, trat auf die Straße und blickte sich um.

Ein Radfahrer, der stadtauswärts unterwegs war, fuhr vorbei und klingelte heftig. »Hey, aufpassen!«, schrie er zornig.

»Du kannst mich auch mal«, rief ihm Radek nach.

Im Nebenhaus befand sich ein kleiner Elektronikhändler. Im Laden begrüßte sie ein etwa 40-jähriger Typ, der von dem, was geschehen war, keine Ahnung hatte. Er bestritt sogar, davon gehört zu haben. Vielleicht sagte er die Wahrheit, angesichts der Spuren auf dem Parkplatz bezweifelte Radek das allerdings.

Wieder draußen auf dem Gehsteig sagte Radek: »Die Kerensstraße ist übrigens gleich da vorne. Nur ein paar Gassen weiter.« Er deutete Richtung Krankenhaus. »Angesichts der Tatzeit vermute ich, dass er auf dem Nachhauseweg war. Aber woher ist er gekommen?«

»Keine Ahnung. Worauf willst du hinaus?«

»Vielleicht gibt es irgendwo eine Videoüberwachung.«

»Und was soll das bringen?«

Radek wusste es selbst noch nicht und grinste schief. »Mal sehen«, sagte er. »Gehen wir ein wenig spazieren.«

Sie marschierten die Kremser Landstraße hinauf zum Bahnhof. Da war nicht viel. Der Bau der Pensionsversicherungsanstalt, der Sitz des Gewerkschaftsbundes, und schon befanden sie sich auf dem rückwärtigen Platz beim Bahnhof. Am Ende der Straße ein Bekleidungsgeschäft und eine kleine Imbissbude. An der Ecke zur Doktor-Höfinger-Gasse ein kleiner Juwelier. Neumann entdeckte an beiden Geschäftsfronten Videokameras. Möglicherweise zeigten sie nicht nur, was direkt vor den Schaufenstern des Juweliers vor sich ging, sondern deckten einen größeren Blickwinkel ab. Wenn Tirla hier vorbeigegangen und dabei gefilmt worden war, wüssten sie zumindest, aus welcher Richtung er gekommen war.

Der türkische Ladenbesitzer mit dickem Schnauzbart war um die 50 und äußerst zuvorkommend und kooperativ. Ja, die Videoüberwachung laufe den ganzen Tag und die ganze Nacht, erklärte er. Selbstverständlich könnten sie die Aufnahmen sehen. Er schloss den Laden ab, führte die beiden in ein ordentlich aufgeräumtes Büro hinter dem Verkaufsraum und setzte sich an einen kleinen Tisch an der Wand mit einem Computer darauf. Auf dem Monitor waren vier Überwachungsvideos zu sehen, zwei Bilder zeigten die Außenfront, die beiden anderen den Verkaufsraum. Der Ausschnitt einer Kamera an der Außenfront umfasste auch einen Großteil des Gehsteiges.

Radek deutete auf das Bild und fragte, ob der Ladenbesitzer die Videoaufnahmen des infrage kommenden Zeitraums kopieren und ihnen mitgeben könne. Er hatte keine Lust, sich hierherzusetzen und die Aufnahmen durchzusehen.

Selbstverständlich gebe er ihnen die Videoaufnahmen. Der Mann klickte einige Menüs durch und fragte, ob es ausreiche, die Aufnahmen auf eine CD zu kopieren.

Radek bejahte.

Nach einer kurzen Wartezeit, in der ihnen der Ladenbesitzer Tee anbot, den sie jedoch ablehnten, hielten sie die CD in der Hand, bedankten und verabschiedeten sich.

»Keine Ursache. Ich helfe der Polizei gerne. Polizei ist wichtig. Die Polizei hilft auch mir, wenn ich Probleme habe«, sagte er grinsend.

*

Das »Drunken Sailor«, oder nur »Sailor«, wie es die Stammgäste nannten, war eine kreative Mischung aus Bierbeisl und Irish Pub.

Das Irische bestand in mehreren traditionellen Bieren von der grünen Insel, Folkmusic anstelle des Schweinebeats aus dem Radio und einigen kulinarischen Angeboten, die zumindest ihre Ursprünge in Irland oder Großbritannien hatten und in einer österreichischen Variante auf den Tisch kamen. Kein Mensch hier in der Provinz würde Fish and Chips oder ein Irish Stew nach Originalrezepten runterwürgen. Die Bandbreite an irischem Bier umfasste den Klassiker Guinness, Murphy's und Harp Lager. Das »Sailor« öffnete seine Pforten traditionell mit dem gleichnamigen Folksong in einer Version von »The Irish Rovers« um 17 Uhr.

Der Rest war österreichisch.

Radek mochte Irland, irische Musik und irisches Bier. Aber der größte Vorteil am »Sailor« war für ihn, dass sich das Pub keine fünf Minuten von seiner Wohnung entfernt befand.

Das Lokal, früher ein stinknormales Gasthaus, bestand aus einer elendslangen Theke, flankiert von einer Tischreihe und einem größeren rückwärtigen Teil, in dem manchmal Live-Bands spielten, um neues Publikum zu ködern und altes zu halten. Heute jedoch nicht.

Als er sich an die Theke setzte, hämmerten die »Dubliners« ihr »Seven Drunken Nights« aus den Boxen. Das passte perfekt.

Hinter der Theke bedienten keine englischsprachigen Studenten, die die Bestellungen auf Englisch entgegennahmen und das Flair vermittelten, irgendwo in Dublin zu hocken. Hier teilten sich zwei Kellnerinnen den Servicedienst, Mary und Jenny, deren Fremdsprachenkenntnisse über den Pflichtschulabschluss nicht hinausgingen. Dafür hatten sie große Titten und lockere Sprüche, das eine, um die männlichen Gäste an der Theke zu halten, das andere, um deren blöder Anmache Paroli bieten zu können. Georg, der Chef, machte sich üblicherweise in der Küche wichtig, wenn es da etwas zu tun gab, sonst stand er ebenfalls hinter dem Ausschank.

Hier herrschte ein anderes Geschäftsmodell als in der Innenstadt. Das Pub im Vorort zog ein anderes Publikum an als seine Vettern im Zentrum. Keine Schickimickis, keine Stadtbummler, keine Angestellten, die nach Büroschluss noch schnell auf einen Absacker gingen, sondern bodenständige Arbeiter, Männer und Frauen, denen ein Bier in gemütlicher Umgebung wichtiger war als Sehen und Gesehenwerden. Das »Drunken Sailor« war kein Lokal, in das man ging, um einen Aufriss zu machen, sondern um sich in Ruhe abzufüllen.

Am Tresen lungerten vier Männer vor ihren Biergläsern. Hinten saßen an einem Tisch zwei Pärchen mittleren Alters.

Jenny stand an den Zapfhähnen und schenkte Radek ein aufreizendes Lächeln. Sie trug knallenge Jeans und ein noch engeres T-Shirt. Jedes Mal, wenn sie hinter der Bar herumwieselte, hingen die Blicke der Männer an der Theke an ihrem Hintern oder an ihren Titten wie am Ball bei einem Tennismatch. Radek konnte sich dem genauso wenig entziehen wie die anderen.

Jenny flirtete gerne, ganz im Gegensatz zu ihrer Kollegin Mary, die eigentlich Maria hieß und sich spröde gab, damit jedoch den Jagdinstinkt der männlichen Gäste weckte. Obwohl Jenny den Männern gerne mal mit einer zweideutigen Bemerkung einen trockenen Mund bescherte, wussten alle Stammgäste, dass sie bei ihr nicht landen konnten. Es war ein Spiel, eine erotische Anreicherung des Abends, mehr nicht.

Auch Radek war nicht immun gegen die weiblichen Verlockungen, die Jenny und Mary versprachen. Wenn nach mehreren Bieren das Denken schwerer fiel und die Vernunft bereits Pause machte, keimte auch in ihm die Hoffnung auf, dass sich Jenny oder Mary doch einmal herablassen und mit ihm mitgehen würden - auf einen Whisky und etwas mehr. Genau diese heimliche Hoffnung ließ die Männer immer wieder ins »Sailor« kommen.

Er bestellte ein Murphy's Red Ale, nahm einen großen Schluck und ging mit dem Glas hinaus vor das Lokal, um eine Zigarette zu rauchen.

Neben dem Eingang stand ein kleines, altes Weinfass mit einer runden Tischplatte und einem riesigen gusseisernen Aschenbecher darauf. Das »Raucherzimmer«, wie es von den Stammgästen spöttisch genannt wurde. Manchmal, an lauen Sommertagen, drängten sich hier mehr Leute als drinnen an der Theke, jetzt aber war er der Einzige, was ihm nicht unangenehm war.

Seine Wohnung lag zwei Häuser weiter die Straße hinauf. Er hatte sie vor sechs Monaten durch Zufall von einem Kollegen bekommen, der wegen Familienzuwachs etwas Größeres brauchte. Eine Mietwohnung aus den 1960ern, 70 Quadratmeter, drei Zimmer, Balkon. Ausreichend für ihn.

Schweren Herzens hatte er seine Wohnung in Senftenberg aufgegeben und war nach St. Pölten übersiedelt. Das Pendeln war mit der Zeit zu anstrengend geworden.

Radek war schon länger im EB 1 tätig, hatte aber bis vor einer Weile in Gruppe 1 gearbeitet. Doch dann kam der Fall in Schandau, mit ihm die dienstlichen Schwierigkeiten und der Wechsel in die Gruppe 2. Er hatte einen Festgenommenen geschlagen. Das hatten seine Kollegen unter den Tisch gekehrt, es als Notwehr deklariert. Alle, die dabei gewesen waren, hatten vor Gericht genauso gelogen wie er. So weit hatte der Korpsgeist noch funktioniert. Anschließend war es damit vorbei gewesen. Man hatte ihm nahegelegt, sich etwas anderes zu suchen. In der Gruppe 2 war ein Platz frei gewesen. Die Versetzung war so problemlos gelaufen, dass er sich selbst darüber gewundert hatte. Er vermutete, dass jemand nachgeholfen hatte, aus welchen Gründen auch immer.

Die Kollegen in der Gruppe 2 waren nicht sonderlich erfreut gewesen, als er zu ihnen kam. Seine Konflikte in der Gruppe 1 hatten sich herumgesprochen. Andererseits hatte der Fall, den er in Schandau angestoßen hatte, viel Aufsehen erregt. Man war nicht umhingekommen, seinen Namen im Zuge der Aufklärung zu nennen, selbst wenn man das gerne vermieden hätte.

Radek hatte beschlossen, hier kein Außenseiter zu sein wie in Gruppe 1, hatte deshalb die Flucht nach vorne angetreten und die fünf Kollegen der Gruppe 2 zu seinem Einstand ins Ristorante Vesuvio hinter dem Alpenbahnhof eingeladen. Er hatte erklärt, wie er ins LKA gekommen war, dass er der ungeliebte Neuling in der Gruppe 1 gewesen war, dann der Fall in Schandau, die Sache mit dem Übergriff und warum er sich in die Gruppe 2 hatte versetzen lassen.

Pirker, ihr Chef, hatte das Wort ergriffen und stellvertretend für alle gesprochen. Sie hätten nichts gegen ihn persönlich, aber ihm eile ein gewisser Ruf voraus. Dass er nicht teamfähig sei, ein Querulant, eigensinnig, dickschädelig und aufbrausend. Alles keine guten Karten. Aber sie würden auch die Kollegen der Gruppe 1 kennen und wissen, dass es mit denen nicht immer einfach sei. Und sie hätten den Fall in Schandau genau mitverfolgt. Nicht von Anfang an, aber als er durch die Decke gegangen sei und keiner, selbst Staatsanwälte und Bezirkspolizisten, mehr gewusst habe, wie er sich rechtfertigen sollte. Er habe sich Radeks Ermittlungsarbeit angesehen, und die sei echt gut gewesen. Zwar sehr eigensinnig, aber als es darauf angekommen sei, habe er sich als Teamplayer erwiesen. Sie alle würden nichts von Vorverurteilungen und schon gar nichts von Gerüchten halten. Außerdem fände er es mutig, dass Radek die Dinge, die in Schieflage geraten waren, offen vor ihnen anspreche. Und es sei ihm scheißegal, ob er einen Festgenommen verprügelt und vor Gericht einen Meineid geleistet habe. Solange er hier seine Arbeit gut mache.

Mike Springer hatte hinzugefügt, dass sie sich selbst aussuchten, wen sie nicht leiden konnten.

Damit war die Sache vom Tisch gewesen. Für Pirker, für Radek und für die anderen. Es war eine fröhliche Einstandsfeier geworden, und am nächsten Tag hatten alle eine Menge Kaffee gebraucht, um die Kater zu vertreiben, die durch die Büros streiften.

Seit diesem Tag war Radek Teil der Gruppe.

Und noch etwas hatte sich verändert. Damals in Gruppe 1 war ihm langweilig gewesen, weil er vor allem die Schreibtischarbeit hatte machen müssen. Er hatte deshalb den Plan gefasst, Geschichte zu studieren, den er nun in die Tat umgesetzt hatte.

Inzwischen war das Glas leer und die Zigarette fast zu Ende geraucht. Als er vom »Raucherzimmer« aus die leere Gasse hinaufblickte, die im dumpfen Licht der Straßenlaternen kalt und trostlos wirkte, erinnerte er sich daran, wie er zunächst damit gehadert hatte, in St. Pölten zu wohnen.

Doch es hatte nicht lange gedauert und er hatte sich wohlgefühlt in seiner neuen Heimat. Jetzt war er also ein St. Pöltner, arbeitete im LKA und studierte in Wien. Hätte ihm das jemand vor zwei Jahren gesagt, wäre er mit einem Lachkrampf umgekippt. Aber so spielt das Leben.

Er dämpfte die Zigarette aus und ging zurück an den Tresen.

Während er auf Jennys Hintern stierte, versuchte er, seine Gedanken neu zu ordnen. Winklers Bemerkung zum Kommunisten Radek fiel ihm ein. Er zog sein Handy aus der Tasche. Bereits der dritte Eintrag auf Google war ein Treffer. Er öffnete die Seite.

Karl Radek. Journalist. Russischer Kommunist jüdischer Abstammung. 1885 in Galizien geboren, im damaligen Österreich-Ungarn. Schloss sich in seiner Jugend der polnischen Sozialdemokratie an. Wegen seiner Beteiligung an der Russischen Revolution 1905 verhaftet und ein Jahr lang inhaftiert. Danach emigrierte er nach Deutschland, Mitglied der SPD, Weggefährte von Rosa Luxemburg. Entwickelte sich immer stärker zum parteiinternen Kritiker, was zu seinem Rauswurf führte. Schloss sich danach Lenin an und beteiligte sich an dessen Seite an der Revolution von 1917. Nach dem Ersten Weltkrieg wegen kommunistischer Umtriebe über ein Jahr lang in Deutschland inhaftiert. Danach zurück in die Sowjetunion. Als Anhänger von Trotzki jedoch aus seiner Machtposition in der Kommunistischen Partei gedrängt, später aus der Partei ausgeschlossen und für zwei Jahre nach Sibirien verbannt. Nach seiner Rückkehr unterwarf er sich Stalin, trotzdem wurde er in einem der Moskauer Schauprozesse zu zehn Jahren Lagerhaft verurteilt und 1939 in der Haft ermordet.

Das war also der Kommunist Karl Radek. Vielseitig, engagiert, kritisch, ein streitbarer Geist – aber letztlich war er daran zugrunde gegangen.

Radek hatte keine Ahnung, woher seine eigene Familie stammte. Soviel er wusste, waren seine Vorfahren im 19. Jahrhundert aus Böhmen-Mähren eingewandert, wie viele andere auch. Jüdische Wurzeln waren ihm unbekannt. Nein, er war sicher nicht mit Karl Radek verwandt, auch wenn ihm dieser Gedanke gefiel.

Die Denkmaschine in seinem Kopf sprang eine Umdrehung weiter, und plötzlich war er bei Radu Tirla und dem Umstand, dass ihn jemand halb totgeprügelt hatte. Wer machte so etwas? Rechte Schläger, die einen Ausländer plattmachen wollten? Oder doch die Bulgaren?

Er winkte Jenny und bestellte noch ein Murphy's.

Als Leiter der Ermittlung musste er sich um den Fall kümmern, aber nicht jetzt. Er wollte nicht die ganze Zeit darüber nachdenken.

Zum Glück waren noch Sommerferien und er hatte an der Uni keinen Stress. Das Wintersemester begann erst in einem Monat.

Es war ein langer Tag gewesen. Radek war müde, und das Bier wirkte schneller als erwartet. Er merkte es an der Trägheit seiner Gedanken und daran, dass sein Blick immer öfter an Jenny hängenblieb, an ihrem Busen und ihrem Hintern. Und dass er sich fragte, ob er bis zur Sperrstunde bleiben sollte, um sie einmal mehr anzubaggern.

»Oh Peggy Gordon, you are my darling«, sang Paddy Reilly gerade.

Wer weiß, möglicherweise war heute sein Tag.

10.

Am nächsten Morgen überprüften sie zunächst Radu Tirla im Polizeicomputer, fanden aber keine Eintragungen.

Dann sichteten sie die Videoaufnahmen aus dem Juweliergeschäft. Zuerst starrten sie auf einen leeren Gehsteig. Die Kamera war erhöht montiert und zeigte Bilder, die mit guter Auflösung in steilem Winkel nach unten aufgenommen worden waren. Der Streifenwagen war um 22.34 Uhr in die Kremser Landstraße gekommen. Deshalb hatten Radek und Neumann die Aufnahmen von zwei Stunden vorher bis eine Stunde nach diesem Zeitpunkt angefordert. Ob es ihnen überhaupt möglich war, Tirla zu identifizieren, wenn man sein Gesicht nicht sah? Sie kannten nur seine Größe, sein Alter, seine Statur und die Oberbekleidung, die er an dem Tag getragen hatte.

Zur Tatzeit herrschte kaum noch Fußgängerverkehr. Zwei Frauen mit Kopftuch gingen vorüber, ein Mann, der nach längerer Analyse mit Vor- und Zurückspulen nicht als Tirla infrage kam, zwei Männer, die deutlich jünger waren als das Opfer, eine Gruppe Jugendlicher und ein einzelner Mann, der wegen seiner Körperfülle schnell ausschied. Dann ein Mann, der ihre Aufmerksamkeit erregte. Er war nur von hinten zu sehen, trug ein kariertes Baumwollhemd, das mit demjenigen von Tirla übereinstimmte. Der Timecode zeigte 22.18 Uhr. Der Juwelierladen lag keine fünf Minuten vom

Tatort entfernt, also wäre es möglich, dass es sich bei der Person um Tirla handelte. Auch die Statur passte, und die Frisur war der auf dem Passfoto ähnlich.

Eine halbe Minute später kamen drei weitere Männer ins Bild, sie gingen in die gleiche Richtung wie der vermeintliche Tirla, waren dementsprechend nur von hinten erkennbar. Sie trugen dunkle Bomberjacken und schwarze Jeans, zwei hatten kurzes Haar, der dritte eine Glatze.

»Das könnten unsere Täter sein«, sagte Neumann.

»Vielleicht, aber ich bezweifle, dass wir mit diesen Bildern viel anfangen können«, entgegnete Radek. Die Gesichter waren höchstens im Halbprofil zu sehen, und sie wussten nicht einmal sicher, ob es sich zuvor um Tirla gehandelt hatte, geschweige denn, ob die Männer etwas mit der Tat zu tun hatten. Aber es war im Moment das Einzige, was sie hatten. Deshalb machten sie von allen vier Männern einen Ausdruck.

Dann ließen sie das Video weiterlaufen. Lange kam niemand mehr. Insgeheim hatten beide gehofft, dass die potenziellen Täter nach der Tat noch einmal am Geschäft vorbeiliefen, dieses Mal in umgekehrter Richtung, und dadurch ihre Gesichter erkennbar wären. Doch diese Erwartung erfüllte sich nicht.

Irgendwann tauchte eine Gruppe Jugendlicher auf, die direkt auf die Kamera zuging, also weg vom Tatort. Radek und Neumann glaubten nicht, dass die etwas mit der Tat zu tun hatten, dafür machten die jungen Leute einen zu ausgelassenen und entspannten Eindruck. Sie wirkten nicht so, als hätten sie gerade einen Mann halb totgeprügelt. Außerdem waren sie erst 30 Minuten nach dem Polizeieinsatz unterwegs. Trotzdem machte Radek einen Ausdruck.

Das war's, mehr gab es nicht. Sie sprachen es nicht aus, aber beide waren enttäuscht.

Sie legten die großformatigen Fotos nebeneinander und betrachteten sie schweigend.

»Diese Gruppe würde ich ausschließen.« Radek schob das Foto der Jugendlichen zur Seite.

Neumann erhob keinen Widerspruch.

»Die sehen aus wie Skinheads«, stellte Radek nach einer Weile fest und deutete auf die drei Typen in dem dunklen Outfit auf dem zweiten Foto.

Neumann brummte zustimmend und fügte hinzu: »Dann sollten wir das Ganze dem Verfassungsschutz geben. Eine Tat mit politischem Hintergrund.«

Radek wusste nicht, ob das ein Scherz sein sollte.

Natürlich ließen sie den Verfassungsschutz aus dem Spiel. Aber es gab keinen Ermittlungsansatz, dem sie hätten folgen können. Klar, es wäre möglich gewesen, die Umgebung des Tatorts abzuklappern und nach Augenzeugen zu suchen. Doch sie sagten sich: Wenn es einen Tatzeugen geben würde, der seine Beobachtungen der Polizei mitteilen wollte, wäre der von sich aus gekommen.

Beide wussten, dass das ein schwaches Argument war. In Wirklichkeit gab es in diesem Fall momentan nicht viel zu gewinnen, und sie hatten keine Motivation, die Sache weiterzuverfolgen. Sie wollten warten, bis Tirla vernehmungsfähig war. Vielleicht ergaben sich danach neue Ansätze.

Außerdem meinten beide, dass sie diese Sache nichts anging, dass sich die Kollegen vom Raub darum kümmern sollten. Sie hatten das Gefühl, als würden sie deren Arbeit machen, wodurch ihre anderen Fälle darunter leiden mussten. Deshalb ließen sie die Sache ruhen.

Bis sie am nächsten Nachmittag einen Anruf von Doktor Mahler aus dem Krankenhaus bekamen.

»Sie waren kürzlich wegen Herrn Radu Tirla bei uns, richtig?«

»Ja«, antwortete Radek.

»Wir haben Herrn Tirla aus dem künstlichen Tiefschlaf geholt. Sein Zustand hat sich stabilisiert, das Schädel-Hirn-Trauma haben wir jetzt im Griff. Wie es aussieht, werden wir ihn heute oder morgen aus der Intensivpflege entlassen und auf unsere Bettenstation verlegen.«

»Bedeutet das, wir können Herrn Tirla einvernehmen?«

»Sobald er aus der Intensivstation draußen ist und wir uns sicher sind, dass es ihm den Umständen entsprechend gut geht. Frühestens morgen.« Der Arzt klang müde, abgespannt und genervt.

Heute war Freitagnachmittag. Radek und Neumann stand ein freies Wochenende bevor. Tirla würde bis Montag warten können.

»Zumindest geht es weiter«, war Neumanns einziger Kommentar, als ihn Radek informierte.

11.

Es war an diesem Samstag wieder wärmer geworden, der Sommer noch einmal zurückgekehrt nach den kühlen Tagen der vergangenen Woche.

Er saß im Hammerpark auf einer Bank nahe dem Teich und beobachtete eine Gruppe japanischer Touristen, die mit altem Brot die Enten fütterten, sich dabei in Pose warfen und gegenseitig fotografierten.

Japanische Touristen hier in St. Pölten. Unglaublich! Solche Hammel, dachte er voller Verachtung. Er fragte sich, was sie nach St. Pölten gebracht hatte. Bestimmt eine Reise durch Europa im Eilzugtempo: vorgestern Paris, gestern Wien, heute St. Pölten – was für ein Hohn –, morgen nach Prag. Lief das so ab?

Laut schnatternd zogen die Japaner weiter und an ihm vorbei. Vorneweg eine Reiseführerin mit einem pinkfarbenen Regenschirm, den sie als Sonnenschutz benutzte. Dahinter die Japse wie Lemminge.

Er strich sich durch die Haare und überlegte, bevor er zum Telefon griff. Doch dann zögerte er neuerlich. Er wusste nicht genau, wie er es angehen sollte.

Noch einmal ließ er seinen Blick durch den Park schweifen. Auf der Wiese lag ein Pärchen und genoss die Sonne.

Was soll's, dachte er. Einfach direkt drauflos. Er nahm das Telefon und drückte eine Kurzwahl.

»Hallo«, meldete sich eine dunkle Stimme.

»Wir müssen einen Job erledigen.« Er kam ohne Umschweife zur Sache.

Stille.

Er sah, wie zwei Kinder an den Zaun zum Teich liefen und Brot ins Wasser warfen. Die Enten kamen im Turbomodus heran.

»Okay. Worum geht es?«

»Um einen Kerl, der seine Nase zu tief in fremde Angelegenheiten steckt.«

»Was ganz Neues«, kommentierte der andere sarkastisch. »Wie beim letzten Mal?«

»Ja, in etwa. Nur dass es diesmal vielleicht schwieriger wird.«

»Wieso?«

»Der Typ ist vorsichtig.«

Die Mütter der Kinder kamen, sagten etwas zu ihnen, drückten ihnen ein Papiersäckchen mit altem Gebäck in die Hände, und sie fütterten weiter das Federvieh im Wasser.

»Wir sollten es besser vorbereiten. Du musst ihn beobachten, damit wir ein bisschen mehr Einzelheiten über ihn haben.«

»Wie lange?«

»Nicht lange.«

Die Mütter tratschten wie Gänse.

»Wann soll das Ding steigen?«

»Es ist dringend. So schnell wie möglich, noch dieses Wochenende oder spätestens Anfang nächster Woche.«

»Das ist nicht viel Zeit.«

»Ist auch nicht nötig, es wird so laufen wie schon einmal. Am Abend. Zu dritt, hin, zuschlagen und abhauen. Wir brauchen nur noch einige Details über den Kerl.«

»In Ordnung, dann werde ich alles in die Wege leiten.«

Die Mütter dirigierten ihre Kinder weiter. Wahrscheinlich ging es jetzt hinüber zum Streichelzoo. Die Kinder liefen los. Die Mütter langsam hinterher. Immer noch miteinander schnatternd. Powermütter, sie hatten alles voll im Griff.

»Ich schick dir ein paar detailliertere Informationen.«

»Okay. Ich melde mich, sobald wir an ihm dran sind.« Sein Gesprächspartner zögerte, als wolle er noch etwas sagen.

Er wartete.

Die Kinder und ihre Mütter verschwanden aus seinem Sichtfeld.

»Sonst noch etwas?«, fragte er nach einer Weile, als nichts kam.

»Ich weiß nicht ... Die Sache scheint außer Kontrolle zu geraten.«

»Scheiße, was erwartest du? Dass immer alles wie am Schnürchen läuft? Wir stecken mittendrin. Wir können nicht aussteigen.« Er wurde ungehalten. Zweifel waren jetzt unpassend. »Nichts gerät außer Kontrolle. Wir haben alles im Griff. Wir machen unseren Job und die anderen den ihren. Alles wie geplant.«

Das Pärchen von der Wiese hatte sich inzwischen erhoben und kam nun an ihm vorbei. Er hatte den Arm um ihre Schulter gelegt. Ab und zu beugte er sich zu ihr hinüber und steckte ihr die Zunge in den Mund.

»Gut, wenn du das so siehst.«

»Ja, so sehe ich das«, sagte er und legte auf.

Er war sich nicht sicher, ob das stimmte. Auch er fragte sich, wie es weitergehen sollte, wenn noch mehr Leute unliebsame Fragen stellten. Sie konnten nicht alle plattmachen, die ihnen in die Quere kamen. Andererseits: warum nicht?

*

Sie begannen ihre Runde wie gewohnt hinter dem Platz der Sportunion, liefen auf der Franz-Josef-Promenade die Traisen flussabwärts bis zum Traisen-Steg in Wagram, setzten dort über den Fluss und liefen am anderen Ufer zurück bis nach Spratzern, dann über die Harlander Brücke wieder auf das linke Ufer und runter bis zu ihrem Ausgangspunkt. Das waren zehn Kilometer, eine anspruchsvolle Laufrunde. Doch zu zweit hatten sie die nötige Motivation, nicht aufzugeben und weiterzulaufen, auch wenn die Beine manchmal schwer wurden.

Sie hatten sich vorgenommen, diese Runde einmal pro Woche gemeinsam zu drehen. Das machten sie nunmehr seit etwa einem halben Jahr, unabhängig davon, wie oft jeder von ihnen sonst laufen ging. Jedenfalls war dieser gemeinsame Termin ein Ansporn, selbst weiterzutrainieren, um sich vor dem anderen keine Blöße zu geben. Auch wenn keiner von ihnen es zugab, ein bisschen Testosteron und Hahnenkampf waren immer dabei. Es ging nicht darum, der Bessere zu sein, sondern nicht schlechter zu werden als der andere.

Als sie zum Auto zurückkamen, tauschten sie ihre verschwitzten Leibchen gegen trockene und tranken jeder eine halbe Flasche Mineralwasser. Nachdem sie sich von der Anstrengung erholt hatten, fuhren sie hinüber zum Adamsbräu, einem kleinen gemütlichen Biergarten in der Südtiroler Straße beim Sonnenpark. Dort gab es neben österreichischem Bier einige bayrische Biersorten und Speisen wie Weißwurst und Reiberdatschi, manchmal auch Kesselfleisch, weshalb die blau-weiße Fahne Bayerns auf einem Mast vor dem Eingang zum Biergarten wehte.

Sie suchten sich einen schattigen Platz und bestellten ein bayrisches Landbier, weil es nicht so stark war wie die österreichischen Sorten.

Die blonde Kellnerin trug ein enges Dirndl und musterte sie argwöhnisch. Weil jetzt, am Sonntagvormittag, noch keine Gäste zum Mittagessen gekommen waren, schienen sie die beiden verschwitzten Gesichter und die Sportklamotten jedoch nicht allzu sehr zu stören.

»Wir kommen gerade vom Laufen«, erklärte Neumann, als sie die Biere brachte.

»Das sehe ich«, erwiderte sie kurz angebunden und stellte die Gläser auf den Tisch.

Neumann konnte nicht anders und ließ einen Blondinenwitz vom Stapel. »Was sagt eine Blondine nach dem Joggen?«, fragte er und gab gleich selbst die Antwort: »Dumm gelaufen.« Er grinste breit.

Sie jedoch verzog keinen Muskel in ihrem Gesicht, sondern parierte trocken: »Warum sind Blondinenwitze so kurz? Damit Männer sie auch verstehen.« Erhobenen Hauptes drehte sie sich um und ging zurück ins Gasthaus.

»Tja, dumm gelaufen!« Radek konnte sich ein Lachen nicht verkneifen. »Das ist, als wolltest du einem Polizisten Polizistenwitze erzählen.«

Neumann zuckte mit den Schultern. »Aber den Versuch war es wert.« Er griff zum Glas, hob es an und prostete Radek zu.

Sie plauderten belanglos übers Laufen, ihre Runde, dass deutlich zu merken war, wie sich ihre Leistung steigerte.

Dann kam das Gespräch auf Radeks Studium. Es war neben dem Job eine mühsame Angelegenheit. Dass es nur zäh voranging, störte ihn jedoch nicht. Er verband mit dem Studienabschluss nicht die Absicht, sich eine neue Arbeit zu suchen, deshalb hatte er keinen Druck. Er studierte, um sich mit anderen Dingen zu beschäftigen als nur mit dem Polizeikram. Es war für ihn ein geistiger Ausgleich. Das Studium half ihm, seine Standpunkte weiterzuentwickeln. Er lernte, analytischer zu denken, strukturierter, das konnte er auch in seinem Job gut gebrauchen.

Außerdem war er der Ansicht, dass Geschichtsforschung und die Arbeit als Kriminalbeamter viel gemeinsam hatten. Man recherchierte unbekannte Sachverhalte aus der Vergangenheit und versuchte, einen klaren Blick darauf zu entwickeln. Auch wenn das eine ein Verbrechen, das andere ein historisches Ereignis war – vom Prinzip her ähnelten beide Dinge einander. Vielleicht war das der Grund, warum er das Studium nicht gleich wieder hingeschmissen hatte, obwohl er bis jetzt mehr Tiefschläge als Erfolge verzeichnete.

Es war nervig, wenn er Lehrveranstaltungen nicht positiv abschließen konnte, weil er berufsbedingt wichtige Termine versäumte oder seine Teilnahme ausfallen lassen musste. Aber das Sommersemester war zu Ende. Zwei Prüfungen hatte er zwar auf Anfang Oktober verschieben müssen, doch das würde sich locker ausgehen. Und dann startete er in ein neues Halbjahr.

Nachdem das erste Bier geleert und ein zweites bestellt war, landeten sie unvermeidlich beim Fall Tirla.

»Was hältst du von diesem Überfall?«, eröffnete Neumann das Thema.

»Ich habe keine Ahnung«, gestand Radek ehrlich. »Für mich gibt es drei realistische Möglichkeiten. Entweder war es ein Streit zwischen ausländischen Arbeitern, unabhängig davon, worum es dabei ging. Oder ein Angriff von Rechtsextremisten, eine Art ›Türkenklatschen‹, wie es bei denen heißt, mit einem Rumänen, weil der zufällig da war. Oder es handelte sich um einen simplen Raubüberfall, vielleicht wegen des Handys. Die Täter haben das Telefon und ein bisschen Geld abgestaubt und sind danach abgehauen.«

»Aber warum haben sie ihn dann so niedergemacht?«, fragte Neumann. »Das erscheint mir unlogisch und ein unnötiges Risiko. Warum sich lange aufhalten und in Kauf nehmen, dass Leute auf die Schlägerei aufmerksam werden und die Polizei rufen? Warum ihm nicht einfach die Sachen abnehmen und abhauen?«

»Keine Ahnung. Vielleicht hat er sich gewehrt und wollte sein Zeug nicht freiwillig rausrücken. Tirla muss hart für seine Kohle arbeiten, da lässt man sie sich nicht gerne wegnehmen.«

»Mag sein.«

Die Kellnerin brachte die Biere. Diesmal ohne einen blöden Spruch von Neumann zu kassieren, was sie mit einem kecken Lächeln quittierte, als wollte sie ihm zu verstehen geben: Jetzt ist dir wohl die Lust vergangen.

»Oder es war was Persönliches. Eine Eifersuchtssache, oder er hat jemanden beleidigt und der wollte sich rächen«, schlug Neumann vor. »So, wie Tirla zugerichtet wurde, scheint viel Hass und Wut dahinterzustecken. Nicht nur ein bisschen verprügeln, sondern richtig plattmachen, ohne ihn umzubringen. Ihm eine Lektion erteilen sozusagen.«

Radek dachte kurz nach. »Wäre auch eine Möglichkeit.«

»Und was hältst du für das Wahrscheinlichste?«, wollte Neumann wissen.

Radek wiegte nachdenklich den Kopf hin und her.

Die Sonne war über die Kastanienbäume gewandert, unter denen sie saßen, und warf bunte Lichtflecken durch das Blätterdach auf das Tischtuch. Erste Gäste kamen zum Mittagessen. Ein Ehepaar mittleren Alters mit zwei jugendlichen Kindern. Sie setzten sich an einen Tisch auf der anderen Seite des Biergartens.

»Ich tippe auf Raubüberfall«, sagte er. »Alles andere ergibt für mich wenig Sinn. Warum sollten sich die Ausländer gegenseitig die Fresse einschlagen? Noch dazu auf offener Straße. Wenn es Streit gibt, könnten sie sich das im Haus ausmachen, auch so, dass nicht die Polizei kommen muss. Die Variante mit den Skinheads kommt mir weit hergeholt vor. Da gibt es zu viele Fragezeichen. Daher: Raubüberfall oder eine persönliche Geschichte.«

»Ich sag es doch: Wir sollten das Ganze dem Einsatzbereich Raub abgeben«, schlug Neumann vor und nahm einen kräftigen Schluck Bier.

»Machen wir«, stimmte Radek zu. »Nachdem wir mit Tirla gesprochen haben und er hoffentlich ein wenig Licht ins Dunkel gebracht hat.«

»Wenn er das kann.«

»Und will.« Radek trank ebenfalls und stellte das Glas in den Schatten zwischen zwei Lichtflecken auf dem Tisch.

Neumann nickte. »Ich bin gespannt …«

12.

Am Wochenende war ein Anruf aus dem LKH beim Journaldienst eingegangen, über den Radek am Montag in seinem Posteingang eine kurze Notiz fand. Doktor Mahler bat dringend um Rückruf in der Angelegenheit Tirla. Näheres hatte er dem Kollegen am Telefon nicht sagen wollen.

Als Radek Doktor Mahler anrief, verhielt der sich auch ihm gegenüber zurückhaltend und wollte nichts über Tirla verlauten lassen, weshalb sie sich für 10 Uhr auf der Bettenstation verabredeten.

Zwei Stunden später betraten Radek und Neumann die Station. Mahler wartete bereits beim Pult der diensthabenden Schwester. Er war nervös und gab ihnen zur Begrüßung sogar die Hand.

»Ich habe am Wochenende versucht, Sie anzurufen, aber ich konnte Sie nicht erreichen.«

»Wir hatten frei«, antwortete Radek.

»Das sagte mir Ihr Kollege.«

»Wie geht es Herrn Tirla?«, wollte Neumann wissen.

»Es ist seltsam.« Der Arzt fühlte sich sichtlich unwohl. »Wir haben ihn von der Intensivstation auf unsere Bettenstation verlegt. Er war stabil und ansprechbar, und es schien ihm sehr gut zu gehen. Ich war am Samstagmorgen bei der

Visite und am Nachmittag noch einmal bei ihm. Am nächsten Morgen, also gestern, war er weg.«

»Was heißt: Er war weg?«, fragte Radek ungläubig.

Doktor Mahler zögerte einen Moment. »Er war verschwunden. Zunächst dachte die Schwester, er sei aufgestanden und aufs Klo gegangen, obwohl er das eigentlich nicht durfte. Aber als er nach einiger Zeit nicht zurückkam, hat sie nachgesehen und ihn weder auf der Toilette noch im Waschraum gefunden. Danach hat sie ihn vergeblich auf der ganzen Station gesucht. Dann hat sie die Stationsschwester informiert und die Ärzte. Seine Kleidung, die man ihm in einen Kasten geräumt hatte, fehlte, ebenso seine Schuhe. Nur das Nachthemd hat er zurückgelassen. Wir vermuten, dass er in der Nacht von Samstag auf Sonntag heimlich das Krankenhaus verlassen hat.«

Radek und Neumann sahen sich an. Ihre Blicke sagten dasselbe: Das kann nur ein Scherz sein!

»Ist das Ihr Ernst?«, rutschte es Radek heraus. »Heißt das, Ihre Patienten entlassen sich selbst?«

Doktor Mahler reagierte ungehalten. »Hören Sie. Wir kümmern uns sehr gut um unsere Patienten. Aber wir setzen keine Schwester zum Aufpassen neben jedes Bett. Wir sind kein Gefängnis. Wir gehen davon aus, dass die Patienten zu uns kommen, weil sie unsere Hilfe brauchen, und deshalb dableiben, bis es ihnen besser geht.«

Radek hob abwehrend die Hände. »Okay, okay, das war nicht als Vorwurf gemeint.«

»Hat aber so geklungen«, murmelte der Arzt.

»Ich dachte, Tirla sei so schwer verletzt, dass er sich ohnehin kaum rühren kann«, mischte sich Neumann ins Gespräch.

»Na ja, bedingt. Seine Beine sind nicht verletzt. Er hat eine schwere Gehirnerschütterung und sollte deswegen liegen.

Seine rechte Hand ist eingegipst und sein Arm ist wegen des gebrochenen Schlüsselbeins mit einer Armschlinge fixiert, das ist keine großartige Behinderung«, erklärte Doktor Mahler. »Seine gebrochenen Rippen beeinträchtigen ihn kaum beim Gehen. Aber sie werden ihm bei jeder Bewegung wehtun. Wir mussten ihn nicht operieren, weder Schlüsselbein noch Nase oder Jochbein. Er hatte in der Hinsicht großes Glück. Deshalb ist auch keine Nachbehandlung erforderlich. Allerdings kann es passieren, dass das Schlüsselbein nicht ordentlich zusammenwächst, wenn er die Schulter zu stark bewegt. Außerdem wird er heftige Schmerzen haben und schmerzstillende Medikamente benötigen. Wie sich seine Gehirnerschütterung auswirkt, kann ich momentan nicht sagen. Er hatte ein schweres Schädel-Hirn-Trauma, das nur langsam abklingt. Eigentlich sollte er noch mindestens eine Woche ruhig liegen und sich schonen.«

»Offensichtlich sieht Tirla das anders«, entgegnete Neumann.

»Ich kann Ihnen leider nicht weiterhelfen.« Das Bedauern des Arztes war aufrichtig. »Aber ich glaube, dass er mit seinen Verletzungen nicht weit kommen wird. Im schlimmsten Fall kippt er auf der Straße um. Ich kann Ihnen versichern, dass mir so etwas während meiner 15-jährigen Tätigkeit hier im Haus noch nie untergekommen ist. Dass ein Patient geht und einen Revers dafür unterschreibt, das kommt vor. Dass Patienten, noch dazu mit so schweren Verletzungen, sich jedoch still und heimlich aus dem Staub machen, habe ich bisher nicht erlebt.«

»Das ist uns kein wirklicher Trost«, murmelte Radek.

»Was ist denn mit diesem Tirla? Hat er etwas ausgefressen, oder warum ist er abgehauen?«

»Soweit wir wissen, hat er nichts Unrechtes getan. Bisher ist er für uns nur das Opfer eines Überfalls.«

»Warum verschwindet er dann still und heimlich über Nacht?«

»Das wüssten wir auch gerne«, sagte Radek.

Sie hatten keine Ahnung, wie sie in dieser Angelegenheit weiter vorgehen sollten. Das Verschwinden Tirlas lenkte ihren Fall endgültig in eine Sackgasse. Es gab kein Opfer, keine Verdächtigen, keine Aussage über einen Tathergang, nicht einmal eine annähernd zutreffende Vermutung über ein mögliches Motiv. Sie hatten absolut nichts in der Hand.

Schweigend lenkte Radek den Wagen Richtung Innenstadt. Es war nicht viel los auf den Straßen. Obwohl die Schule wieder begonnen hatte, befanden sich noch viele Leute auf Urlaub.

»Sollen wir ihn zur Fahndung ausschreiben?«, fragte Neumann.

»Weshalb? Er hat sich nicht strafbar gemacht.«

»Wegen der Krankenhausrechnung«, scherzte Neumann. »Immerhin ist da vielleicht etwas offen geblieben.«

»Du meinst, er hatte Angst vor der Rechnung, und ist deshalb abgehauen?«, feixte Radek, aber der Scherz kam nicht an.

Während sie langsam zurück in ihre Dienststelle rollten, wussten beide: Mit dem Verschwinden Tirlas würden sie den Fall abschließen müssen. Darüber war keiner von ihnen unglücklich.

Auf der Wiener Straße fuhr Radek plötzlich auf einen freien Parkplatz.

»Was ist los?«, wollte Neumann wissen.

»Wir sind so dämlich«, sagte Radek. »Okay, Tirla ist aus dem Krankenhaus abgehauen. Aber er kann nicht die ganze Zeit herumlaufen, wenn das stimmt, was der Arzt sagte. Er hat kein Bargeld bei sich. Was also ist die naheliegendste Lösung?«

Neumann brauchte nicht lange, um zu antworten: »Er geht nach Hause.«

»Genau. Er fährt heim oder zu einem Freund. Und wo hat er Freunde?«

Sie waren sich sofort einig. »Dann sollten wir in der Kerensstraße nachschauen«, schlug Neumann vor.

»Auf jeden Fall.« Radek lenkte den Wagen in den Fließverkehr, wendete an der nächsten Kreuzung und fuhr zurück nach Norden.

Das Haus in der Kerensstraße war so einsam und verlassen, als würde seit Jahren niemand mehr hier wohnen. Das Haustor stand offen, das Schloss war defekt.

Der Geruch nach Müll hing drinnen immer noch in der Luft, aber irgendwer hatte die Müllsäcke in den Innenhof geschafft. Alle Türen waren fest verschlossen. Auch bei Nummer 15, wo Tirla wohnte, rührte sich nichts, obwohl Neumann so kräftig mit der Faust anklopfte, dass die Doppelflügeltür bedenklich vibrierte und Radek einen Moment fürchtete, die Türfüllung könnte nachgeben.

Aber nichts geschah. Die Tür wurde weder beschädigt noch geöffnet. Auch zeigte sich niemand auf dem Gang, obwohl der Lärm im halben Haus zu hören gewesen war.

Neumann unterdrückte einen Fluch. »Keiner da«, murmelte er.

»Die sind alle auf dem Bau oder wo immer sie arbeiten. Und Tirla wird sich hüten, die Tür zu öffnen, falls er zu Hause ist«, meinte Radek.

»Verlorene Kilometer«, stellte Neumann fest.

»Dann kommen wir heute Abend noch einmal.«

*

Ihr Gruppenführer sah die Sache mit den nicht vorhandenen Ermittlungsansätzen ähnlich. Wenn Tirla nicht auftauchte, sollten sie einen negativen Abschlussbericht verfassen und den Fall einstellen. Er hatte keine Lust, die Zeit seiner Leute damit zu vergeuden, Zeugen zu suchen oder Hinweisen nachzujagen, wenn das Opfer verschwunden war. Sie hatten genug andere Fälle, die bearbeitet werden mussten. Aber er stimmte zu, dass sie am Abend noch einmal in das Arbeiterquartier fahren sollten. Dann würden sie sehen, wie die Dinge standen.

Am frühen Abend standen Radek und Neumann wieder in der Kerensstraße. Das Tor war immer noch offen. Schon in der Einfahrt hörten sie, dass jetzt mehr Leute im Gebäude waren. Und sie rochen es. Unterschiedliche Essensdämpfe wehten ihnen entgegen und überdeckten den penetranten Müllgeruch.

Neuerlich wurden sie von den jungen Männern, die auf den Gängen herumstanden und tratschten, rauchten und Bier oder Tee tranken, argwöhnisch gemustert, als sie die Treppe hochstiegen.

Wie viele andere stand nun auch die Wohnungstür zu Nummer 15 im zweiten Stock offen. Sie klopften höflicherweise trotzdem, traten ein und trafen in der Küche auf einen etwa 30-jährigen Mann, der mit nacktem Oberkörper am Herd in einer großen Pfanne rührte. Im Mund hatte er eine Zigarette, den Kopf hielt er schief, damit ihm der Rauch nicht in die Augen stieg.

Als er die beiden Besucher sah, trat er einen Schritt zurück, nahm die Zigarette aus dem Mund, die Asche fiel dabei auf den Boden. Er sprach sie in einer fremden Sprache an, von der Radek glaubte, dass es Rumänisch war.

»Sprechen Sie Deutsch?«, fragte Neumann.

»Bisschen.«

»Wir suchen Radu Tirla«, sagte Neumann.

Sofort wurde das Gesicht des Mannes ernst und misstrauisch. Er kniff die Augen zusammen. »Warum?«, fragte er.

Neumann zog seine Dienstmarke heraus. »Wir sind von der Polizei. Radu Tirla wurde zusammengeschlagen und ist aus dem Krankenhaus verschwunden. Wir machen uns Sorgen.«

Der Mann schien zu bezweifeln, dass sich die Polizei wegen eines rumänischen Gastarbeiters Sorgen machte. »Radu nix hier«, war die dementsprechende Antwort.

Im Raum hinter der Küche hielten sich einige Männer auf, die auf das Gespräch aufmerksam wurden und nachschauten, was los war. Radek sah auch den 50-Jährigen, der mit ihnen gesprochen hatte, als sie vor ein paar Tagen hier gewesen waren.

Radek grüßte ihn freundlich. »Hallo. Wieder gesund?«

Der Mann nickte. »Ja. Ich wieder arbeiten.« Er schlüpfte unter einer Wäscheleine durch, auf der Unterhosen, Socken und T-Shirts hingen, und kam in die Küche, wo er einige Worte in seiner Muttersprache mit dem Mann am Herd wechselte. »Sie suchen immer noch Radu?«, fragte er dann.

Radek bejahte. Er blätterte in seinen Notizen und fand den Namen des Mannes: Mitica Vladescu.

»Radu nix mehr da. Nehmen Sachen, gehen weg. Kommen.« Mit einem Wink forderte er Radek und Neumann auf, nach hinten in den Wohnbereich zu gehen. Dort erklärte Vladescu den anderen in wenigen Sätzen, worum es ging, was sofort eine heftige Debatte auslöste, bei der es, so vermutete Radek zumindest, um das Verschwinden von Radu Tirla ging.

Vladescu zeigte auf ein leeres Bett und einen Spind daneben, der offen stand. »Das Bett und Kasten von Radu. Radu nix mehr da. Kommen in Nacht auf Sonntag. Überall mit …« Er suchte nach dem richtigen Wort. »Mit weiße …«

»Verband«, half ihm Neumann aus.

»Ja. Mit Verband. Überall.« Der Mann deutete mit den Händen an, wo Tirla verletzt war.

»Dann Radu schlafen Nacht. An Morgen nehmen Sachen, gehen. Nicht sagen, wohin. Einfach gehen. Nicht können bewegen gut. Ich fragen, ob helfen. Er sagen Nein. Sagen, müssen gehen nach Hause.«

»Zurück nach Rumänien?«

»Ich nix wissen. Aber glauben, ja. Wenn Radu gehen nach Hause, er gehen Rumänien.«

Radek suchte aus seinen Unterlagen die Meldebestätigung, die sie kopiert hatten. Darauf war eine Adresse in Rumänien als Hauptwohnsitz vermerkt.

»Können Sie mal fragen, ob einer Ihrer Mitbewohner etwas über den Verbleib von Radu Tirla weiß?«, bat Neumann.

Vladescu wandte sich um, sagte etwas auf Rumänisch und erntete nur Kopfschütteln und ablehnende Kommentare.

»Niemand wissen, was sein mit Radu.« Er hob entschuldigend die Schultern.

Irgendwie kam Radek sich verarscht vor.

»Wir sollten uns ihre Ausweise zeigen lassen und ihre Personalien aufnehmen«, schlug Neumann vor. »Damit sie zumindest ein bisschen was von behördlicher Autorität spüren.«

Radek nickte und sie erklärten Vladescu ihr Vorhaben.

Das brachte Unruhe in die Gruppe, eine Diskussion entstand.

»Kollega fragen, warum?«, übersetzte Vladescu.

»Weil sie alle sagen, dass Radu Tirla nicht mehr hier ist. Damit sind sie Zeugen. Außerdem wollen wir wissen, ob sich jemand von ihnen illegal hier aufhält«, erklärte Neumann mit beamteter Strenge.

Wieder folgte eine Diskussion, diesmal allerdings kürzer. Nach und nach setzten sich die Leute in Bewegung, um ihre Ausweise zu suchen, und stellten sich in einer Reihe an, während Radek und Neumann die Personalien notierten.

»Wenn jemand etwas über den Verbleib von Radu Tirla weiß oder erfährt, dann soll er uns anrufen«, sagte Radek und ließ eine Visitenkarte auf dem Tisch zurück. Neumann legte die seine dazu, dann gingen sie. Im Gang zogen sie die Wohnungstür hinter sich zu und blieben stehen.

»Glaubst du, dass die tatsächlich nichts wissen, oder wollen sie Tirla decken?«, fragte Neumann.

»Weshalb sollten sie das tun? Tirla ist ein Opfer, kein Täter. Er hat nichts angestellt.«

»Und warum ist der dann abgehauen?«

»Keine Ahnung. Vielleicht hatte er Angst.«

»Und wovor?«

»Bin ich ein Hellseher?« Radek wurde ungehalten. Die ganze Sache ging ihm mittlerweile mächtig auf den Keks.

Trotzdem setzten sie die Befragung der Bewohner fort. Sie durchpflügten die Wohnungen im zweiten Stock, doch alles, was sie erfuhren, war: »Nix wissen.« Dafür hatten sie am Ende Namen und Anschrift von mehr als 20 Leuten.

»Was machen wir jetzt damit?«, fragte Neumann, als sie das Haus in der Kerensstraße verließen.

Radek zuckte die Schultern. »Keine Ahnung. Abtippen und in den Akt legen. Als Auskunftspersonen dafür, dass Radu Tirla verschwunden ist.«

Neumann blickte ihn verwundert an. »Das ist ein Scherz, oder?«

»Ein bisschen«, gab Radek zu.

Beide wussten: Wenn sich Radu Tirla in Luft aufgelöst hatte, tat das jetzt auch ihr Fall.

»Ich werde morgen die Sache abschließen«, sagte Radek,

als sie im Auto zurück zur Dienststelle fuhren. Darüber war keiner von ihnen unglücklich.

Zurück im Büro schickte Radek über Interpol ein schriftliches Ansuchen an die rumänische Polizei. An der letzten bekannten Wohnadresse von Radu Tirla in Vorniceni solle nachgeforscht werden, ob er dorthin zurückgekehrt war. Wenn ja, solle er sich mit dem Landeskriminalamt St. Pölten in Verbindung setzen, um an der Klärung des Sachverhaltes hinsichtlich des Überfalls auf ihn mitzuwirken. Radek machte das der Vollständigkeit halber. Erfolg erwartete er keinen. Gesetzt den Fall, dass die Polizei Erhebungen an Tirlas Wohnort anstellte und ihn dort anträfe, würde der ziemlich sicher nicht das tun, worum sie ihn baten.

Der Fall Radu Tirla war erledigt.

13.

Im Laufe des Tages war es wieder heiß geworden. Die Abkühlung der letzten Woche war wohl endgültig vorbei. Den ganzen Sommer über hatte eine Hitzewelle die nächste abgelöst, unterbrochen lediglich von ein paar Tagen zwischendurch, die kaum für Linderung gesorgt hatten. Die Bauern jammerten über den mit der Trockenheit verbundenen Ernteausfall, die Leute stöhnten über die Hitze in der Stadt, vor der es kein Entkommen gab, weder im Schwimmbad noch im Biergarten. Die Wettervorhersage prognostizierte einen neuerlichen Anstieg der Temperaturen auf bis zu 30 Grad, und das im September.

Er hatte sich entschieden, zu Fuß zu gehen. Das brauchte er jetzt, um einen klaren Kopf zu bekommen. Valentin Gebert hatte eine heftige Diskussion mit seinem Chefredakteur, Stefan Wenzel, hinter sich. Es war um einen Artikel gegangen, den Gebert beinahe fertig hatte. Er hatte Wenzel die Rohfassung gegeben, und der hatte sehr unwirsch drauf reagiert. Das könnte ihnen viele Probleme bereiten, wenn sie das brächten, hatte er gesagt. Und dass Gebert die Dinge, die er im Artikel anführte, hundertprozentig beweisen können müsse. Für die Anschuldigungen, die Gebert erhob, sei die Suppe zu dünn, da müsse mehr Fleisch rein. Denn wenn der Artikel rausginge, würde er einen Riesenwirbel verursachen und eine Menge Scherereien mit sich bringen. Der

Artikel hätte das Zeug dazu, einen Riesenskandal auszulösen. Deshalb müsse alles hieb- und stichfest ausrecherchiert sein. Check und recheck.

Mit diesem Auftrag hatte er Gebert den Artikel zurückgegeben, was so viel bedeutete wie: zurück an den Start, Junge.

Valentin Gebert bog von der Schulgasse in die Karl-Renner-Promenade ab und marschierte auf dem Gehweg zwischen den Fahrstreifen stadteinwärts. Noch zum Regierungsviertel hinüber und über den Landhaussteg nach Oberwagram, dann wäre er zu Hause. Zu Fuß etwa 20 Minuten von der Redaktion entfernt. Er hatte kein Auto. Die meisten Wege in St. Pölten erledigte er mit dem Fahrrad und den öffentlichen Verkehrsmitteln. Momentan konnte er sich noch kein Auto leisten. Das musste warten. Er hatte genug damit zu tun, seine Wohnung zu erhalten. Wenn er ein Auto benötigte, lieh er sich das von seiner Schwester Sonja.

Ein Taxi hupte ihn an, als er hinüber in die Johann-Gasser-Straße querte und der Fahrer seinen Wagen abbremsen musste. Ja, du kannst mich auch mal, dachte Gebert. Er war enttäuscht. In dem Artikel, den ihm Wenzel zurückgeschmissen hatte, steckten mehrere Wochen Recherche. Andererseits musste er seinem Chefredakteur recht geben, wenn auch widerwillig. Das war eine heiße Story. Andere Medien würden sich darauf stürzen und der ganze Zirkus dann erst richtig losgehen. Jede Menge nervöser Leute, Politiker, Manager und wer weiß, wer sonst noch. Alle würden ihre Anwälte aktivieren, um weitere Recherchen und Veröffentlichungen zu verhindern.

Gebert war 25, vor einem Jahr mit dem Studium fertig geworden. Seither arbeitete er freiberuflich als Journalist für die Neue St. Pöltner Zeitung und einige andere Blätter. Er hatte in dieser Zeit mehrere Storys verkauft, zuletzt eine

Geschichte über das Wiedererstarken der rechten Szene in Österreich, die der Neuen Zeitung, wie sie kurz genannt wurde, und Gebert viel Lob eingebracht hatte. Auch wenn Wenzel es ihm nicht sagte, hielt er mächtig viel von ihm, das wusste Gebert. Unglücklicherweise war keine feste Stelle frei. Die Neue Zeitung war zwar die einzige Tageszeitung der Stadt, aber mit mäßiger Auflage, und musste deshalb wie alle Zeitungen sparen. Doch sollte es eine Möglichkeit geben, wäre Gebert der Erste auf der Liste für einen fixen Job, das hatte Wenzel mehrfach signalisiert. Bis dahin würde er weitermachen wie bisher und gute Storys suchen.

Er hielt bei der roten Ampel am Schulring, marschierte dann weiter, ging aber nicht durch den Altoonapark, weil er kurz überlegte, ob er noch ein schnelles Bier in der kleinen Kneipe gegenüber der Sporthauptschule trinken sollte. Es war kurz nach 22 Uhr, er war müde, sein Tag war lang und anstrengend gewesen. Besser keine Kneipe. Er würde sich zu Hause ein Bier reinziehen, sich in aller Ruhe vor die Glotze legen und den Tag ausklingen lassen. Erst morgen wollte er überlegen, was er dafür tun musste, um die Fakten in seinem Artikel doppelt und dreifach zu untermauern. Er wusste, dass er auf dem richtigen Weg war. Aber jetzt wollte er sich darüber nicht mehr den Kopf zerbrechen.

Die ganze Zeit über war er so in Gedanken versunken, dass er die beiden Männer, die ihm seit geraumer Zeit folgten, erst bemerkte, als sie ihn überholten und sich ihm in den Weg stellten. Sofort wusste er, was los war. Sie trugen dunkle Jeans und dunkle Jacken, und beide hatten Sturmhauben auf dem Kopf. Einer von ihnen hielt ihm einen Revolver vors Gesicht, der in der Dunkelheit matt glänzte. Gebert war kein ängstlicher Mensch, er war schon öfters in brenzlige Situationen geraten und hatte sie immer gemeistert. Ähnlich sah er das jetzt. Er war davon überzeugt, dass der Typ mit der Kanone nicht schießen würde, sondern ihn nur einschüchtern wollte.

»Los, gib mir deine Tasche, dein Geld und dein Handy«, zischte der ohne Waffe. Er war größer und kräftiger als der andere, der sich nun seitlich von ihm aufstellte.

Okay, dachte Gebert, es geht also nicht um meine Recherchen. Die wollen nur Beute machen. »Bleibt cool, Jungs, kein Grund zur Panik. Das werden wir …«

»Hör auf rumzulabern«, unterbrach ihn der Kräftige barsch. »Her mit deinen Sachen.«

»Okay, okay.« Gebert hob die Hände. »Ich geb euch mein Geld.« Die Tasche konnte er nicht rausrücken. Darin befanden sich sein Laptop und seine Notizen. Die ganze Arbeit der letzten Wochen. Er griff in die Innentasche seines Sakkos und holte seine Brieftasche heraus. Dann handelte er blitzschnell. Er schleuderte dem Kerl mit dem Revolver die Geldbörse ins Gesicht. Gleichzeitig trat er einen Schritt vor und gab dem anderen einen kräftigen Stoß gegen Schulter und Kopf. Dabei krallte er sich die Wollhaube und riss sie ihm vom Kopf.

Der Typ taumelte zwei Schritte zurück.

Gebert wollte sich umdrehen und abhauen, aber das Gesicht des Typen ließ ihn innehalten. »Scheiße. Ich kenn dich doch«, murmelte er und konnte nicht umhin zu überlegen, wo er dieses Gesicht schon einmal gesehen hatte.

Auf die Lösung kam er nicht mehr.

Gebert hörte einen lauten Knall, und ein heftiger Schlag traf ihn am Rücken, der ihn nach vorne riss. Ein stechender Schmerz durchfuhr seinen ganzen Körper. Er versuchte, sich auf den Beinen zu halten, doch die Knie gaben nach und er sackte nach unten. Ein zweiter Knall folgte, wieder traf ihn ein übermächtiger Hieb zwischen den Schultern. Er kippte nach vorne, versuchte noch, sich mit den Händen abzustützen, aber es gelang ihm nicht. Hart schlug er auf dem Boden auf. Er konnte kaum noch atmen.

»Scheiße, warum hast du ihn umgelegt?«, hörte er. Auch die Antwort bekam er noch mit: »Er hat dich erkannt.«

Dann war Valentin Gebert tot.

*

»Wir haben eine Schießerei mit einem Toten in der Johann-Gasser-Straße.« Pirker kam als Letzter in den Sozialraum und scheuchte seine Leute auf. Ihre Gruppe hatte Bereitschaftsdienst und war telefonisch zusammengetrommelt worden.

Sie holten ihre Sachen und trafen sich vor Pirkers Büro. Radek und Neumann waren die Ersten, dann kamen Katrin Binder und Gernot Lechner dazu. Springer, die sechste Person ihrer Gruppe, war im Urlaub.

»Machen wir uns auf den Weg«, sagte Pirker. »Wer fährt?«

Lechner nahm den Schlüssel und ging voran. »Ich hol das Auto und warte draußen auf euch.«

15 Minuten später waren sie am Tatort. Je ein Streifenwagen mit Blaulicht sperrte die Johann-Gasser-Straße gegenüber der Nummer 10 auf beiden Seiten. Der Gehsteig war mit rot-weißem Plastikband abgesperrt.

Ein uniformierter Kollege stand davor und versuchte die Schaulustigen zurückzuhalten. »Das ist ein Tatort. Bitte verwenden Sie den Gehsteig auf der anderen Straßenseite«, wiederholte er ständig.

Aber niemanden interessierte die andere Straßenseite. Niemand wollte weitergehen. Alle wollten sehen, was da los war. Auch auf der Grünfläche im nebenan liegenden Altoonapark hatte sich eine ansehnliche Menge an Leuten versammelt. Einige hatten ihre Handys gezückt und filmten lustig drauflos. Das war ja live, keine Fernsehserie. Dieser Tatort war echt, und die Leiche war auch echt.

Die Kriminalbeamten schlüpften unter dem Plastikband durch und gingen in den abgesperrten Bereich, Pirker voran, der dem Uniformierten seine Kokarde zeigte.

Radek sah einen jungen Mann auf dem Gehsteig in einer Blutlache liegen. Auf dem Rücken, als würde er betrunken seinen Rausch ausschlafen, sein Hemd war bis zum Bauch aufgeknöpft.

Ein Rettungsarzt war gerade dabei, ein Formular auszufüllen. Die dazugehörige Ambulanz stand auf der anderen Seite des Tatorts. Zwei weitere Uniformierte befanden sich beim Rettungsarzt und redeten mit ihm.

Pirker schnappte sich den Ranghöheren von ihnen und nahm ihn zur Seite. »Wisst ihr schon was?«, fragte er ihn.

Der Uniformierte antwortete mit hastigen Sätzen: »Der Tote dürfte überfallen worden sein. Zwei Männer mit Masken. Er hat sich gewehrt und wurde erschossen. Die Täter sind mit einem Auto davon. Wir haben eine Zeugin.« Er gab Pirker einen Zettel, den er in einem Notizbuch aufbewahrt hatte. »Die hat alles gesehen. Sie war es auch, die die Polizei angerufen hat. Da drüben ist sie.« Er deutete auf eine Frau, die abseits in einem Hauseingang stand und aufgeregt mit einer jungen Polizeibeamtin sprach. »Sie ist ziemlich von der Rolle. Ich würde euch empfehlen, mit ihr anzufangen, damit sie wegkommt von hier, bevor sie umkippt.«

Pirker nickte. »Radek, kümmere dich um die Dame.« Er reichte ihm den Zettel.

»Meixner, Anneliese«, stand drauf, ihr Geburtsdatum und ihre Adresse. Sie war 54 Jahre alt und wohnte auf der anderen Seite der Straße. Radek ging zu ihr hinüber.

Anneliese Meixner war eine mollige Frau in einem hellblauen, überweiten T-Shirt und einer bunt gemusterten Freizeithose. Ihr dunkles Haar hing in ungeordneten Strähnen bis zu den Schultern. Sie rauchte hastig und erzählte der Polizistin, was sie gesehen hatte. Radek fragte sich, wie oft sie das schon wiederholt hatte und ob sie das freiwillig machte oder dazu aufgefordert worden war.

»Guten Abend. Mein Name ist Thomas Radek«, stellte er sich der Frau vor. »Von der Kriminalpolizei.« Er hielt es nicht für nötig, ihr seine Dienstmarke zu zeigen.

»Anneliese Meixner«, antwortete sie und streckte ihm die Hand hin. Ihr Händedruck war weich und kraftlos.

Sie wirkte gefasst, aber Radek hielt das nur für Beherrschung und Fassade, innerlich schien sie aufgewühlt zu sein, was nicht weiter verwunderlich war.

»Sie haben gesehen, was passiert ist?«

Frau Meixner nickte und begann sofort zu erzählen. »Ich wohne dort oben, auf Nummer 10.« Sie zeigte auf die Fenster der gegenüberliegenden Häuserfront. »Ich habe gerade eine Zigarette geraucht. Am Fenster. Weil ich es nicht mag, wenn es in der Wohnung nach Rauch stinkt.« Es klang, als wolle sie sich dafür rechtfertigen, dass sie Zeugin eines Mordes geworden war. »Da habe ich den Mann gesehen.« Sie deutete auf den Leichnam. »Und zwei andere, die sind ihm nachgegangen und haben Hauben aufgehabt.«

»Was für Hauben? Sturmhauben? Wollmützen?«, fragte Radek nach. Er klappte seine Schreibmappe auf und machte sich Notizen in einen Collegeblock.

»So Hauben mit ausgeschnittenen Löchern für die Augen und den Mund. Die Männer haben den anderen aufgehalten. Einer hatte eine Waffe. Und dann hat der Mann in seine Sakkotasche hineingegriffen, seine Geldbörse genommen und sie dem mit der Waffe an den Kopf geworfen. Den anderen hat er weggestoßen und ihm dabei die Maske vom Gesicht gerissen. Dann hat der mit der Waffe geschossen. Zweimal.

Das war so laut, dass ich mir fast in die Hose gemacht habe. Dann ist der Mann umgefallen. Ich war schockiert! Zuerst wusste ich gar nicht, was ich tun soll. Dann habe ich die Polizei angerufen.«

»Was ist anschließend passiert?«, wollte Radek wissen.

Sie nahm einen kräftigen Zug von der Zigarette. »Nachdem sie den armen Mann niedergeschossen haben, ist ein Auto stehen geblieben, und ein dritter Mann ist ausgestiegen. Der war auch maskiert und hat ihnen geholfen. Sie haben sich die Tasche geschnappt, so eine Umhängetasche, und sein Sakko durchsucht. Dann sind sie ins Auto und haben da umgedreht.« Sie zeigte auf den Platz vor der Hauptschule, halb Gehsteig, halb Fahrbahn. »Und dann sind sie weggefahren, da runter, die Gasser-Straße stadteinwärts, und am Schulring sind sie nach rechts abgebogen. Das habe ich noch gesehen.«

»Wie haben die Männer ausgesehen?«

Anneliese Meixner dachte kurz nach. »Groß, kräftig. Sie waren ganz schwarz angezogen. Also schwarze Jacke, schwarze Hose.«

»Haben Sie das Gesicht von dem gesehen, dem die Maske heruntergerissen wurde?«

Sie schüttelte den Kopf. »Nein, das Gesicht konnte ich nicht erkennen. Ich habe ihn nur von oben und von hinten gesehen. Er hatte entweder eine Glatze oder sehr kurz geschnittene Haare.«

»Und das Auto?«, fragte Radek weiter. »Wissen Sie, welche Marke es war? Haben Sie das Kennzeichen gesehen?«

»Ich kenn mich bei Autos nicht aus. Es war ein dunkles Auto. Aber nicht schwarz. Die Marke weiß ich nicht. Es hatte ein St. Pöltner Kennzeichen und irgendetwas mit ›BS‹ am Ende.«

»War es ein Kombi oder eine Limousine?«

»Was meinen Sie damit?«

»War das Auto langgezogen mit einem großen Kofferraum? Wie sah der Kofferraumdeckel aus? Fiel er steil ab oder schräg, oder war eine Stufe zwischen Heckscheibe und Kofferraumdeckel?«

»Eine Stufe, glaube ich.«

Das war alles, was Radek von der Frau erfuhr. Er ließ sich den Tathergang noch zweimal von ihr schildern, in der Hoffnung, dass ihr weitere Details einfielen. Er fragte erneut nach den Männern, dem Auto und ob ihr sonst noch etwas aufgefallen war vor oder nach der Tat. Aber mehr als das, was sie ihm schon erzählt hatte, bekam er nicht aus ihr heraus. Er gab ihr eine Visitenkarte und bat sie, ihn anzurufen, sollte ihr noch etwas einfallen, außerdem müsse er ihre Aussage protokollieren, dafür solle sie in den nächsten Tagen im Landeskriminalamt vorbeikommen, um sie zu unterschreiben. »Wie geht es Ihnen damit?«, wollte Radek zum Schluss wissen.

»Schrecklich. Das ist so furchtbar!« Sie kämpfte gegen die Tränen.

»Sind Sie allein zu Hause?«

»Ja. Mein Mann ist bei einer Vereinssitzung. Ich denke aber, dass er bald nach Hause kommt.«

»Wollen Sie, dass sich jemand um Sie kümmert? Ein Arzt vielleicht? Er könnte Ihnen etwas zur Beruhigung geben.« Radek deutete auf den Notarztwagen.

Frau Meixner schüttelte den Kopf. »Es geht schon.«

Radek war sich da nicht so sicher. Und als er einen Blick auf die Kollegin warf, die hinter der Meixner stand und die Unterhaltung verfolgt hatte, deutete die mit skeptischem Kopfschütteln an, dass auch sie daran zweifelte.

»Hören Sie, Frau Meixner, gehen Sie mit meiner Kollegin kurz zu dem Arzt rüber und reden Sie mit ihm. Vielleicht ist es doch ganz gut, wenn er Ihnen etwas zur Stärkung gibt.«

Mit einer schnellen Handbewegung bedeutete Radek der Polizistin, sie solle die Meixner zum Notarzt bringen.

»Kommen Sie, Frau Meixner.« Die Polizeibeamtin nahm die Meixner am Arm und führte sie sanft zum Notarztwagen.

In der Zwischenzeit war die Tatortgruppe eingetroffen. Das Team hatte alle Leute aus dem Nahebereich des Toten verscheucht und vier Scheinwerfer aufgebaut, die über ein Stromaggregat im Auto betrieben wurden. Nun liefen alle in ihren weißen Overalls herum, machten Fotos, suchten nach verwertbaren Spuren und stellten Spurennummern auf.

Es sah irreal aus, obwohl Radek eine solche Szenerie in anderen Varianten schon oft gesehen hatte. Wie an einem Filmset. Fehlten nur noch die Kamera und die Filmcrew und ein nervöser Regisseur, der »Cut! Cut! Noch einmal!« schrie, eine Regieassistentin, die »Alles auf Anfang« anordnete, ein Tontechniker, der rief: »Ton läuft«, ein Kameramann, der sagte: »Kamera läuft«, und ein Assistent, der rief: »Mord auf der Straße, zwölf, die zweite« und die Klappe schlug.

Aber nichts von all dem geschah. Die Kollegen der Spurensicherung bewegten sich still wie weiße Gespenster, ruhig und bedächtig, jeder Schritt überlegt und geplant. Wahrscheinlich waren sie sauer, weil so viele Leute am Tatort herumgelatscht waren, die uniformierten Polizisten, der Arzt, die Sanitäter und am Ende die Kriminalbeamten.

Pirker stand mit den anderen abseits der Absperrung. Sie beratschlagten, und Radek ging zu ihnen. Er berichtete kurz, was die Zeugin gesehen hatte.

»Sieht nach einem Raubmord aus«, war Pirkers These. Die Kollegen bekundeten ihre Zustimmung.

Neumann hielt einen durchsichtigen Spurenbeutel in die Höhe mit einer schwarzen Ledergeldbörse darin. Er trug blaue Latexhandschuhe. »Die lag dort drüben. Sie gehört dem Opfer.« Er blätterte in seinem Notizblock und suchte die entsprechenden Informationen. »Der Mann heißt Valentin Gebert, wohnt nicht weit von hier, in Oberwagram in der Stattersdorfer Hauptstraße. Den Visitenkarten zufolge, die ich bei ihm gefunden habe, war er Journalist bei der Neuen Zeitung. In der Geldbörse ist ein bisschen Bargeld. Darauf hatten es die Täter scheinbar nicht abgesehen.«

Radek fragte sich, worauf die Täter dann scharf gewesen waren.

»Bis jetzt wurden noch keine Patronenhülsen gefunden. Die Tatwaffe war also vermutlich ein Revolver«, ergänzte Neumann.

»Hast du etwas über Angehörige gefunden? Verwandte, Eltern, Ehefrau?«, fragte Pirker.

Neumann schüttelte den Kopf.

Pirker teilte seine Mannschaft ein, um die weiteren Maßnahmen anzuleiern. »Gibt es hier Überwachungskameras? Neumann und Radek, checkt das mal. Auch in der näheren Umgebung. Wir haben eine relativ genaue Tatzeit. Der Anruf ging um 22.18 Uhr ein, der Überfall passierte unmittelbar davor. Achtet darauf, ob ihr ein Fahrzeug entdeckt, auf das die Beschreibung passen könnte. Und Neumann – gib die Brieftasche den Leuten von der Tatortgruppe. Ich möchte, dass sie sie untersuchen. Vielleicht finden sie darauf was Brauchbares. Lechner bleibt am Tatort, bis die Sache hier erledigt ist. Katrin und ich versuchen, die Angehörigen, falls es welche gibt, zu finden und zu verständigen, bevor sie aus der Zeitung erfahren, was passiert ist.« Er deutete auf die gegenüberliegende Absperrung. Zwischen den Schaulustigen konnten sie zwei Fotografen sehen. Presseleute, unverkennbar. Vermutlich schmierten sie jemanden in der Leitstelle, der sie mit Infos über gute Storys versorgte.

»Lechner, die werden dich sicher ausquetschen wollen. Wenn einer von den Presseheinis was wissen will, verweise sie an die Pressestelle.«

Lechner brummte zustimmend. Es wäre nicht nötig gewesen, ihn darauf hinzuweisen.

»In Ordnung«, schloss Pirker. »Wir treffen uns dann im Büro. Ich nehme an, ihr habt heute nichts mehr vor. Wenn doch, bitte absagen. Wir bleiben an der Sache dran.«

Pirker fuhr mit Katrin zurück auf die Dienststelle. Radek und Neumann begannen die Gegend abzugrasen und nach Videokameras zu suchen. Lechner würde auf sie warten, danach würden sie einen Transport zurück ins LKA organisieren.

Kaum waren Radek und Neumann 100 Meter vom Tatort entfernt, umfing sie die Ruhe der nächtlichen Stadt. Tote Hose. Auf der leeren Straße hallten ihre Schritte seltsam dumpf.

Radek sagte: »Ich wollte es vorhin nicht erwähnen, aber als die Zeugin, diese Meixner, mir den einen Täter mit Glatze beschrieben hat, da …«

»Da hast du an das Überwachungsvideo gedacht, auf dem wir die Typen gesehen haben, die hinter Tirla her waren«, vervollständigte Neumann Radeks Überlegungen.

»Genau. Aber das wäre ein bisschen viel Zufall, findest du nicht auch?«

Neumann blickte ihn überrascht an. »Seit wann glaubst du an Zufälle?«

14.

Sie hatten nicht viel Zeit, das wusste er. Trotzdem machte es keinen Sinn, hirnlos draufloszustürmen. Die Stimmung war gedrückt. Ihnen war klar, was die Geschehnisse auslösen würden, und keiner von ihnen hatte ein gutes Gefühl dabei. Die Sache war gehörig aus dem Ruder gelaufen, doch es war geschehen und nicht mehr rückgängig zu machen.

Er rauchte stumm und beobachtete das Haus gegenüber.

Hier in Oberwagram, wo die Stadt bereits zu Siedlungen mit Einfamilienhäusern ausfranste, wohnten durch die Nähe zum Regierungsviertel viele Beamte. Auf der einen Seite der Stattersdorfer Hauptstraße standen lange Wohnblocks, auf der anderen Seite Einfamilienhäuser und dazwischen, völlig unpassend, ein riesiger Wohnturm aus den 1970ern, etwa 15 Stockwerke hoch. Den beobachteten sie. Beschauliche Kleinbürgeridylle.

Sie hatten einen Schlüssel zur Wohnung, mussten also die Tür nicht aufbrechen. Die einzige Gefahr bestand darin, von jemandem gesehen zu werden, oder es war noch jemand in der Wohnung, seine Freundin vielleicht. Doch darauf hatten sie keinen Einfluss, erst recht nicht von hier unten aus.

Hinter vielen Fenstern brannte noch Licht, im fünften Stock aber nur in einer Wohnung. Das war ein gutes Zeichen.

Die anderen zwei beobachteten ihn, er konnte ihre Blicke förmlich spüren. Einer saß neben ihm auf dem Fahrersitz, der andere hinter ihm. Es waren vorwurfsvolle Blicke. Warum hast du den Typen umgelegt, schienen sie zu fragen, das wäre nicht notwendig gewesen. Sie hatten keine Ahnung. Es war notwendig. Zu viel stand auf dem Spiel.

»Okay«, entschied er, »gehen wir hinauf.«

Er zog seine dünnen Lederhandschuhe straff und stieg aus. Der hinter ihm tat es ihm gleich. Der Fahrer blieb sitzen. Er würde die Lage vor dem Haus im Auge behalten und sich melden, sobald ihm etwas verdächtig vorkam.

Als sie die Straße überquerten, steckte er sich die Ohrhörer fester. Der Fahrer rief ihn an, und er nahm das Gespräch entgegen.

»Hörst du mich?«, fragte der Fahrer leise.

»Ja, perfekt«, antwortete er und ließ das Handy in die Jackentasche gleiten.

Er sperrte die Haustür auf, sie gingen durch den Flur, ohne Licht zu machen, holten den Lift und fuhren in den fünften Stock. Auch hier verzichteten sie auf das Ganglicht. Mit einer kleinen Taschenlampe leuchtete er die Türnummern ab. Den Reflektor hatte er mit Isolierband so abgeklebt, dass nur ein dünner Lichtstrahl austrat. Er wollte unauffällig bleiben und nicht den ganzen Gang ausleuchten. Sie bewegten sich vorsichtig und leise. Wie er vermutete hatte, war es ein reizloses Haus. Nüchtern und praktisch gebaut, ohne Schnörkel und unnötigen Schnickschnack. Er horchte, aber alles blieb ruhig. Kleinbürgerliche Idylle. Nach den Spätnachrichten um zehn ging man ins Bett, um für den nächsten Arbeitstag ausgeschlafen zu sein.

Vor der Tür Nummer 21 blieben sie stehen. Er hatte keine Ahnung, ob jemand in der Wohnung war, Freundin, Mitbewohner, wer auch immer. Das war ihr Risiko. Er holte die Sturmhaube aus der Jackentasche und zog sie über den Kopf. Sein Begleiter machte dasselbe. Er musste zwei Schlüssel probieren, bis er den richtigen gefunden hatte. Leise öffnete er die Tür, und sie schlüpften schnell in die Wohnung. Seine rechte Hand steckte in der Jackentasche und umfasste den Griff des Revolvers.

Alles war dunkel. Sie standen im Flur und lauschten auf Geräusche, die Aufschluss darüber geben würden, ob jemand anwesend war. Möglicherweise ein Haustier, dachte er, Katze oder Hund. Verflucht, wie er solche Jobs hasste, wenn alles auf die Schnelle gehen musste, es nur unzureichende Informationen gab, das meiste improvisiert wurde, nichts richtig geplant war und jeder Schritt ein enormes Risiko darstellte.

Er bedeutete seinem Begleiter, stehen zu bleiben. Mit der Taschenlampe leuchtete er den Boden ab und begann vorsichtig, die Wohnung zu durchsuchen. Rechts eine Tür, er öffnete sie, ein Abstellraum. Weiter. Die nächste Tür. Eine kleine Wohnküche. Leer. Die Tür daneben, das Schlafzimmer, ebenfalls leer. Gegenüber das Klo, daneben das Badezimmer. Niemand hier.

Sie machten Licht.

»Wir sind drin. Alles im grünen Bereich«, informierte er ihren Mann unten im Auto.

»Hier ist auch alles in Ordnung«, kam ein kurzer Lagebericht zurück.

Er blickte sich im Wohnzimmer um. Spartanisch eingerichtet. Küchenzeile, Bücherregal, Schreibtisch, Couch, Sideboard mit einem Flachbildfernseher darauf, ein kleiner Esstisch mit vier Sesseln darum herum. Das war alles.

»Nimm dir das Schlafzimmer vor und schau, was du dort findest«, sagte er. »Aber beeil dich, die Uhr läuft.«

Sein Begleiter verschwand, und auch er machte sich an die Arbeit. Im Bücherregal fand er mehrere Aktenordner, die fein säuberlich beschriftet waren und Rechercheergebnisse zu einzelnen Artikeln enthielten. Alles altes Zeug, das niemanden mehr interessierte. Er fragte sich, warum der Typ das aufgehoben hatte.

Auf dem Schreibtisch lagen in einer Aktenablage eine kleine externe Festplatte und zwei USB-Sticks. Daneben und in den Laden eines Rollcontainers fand er neuere Unterlagen, teilweise in Aktendeckeln aus Pappe gesammelt. Er hatte nicht die Zeit, das ganze Zeug durchzusehen, er musste es einpacken und mitnehmen. Im Schlafzimmer entdeckte er eine kleine Reisetasche, die ihm geeignet erschien.

Dort war sein Begleiter inzwischen am Kasten zugange, riss die Kleiderstapel heraus, warf sie aufs Bett und durchsuchte sie.

Zurück am Schreibtisch packte er die Papiere und andere möglicherweise interessante Dinge in die Reisetasche.

Sein Begleiter erschien im Türrahmen. Über der Schulter trug er eine Fototasche, in den Händen hielt er einen Reisepass, etwas Bargeld, eine Armbanduhr, ein Halskettchen. Lauter Plunder. Deswegen waren sie nicht hier, aber sie würden trotzdem alles mitnehmen. Er warf es achtlos zu den anderen Sachen.

Sie sprachen nicht viel. Ihr Vorgehen hatten sie bereits im Auto abgestimmt.

Abschließend folgte ein schneller Blick in die Küchenkästchen und in das Sideboard. Ergebnislos.

»Okay, weg hier. Wir haben schon zu viel Zeit vertan.«

Sie drehten das Licht ab und verließen die Wohnung genauso leise, wie sie gekommen waren.

Unten wartete der Fahrer und startete den Motor, als sie die Straße überquerten. Sie verstauten die Sachen im Kofferraum des dunklen BMW und fuhren los.

Er zündete sich eine Zigarette an. Seine Hände zitterten leicht, er war aufgeregt. Aber er ließ es sich nicht anmerken. Sie hatten ihren Job erledigt. Auch wenn es nicht so gelaufen war wie geplant. Er spürte ein strenges Ziehen im Magen und versuchte sich einzureden, dass es Hunger war. Doch das stimmte nicht. Die Nervosität und die Frage, ob sie einen Fehler gemacht hatten, der die Polizei auf ihre Spur bringen würde, machten ihm zu schaffen.

»Alles cool?«, fragte er, und seine beiden Begleiter antworteten beinahe gleichzeitig: »Alles cool.«

Vereinzelt waren auf der Straße noch Leute unterwegs. Nachtschwärmer auf dem Weg irgendwohin. Es war eine laue Nacht. Der Wetterbericht hatte die nächste Hitzewelle angekündigt. Die Lichter der Auslagen und die Straßenbeleuchtung tauchten die Stadt in gedämpftes Licht, der Dreck wurde von der Dunkelheit verschluckt.

»Entsorgt den Fotoapparat und den anderen Ramsch«, beauftragte er seine Begleiter.

Der BMW bog auf den Niederösterreichring ein und fuhr langsam stadtauswärts. Nur nicht auffallen. Es war nicht mehr weit bis zur Garage.

Langsam beruhigte er sich wieder. Er starrte auf die Straße, nahm aber kaum wahr, was draußen an ihm vorüberzog.

Als er die nächste Zigarette anzündete, zitterten seine Hände nicht mehr.

15.

Es war eine lange Nacht geworden, und als sie jetzt am Besprechungstisch saßen, war das jedem anzusehen. Radek hatte aus einer Bäckerei Frühstück geholt, Lechner eine Kanne Kaffee gekocht. Die schwarze Brühe war so stark, dass an Schlaf nicht mehr zu denken war, wenn man eine Tasse davon getrunken hatte. Und die meisten schlürften schon den zweiten Becher.

Neumann hatte seiner Freundin eine SMS geschrieben, dass er heute nicht kommen würde. Für sie beide war es ein lieb gewordenes Ritual, dass sie gemeinsam frühstückten, bevor sie ins Büro ging und nachdem er einen Nachtdienst beendet hatte. Das würde heute ausfallen.

Jetzt saßen sie da, belegten Semmelhälften mit Wurst und Käse oder schmierten Butter und Marmelade auf Briochekipferl, um sie schnell hinunterzuschlingen.

Pirker berichtete von der Verständigung der Angehörigen. Im Zentralen Melderegister hatten sie eine frühere Adresse von Gebert in Zwettl gefunden. An dieser Adresse waren seine Eltern noch wohnhaft.

Pirker hatte die Kollegen der örtlichen Polizeiinspektion informiert und sie dorthin entsandt, um die Todesnachricht zu überbringen. Der PI-Kommandant hatte ihn zurückgerufen und davon berichtet. Geberts Eltern hatten wie erwartet mit Schrecken und Trauer auf die Nachricht vom Tod ihres

Sohnes reagiert und waren, ebenfalls wie erwartet, nicht in der Lage gewesen, eine für die Ermittlung verwendbare Auskunft zu geben. Der PI-Kommandant hatte ihnen für die nächsten Tage einen weiteren Besuch von Polizisten angekündigt.

Lechner erzählte kurz, was am Tatort noch geschehen war, nachdem die anderen ihn verlassen hatten, und von den Maßnahmen, die er verfügt hatte. Routineangelegenheiten, es wäre nicht nötig gewesen, sie darüber zu informieren. Lechner machte das der Vollständigkeit halber, damit jeder den aktuellen Stand der Dinge kannte.

Radek und Neumann waren die Umgebung des Tatorts abgelaufen und hatten sich dann in der Leitzentrale um die Videoaufnahmen der Verkehrsüberwachung in der Nähe gekümmert. Bei der Kamera, die sich am Siegfried-Ludwig-Platz befand, waren sie fündig geworden. Mit dem Auto keine fünf Minuten vom Tatort entfernt. Die Aufnahmen zeigten eine dunkle BMW-Limousine, die der vagen Beschreibung des Tatfahrzeugs entsprach. Die Überprüfung des Kennzeichens hatte jedoch ergeben, dass es zu einem silbergrauen Opel Astra gehörte. Es war nicht als gestohlen gemeldet, aber das musste nichts bedeuten. Möglicherweise waren nur die Kennzeichenschilder abmontiert worden, oder der Besitzer hatte den Diebstahl noch nicht bemerkt.

Sie waren alle Kfz-Diebstähle der letzten Tage auch nach einem dunklen BMW durchgegangen, doch ein solcher befand sich ebenfalls nicht darunter. Das hatte sie zu dem Schluss veranlasst, dass sich der BMW vielleicht im Besitz eines der Täter befand. Jedenfalls hatten sie das Fahrzeug zur Fahndung rausgegeben.

Neumann und Radek ließen einen Ausdruck herumgehen, der die Rückseite des Autos zeigte. Eine Frontaufnahme hatten sie leider bei keiner der Kameraaufnahmen gefunden.

Auch, weil die Bildüberwachung nicht bei allen aufgezeichnet wurde. Der BMW hatte den Ludwig-Platz stadtauswärts überquert und war dann spurlos verschwunden.

Kurz wurde diskutiert, ob die Täter dort in der Gegend wohnen könnten, doch das erschien allen eher unwahrscheinlich. Niemand hatte eine Idee, wohin das Auto gefahren sein könnte.

Radek hatte bereits die Polizeidienststellen im Norden und Osten des Bezirks ersucht, nach dem BMW Ausschau zu halten. Insgeheim versprach er sich aber nichts davon.

Als die formalen Dinge besprochen waren, begannen die Kollegen erste Theorien zu wälzen. Einstimmig gingen alle davon aus, dass es nach einem Raubmord aussah.

Radek und Neumann hielten sich zunächst aus der Diskussion raus. Als diese langsam zum Erliegen kam, sahen sie den Zeitpunkt gekommen, ihre Überlegung, ob die Fälle Gebert und Tirla zusammenhingen, vorzubringen.

»Uns ist noch etwas anderes aufgefallen«, begann Radek. »Wir hatten vor Kurzem eine schwere Körperverletzung auf dem Tisch. Das Opfer heißt Radu Tirla. Möglicherweise Raubüberfall. Im Überwachungsvideo eines Geschäfts in der Nähe des Tatorts sind wir auf diese drei Typen gestoßen.«

Er zog aus einem Aktenumschlag eine großformatige Aufnahme und ließ sie reihum gehen.

»Das sind vielleicht unsere Täter im Fall Tirla. Ihr Aussehen passt auch auf die Täterbeschreibung im Fall Gebert. Der Modus operandi ähnelt sich ebenfalls: mehrere Täter, brutales und skrupelloses Vorgehen.«

Nachdem alle das Foto gesehen hatten, sagte Pirker: »Das bedeutet, wir könnten es mit einer Bande zu tun haben, die kaltblütige Raubüberfälle begeht und dabei vor Mord nicht zurückschreckt.«

»Das haben wir auch gedacht«, bestätigte Radek.

»Gut, wir sollten diese Möglichkeit im Auge behalten, auch wenn es noch keine konkreten Hinweise gibt, dass es sich in beiden Fällen um dieselben Täter handelt.«

Zumindest ist die Sache jetzt aktenkundig, dachte Radek.

Pirker teilte seine Leute für die weiteren Tätigkeiten ein: Lechner sollte sich um die Obduktion kümmern und ihr beiwohnen. Katrin und Neumann sollten die Umgebung des Tatorts abklappern und dort weitere Zeugen suchen. Außerdem sollten sie mit der Meixner Kontakt aufnehmen und ihr das Foto der Männer zeigen. Vielleicht waren zwei von ihnen auch die Täter im Fall Gebert, und Frau Meixner würde außer der Glatze noch mehr Brauchbares erkennen, selbst wenn die Typen nur von hinten zu sehen waren. Figur, Haltung, was auch immer.

Pirker ernannte sich zum Fallführer. Er würde den Staatsanwalt informieren, einen ersten Bericht über die Tat schreiben und die restlichen Formalitäten erledigen. Radek sollte ihm beim Papierkram helfen. Diesen Job drückte er Radek nur deswegen aufs Auge, weil der studierte und Pirker wusste, dass er sich auf Radeks Schriftstücke zu 100 Prozent verlassen konnte. Da brauchte er nicht viel zu kontrollieren oder korrigieren.

Danach, sagte Pirker, würde er sich mit dem EB Raub in Verbindung setzen und sehen, was die Kollegen zu dem Fall zu sagen hatten. Möglicherweise waren Täter mit einer ähnlichen Vorgehensweise schon einmal amtsbekannt geworden. Und Radek sollte den Fall Tirla erneut durchgehen.

Die Kollegen machten sich an die Arbeit.

Radek bereiteten noch andere Fragen Kopfzerbrechen, die bisher unerwähnt geblieben waren. Warum hatten die Täter für den Raubüberfall ein Auto benutzt? Als Fluchtwagen, um schnell abhauen zu können? Üblicherweise war man bei einem Straßenraub zu Fuß unterwegs, weil man sich erst ein geeignetes Opfer aussuchen musste, und das ging aus dem Auto heraus schlecht. Oder die Typen waren äußerst professionell und hatten ihr Opfer schon vor der Tat ausgekundschaftet. Ähnlich wie ein Einbrecher, der zuvor ein Haus ausspioniert und genau weiß, wann ein günstigster Zeitpunkt für einen Einbruch ist. Das erschien Radek aber als zu aufwendig für einen simplen Raubüberfall mit wenig Beute. Außerdem fragte er sich, warum sich die Täter ausgerechnet an Leuten wie Tirla oder Gebert vergriffen. Vor allem Tirla passte nicht in dieses Schema. War der Überfall auf ihn eine Art Test gewesen, um zu sehen, ob der Tatablauf funktionierte? Und dann hat man bei Gebert richtig zugeschlagen? Doch warum das Opfer töten? Weil es sich gewehrt hat?

Radek wurde das dumpfe Gefühl nicht los, dass sie etwas übersehen hatten und ihnen noch einiges fehlte, um ein halbwegs brauchbares Bild zu bekommen. Das passte doch alles nicht zusammen.

16.

Nachdem sie das Auto geparkt hatte, begann sie zu weinen. Bis jetzt hatte sie sich dagegen wehren können, sich auf den dichten Morgenverkehr konzentrieren müssen, der keine Unachtsamkeit zuließ, ihre Gedanken ablenkte. Doch nun, da die Anspannung von ihr abfiel, überkam sie das Gefühl der abgrundtiefen Trauer, dem sie nichts entgegenhalten konnte. Sie ließ ihren Kopf auf das Lenkrad sinken, das sie mit beiden Händen umklammert hielt, und weinte ohne Zurückhaltung.

So saß sie eine ganze Weile im Auto, bis jemand an die Seitenscheibe klopfte. Sie wischte sich mit den Händen die Tränen von den Wangen und strich ein paar lästige Haarsträhnen aus dem Gesicht.

Auf dem Gehsteig neben dem Auto stand eine alte Frau und drückte sich beinahe die Nase am Seitenfenster platt. »Ist alles in Ordnung?«, wollte die Frau wissen.

Sie ließ die Scheibe runter. »Ja. Alles in Ordnung.«

Die Alte musterte sie gespannt. Vermutlich wartete sie auf eine Begründung für das Verhalten der jungen Frau im VW Golf, aber sie hatte keine Lust, zu erklären, warum sie weinte. »Danke«, sagte sie nur, dann ließ sie das Fenster wieder hochgleiten und die Alte zog ab.

Sie stieg aus, schloss den Wagen ab und ging in das Haus ein Stück weiter vorne. Ihre Eltern hatten ihr den Wohnungsschlüssel gegeben und sie gebeten, nach dem Rechten zu sehen. Wie lächerlich ihr das erschien. Aber sie hatte den Auftrag entgegengenommen, um der Gegenwart ihrer Eltern zu entfliehen, dieser zähen Traurigkeit, die sie umgab wie ekelhaft klebriger Sirup.

Langsam stieg sie in den fünften Stock hoch. Im Haus war es ruhig, nichts zu hören außer ihren Schritten auf der Treppe. Sie hätte auch den Lift nehmen können, wollte aber den Augenblick hinauszögern, in dem sie die Wohnung betrat. Er würde nie wieder kommen. Sie musste erneut gegen die Tränen ankämpfen.

Sie schloss die Tür auf und erstarrte augenblicklich. Sofort merkte sie, dass etwas nicht in Ordnung war, schon bei den ersten Schritten in den Flur war sie alarmiert. Als sie dann an der Tür zum Wohnzimmer stand, wurde ihr bewusst, dass sie nicht die Erste war, die seit Valentins Tod die Wohnung betrat. Angst erfasste sie. Was, wenn noch jemand hier war? Sie verließ die Wohnung schnell, ohne sich weiter umzusehen, kramte das Handy aus ihrer Handtasche und rief ihre Eltern an. Ihr Vater hob ab.

»Es ist jemand in Valentins Wohnung gewesen«, sagte sie aufgeregt.

»Was heißt das?«, fragte ihr Vater überrascht.

»Es wurde eingebrochen. Alles ist durchwühlt. Wir müssen die Polizei anrufen.«

Stille am anderen Ende, dann: »Ja. Ich habe eine Nummer vom Landeskriminalamt. Ich kümmere mich darum und melde mich wieder.«

Wenige Minuten später rief er zurück. »Ich habe mit einem Polizisten im Landeskriminalamt gesprochen. Er schickt jemanden vorbei, und du sollst nicht alleine in die Wohnung gehen. Hast du verstanden?«

Sie bejahte, setzte sich auf den Treppenabsatz schräg

gegenüber der Wohnungstür und wartete. Sie versuchte eine Erklärung für das zu finden, was geschehen war. Aber es war ihr nicht möglich. Der Schmerz breitete sich erneut in ihr aus, und sie weinte leise vor sich hin. Ihre Gedanken entflohen in eine weite Ferne. Erinnerungsfetzen zogen an ihrem inneren Auge vorbei. Wie sie mit ihm spielte, sein Lachen, sein Schulterklopfen und seine kräftigen Umarmungen.

Plötzlich hörte sie jemanden die Stufen hochsteigen. Schwere Schritte. Ein Mann. Wieder packte sie die Angst, und sie musste der Versuchung widerstehen, den Lift zu holen und davonzulaufen.

Der Mann, der über die Treppe kam, war etwa in ihrem Alter, Ende 20, schätzte sie, groß und schlank. Er trug eine Schreibmappe unter dem Arm und hätte auch Bediensteter der Stadtwerke sein können. Sie war wie gelähmt.

Er blickte sich argwöhnisch um, und als er sie sah, fragte er: »Sind Sie Sonja, die Schwester von Valentin Gebert?«

Sie stand auf und bejahte.

Der Mann stellte sich als Thomas Radek vom Landeskriminalamt vor. Er sah müde aus, offensichtlich hatte er eine schlaflose Nacht hinter sich. Sein Jackett war zerknittert und das Hemd am Kragenrand schmutzig, als hätte er es seit Tagen nicht mehr gewechselt. Blasses Gesicht, unter den Augen deutlich sichtbare Schatten. Sein braunes Haar war kurz geschnitten und vermutlich mit den Fingern auf die Schnelle frisiert. An Kinn und Wangen schimmerten dunkle Bartstoppeln.

Sie erklärte ihm, was sie gesehen hatte.

Radek hörte aufmerksam zu und nickte einige Male automatisch. Es sei gut gewesen, nicht weiter in der Wohnung herumzulaufen, lobte er und fragte, wie lange sie schon hier sitze.

Sie blickte auf die Uhr, eine halbe Stunde, und erschrak darüber, wie schnell die Zeit vergangen war.

»Und es ist niemand herausgekommen?«, wollte er wissen.

Sie schüttelte den Kopf.

Er ging zur geschlossenen Tür, beugte sich nach unten und betrachtete sie sorgfältig. »Keine Einbruchsspuren sichtbar«, murmelte er leise. »Ich vermute, dass die Täter den Schlüssel Ihres Bruders verwendet haben. Ziemlich kaltschnäuzig. Die müssen noch in der Nacht hier gewesen sein. Vielleicht hat sie jemand gesehen.«

Sonja antwortete nicht, weil Radek eher zu sich selbst zu sprechen schien.

Er richtete sich auf. »Ich schaue mich in der Wohnung um. Auch wenn vermutlich kein Täter mehr da ist, bleiben Sie bitte hier und warten, bis ich wiederkomme.«

Sie nickte müde.

»Wenn ich in zehn Minuten nicht zurück bin, rufen Sie den Polizeinotruf.«

Er lächelte, aber es dauerte einen Moment, bis sie begriff, dass er einen Scherz gemacht hatte. In dem jedoch auch ein Funken Ernst steckte. Denn nun legte er die Schreibmappe auf der Treppe ab, griff unter sein Sakko und zog seine Pistole.

»Geben Sie mir bitte den Schlüssel«, verlangte er. Als er ihn in der Hand hielt, sperrte er auf, öffnete mit einer Hand vorsichtig die Wohnungstür und ging langsam in den Flur, die Waffe schussbereit vor sich.

War das nicht leichtsinnig, alleine in die Wohnung zu gehen, fragte sie sich. Was würde geschehen, wenn der Einbrecher noch da drin war? Obwohl … nach so langer Zeit? Das wäre reichlich dumm. Die Vermutung des Polizisten, dass der Täter die Wohnung bereits verlassen hatte, schien ihr daher zutreffender. Sofort kam ihr dann das Herumgetue mit der Waffe völlig überzogen vor, ein typisches Machogehabe von Polizisten. Wollte er damit Eindruck bei ihr schinden?

Durch die offene Eingangstür sah sie, wie er sich durch die Wohnung bewegte, behutsam die Türen zu Bad und Klo öffnete, mit der Waffe im Anschlag einen Blick hineinwarf, weiterging, vorsichtig um die Ecke ins Wohnzimmer lugte und darin verschwand.

Unwillkürlich hielt sie den Atem an und wartete darauf, etwas zu hören, Stimmen, Kampflärm, einen Schuss möglicherweise. Aber nichts geschah. Es dauerte nicht lang und der Polizist kam zurück. Während er die Wohnung verließ, steckte er die Pistole zurück in den Holster.

Er zog ein Handy aus seiner Sakkotasche und wählte eine Nummer. »Hallo, hier Radek vom EB 1«, sagte er. »Ich brauche eine Tatortgruppe … Nein, kein Mord. Ein Einbruch … Warum? Weil er mit einem Raubmord im Zusammenhang steht … Kollege, ich bin seit 18 Stunden im Dienst, und es werden noch einige hinzukommen, bis ich heute Schluss mache. Ich habe also überhaupt keine Lust, mit dir zu diskutieren. Wenn du mir sagst, dass ihr keine Ressourcen frei habt, rufe ich eine Etage höher an. Und dann kannst du das mit eurem Chef ausmachen.«

Thomas Radek wurde zornig. Er ging beim Telefonieren aufgeregt herum. Als er bemerkte, dass sie ihn beobachtete, machte er eine hilflose Geste mit den Schultern und rollte mit den Augen. Er hörte seinem Gesprächspartner zu und nannte dann die Adresse der Wohnung. »Gut, 15 Minuten … Ist in Ordnung … Das passt mir … Mehr brauche ich nicht.«

Radek kam zu ihr. »Also, wir warten jetzt auf die Spurensicherung. Wenn die drin war, können wir uns in der Wohnung umsehen«, erklärte er. »Geht das für Sie in Ordnung?«

Sonja Gebert nickte.

Er fragte nach ihrem Ausweis. Ist klar, dachte sie, egal was passiert, zuerst die Formalitäten, dann die Hilfe. Typisch

Beamte. Sie gab ihm den Führerschein, und er notierte ihre Daten. In einer anderen Situation hätte sie sich eine bissige Bemerkung nicht verkniffen. Ist das Ihre Masche, um Alter und Telefonnummer einer Frau zu erfahren, oder so ähnlich. Aber in diesem Moment war ihr nicht danach.

Als hätte er ihre Gedanken gelesen, sagte er, während er schrieb: »Ich hasse diesen formalen Kram, aber es muss leider sein.«

Das klang ehrlich und versöhnte sie ein wenig.

»Was machen Sie beruflich?«, fragte er, den Blick weiterhin auf seine Notizen gerichtet.

»Journalistin«, gab sie an.

Er schaute auf. »Wie Ihr Bruder?«

»Ja.«

»Haben Sie mit ihm zusammengearbeitet?«

Sie schüttelte den Kopf. »Ich arbeite beim Nachrichtenmagazin Wochenblatt in Wien, und er war Freiberufler.«

»Was kann ich mir darunter vorstellen?«, wollte Radek wissen.

»Na ja, er hat für mehrere Zeitungen geschrieben. Wo er eben eine Story verkaufen konnte. In letzter Zeit aber vorwiegend für die Neue Zeitung.«

Der Polizist notierte sich diese Informationen. »Wissen Sie, woran Ihr Bruder zuletzt gearbeitet hat?«, fragte er dann.

»Nein. Er hat vor ein paar Wochen einen Artikel über Rechtsextreme geschrieben. Der ist sehr gut angekommen. Mehr kann ich Ihnen nicht sagen.« Und würde sie auch nicht, wenn sie es wüsste, dachte sie.

Radek bot ihr eine Zigarette an. Obwohl sie nur gelegentlich am Abend rauchte, wenn sie in einer gemütlichen Runde mit Freunden unterwegs war, nahm sie das Angebot an. In diesem Augenblick schien ihr die Zigarette als ein hilfreiches Ding, an dem sie sich festhalten konnte.

Sie gingen zum Gangfenster, er öffnete es und sie rauchten dort.

»Haben Sie Valentin gefunden?«, fragte sie.

»Nein. Eine Zeugin hat die Polizei angerufen. Die ersten Beamten vor Ort waren Streifenbeamte. Da war er schon …«, er zögerte, »… tot. Ich bin erst später hinzugekommen.«

»Was ist denn genau passiert?«

Radek musterte sie argwöhnisch. Offenbar überlegte er, ob das die Schwester fragte, die den Tod des Bruders begreifen, oder die Journalistin, die womöglich selbst nachforschen wollte. »Nach dem, was wir bis jetzt wissen, war es ein Raubüberfall. Die Täter hatten es wohl auf seine Tasche abgesehen. Als er sich wehrte, haben sie ihn erschossen.«

Er gab ihr einen nüchternen Bericht von der Tat, der kaum mehr Informationen enthielt als das, was der andere Polizist in der Nacht ihren Eltern mitgeteilt hatte. Trotzdem – die beamtete Nüchternheit machte ihr wieder bewusst, dass ihr Bruder tot war, dass sie ihn nie wiedersehen würde. Ihr Bruder kam nicht mehr zurück, und nichts würde mehr so sein wie früher.

Obwohl sie es nicht wollte, begann Sonja zu weinen. Sie dämpfte die Zigarette achtlos auf dem Boden aus und wandte sich von Radek ab. Aus den Augenwinkeln sah sie, wie er den Stummel aufhob und aus dem Gangfenster hinaus auf die Straße warf, seinen gleich hinterher. Dann stand er unvermittelt neben ihr und hielt ihr ein Papiertaschentuch hin.

Sie nahm es. »Danke«, sagte sie leise, und: »Entschuldigen Sie.«

»Keine Ursache«, antwortete er sanft.

Es dauerte eine Weile, bis Sonja sich wieder beruhigt hatte. Schweigend warteten sie, bis sie die Tatortgruppe über die Treppe hochpoltern hörten.

Radek ging zu ihnen und wies sie kurz ein. Sie waren zu dritt, stellten zwei Spurensicherungskoffer ab und begannen mit ihrer Untersuchung. Sie verzichteten darauf, Overalls oder Überzüge für die Schuhe zu verwenden, sondern latschten einfach in die Wohnung. Sie hatten keine große Motivation, das erkannte auch Sonja sofort. Es handelte sich hier um keine spektakuläre Sache, dachte sie, nur um einen kleinen Einbruch. Sie gingen lustlos durch die Wohnung, leuchteten mit Taschenlampen herum, stäubten die Platte des Schreibtischs mit Rußpulver ein, fragten mal dies, mal das. Worauf sie hinauswollten, wurde Sonja dabei nicht klar. Lediglich Radeks Erklärung, warum das Schloss nicht aufgebrochen war und wie die Täter zum Schlüssel gekommen waren, schien das Interesse der Gruppe zu wecken.

Die ganze Zeit über stand Radek neben ihr. Einmal murmelte er: »Diese unnötigen Arschlöcher«, und Sonja wusste, wen er damit meinte. Das machte ihn ihr ein bisschen sympathischer.

Sonja trug eine Kurzhaarfrisur, einen klassischen Bob, doch nun fielen ihr die Haare so kraftlos ins Gesicht, als wären es müde Gliedmaßen, die nicht zu ihrem Körper gehörten. Sie fuhr mit den Fingern hinein und versuchte die Frisur etwas zu richten. Es war ihr unangenehm, so ungepflegt auszusehen. Als ihre Eltern sie angerufen hatten, war sie in ihre Jeans gesprungen, hatte ein altes T-Shirt übergestreift, eine Strickjacke mitgenommen und ihre ausgelatschten Turnschuhe angezogen. In diesen Klamotten stand sie nun da. Wäre sie doch schick gekleidet, wie bei einem Interviewtermin. Es wäre ihr lieber, er sähe sie so, wie sie sich nach außen hin gern präsentierte: attraktiv und stark, nicht als eine Frau, die von Kummer zerfressen war und aussah, als wäre sie eben erst aus dem Bett gekrochen. Im selben Moment schämte sie sich für diese dummen Gedanken. Ihr Bruder war tot, und sie zerbrach sich den Kopf darüber, ob sie dem Polizisten gefiel oder nicht. Warum war sie so sehr darauf abgerichtet, zu gefallen und für die Männerwelt schön zu sein? Nahm der Polizist überhaupt Notiz von ihrem Äußeren? Er dachte bestimmt vielmehr über den Einbruch nach, denn immer wieder warf er einen Blick durch die offene Wohnungstür und wartete ungeduldig darauf, dass er sich da drin endlich genauer umsehen durfte.

Als die Männer von der Spurensicherung fertig waren, trat deren bärbeißiger Leiter vor sie, sagte, dass nichts Verwertbares gefunden worden sei, und verabschiedete sich mit mürrischem Brummen.

Sie gingen in den Wohnungsflur, und Sonja hatte das Gefühl, eine völlig fremde Welt zu betreten. Eine Umgebung, die entweiht worden war, durch Verbrecher und Polizisten. Es waren nicht mehr die Räume, in denen sie mit ihrem Bruder manche Nacht diskutiert hatte, in denen sie Storys und Recherchen besprochen hatten, in denen sie Feste gefeiert und mit Freunden Spaß gehabt hatten. Jetzt stand sie in einer toten Wohnung. Erneut liefen ihr die Tränen an den Wangen hinunter.

Im Wohnzimmer waren die Bücher aus den Regalen gerissen und lagen achtlos verstreut auf dem Boden. Der Schreibtisch war leer, die Laden des Rollcontainers standen offen und waren ebenfalls ausgeräumt. Sie ging ins Schlafzimmer. Dort lagen Valentins Klamotten über das Bett und auf dem Boden verstreut. Der Kasten mit seinen leeren Fächern sah aus wie ein altes, nutzloses Gerippe.

Radek folgte ihr. »Können Sie sagen, ob etwas fehlt? Ich weiß, das ist bei der Unordnung schwierig. Aber fällt Ihnen auf den ersten Blick etwas auf?«, fragte er.

Sonja schüttelte den Kopf, wischte sich die Tränen ab, schnäuzte sich leise und versuchte, ihrer Stimme einen festen Klang zu geben. »Nein. Er hatte ja keine Wertsachen. Außer …«, sie überlegte, »… seiner Fotoausrüstung. Die stand im Schrank im Schlafzimmer, weil er sonst keinen Platz hatte. Die habe ich dort nicht gesehen, die ist weg. Eine große schwarze Fototasche. Und am Schreibtisch ist auch etwas anders … Kommen Sie.«

Sie kehrten ins Wohnzimmer zurück.

»Er hatte immer viele Unterlagen auf seinem Schreibtisch und im Rollcontainer darunter. Das ist alles leer und liegt hier auch nirgends. Und … seine Festplatten sind weg.«

»Welche Festplatten?«

»Valentin arbeitete mit dem Laptop und machte ständig Sicherungen auf zwei kleinen mobilen Festpatten. Er hatte eine Riesenangst, dass ihm die Daten auf dem Laptop verloren gehen könnten, deshalb die Sicherungskopien, auch für die Fotos. Er fotografierte vieles zu seinen Artikeln selbst. Das meiste Material hat er digitalisiert. Der Scanner … steht noch da, den haben die Einbrecher nicht mitgenommen.« Sie zeigte auf ein Gerät im untersten Fach des Bücherregals.

»Vielleicht war er ihnen zu groß«, sagte Radek geistesabwesend und machte sich Notizen. »Wie der Fernseher oder die Stereoanlage.« Beides stand unberührt im Wohnzimmer.

Oder sie waren auf ganz andere Sachen aus, dachte Sonja, behielt diese Überlegung aber für sich. Hinter all der Trauer machte sich ihr journalistischer Spürsinn bemerkbar. Gedanken blitzten auf, formten sich zu Erkenntnissen, zu Schlussfolgerungen.

Der Polizist bat sie um eine Liste der gestohlenen Dinge, wenn möglich mit Artikel- und Seriennummern, und riss sie damit aus ihren Gedanken.

Jetzt ist er wieder durch und durch Beamter, dachte sie. »Ich werde mich darum kümmern.«

Er gab ihr eine Visitenkarte, klappte seinen Collegeblock,

in dem er sich Notizen gemacht hatte, und die Schreibmappe zu. »Können Sie mir auch den Artikel Ihres Bruders über die Rechtsextremisten zukommen lassen, den Sie vorhin erwähnt haben?«

Sie nickte. »Das werde ich tun.«

Dann erkundigte er sich, ob sie zurechtkäme, teilte ihr seine Gedanken darüber, was hier geschehen sein könnte, jedoch nicht mit.

»Lassen Sie mir eine Zigarette hier?«, bat sie.

Er schüttelte eine Marlboro aus der Packung und gab ihr Feuer. Anschließend verabschiedete er sich und ging.

Sonja sperrte die Wohnungstür hinter ihm ab. Sie musste ihre Eltern anrufen und ihnen berichten, aber das würde sie später tun. Nicht jetzt. Jetzt wollte sie nachdenken. Die Gedankenfetzen ordnen, die auf sie einstürmten.

Sonja setzte sich auf die Couch und ließ das verwüstete Zimmer auf sich wirken. Männer töten einen Unbekannten auf der Straße, stehlen ihm den Schlüssel, kommen in dessen Wohnung und nehmen nichts mit, außer einer Fotoausrüstung und zwei Festplatten, vielleicht einen USB-Stick. Und den ganzen Kram auf dem Schreibtisch und im Rollcontainer. Warum? Das ist wertloses Papierzeug. Oder ging es um Valentins Unterlagen? Aber um welche? Das hatten die Täter offenbar auch nicht gewusst und deshalb alles mitgenommen, was brauchbar erschien. Sonjas Blick fiel auf die Aktenordner, die auf dem Boden verstreut lagen. Darin hatte Valentin seine alten Rechercheergebnisse archiviert. An ihnen hatten die Einbrecher kein Interesse gehabt. Es musste also etwas Aktuelles sein, etwas, an dem Valentin gerade gearbeitet hatte.

Sie spürte, wie sich unter dieser Erkenntnis ihr Magen zusammenkrampfte. Das war kein Raubmord, dachte sie. Die Täter haben etwas gesucht. Die haben Valentin getötet, weil er Journalist war. Ganz gezielt.

Ihr wurde schwindelig. Sie wankte ins Klo und warf die Zigarette in die Toilette, kehrte zurück und setzte sich auf einen Stuhl am Esstisch. Sie vergrub das Gesicht in den Händen. Valentin, was hast du gemacht, dachte sie. Warum haben sie dich umgebracht? Was ist geschehen?

17.

»Gehen wir ein Stück«, sagte Stadtrat Kohler und bog, ohne auf Zustimmung zu warten, auf den Spazierweg ein. Christian Ecker folgte ihm unwillig. Der Chauffeur des Stadtrats blieb neben dem Auto stehen, blickte den beiden Männern nach und zündete sich eine Zigarette an. Sie befanden sich in Völtendorf, am westlichen Stadtrand von St. Pölten. Das Fahrverbot auf dem Weg hierher hatten sie nicht beachtet.

»Wissen Sie, dass diese Gegend hier eine NS-Gründung ist?«, fragte der Stadtrat. »Nachdem Hitler einmarschiert war, wurde auf dem Gelände des damaligen Garnisonsexerzierplatzes in Spratzern die Kopalkaserne errichtet. Der Übungsplatz wurde hierher verlegt und blieb es bis zur Schließung der Kaserne 2006. Und heute wissen die jungen Leute nicht einmal mehr, dass da unten«, er deutete unbestimmt nach Osten, »eine Kaserne gestanden hat.«

Stadtrat Kohler kannte solche Details. Er war für Bau- und Immobilienwesen zuständig, für Stadtentwicklung. Sich mit der Stadtgeschichte zu beschäftigen, sah er nicht nur als Teil seiner Aufgaben an. Das war immer schon sein Hobby gewesen, wie er nie müde wurde, zu betonen. Er sammelte entsprechende Bücher und besaß eine umfangreiche Bibliothek dazu. In seiner spärlichen Freizeit liebte er es, darin zu blättern und alte Karten der Stadt zu studieren.

Christian Ecker wusste von dieser Marotte des Stadtrats. Er selbst fand an solchen Dingen keinen Gefallen. Sein Interesse galt jenen Teilen der Stadt, die man kaufen und wieder verkaufen konnte. Mit seiner Firma Austria-Invest wickelte er Immobilien-Deals ab. Er war kein Makler, diesen Teil des Geschäfts überließ er anderen, sondern Investmentmanager. Er suchte Investoren für Großprojekte, die eine brauchbare Rendite abwarfen, und realisierte solche Vorhaben. Sein Verhältnis zu Stadtrat Kohler war ein ambivalentes. Einerseits verachtete er den Politiker, der sich vom Gemeinderat bis zum Stadtrat hochgedient hatte. Ein sozialistischer Funktionär, wie er im Buche stand, der sein hemdsärmeliges Proletentum hinter weltmännischem Gehabe zu verstecken versuchte. Auf der anderen Seite spielte Kohler eine wichtige Rolle bei Eckers Geschäften. Er fädelte Deals mit der Stadt St. Pölten ein, die Ecker ohne Kohlers Hilfe nie zustande brächte. Dafür brauchte er ihn. Und in diesen Fällen war Kohler kein windiger Bonze mehr, sondern ein ziemlich abgebrühter, gieriger Profiteur. Jeder Mensch hatte seinen Preis – das war einer von Eckers Leitsätzen –, auch ein Herr Stadtrat Kohler. Trotzdem würde der in seinem Innersten immer ein kleiner, schmieriger Parteibückling bleiben.

Ecker selbst entstammte einer wohlhabenden Familie, sein Vater war Vorstandsmitglied bei der Vereinigten Bau-AG in Wien, kurz Vebag. Das war eine Holding, die aus einer Reihe von größeren und kleineren Unternehmen bestand und zusätzliche Beteiligungen an anderen börsennotierten Gesellschaften hielt. Eckers Vater war der Finanzvorstand und damit der zweitmächtigste Mann des Unternehmens. Entsprechend sah auch sein Gehalt aus. Die Eckers wohnten im noblen Döbling. Der junge Christian hatte seinen Vater nur selten zu Gesicht bekommen, weil der die meiste Zeit in seinem Büro verbrachte, doch eines hatte er ihm stets vermittelt: Wer das Geld hat, hat die Macht.

Als Ecker ins elitäre Akademische Gymnasium auf dem Beethovenplatz geschickt wurde, war sein Weg vorgezeichnet. Das Akademische Gymnasium galt als eine angesehene Schule humanistischer Prägung mit berühmten Absolventen. Es verströmte den Geist ihrer ehemaligen Schüler, darunter Leute wie die Schriftsteller Arthur Schnitzler und Hugo von Hofmannsthal oder der sozialdemokratische Politiker Karl Kautsky, der Jurist Hans Kelsen, maßgeblich verantwortlich für die österreichische Bundesverfassung, der Physiker und Nobelpreisträger Erwin Schrödinger und der Individualpsychologe Erwin Ringel. Ständig wurde man an diese und andere große Vorbilder erinnert und an die Tradition der humanistischen Bildung als Grundlage für die spätere Karriere.

Ecker pfiff auf den Humanismus. Er wusste schon sehr früh, dass er etwas anderes wollte – Geld verdienen, wie sein Vater. Vieeel Geld!

Nach der Matura und dem Bundesheer absolvierte er ein Studium der Betriebswirtschaft. Hier begann er Kontakte für seine späteren Geschäfte zu knüpfen. Sein Vater besorgte ihm einen Job bei der angesehenen Steindlbank, einer Privatbank, die auch für die Vebag viele Geschäfte abwickelte. Ecker diente sich durch mehrere Abteilungen, bis er am Ende im Aktienhandel und im Bereich Investment landete. Dort betreute er einige Fonds, die allesamt überaus erfolgreich waren. Die Geschäftsleitung war zufrieden mit ihm. Das wirkte sich auch auf seinen Gehaltszettel aus. Aber Ecker reichte das nicht. Irgendwann sah er ein, dass er als Lohnsklave –wenn auch ein wohlhabender – immer nur Geld für andere verdienen würde.

Sein Plan, sich mit einer Investmentfirma selbstständig zu machen, wurde von seinem Vater unterstützt, sowohl finanziell – Ecker senior war sein erster Kunde – als auch mit den langjährigen Beziehungen, über die der Vater verfügte. Außerdem arbeitete Christian Ecker weiterhin mit der Steindlbank zusammen. Er stellte mehrere lukrative Fonds zusammen und fand bald genügend Investoren, um sein Geschäft auszubauen. Doch die Wirtschaftskrise 2008 zwang ihn zum Umdenken. Die Erträge seiner Produkte wurden geringer, die Kapitalabflüsse mehr. Er musste einen Fonds fast auflösen, einen weiteren schließen und damit beinahe auch seine Firma.

Auf der Suche nach neuen Anlageformen wandte er sich den Immobilien zu. Immobilienfonds waren durch die Krise zwar ebenfalls schwer in Mitleidenschaft gezogen worden, trotzdem baute er sich damit ein zweites Standbein auf. 2010 gründete die Austria-Invest eine eigene Immobilienkapitalanlagengesellschaft. Seither verdiente er damit mehr Geld als mit seinen ursprünglichen Fonds. Er hatte eigene Geschäftsmodelle entwickelt, die ihm ein nicht unbeträchtliches Zusatzeinkommen sicherten. Und er konzentrierte sich nicht mehr nur auf Wien. Dort war die Konkurrenz mittlerweile zu mächtig. Auch St. Pölten besaß einen boomenden Immobilienmarkt. Es war eine preiswerte Alternative für viele Wiener, die hinaus aufs Land wollten. Und die Stadt förderte diese Ambitionen. Seit St. Pölten Landeshauptstadt und das Regierungsviertel Mitte der 1990er-Jahre fertiggestellt worden war, wuchs die Bevölkerung stetig.

Man brauchte Wohnraum. Überall wurde gebaut. Zwar keine fetten Luxusimmobilien wie in Wien, wo man kräftig Kohle machen konnte, aber dafür war das Geschäft hier in der Provinz überschaubar und unterm Strich nicht weniger lukrativ. Denn in Wien matchten sich viele internationale Investoren, mit denen er ohnehin nicht mithalten konnte.

Das war auch der Grund, warum er sich jetzt mit einem schleimigen Stadtrat herumplagen musste, obwohl er Politiker nicht ausstehen konnte.

Kohler, in dunkelblauem Anzug, schritt kräftig aus, sein massiger Körper marschierte an einem Waldstück entlang. Ecker hatte keine Mühe, mit Kohler Schritt zu halten. Er war um einiges sportlicher als der Stadtrat. Seine schlanke, durchtrainierte Figur zeugte davon, dass er regelmäßig joggen und ins Fitnessstudio ging. Er hatte sein blondes Haar kurz geschoren, weil der Haaransatz bereits sehr hochgezogen war. Diese Frisur passte nicht zu Eckers übriger Erscheinung. Trotz des eleganten dunklen Anzugs verlieh sie ihm etwas Brutales.

Kohler verlangsamte sein Tempo und blieb schließlich im Schatten des Waldrandes stehen.

Der Investmentmanager blickte sich um. Sie waren alleine, an einem Dienstagmittag war hier am Stadtrand nichts los. Für ihr Gespräch war das auch besser so. Ecker wartete, bis Kohler begann. Er verließ sich darauf, dass der Terminkalender des Politikers um einiges dichter war als der seine, dass Kohlers Ungeduld ausreichen würde, um ihr Treffen nicht unnötig in die Länge zu ziehen.

»Die Sache mit dem Journalisten hat sich erledigt, hab ich in der Zeitung gelesen«, sagte Kohler leise, nachdem ihm das Schweigen unangenehm geworden war. Er sprach zu den Bäumen, die in einigen Metern Entfernung standen, als hätte er Angst, sich direkt an Ecker zu wenden.

»Ja, hat sich erledigt«, murmelte Ecker.

»Wie von selbst«, ergänzte Kohler.

Nichts erledigt sich von selbst, wollte Ecker entgegnen, ließ es aber bleiben. »Es ist gut so«, sagte er stattdessen. »Ich lasse mir doch nicht von einem blöden Reporter ins Geschäft spucken. Dafür habe ich zu viel hinter mich gebracht.«

»Und wie geht es jetzt weiter?«, wollte Kohler wissen.

Ecker zuckte die Schultern. »Ganz normal. Ich habe mit dem Chefredakteur der Neuen Zeitung gesprochen. Er hat versprochen, der Sache Gebert keinen allzu großen Raum zu schenken. Dafür wird er von mir und von Jungmann ein paar Anzeigen geschalten bekommen. Dieser Gebert war nur ein kleiner Fisch. Es zahlt sich für die Neue Zeitung nicht aus, so viel Wind um ihn zu machen, dass die großen Fische verscheucht werden. Zeitungen sind genauso wirtschaftliche Unternehmen wie andere. Zuallererst müssen sie Geld verdienen, auch wenn sie sich ein moralisches Fähnchen umhängen. Also, egal was Gebert ausgegraben hat, es wird unter dem Deckel bleiben.«

Der Politiker nickte. »Das ist eine gute Nachricht.«

Kohler war ein feiges Schwein, dachte Ecker unvermittelt. Er hatte eine Scheißangst, dass etwas von seinen Machenschaften ans Licht kommen und ihm schaden könnte. Klar, er war Berufspolitiker. Wenn etwas geschah, das seine Karriere killte, konnte er einpacken. Der Stadtrat war Mitte 50 und hatte außerhalb der Politik keine Zukunftsperspektiven. Ecker wusste das, und deshalb war es für ihn einfach, mit Kohler Geschäfte zu machen. Er brauchte ihn nicht einmal unter Druck zu setzen. Die Angst vor Enthüllungen nährte der Stadtrat auf eine paranoide Weise ganz alleine.

»Wie sieht es mit dem Projekt Theresienhofgasse aus?«, wechselte Ecker das Thema, denn das war sein eigentliches Anliegen.

Der Stadtrat trat nervös von einem Bein auf das andere, betrachtete den neben ihm stehenden Ecker und antwortete beinahe eifrig: »Der Verkauf ist durch. Der Bürgermeister muss noch genehmigen, das ist aber nur ein Formalakt, dann können wir den Deal abwickeln.« Jetzt war er wieder auf sicherem Terrain. Hier hatte er alle Fäden in der Hand, hier brauchte er niemanden, der ihm seine Probleme löste.

»Wir machen es so wie beim letzten Mal?«, vergewisserte sich Ecker.

»Ja, genau so. Die Einreichpläne und Baugenehmigungen laufen über Diplomingenieur Reisenbauer. Der weiß bereits Bescheid. Die Abweichungen vom ursprünglichen Nutzungskonzept kurz beschreiben und begründen, damit es bei möglichen Nachfragen keine Probleme gibt. Alles nach Plan.«

Ecker war zufrieden. »Es ist immer alles nach Plan gelaufen.«

»Bis auf das mit dem Journalisten«, stellte Kohler fest.

»Ja. Eine blöde Sache.«

»Aber für uns eine glückliche Fügung. Sein Ableben, meine ich. Hoffen wir, dass es damit nun ein Ende hat.« Kohler klang betroffen.

Ecker fragte sich, ob das echt war oder gespielt. Er blickte hinüber zu dem kleinen Sportflugplatz, der in einiger Entfernung hinter dem kleinen Weiler am Ende der Stadt lag. Von dort hörte er den Lärm eines Flugzeugmotors. Ob das Flugfeld auch von der Wehrmacht eingerichtet worden war? Kohler wüsste das sicher.

»Da wäre noch was zu klären.« Der Stadtrat riss ihn aus seinen Gedanken.

Ecker wandte sich ihm zu. Er wusste, was Kohler meinte. »Klar. Deine Provision kommt wie gehabt in diskreter Form. Banco de Mercado in Panama City. Für Reisenbauer über ein Konto in Liechtenstein. Alles wie beim letzten Mal.«

Kohler nickte zufrieden. »Gut«, sagte er und rückte seine Hose zurecht. »Wir sollten gehen«, meinte er anschließend. »Ich habe noch einen Haufen Termine am Nachmittag.«

Ecker nickte mit spöttischem Lächeln. »Natürlich, du bist ein viel beschäftigter Mann.«

18.

Er hatte zwei anstrengende Tage hinter sich. Die Gemeinderatswahlen standen bevor, der Wahlkampf hatte bereits voll eingesetzt. Die Partei der Neuen Linken war nur eine kleine Gruppe, die es gerade mal schaffte, in zehn Bezirken Wiens zu kandidieren – und in St. Pölten. Seit den letzten Wahlen in Wien hatten sie im 10. und im 16. Bezirk je einen Bezirksrat gestellt, das war für die PNL ein großer Erfolg. In St. Pölten war ihnen ein solcher bisher verwehrt. Sie kamen auf etwas über ein Prozent, knapp hinter den Kommunisten. Um ein Gemeinderatsmandat zu erhalten, müssten sie mindestens drei Prozent machen. Illusorisch derzeit.

Gestern war Klaus Winkler nach Wien gefahren, um mit der Bundesgruppe zu vereinbaren, wie die den St. Pöltner Wahlkampf unterstützen könnten. Den ganzen Tag über hatten sie einen Plan ausgearbeitet, der festlegte, wie viele Leute aus Wien wann wohin kommen sollten und was sie dort zu tun haben würden.

Gleichzeitig war noch vieles für die Demo gegen die Flüchtlingspolitik der Regierung vorzubereiten. Das hatte Klaus heute den ganzen Tag über auf Trab gehalten. Die Anmeldung der Demo, die Organisation eines Ordnerdienstes, Transparente, Spruchbänder, Redner für die Abschlussveranstaltung und so weiter.

Den halben Tag lang hatte er telefoniert, nun war es kurz nach 16 Uhr, und er war einigermaßen erledigt. Er setzte sich in die Teeküche und ließ sich einen Espresso aus der Maschine. Er würde heute sicher noch bis sieben zu tun haben.

Doch das waren nicht seine größten Sorgen. Radu war verschwunden, dieser Umstand beunruhigte ihn viel mehr. Er hatte Radu Tirla am Sonntagnachmittag im Krankenhaus besuchen wollen und erfahren, dass er abgehauen war. Niemand konnte oder wollte ihm das erklären. Im ersten Moment hatte er geglaubt, die Bullen hätten Tirla geholt. Aber warum sollte das Spital so etwas verschweigen? Seit zwei Tagen versuchte Winkler vergeblich, Radu zu erreichen. Er kam immer nur auf die Mobilbox.

Verflucht, wo steckte Radu?

Er setzte sich an den Tisch und zog sich eine der Zeitungen heran, die in der Mitte lagen. Das Parteibüro hatte nicht genug Budget, um sich viele Zeitungsabos leisten zu können, doch jeweils ein Exemplar der vier wichtigsten Tageszeitungen lag täglich zur Einsicht bereit. Wenn jemand eine andere Zeitung oder ein Wochenmagazin kaufte, stellte er diese beziehungsweise das üblicherweise dem Büro zur Verfügung. Die Zeitschriften wurden sogar archiviert. Im hinteren Teil des Büros befand sich eine Bibliothek.

Während er langsam den Kaffee schlürfte, blätterte er lustlos die Zeitung durch. Er war mit den Gedanken bei der Demo und dem Flüchtlingsproblem, das seit dem Frühjahr in Österreich und in ganz Europa wieder drängender wurde.

Er hörte, wie Bettina, die Leiterin der Ortsgruppe St. Pölten, gleichzeitig Landesgruppe Niederösterreich, in ihrem Büro hektisch einen Text in ihren Computer tippte, und draußen im Eingangsbereich telefonierte Derya, eine türkische Genossin, lautstark in ihrer Muttersprache. Sie war dabei, Spenden für afghanische Flüchtlinge aufzutreiben.

Er überflog die Schlagzeilen und hatte keine Lust, sich in einen Artikel festzulesen. Doch dann fand er im Lokalteil eine Nachricht, die ihn elektrisierte. »Junger Journalist bei Überfall erschossen«, lautete die Überschrift, und im Vorspanntext hieß es: »Gestern Nacht wurde in St. Pölten Valentin G., ein Reporter der Neuen St. Pöltner Zeitung, Opfer eines brutalen Raubüberfalls. Die Täter hatten es auf die Tasche des Opfers abgesehen. Als Valentin G. sich wehrte, haben sie ihn kaltblütig erschossen.«

Klaus musste den Text des Artikels dreimal lesen, bevor er begriff, worum es ging. Valentin G. erschossen – er zweifelte keinen Augenblick daran, dass es sich dabei um Gebert handelte. Raubüberfall. Täter unbekannt, in einem Auto geflohen, Polizei ersucht um Hinweise. Automatisch griff er zur Kaffeetasse und trank einen Schluck. Seine Hände zitterten. Seine Gedanken überschlugen sich. Raubüberfall … Valentin erschossen … Tasche mitgenommen. Klaus wusste, dass Valentin in seiner Tasche immer einen Laptop bei sich trug. Er arbeitete viel von unterwegs. Das klang nicht wie ein klassischer Raubüberfall. Eher, als hätten die Täter es aus anderen Gründen auf Valentin abgesehen. Und er konnte sich gut vorstellen, aus welchen.

Eine heiße Welle durchfuhr ihn. Wenn die Täter tatsächlich Valentins Laptop hatten, wie lange würde es dauern, bis sie auf ihn stießen? Und die Bullen? Die würden dann auch bald wieder hier antanzen, es war nur eine Frage der Zeit. Sein Herz raste wild. Er musste sich zwingen, nicht aufzuspringen und davonzulaufen. Ruhig, sagte er sich, ruhig, denk nach, überleg deine nächsten Schritte.

Klaus Winkler nahm sein Handy und wählte Tirlas Nummer, kam aber sofort auf die Mobilbox. Verdammt! Er musste Radu finden, seine Adresse hatte er ja.

Er stellte die leere Tasse in den Geschirrspüler, ging hinüber in Bettinas Büro und sagte ihr, dass er etwas erledigen müsse und in einer Stunde zurück sei. Sie blickte vom Computer hoch, nickte nur, murmelte ein kaum verständliches »Ja, ist okay« und widmete sich wieder ihrem Text.

Das Ortsgruppenbüro war ein ehemaliges Bekleidungsgeschäft in der Heßgasse. Der Hauptraum war mit Schreibtischen und einem großen Besprechungstisch vollgestellt. Derya saß immer noch an einem Schreibtisch und telefonierte. Winkler ging zu seinem Platz, nahm seine Umhängetasche und marschierte hinaus in die grelle Sonne.

Unwillkürlich schaute er sich um, nach etwas Verdächtigem, Leute, die blöd in der Gegend rumhingen und nicht hierhergehörten, oder ein Auto, so unauffällig, dass es ins Auge stach. Aber alles schien ganz normal zu sein, so wie immer. Er konnte nichts Ungewöhnliches entdecken.

Die Kerensstraße war etwa 15 Minuten zu Fuß vom Ortsgruppenbüro entfernt. Winkler beeilte sich.

Als er wenig später in die Kremser Landstraße abbog, erschrak er. Hier war Radu überfallen worden, an dem Tag, an dem er im Ortsgruppenbüro aufgetaucht war. Vielleicht war das mit Radu gar kein Überfall gewesen. Möglicherweise waren die Täter Radu vom Büro aus gefolgt.

Jetzt zweifelte Klaus noch stärker daran, dass Valentin Geberts Tod Ergebnis eines Überfalls war. Das hing mit dem zusammen, was sie taten. Dann kam ihm die Erkenntnis, dass er der Nächste sein könnte.

Panik machte sich in ihm breit. Unauffällig blickte er sich noch einmal um, aber er hatte nicht den Eindruck, dass ihm jemand folgte. Trotzdem war es ihm kaum möglich weiterzugehen.

Er überlegte ernsthaft, ob er mit den Bullen reden sollte. Nein! Das konnte er erst, wenn er Gewissheit hatte, was hier ablief.

Zuerst musste er Radu finden.

Das Haus in der Kerensstraße stand so einsam von Baulücken umgeben, als hätte man vergessen, es abzureißen. Das Haustor war nicht abgeschlossen und er trat in den Innenhof, der von Müllsäcken überquoll. Der ekelhafte Gestank zog sich auch durch das ganze Gebäude.

Winkler wusste nicht, wo er beginnen sollte, deshalb klopfte er an die erste Tür. Vergeblich. Er versuchte es bei der nächsten.

Ein Mann öffnete, Mitte 30, südländisches Aussehen, schwarze Haare, unrasiert. Er trug ein verwaschenes, altes T-Shirt und zerschlissene Jeans.

Winkler fragte nach Radu Tirla und bekam eine Antwort in einer Sprache, die er nicht verstand. Er versuchte es noch einmal, dann kam ein »Nix kennen«. Der Mann knallte die Tür zu und ließ Winkler auf dem Gang stehen.

Er klopfte an der nächsten Tür und an der übernächsten, und so kämpfte er sich durch das Erdgeschoss und die darüberliegenden Stockwerke. Alles, was er erntete, waren Kopfschütteln und »Nix kennen« oder »Nix wissen«. Es war zum Verzweifeln. Radu Tirla war verschwunden, so gründlich verschwunden, wie man nur verschwunden sein konnte. Klaus hatte keine Ahnung, was er jetzt tun sollte.

Es war nicht das erste Massenquartier für Ausländer, Wanderarbeiter oder Illegale, in dem sich Winkler aufhielt. Es war nicht das erste Mal, dass er sah, unter welch entwürdigenden Verhältnissen die Leute lebten. Zusammengepfercht auf engstem Raum in unzureichend ausgestatteten Wohnungen mit mangelhaften sanitären Einrichtungen. Acht, zehn, zwölf Leute in einem Zimmer, eine winzige Küche, mit etwas Glück eine Dusche. Das Klo, meist auf dem Gang, mussten sie sich mit zehn bis zwanzig Männern teilen, die in den Nachbarwohnungen in ähnlichen Verhältnissen lebten. Dafür bezahlten sie eine hohe Miete, mit der sich ein gieriger Ausbeuter seine Konten füllte.

Diese Ungerechtigkeit schmerzte ihn. Am liebsten hätte er sofort begonnen, hier politisch zu arbeiten, die Leute zusammenzutrommeln, sie zu organisieren und sie zu ermutigen, sich gegen ihre Wohn- und Arbeitsverhältnisse zu wehren und für ihre Rechte zu kämpfen.

Aber es würde nichts nützen. Die Arbeiter waren froh, einen Job und ein Bett zu haben, Geld zu verdienen, und zwar mehr, als sie je in ihren Heimatländern verdienen konnten. Im Gegensatz zu ihren Landsleuten daheim waren sie privilegiert, Kapitalisten. Keiner von ihnen hatte Lust, sich diese Chance dadurch nehmen zu lassen, dass sie sich organisierten und für ihre Rechte eintraten, dafür aber das Risiko in Kauf nahmen, ihr Bett oder den Job zu verlieren – oder beides.

Auch Radu Tirla hatte das Risiko gekannt. Trotzdem hatte er sich nicht mit seiner Situation abgefunden. Und jetzt war er verschwunden. Winklers Empörung wuchs mit jedem Schritt, mit jedem Stockwerk, durch das er ging, mit jeder Tür, an die er klopfte, mit jeder Wohnung, die er betrat. Die Männer, mit denen er sprach, waren zwischen 20 und 50 Jahre alt, abgearbeitete, müde Gestalten. Sie sahen armselig aus, verschwitzt, ungewaschen, so wie sie von den Baustellen gekommen waren. Zehn Stunden und mehr gearbeitet für einen Hungerlohn.

Überall wurde gekocht, geraucht, manchmal auf den Gängen getratscht. Er traf keine einzige Frau. Er fühlte sich wie ein Fremdkörper. Stumpfe Augen beobachteten ihn, als er nach Radu Tirla fragte. Erschöpfte Stimmen antworteten ihm immer mit den gleichen Phrasen. Nur einmal begegnete ihm ein Mann, der nicht hierherzugehören schien. Wahrscheinlich suchte auch er jemanden, hoffentlich mit mehr Erfolg, dachte Winkler.

Langsam machte er sich auf den Weg zurück ins Büro.

*

Der Kerl gehörte nicht ins Haus, das war ihm sofort klar. Trotz der langen Haare und des Vollbarts sah er nicht aus wie die Arbeiter, die in die Wohnungen gepfercht waren. Was hatte der Typ hier verloren? Er war jung, so um die 25, und wirkte wie ein Student oder ein Reporter.

Sein innerer Alarm schlug an, als er ihm auf der Treppe begegnete. Er musterte ihn im Vorbeigehen, ließ sich aber nichts anmerken und ging weiter. Er hatte bei drei neuen Mietern kassiert, war eigentlich für heute fertig und wollte nach Hause. Doch dieser Typ ließ ihm keine Ruhe.

Unten angekommen, verharrte er, überlegte einen Moment, kehrte dann um und stieg die Treppen langsam wieder hoch. Er hörte, wie der Kerl im zweiten Stock an eine Tür klopfte.

»Kennen Sie Radu Tirla?«, hörte er ihn fragen, dann ein »Ich nix kennen.« Die Tür wurde geschlossen, der Junge ging weiter, klopfte, und das Spiel wiederholte sich.

Schnell ging er hinunter und setzte sich ins Auto. Er wusste nicht, was er tun sollte. Dieser Typ fragte nach Radu Tirla. Aber der war verschwunden, aus dem Krankenhaus und aus seiner Wohnung. Auch sie hatten schon nach ihm gesucht. Tirla war abgehauen. Spind leer, Bettzeug weg, Tirla weg. Und jetzt lief dieser Spasti herum und erkundigte sich ebenfalls nach dem Rumänen.

Er holte aus dem Kofferraum den Fotoapparat, den er immer dabeihatte für den Fall, dass Beschädigungen oder anderes in einem Haus zu dokumentieren waren. Dann wartete er, bis der Kerl aus dem Haus kam. Er machte unbemerkt einige Fotos, und als der Typ am Auto vorbei war, folgte er ihm. Zu Fuß war das kein Problem. Er machte das nicht zum ersten Mal. Außerdem war der Kerl so in Gedanken versunken, dass er nicht auf seine Umgebung achtete.

Er blieb auf der anderen Straßenseite in etwa 50 bis 100 Metern Entfernung. Nach 15 Minuten ging der Typ in den Eingang eines Geschäftslokals. Über der Tür ein großes Schild mit den Buchstaben PNL. Er kannte dieses Logo und er kannte dieses Haus. Leise fluchte er vor sich hin. Dieser Typ musste zur Partei gehören. Warum suchte er in der Kerensstraße nach Tirla? Das konnte nur bedeuten, dass die beiden sich kannten. Klar. Tirla war ja in diesem Parteibüro gewesen. Er dachte an die Papiere, die sie bei dem Rumänen gefunden hatten. Sie hatten geglaubt, damit sei die Sache erledigt. Doch jetzt mischte sich dieser Parteiheini ein. Wie viel hatte Tirla ihm erzählt? Wieder bekam er das Gefühl, dass die Dinge aus dem Ruder liefen. Sie verloren die Kontrolle.

Er versuchte seine Aufregung zu unterdrücken, ging weiter, überquerte die Julius-Raab-Promenade und stellte sich zu einer Schautafel bei einer kleinen Kirche. Lange konnte er hier nicht stehen bleiben, ohne aufzufallen.

Er holte sein Telefon heraus und wählte eine der Kurzrufnummern.

»Hallo, hier Klemens«, meldete er sich leise. »Wir haben ein Problem. Einer von der PNL schnüffelt in der Kerensstraße herum und fragt nach Tirla.«

Schweigen. Dann die Aufforderung zu erzählen. Schnell berichtete er, was geschehen war.

»Verflucht. Was will der Kerl von Tirla?«

»Keine Ahnung. Er war ungefähr eine halbe Stunde drin. Ich hörte nur, wie er nach dem Rumänen fragte. Mehr wollte er nicht wissen.«

»Dieser verschissene Tirla«, fluchte sein Gesprächspartner. »Der macht uns nur Scherereien. Von Anfang an. Ist denn nie Ruhe um diesen Idioten? Wir hätten ihn kaltmachen sollen. Sucht diesen Tirla und stopft ihm endgültig das Maul.«

»Er ist nicht mehr im Krankenhaus«, entgegnete er. So viel hatten sie bereits herausgefunden.

»Das weiß ich auch«, fauchte ihn der andere an. »Deshalb sollt ihr ihn ja suchen. Ich hab keine Lust, zu erleben, wie dieses rumänische Arschloch zur Polizei marschiert und uns hochgehen lässt. Und um diesen Parteifuzzi kümmert euch ebenfalls. Bleib vor Ort, ich schick dir Viktor. Lasst ihn nicht mehr vom Radar. Hängt euch an diesen Kerl dran und schaut, was er unternimmt.«

»Okay, ich behalt ihn im Auge.« Er zündete sich eine Zigarette an und wartete.

*

Er hasste diese Geheimniskrämerei. Allerdings war es nicht ratsam, solche Angelegenheiten in einem überfüllten Kaffeehaus zu erledigen, wo jeder am Nebentisch sie beobachten konnte. Er kam sich vor wie ein beschissener Drogendealer.

Von der Bank im Sparkassenpark aus schaute er auf den bekackten Springbrunnen in der Mitte und fragte sich, ob der Ort hier nicht noch auffälliger war. Es wimmelte von Nachtschwärmern, und manchmal trabten Jogger vorbei. Wer setzte sich um diese Uhrzeit hierher, auf eine Bank, mit einer fetten Tasche?

Über sich hörte er einen Zug auf der Westbahnstrecke fahren. Schräg gegenüber, auf der anderen Seite des Brunnens, saß ein junges Pärchen auf der Bank und schmuste.

Der Junge fummelte ständig an ihren Titten und zwischen ihren Beinen herum. Offensichtlich überschätzten sie den Schutz der Dunkelheit. Fehlte nur noch, dass sie seinen Schwanz auspackte und ihm einen blies.

Derjenige, den er erwartete, kam zu spät, wie immer. Er hasste diese Unpünktlichkeit. Als er sich ihm schließlich schnellen Schrittes näherte – in dunklem Anzug, das weiße Hemd ohne Krawatte schimmerte in der Finsternis wie ein Fremdkörper –, nahm das etwas von seiner Anspannung.

Mit einer knappen Begrüßung setzte sich der Mann neben ihn. Sie hielten sich nicht lange mit Plaudereien auf.

Er gab dem Mann im Anzug die Tasche, die neben ihm stand. »Da sind der Laptop und die Festplatte drin, ein paar USB-Sticks, die Speicherkarten vom Fotoapparat und alle Papiere, die wir gefunden haben«, erklärte er.

Der Anzugträger verzichtete darauf, hineinzusehen. »Hast du dir die Sachen angeschaut?«

Er nickte. »Der Laptop ist mit einem Passwort gesichert. Das hab ich nicht knacken können. Aber die Festplatte ist ungeschützt. Die hat er als Back-up für seine Daten verwendet. Da ist eine Menge Zeug drauf, Materialien aus seinen Artikeln. Soweit ich gesehen habe jedoch nichts, was mit unseren Angelegenheiten zu tun hat. Einige Sachen streifen sie, allerdings in anderen Zusammenhängen. Sonst gibt es nichts Problematisches.«

»Keine sensationellen Enthüllungen?« Die Frage klang sarkastisch.

»Nein.«

Sie schwiegen eine Zeit lang.

»Warum habt ihr ihn umgebracht?«, kam dann die vorwurfsvolle Frage, die er erwartete hatte. »Das war nicht abgemacht. Ihr solltet ihm eine Lektion erteilen. Ihn verprügeln, ihm meinetwegen seine Scheißhände brechen, damit er eine Weile nicht mehr an seinem Computer herumfingern kann, mehr nicht.«

Er blickte den Mann im Anzug kalt an. Er wusste, dass er trotz der feinen Kleidung kein feiner Mensch war, sondern ein eiskalter Geschäftsmann, und er fragte sich, ob dessen Skrupel prinzipieller Art waren oder ob er Angst hatte, dass der Tod des Journalisten zu viel Staub aufwirbelte. »Er hat sich gewehrt und wollte den beschissenen Laptop nicht hergeben«, erklärte er. »Außerdem hat er einem meiner Männer die Maske vom Gesicht gerissen und ihn erkannt. Da gab es keine andere Möglichkeit.«

Der Anzugträger nickte und beobachtete eine junge Frau, die elegant an ihnen vorüberlief. »Auch egal«, sagte er dann. »Wenn er seine Nase weiter in unsere Angelegenheiten gesteckt hätte, wäre es uns ohnehin nicht erspart geblieben, ihn plattzumachen. Ich hab keine Lust, mir von so einem Idioten ins Handwerk pfuschen zu lassen. Aber es erregt Aufmerksamkeit.«

Er zuckte mit den Schultern. »Es sieht wie ein Raubüberfall aus. Ich hoffe, dass die Bullen es schlucken. Kein Zusammenhang zwischen uns und dem Zeitungsheini. Also, was soll uns passieren? Die Bullen checken das nie.«

»Hoffen wir es.« Der Anzugträger klang skeptisch.

»Darauf kannst du wetten«, sagte er bestimmt. »Die Ermittlungen drehen sich bald im Kreis, irgendwann kommt der Akt zu den ungelösten Fällen und aus.«

Der Mann zog ein Kuvert aus der Innentasche seines Sakkos und reichte es ihm. »Euer Bonus.«

Das klang, als hätten sie eine äußerst gewinnbringende Finanztransaktion abgeschlossen. Er steckte das Kuvert ein, ohne nachzuzählen. Er wusste, wie viel vereinbart war und dass die Summe stimmte.

Der Anzugträger stand auf. »Halt den Ball flach«, riet er ihm im Weggehen.

»Mach ich doch immer.« Er schaute dem Mann nach, der gelassenen Schrittes vor zur Klostergasse ging, die Tasche hing schwer in seiner Rechten. Ein seriöser Geschäftsmann auf dem Weg nach Hause. Als er ihn nicht mehr sah, stand er auf und schlenderte in die andere Richtung davon.

Der Junge hatte mittlerweile seine Hand unter dem Shirt der Kleinen und bearbeitete ihre Nippel.

19.

Pünktlich um 9 Uhr kam Sonja Gebert in die Redaktion der Neuen St. Pöltner Zeitung, die sich in einem modernen Bürogebäude in der Schulgasse befand, das vor etwa zehn Jahren errichtet worden war.

Sonja kannte den Weg ins Büro des Chefredakteurs. Sie ging einen Gang entlang, an dessen rechter Seite Türen zu verschiedenen Büros führten. Links war ein Großraumbüro, durch eine Glasfront abgetrennt, in dem eine Menge Leute an ihren Schreibtischen über ihre Computer gebeugt saßen.

Sie hörte ein hektisches Gemisch aus Stimmen, die telefonierten oder miteinander sprachen, und dem Geklapper von Computertastaturen. Diese Lärmkulisse weckte ein vertrautes Gefühl in ihr. Vor einigen Jahren, unmittelbar nach ihrem Studium, hatte sie hier gearbeitet, bevor sie zum Wochenblatt gewechselt war. Das Wochenblatt in Wien bot ihr die Möglichkeit, eigenständig zu arbeiten, wie es hier nie gegangen wäre. Zu den Markenzeichen vom Wochenblatt zählte, was man gemeinhin als investigativen Journalismus bezeichnete und eines der leitenden Prinzipien war: neue, unverbrauchte Storys zu bringen.

Die Neue Zeitung hingegen war ein konservativ geschnittenes Boulevardblatt, dem es darum ging, den Geschmack des breiten Publikums zu treffen. Sonja hatte ihrem Bruder einen Ferienjob vermittelt, als er studierte, und dann war er hier hängen geblieben. Doch Valentin war Freiberufler und hatte, im Unterschied zu ihr, auch für andere Zeitschriften gearbeitet.

Sie war sein Vorbild gewesen. Das hatte er zwar nie so eindeutig gesagt, dazu war er viel zu stolz gewesen, aber sie hatte es an der Art gemerkt, wie er über ihre Arbeit gesprochen hatte. Er hatte alle ihre Artikel und Reportagen im Wochenblatt gelesen und immer voller Bewunderung davon geredet, nie kritische Worte dazu gefunden. Manchmal glaubte Sonja, Valentin habe nur deswegen Journalismus studiert, weil auch sie das getan hatte, und war nur deshalb Reporter geworden, weil auch sie diesen Job machte.

Bei den Gedanken an Valentin kamen ihr die Tränen, und sie musste sich zusammenreißen, um nicht loszuheulen. Sie wollte das jetzt nicht. Sie wollte stark sein und erledigen, wozu sie hergekommen war. Danach konnte sie sich wieder fallen lassen.

Sie klopfte an die Tür mit der Aufschrift »Stefan Wenzel, Chefredakteur«, wartete auf ein »Herein« und trat ein.

»Sonja.« Wenzel stand auf und kam ihr entgegen. Er nahm sie in die Arme und drückte sie kurz. »Es tut mir so leid, was mit Valentin passiert ist.«

Sie nickte und bedankte sich, ohne zu wissen, wofür.

Früher hatte sie ein gutes Verhältnis zu Wenzel gehabt, auch wenn sie ab und zu wegen seines Zauderns und seiner Vorsicht aneinandergeraten waren. Er hatte nie den Mut gehabt, außergewöhnliche Geschichten zu bringen, Sozialkritik zu formulieren oder gar Missfallen an der Regierung zu äußern, ganz egal ob es diejenige des Bundes oder des Landes betraf. Das kam nur schaumgebremst ins Blatt, als wolle er es sich mit den Mächtigen nicht verscherzen. Möglicherweise war es auch die vom Herausgeber diktierte Blattlinie, und Wenzel vollzog nur, was er aus der Chefetage aufgetragen bekam.

Sie hatte den Eindruck, dass er in den letzten Jahren um einiges schleimiger geworden war.

»Nimm Platz. Wie geht es dir?«

Sie verspürte keine Lust, Platz zu nehmen oder ihm zu erzählen, wie es ihr ging, deshalb antwortete sie ausweichend: »Es geht. Den Umständen entsprechend halt.«

Sonja hatte telefonisch einen Termin vereinbart, um die Sachen von Valentin abzuholen, mehr wollte sie nicht. »Ich würde gerne Valentins persönliche Dinge mitnehmen.« Das klang so niederschmetternd, dass sie neuerlich die Tränen unterdrücken musste.

»Ja, selbstverständlich. Ich komm mit dir.«

Der Chefredakteur ging voran und brachte sie an einen Schreibtisch im Großraumbüro. Im Vorbeigehen erkannte sie ein paar der Anwesenden von früher. Köpfe wurden zusammengesteckt, es wurde getuschelt.

Valentins Schreibtisch war klein, leer, ein Telefon, eine Schreibunterlage, ein Becher mit ein paar Stiften darin. Alles sah unbenutzt aus, aufgeräumt. An der linken Seite stand ein Rollcontainer. Sie setzte sich auf den Sessel und zog die Laden auf. Papiere, Zeitungsartikel, Entwürfe, ausgedruckte Materialien. Der übliche Kram, den auch sie in ihrem Schreibtisch aufbewahrte.

Sie fragte nach einer Schachtel, und Wenzel griff zum Telefon und bat darum, eine zu bringen.

Sonja stapelte die Papiere aus den Laden auf dem Schreibtisch. Sie fand eine kleine mobile Festplatte, die sie in ihrer Handtasche verstaute. Sie vermutete, dass es sich dabei um eine von Valentins Sicherungskopien handelte. Das war die erste Lektion, die sie ihm beigebracht hatte: Sichere deine Daten so oft wie möglich.

»Wenn du etwas brauchst, kannst du dich jederzeit an uns wenden«, sagte Wenzel. Diese Floskel klang so leer, dass es sie schmerzte.

»Das werde ich tun«, antwortete sie tonlos. »Ihr habt nicht viel über Valentins Tod gebracht«, sagte sie dann. »Nur einen kurzen Nachruf, sonst nichts. Hat das einen bestimmten Grund?«

Er schüttelte den Kopf. »Es gibt nicht viel zu berichten. Valentin wurde Opfer eines Raubmordes. Sobald es Verdächtige gibt oder Täter, werden wir natürlich darüber schreiben. Aber bis dahin, was sollen wir da bringen? Dass die Polizei keine Spur hat?«

Dieses Argument war wenig überzeugend. »Glaubst du, dass es ein Raubmord war?«, fragte sie provokant, und die alte Wut stieg in ihr hoch. Der vorsichtige Wenzel, nur nicht zu weit rauslehnen, sich nur nicht mit jemandem anlegen. »Meinst du nicht, dass mehr dahinterstecken könnte?«

Er tat empört. »Was sollte dahinterstecken? Eine Verschwörung? Hör auf, Sonja. Du weißt, dass dem nicht so ist. Wir sind nicht in Amerika oder in Russland oder in irgendeiner Bananenrepublik, wo Journalisten umgebracht werden, wenn sie unangenehme Fragen stellen. Außerdem hat Valentin nichts geschrieben, womit er jemandem auf die Zehen getreten sein könnte. Zumindest nicht bei uns.«

Das hast du zu verhindern gewusst, fügte Sonja in Gedanken hinzu, doch bevor sie etwas erwidern konnte, kam eine junge Frau und reichte ihr einen Karton. Sonja räumte den Stapel vom Schreibtisch in die Schachtel und verabschiedete sich.

»Es tut mir wirklich leid um Valentin«, sagte Wenzel. »Er war sehr talentiert.«

»Ja, das war er.«

»Also, wie gesagt, wenn du Hilfe brauchst … Wir sind immer für dich da.«

»Danke«, antwortete Sonja. Sie glaubte ihm kein Wort.

*

Katrin Binder und Bernd Neumann eröffneten die heutige Besprechung. Sie hatten die umliegenden Häuser des Tatorts abgeklappert und mit einem Haufen Leute gesprochen. Viele hatten die zwei Schüsse gehört, daraus aber die falschen Schlüsse gezogen oder erst aus dem Fenster gesehen, als das Großaufgebot der Polizei und Rettung angerückt war. Nur ein älterer Mann war zum Fenster geeilt, gleich nachdem die Schüsse gefallen waren, und hatte das Fluchtauto gerade noch wegfahren sehen. Das Kennzeichen hatte er sich nicht gemerkt. Also – Anwohnerbefragung negativ. Binder und Neumann hatten außerdem Anneliese Meixner das Foto aus der Überwachungskamera vorgelegt, doch sie hatte nicht mit Sicherheit sagen können, ob es sich bei den Personen um die Täter handelte.

Als Nächstes war Radek an der Reihe. Er erzählte vom Einbruch in Geberts Wohnung. Noch am Vortag hatte er einen Bericht darüber geschrieben und Pirker informiert. Die Kollegen reagierten überrascht und fragten, ob dieses kaltblütige Vorgehen zu einem Raubüberfall passte. Jemanden auf der Straße zu überfallen und umzubringen, sei schon starker Tobak. Aber ihm dann auch noch die Schlüssel klauen und die Wohnung ausräumen? Radek warf weitere Fragen in die Runde. Warum hatten die Täter für den angeblichen Raubmord ein Fluchtfahrzeug benutzt? Das war unüblich. Wie passte der Einbruch dazu? Auch das war etwas Neues. Woher hatten die Täter gewusst, dass niemand zu Hause war, Freundin, Frau, Mitbewohner? Hatten sie das Risiko in Kauf genommen und einfach ihr Glück versucht? Oder hatten sie zuvor ihr Opfer ausspioniert und gewusst, worauf sie sich einließen? Das wäre viel Aufwand gewesen für ein mageres Ergebnis.

Auf diese Fragen erhielt Radek natürlich keine Antworten, trotzdem waren sie wichtig für eine Gesamteinschätzung der Tat. Für Radek sah das alles nach einem genau geplanten Vorgehen aus. Er glaubte nicht an die Raubmordthese. Sein Gefühl sagte ihm, dass zu vieles an der Tat nicht ins Schema passte. Doch das wollte er nicht hinausposaunen, bevor es dafür konkrete Hinweise gab.

Pirker hatte mit dem Leiter des Einsatzbereichs 2, Raub, gesprochen. Der Tathergang wies dessen Meinung nach deutlich auf einen Raubüberfall hin.

»Darauf wären wir nie gekommen«, merkte Lechner bissig an.

Pirker ignorierte Lechners Einwand, warf ihm nur einen strengen Blick zu, bevor er weitersprach. »Ein solches Vorgehen mit Fluchtauto und Wohnungseinbruch sei seines Wissens nach jedoch bisher nicht vorgekommen. Außerdem passe die Sache mit Tirla nicht dazu. Deshalb glaube er nicht, dass ein Raub das vordergründige Motiv der Tat sei. Er werde sich jedoch umhören. Wir sind übereingekommen, dass wir uns weiter um den Fall Gebert kümmern und der EB 2 uns bei Bedarf unterstützt.«

Obwohl Pirker es nicht aussprach, wusste es jeder: Der Leiter des EB 2 zweifelte nur deshalb an der Raubmordthese, damit der Fall nicht in seine Zuständigkeit kam.

Pirker teilte Radek und Neumann den Fall Gebert zu. »Bleibt an der Sache dran und behaltet auch einen möglichen Zusammenhang mit dem Überfall auf Tirla im Auge. Wenn ihr Unterstützung braucht, meldet euch bei den anderen Kollegen.«

Die beiden Polizisten nahmen kritiklos zur Kenntnis, dass sie gerade einen weiteren Fall geerbt hatten.

Fein, dachte Radek, als er zurück ins Büro ging, zwei Fälle ohne Anhaltspunkte. Die Sache mit Tirla ist so tot wie der Gebert, und bei dem hatte er keine Ahnung, wo sie beginnen sollten.

Eine Frage beschäftigte Radek, seit er in Geberts Wohnung gewesen war: Woher kannten die Täter Geberts Adresse? In seiner Brieftasche befand sich nichts, woraus sie hervorgegangen wäre. Und auf den Visitenkarten stand nur die Anschrift der Redaktion der Neuen Zeitung. Das hatte er bei der Besprechung gerade eben verschwiegen. Warum, wusste er selbst nicht genau. Tief in Radeks Innerem läuteten jedenfalls die Alarmglocken.

Er setzte sich an den Schreibtisch und checkte seine E-Mails, darunter eine Nachricht von Sonja Gebert. Mit 15 PDF-Dokumenten im Anhang. Artikel, die Valentin Gebert geschrieben hatte. Das sei ein Auszug der Zeitungsbeiträge ihres Bruders, erklärte Sonja Gebert in der E-Mail. Nur die wichtigsten und thematisch interessantesten des letzten Jahres.

Radek öffnete alle Dokumente und begann mit dem jüngsten Artikel. Darin ging es um den Immobiliensektor in St. Pölten und seine explosionsartige Preisentwicklung in den letzten zehn Jahren, die Spekulanten, die den Markt anheizten, und die Gefahr, dass in der Stadt eine ähnliche Immobilienblase platzen könnte wie zuvor in anderen Ländern. Die Darstellung war gut recherchiert.

In ähnlicher Tonart waren die anderen Artikel verfasst. Thematisch hatte Gebert sich offensichtlich für alles interessiert, was von gesellschaftspolitischer Relevanz war: Flüchtlinge, Bankenpleite, korrupte Politiker aus der Vergangenheit und der Gegenwart, krumme Geschäfte von Konzernen. Aber keiner dieser Berichte war Radeks Auffassung nach so brisant, dass er ein Mordmotiv bieten würde.

Er überprüfte, ob er alle Dokumente gelesen hatte, und bemerkte, dass er einen Beitrag übersehen hatte. Der war vor vier Wochen im Wochenmagazin Kontur erschienen. Gebert hatte etwa ein halbes Jahr im rechtsextremen Milieu recherchiert. Es war ihm gelungen, sich über eine Internet-Plattform einem rechten Zirkel anzuschließen, undercover sozusagen. Dort hatte er – zunächst über die Internetseite, später in persönlichem Kontakt – einen umfassenden Einblick in die Tätigkeiten dieser Leute bekommen. Der Artikel war provokant, informativ und fundiert recherchiert. Aber soweit Radek es beurteilen konnte, begingen die Rechten mit ihren Aktivitäten keine Gesetzesübertretungen. Trotzdem, dieser Artikel könnte das Motiv für einen Mord sein. Denn Gebert hatte sich damit ziemlich exponiert. Ein Racheakt der Rechten wäre durchaus vorstellbar.

Radek dachte an die Beschreibung der Täter: schwarzes Outfit, Glatze. In beiden Fällen. Steckten Rechtsextremisten hinter den Taten? Ein Rachemotiv bei Gebert? Aber weshalb dann Tirla? Bis jetzt sah Radek keine Verbindung zwischen Tirla und Gebert. War das mit dem Rumänen einfach Zufall?

Er druckte den Artikel aus und gab ihn Neumann zum Lesen.

»Was hältst du davon?«, fragte er, als Neumann gerade angefangen hatte.

Neumann schwieg und las. Zehn Minuten später antwortete er: »Starker Artikel. Hätte ich nicht erwartet. Da werden die Rechten ziemlich bloßgestellt. Vor allem ihre Verbindungen zur Nationalen Partei und in die Wirtschaft. Ich kann mir schon vorstellen, dass das dem einen oder anderen sauer aufstößt.«

»Aber wäre das ein mögliches Motiv?«

Neumann zuckte die Schultern. »Weiß nicht. Der Artikel ist vier Wochen alt. Vielleicht hat Gebert inzwischen weitergegraben und ist ein paar Leuten noch mehr auf die Füße getreten.«

»Wir sollten mit den Zeitungsleuten reden, für die er gearbeitet hat.« Radek überlegte. Die Artikel waren zum größten Teil von der Neuen St. Pöltner Zeitung, vier hatte Gebert für das Magazin Kontur geschrieben, einen für das Wochenblatt. »Ich würde mit der Neuen Zeitung beginnen«, beschloss er.

»Persönlich oder am Telefon?«, fragte Neumann.

Radek dachte kurz darüber nach und entschied sich für die zweite Variante.

Kurz darauf hatte er den Chefredakteur am Apparat und ihm sein Anliegen vorgetragen.

Da könne ja jeder kommen, sich als Polizist ausgeben und Auskünfte verlangen, murrte Chefredakteur Wenzel ins Telefon.

Radek bot ihm an, ihn offiziell vorladen zu lassen. Oder Wenzel rufe beim LKA Niederösterreich an und lasse sich zu ihm durchstellen. Das tat Stefan Wenzel und war um einiges beruhigter, als sie ihr Gespräch im zweiten Anlauf fortsetzten.

Wenzel erklärte kurz, wie Gebert gearbeitete hatte. Für die Neue Zeitung habe er konventionelle Artikel geschrieben, wie es dem Stil des Blattes entsprach, keine Kunststücke, keine verwegenen Sozialreportagen oder Ähnliches. »Solides journalistisches Informationshandwerk«, nannte es Wenzel. Darüber hinaus habe er Geschichten gemacht, die für die Neue Zeitung weniger interessant waren, weil sie nicht der Blattlinie entsprachen. Die habe er an andere Zeitschriften verhökert. Das seien Artikel gewesen, die mehr in die Tiefe gingen, sozialkritischer waren, politischer. Gebert sei talentiert gewesen. Ein guter Rechercheur und sehr stilsicher. Er hätte bei der Neuen Zeitung Karriere machen können. Es sei schade um ihn. Wenzel drückte sein tiefes Bedauern über den Tod von Valentin Gebert aus, als wäre Radek ein Angehöriger, nicht der ermittelnde Kriminalbeamte. Das erschien Radek einigermaßen übertrieben.

»Wissen Sie, woran Gebert zuletzt gearbeitet hat?«

»Neben dem Routinezeug recherchierte er eine Geschichte über Gastarbeiter und wollte sie bei uns unterbringen. Aber ich habe diese Story vorerst nicht genommen. Zu viele Vorwürfe und zu wenige Fakten, die das belegt hätten. Das ist sehr heikel. Ich habe ihn gebeten, das Ganze besser zu untermauern, dann hätten wir es vielleicht gebracht.«

»Haben Sie den Artikel noch?«

»Natürlich nicht, ich hebe mir doch nicht alles auf. Schauen Sie bei Geberts Sachen nach.«

»Sind die in der Redaktion?«, fragte Radek.

»Nicht mehr. Die hat Sonja Gebert heute Morgen abgeholt.«

»Was soll das heißen?«, fuhr Radek auf. Er wurde so laut, dass Neumann aufblickte.

Auch Wenzel am anderen Ende der Leitung wirkte irritiert. »Was ich Ihnen eben sagte: Sonja Gebert war heute früh in der Redaktion und hat die Sachen ihres toten Bruders abgeholt.«

»Und die haben Sie einfach herausgegeben?«, fuhr Radek den Chefredakteur an. »Haben Sie nicht daran gedacht, dass die Polizei daran Interesse haben könnte?«

»Nein, habe ich nicht.« Jetzt wurde auch Wenzel ungehalten. »Hören Sie. Wir sind nicht Ihre Hilfskräfte. Und es besteht kein Grund, die Sachen von Gebert nicht an seine Schwester auszuhändigen.«

»Das ist Beweismaterial!«

»Na ja, wenn Sie das so sehen«, entgegnete Wenzel. »Ich frage mich allerdings: Beweismaterial wofür? Für einen Raubüberfall? Warum haben Sie sich dann nicht früher darum gekümmert, wenn es Ihnen so wichtig ist? Für uns ist das nur der Nachlass eines verstorbenen Mitarbeiters.«

Radek hätte dem Chefredakteur erklären können, dass Raubmord nur eine Theorie war, die keinesfalls feststand. Aber er hatte keine Lust auf langwierige Erläuterungen und beendete das Gespräch, bevor ihm vor Wut weitere unüberlegte Dinge rausrutschten. Außerdem hatte Wenzel recht, sie hätten Geberts Sachen längst abholen müssen. Er ärgerte sich mehr über sich selbst als über den Chefredakteur.

Neumann blickte ihn fragend an.

»Die Gebert hat alle Sachen ihres Bruders aus der Redaktion geholt«, erklärte Radek kurz. »Was denken die eigentlich, was wir hier machen?« Er konnte seinen Zorn nicht unterdrücken. »Der werde ich die Leviten lesen«, brummte er und öffnete die E-Mail von Sonja Gebert. Er wählte die Telefonnummer in ihrer Signatur, doch bevor er das Gespräch aktivierte, drückte er es weg. »Nein, ich streite mit der nicht am Telefon herum«, murmelte er und sprang auf. »Komm. Wir fahren zu ihr. Die kann was erleben!«

20.

Die Gruppe bewegte sich in einem Tross wie in vergangenen Zeiten der Fürst mit seinem Hofstaat. Vorneweg ging der Polier, der den Weg wies und Arbeiter, die zufällig im Weg standen, verscheuchte. Dahinter der Bauleiter, flankiert vom hohen Besuch, dem Chef Harald Jungmann persönlich und seinem Gast, Christian Ecker. Den Abschluss bildeten eine Assistentin des Chefs und ein Mitarbeiter der Bauleitung, der fürs Projektmanagement verantwortlich war.

Harald Jungmann machte selten Visiten auf seinen Baustellen. Das lag daran, dass es zu viele waren, um alle regelmäßig abklappern zu können. Trotzdem ließ er es sich nicht nehmen, hin und wieder einzelne Projekte zu besuchen. Vor allem die, die ihm am Herzen lagen und über eine bestimmte Größe und Komplexität verfügten, so wie dieser Bürokomplex in der Trautsonstraße im Norden der Stadt.

Jungmann kam von ganz unten und hatte 30 Jahre darum gekämpft, dorthin zu kommen, wo er heute stand.

Er hatte die Hauptschule in Viehofen besucht, einem Industriezentrum der Stadt im Nordwesten, einer Arbeitergegend mit hohem Ausländeranteil. Heute hieß sie nicht mehr Hauptschule, hatte er einmal im Vorbeifahren gesehen. Er fragte sich, ob sich außer dem Titel noch etwas geändert hatte. Früher, zu seiner Zeit, waren die ersten Kinder der jugoslawischen und türkischen Gastarbeiter an die Schule gekommen, die zweite Generation. Die Österreicher waren in der Überzahl gewesen. Wie er hörte, war es mittlerweile umgekehrt. Das Leben in der Hauptschule war brutal gewesen, die Hackordnung ebenso. Wer nicht oben blieb, kam unter die Räder. Er hatte das Glück gehabt, einer der Ältesten, Größten und Stärksten der Klasse zu sein. Er war in der Hackordnung oben geblieben, hatte sich nicht kleinkriegen lassen, weder von den Ausländern noch von den Österreichern.

Nach der Hauptschule hatte er den Beruf des Maurers erlernt. Damit verdient man gutes Geld, hatte sein Vater gesagt, selbst Hilfsarbeiter am Bau, da hat man Aufstiegschancen, kann Polier werden, dann hat man ausgesorgt. Jungmann hatte damals keine Ahnung von der Berufswelt gehabt, keine besonderen Interessen und Neigungen, keine Idee, was er machen sollte. Also, warum nicht Maurer?

»Lehrjahre sind keine Herrenjahre«, das war der Spruch der Gesellen und Hilfsarbeiter, den er auf den Baustellen der Firma Kovac Bau ständig gehört hatte. Und so war es gewesen, er hatte sich zunächst am unteren Ende der Leiter befunden. Ging Jause und Bier holen und bekam jede Scheißarbeit. Ein Jahr lang ging das so, dann kam ein neuer Lehrling, und Jungmann rückte in der Hackordnung eine Sprosse hinauf und noch eine nach einem weiteren Jahr. So ging das bis zur Lehrabschlussprüfung. Danach war er gleichwertig. Er war kein Idiot, und seine Arbeit bereitete ihm Freude. Er mochte seinen Job, es machte ihm Spaß, etwas zu schaffen, etwas aufzubauen, zu sehen, wie ein Haus langsam groß wurde, wie Stück für Stück aus einer dreckigen Grube ein stattliches Gebäude emporwuchs. Der Polier war schon auf ihn aufmerksam geworden, als er noch Lehrling gewesen war. Jungmann war geschickt, was das Fachliche betraf, und konnte gut mit seinen Kollegen. Bald hatte er eine Art informelle Stellvertreterfunktion und kümmerte sich um immer mehr Aufgaben, die ihm der Polier übertrug.

Auch dem Firmenbesitzer Hermann Kovac stach das Engagement Jungmanns ins Auge. Er schlug ihm vor, sich zum Werkmeister ausbilden zu lassen. Doch Jungmann hatte andere Pläne. Bereits während der Lehrzeit hatte er über Alternativen nachgedacht, und als er später einen Teil der Arbeit seines Poliers erledigte, wurde ihm klar, dass er nicht auf dieser Stufe stehen bleiben wollte. Er wollte mehr, höher hinauf, nicht nur Polier werden. Er wollte eine Abendschule machen, eine HTL für Bautechnik. Kovac unterstützte seine Ambitionen. Jungmann absolvierte einen Vorbereitungslehrgang für Berufstätige für die HTL-Bautechnik. Nach einem Jahr und erfolgreichem Abschluss des Lehrgangs wechselte er in die Camillo-Sitte-Lehranstalt für Bautechnik, Fachrichtung Hochbau. Weitere vier Jahre Abendschule. Vier harte Jahre. Tagsüber am Bau, abends nach Wien in die Schule, am Wochenende lernen.

Seine Kollegen und auch viele Freunde zweifelten daran, dass er das durchstehen würde. Schon im Vorbereitungslehrgang war er ihrem Spott und ihrer Häme ausgesetzt. In der Abendschule ging es weiter. Plötzlich war er nicht mehr der freundschaftliche Kollege, sondern der Ehrgeizler, der Streber, der sich als etwas Besseres fühlte, und er wurde zum Feindbild der Kollegen. Doch Jungmann war gewohnt, sich nichts gefallen zu lassen. Seit der Hauptschule wusste er, wie man sich gegen Neider und Widersacher durchsetzte. Er ließ sich nicht einschüchtern und erst recht nicht von seinem Weg abbringen. Zweimal kam es zu Handgreiflichkeiten, zweimal endeten sie damit, dass sein Gegner am Boden liegen blieb. Jungmann kämpfte nicht fair, das hatte er nie gemacht. Fairness war etwas für Sportler, aber nichts für das richtige Leben. Er machte seine Gegner platt, so schnell es ging und mit allen Mitteln, egal ob fair oder nicht. Das hatte er in der Hauptschule gelernt. Und diese Einstellung hatte er sich bis zum heutigen Tag bewahrt. Nach den zwei Raufereien ließen ihn seine Kollegen in Ruhe.

Nach vier entbehrungsreichen Jahren hatte er die Abendschule abgeschlossen. Sein Chef protegierte ihn weiterhin, immerhin war er es gewesen, der ihn zu diesem Weg ermutigt hatte. Nun war Jungmann Bauleiter, stand in der Hierarchie über seinen Kollegen und seinem alten Polier. Er war 26 Jahre alt, der jüngste Bauleiter in der Geschichte von Kovac Bau, und plötzlich hatten sie Angst vor ihm. Jungmann war ein strenger Herr, zur Zufriedenheit von Hermann Kovac.

Drei Jahre später fügte er seinem Namen den Titel Ingenieur hinzu, ihm persönlich bedeutete das zwar nichts, aber im titelsüchtigen Österreich war es eine wichtige Sache, mehr als nur ein Kompetenznachweis.

Unmittelbar danach machte Jungmann seinen nächsten Schritt, den Kurs für die Baumeisterprüfung. Wieder sicherte er sich dafür die Unterstützung von Kovac. Der Kurs dauerte ein halbes Jahr, das war nichts gegen seine Zeit in der Abendschule, kostete ihn aber fast 90.000 Schilling inklusive Prüfungsgebühren. Er musste einen Kredit aufnehmen, um das zu finanzieren. Doch es war ihm egal. Er wusste, wo er hinwollte und dass sich diese Investition lohnen würde.

Im Herbst 1996 war er Baumeister, und der alte Kovac bot ihm einen Posten als Geschäftsführer an. Kovac war zu diesem Zeitpunkt 65 Jahre alt, hatte zwar zwei Söhne, von denen jedoch keiner großes Interesse an der Übernahme der Baufirma zeigte. Kovac war froh, jemanden zu haben, auf den er sich verlassen konnte, dem er einen Großteil der Arbeit übertragen konnte, um selbst etwas kürzer zu treten. Kovac übernahm die Repräsentation der Firma nach außen hin, Jungmann machte die Knochenarbeit eines Firmenleiters. Aber im Schlepptau von Kovac bekam Jungmann Kontakt zu den wichtigsten Geschäftspartnern des Unternehmens und baute so ein tragfähiges Netzwerk für die Zukunft auf.

Nachdem Kovac seinen 70. gefeiert hatte, holte er Jungmann zu sich ins Büro und eröffnete ihm, dass er Kovac Bau verkaufen und sich ins Pensionsleben zurückziehen wollte. Er machte kein Geheimnis daraus, dass er es gerne sehen würde, wenn Jungmann die Firma übernehme. Er versprach ihm einen guten Preis und bot ihm an, sich bei der Bank für ein Finanzierungsmodell starkzumachen. So geschah es dann auch, und im Frühsommer des Jahres 2005 wurde aus Kocav Bau die Jungmann Bau GmbH. Harald Jungmann war ab jetzt Unternehmer, 34 Jahre alt, verheiratet und hatte zwei kleine Töchter.

Jungmann Bau florierte. Die Auftragslage war gut dank der Geschäftskontakte, die er von Kovac übernommen hatte, und der vielen Informationen von ihm, die für kein Protokoll geeignet waren. Jungmann hielt sich an ein einfaches Prinzip, das er von Kovac gelernt hatte: »Warum willst du 100 Millionen im Jahr verdienen, wenn du nur zehn Millionen ausgibst? Und warum willst du für 100 Millionen ein hohes Risiko eingehen, wenn du die zehn Millionen leicht bekommen kannst?« Jungmann blieb damit erfolgreich. Aber als 2008 die Wirtschaftskrise begann, geriet Jungmann Bau ins Trudeln. Der Staat brauchte seine Gelder für die Rettung der Banken, die öffentlichen Bauaufträge wurden zurückgefahren. Es gab nicht mehr genug Brot für alle Esser. Entlassungen, Auflösung der Rücklagen und fiese Tricks, um an neue Aufträge zu kommen, waren die Folge. Die Auswirkungen waren lange zu spüren gewesen. Und dann kam Corona und die gleiche Scheiße noch einmal.

Bereits 2008 hatte Jungmann begriffen, dass sein beruflicher Erfolg nicht ewig anhalten würde, dass Zielstrebigkeit allein nicht ausreichte, um ihm und seiner Familie eine sorgenfreie Zukunft zu gewährleisten. Dazu bräuchte es mehr, musste ein weiterer Weg gefunden werden. Und den fand er.

Seit Ende der Tausenderjahre kannte er Armin Sulzer, der damals mit seinem Arbeitsvermittlungsunternehmen begonnen hatte. Sulzer besorgte ihm günstige Leiharbeitskräfte, ohne viele Fragen und große Rechnungen zu stellen. Zunächst verwendete Jungmann sie nur für kleinere Aufträge, wenn er keine anderen brauchbaren Arbeiter hatte oder wenn das Auftragsvolumen zu gering war und er deshalb auf billige Arbeitskräfte zurückgreifen musste, um die Personalkosten zu reduzieren.

Vor einigen Jahren hatte Jungmann mit dem Golfspielen begonnen und sich im Golfclub St. Pölten in Neidling eingeschrieben. Dort lernte er Christian Ecker kennen, der ihn später kontaktierte und ihm ein Geschäft anbot: billige Häuser kaufen, renovieren und teuer wiederverkaufen. Ecker regelte die Finanzierung und den Verkauf über ein renommiertes Maklerbüro, Jungmann holte Sulzer mit ins Boot und kümmerte sich um die Baudurchführung. Ecker erwies sich über diese Projekte hinaus als brauchbarer Geschäftspartner. Über seine Immobilienfonds trat er als Investor großer Bauvorhaben in Erscheinung.

Aus diesem Grund war Ecker jetzt bei der Besichtigung des Büroneubaus in der Trautsonstraße dabei. Er hatte ihn zu einem großen Teil mitfinanziert.

Sie alle trugen Schutzhelme. Jungmann und Ecker wirkten damit wie Fremdkörper in einer ansonsten einheitlichen Welt, die Helme passten nicht zu ihren Anzügen, Krawatten und glänzenden schwarzen Schuhen. Ebenso wenig wie zu dem dunklen Kostüm und den hohen Absätzen von Jungmanns Sekretärin.

Die Arbeiter, an denen sie vorbeikamen, beobachteten die Gruppe mit einer Mischung aus Argwohn und Belustigung. Zum einen, weil sie die Erfahrung gelehrt hatte, dass dem Besuch des Chefs immer Änderungswünsche und Mehrarbeit folgten, zum anderen, weil sie insgeheim darauf hofften, dass der Baustellenschmutz an deren feiner Kleidung haften blieb, nicht nur der allgegenwärtige Staub, der leicht wieder abzuklopfen war.

»Die ersten fünf Stockwerke sind so gut wie fertig«, erklärte der Bauleiter, nachdem er stehen geblieben war und sich der Gruppe zugewandt hatte. »Hier, in den oberen Etagen, dauert es noch etwas, aber wir sind voll im Zeitplan.« Er wusste, wie sehr Jungmann auf Termintreue achtete, weshalb er seinen Chef auch nicht aus den Augen ließ, um jede seiner Reaktionen mitzubekommen.

Der nickte wohlwollend und blickte sich um. Die Arbeiten auf der Etage waren in vollem Gang, am hinteren Ende waren bereits die ersten Zwischenwände eingezogen. Die Endausführung richtete sich nach den Wünschen der Kunden. Jungmann wusste aus vergangenen Tagen, wie mühsam diese Verhandlungen werden konnten, weil die Unternehmen, die sich eingemietet hatten, sich selbst noch nicht im Klaren darüber waren. Die mieteten 300 Quadratmeter Bürofläche und gingen davon aus, dass beim Einzug alles nach ihren Wünschen bezugsfertig war. Aber dafür war es notwendig, diese Wünsche bekannt zu geben. Die Gestaltung und Ausstattung einer EDV-Firma waren anders als die eines Finanzunternehmens. Alle diese unterschiedlichen Vorstellungen zu sammeln und bautechnisch unter einen Hut zu bringen, war Aufgabe des Bauleiters und seiner Mitarbeiter. Da war Jungmann sehr anspruchsvoll. Er bezahlte seine

Bauleiter gut und erwartete von ihnen, dass sie das Projekt im Griff hatten. War dem nicht so, gab es genügend andere qualifizierte Leute, die sich um solche Jobs rissen.

Das wusste auch der Bauleiter, weshalb er immer ein ungutes Gefühl hatte, wenn sein Chef auf der Baustelle auftauchte. Doch diesmal, dessen war er sich sicher, gab es keinen Grund zur Beanstandung.

Auch Ecker war zufrieden. Nach den neuesten Infos seiner Maklerin, die er am Morgen kontaktiert hatte, gab es bereits für mehr als 90 Prozent der Büroflächen Interessenten. Lediglich in der siebten und achten Etage waren noch Flächen frei. Er machte sich keine Sorgen, dass bei der Eröffnung im Frühjahr alles vermietet sein würde. Es war ein lukratives Objekt. Er hatte 50 Prozent der Flächen über einen seiner Fonds angeboten, zehn Prozent selbst behalten und den Rest über seine Maklerin frei vermietet.

Als sie weitergingen, kam ein Arbeiter auf sie zu und hielt sie an wie ein Polizist, der einen Gehsteig für Passanten sperrt. Er trug eine weiße Arbeitshose und ein schmutziges T-Shirt, das ebenfalls einmal weiß gewesen sein musste. Den gelben Bauhelm hatte er in den Nacken geschoben, unter dem Kopfband standen einige verschwitzte schwarze Haarsträhnen hervor. Die dunklen Bartstoppeln im Gesicht waren wie seine Arme mit einer Staubschicht bedeckt. Er sprach mit dem Polier. Der versuchte ihn abzuwimmeln, sagte etwas von »Das ist jetzt ein schlechter Zeitpunkt«, aber der Arbeiter ließ sich davon nicht beeindrucken. Er musterte die Teilnehmer der Gruppe, schob sich am Polier vorbei und kam zielstrebig auf Jungmann zu. Der Bauleiter folgte dem Mann und wollte ihn zum Gehen bewegen, doch vergeblich. Der Arbeiter stellte sich vor Jungmann und versperrte ihm den Weg.

»Herr Chef. Ich müssen reden mit Ihnen. Ganz dringend.«

»Was ist los?«, fragte Jungmann ungehalten.

Da der Bauleiter nicht wusste, wen Jungmann angesprochen hatte, hob er entschuldigend die Arme und antwortete: »Ich weiß nicht.«

»Ich arbeiten Fliesenleger«, begann der Arbeiter. »Mit fünf Kollegi. Immer machen gut Arbeit. Immer bekommen zu wenig Geld. Letzte Monat wieder. Arbeiten viel und bekommen nur Hälfte von ausgemachte Geld. Immer Chef sagen, Arbeit nix gut genug. Bitte sagen Chef, das nicht in Ordnung. Arbeit immer gut. Kollegi und ich wollen ganzes Geld, nicht Hälfte.«

Diesmal wandte Jungmann sich unverkennbar an den Bauleiter und schnauzte ihn wütend an: »Was soll das? Wovon spricht dieser Mann?«

»Ich habe keine Ahnung«, gestand der Bauleiter und fragte den Arbeiter: »Für welche Firma arbeiten Sie?«

»Romanian Recruitment Agency.« Die Antwort kam wie aus der Pistole geschossen.

»Ein Subunternehmer«, erklärte der Bauleiter schnell, nun schien ihm alles klar zu sein. »Wir vergeben einen Gesamtauftrag an einen Subunternehmer, bezahlen das Paket in mehreren Tranchen, kümmern uns aber nur um den Umfang, machen Qualitätskontrolle und schauen, dass die Termine eingehalten werden. Wenn Termine überzogen werden oder die Qualität mangelhaft ist, gibt es Pönalen«, erklärte er Jungmann.

Der hörte geduldig zu, obwohl er über dieses Vorgehen Bescheid wusste.

An den Arbeiter gewandt fuhr der Bauleiter fort: »Eure Löhne werden von der Firma in Rumänien bezahlt. Und wenn die der Meinung ist, dass eure Arbeit nicht passt, ist das ihr Problem. Das geht uns nichts an.«

Der Arbeiter schüttelte den Kopf und sagte zu Jungmann: »Bitte sagen Chef von Firma, dass Arbeit von uns gut. Immer gut. Und soll bezahlen ganze Geld.«

Jungmann zuckte nur mit den Schultern. »Du hast gehört, was der Bauleiter sagt. Macht das mit eurem Chef in Rumänien aus. Da mischen wir uns nicht ein.« Er wollte an dem Arbeiter vorbeigehen, doch der hielt ihn zurück.

»Bitte, sprechen mit Chef.«

Jungmann wurde wütend, schlug die Hand weg, die ihn am Oberarm festhielt. »Hast du nicht zugehört? Das interessiert mich nicht!«, fuhr er den Arbeiter an. »Und jetzt scher dich zurück an die Arbeit. Und fass mich nie wieder an!« Demonstrativ wischte er über seinen Ärmel, obwohl dort kein Schmutz zu finden war. Er ging weiter. Die anderen folgten ihm. »Dieses Pack wird immer unverschämter«, murmelte er Ecker zu.

Der Bauleiter erklärte etwas, aber Jungmann hörte nicht hin. Er war so aufgebracht, dass er sich nicht darauf konzentrieren konnte.

»Gehen wir zurück«, verlangte er schließlich. »Ich hab genug gesehen.«

21.

Der Schmerz kam in Wellen und jedes Mal unerwartet. Unterbrochen wurde er lediglich von ihren Aktivitäten, die aber nur kurz dagegen halfen.

Von der Redaktion der Neuen Zeitung war Sonja Gebert direkt nach Hause gefahren. Als sie die Schachtel mit Valentins Habseligkeiten auf den Schreibtisch in ihrem Arbeitszimmer stellte, stiegen ihr einmal mehr an diesem Tag die Tränen in die Augen.

Doch sie ließ es nicht zu, jetzt zusammenzubrechen. Sie fuhr ihren Computer hoch und steckte Valentins mobile Festplatte an. Kein Passwort. Sie öffnete den Dateimanager.

Ihre Vermutung, dass Valentin die Festplatte benutzt hatte, um seine Daten zu sichern, bestätigte sich schnell. Sie kopierte alles auf ihren PC. Danach verschaffte sie sich einen ersten Überblick über die Inhalte. Wieder bewunderte sie ihren Bruder für seine Sorgfalt und Genauigkeit. Alles war übersichtlich und aussagekräftig beschriftet in Ordnern abgelegt. Sie öffnete zuerst seine publizierten Artikel, gespeichert als Entwürfe, als Word-Dokumente, als Korrekturabzüge und schließlich in der veröffentlichten Version. Sollte sie auch diese dem Polizisten schicken? Nein, dachte sie. Das hätte nur wenig Sinn.

Während sie in den Dateien herumstöberte, stieß sie auf einen Ordner mit der Bezeichnung »Privates« und öffnete ihn sofort. Ihre Hoffnung, etwas über ihren Bruder zu erfahren, das sie noch nicht wusste, wurde enttäuscht. Es waren Rechnungen, Briefe an Firmen, Beschwerden, Versicherungsmeldungen und schließlich eine Liste mit Seriennummern von Elektrogeräten, die Valentin in seiner Wohnung verwendete. Unglaublich, Valentin hatte einfach alles dokumentiert! Das kam ihr jetzt natürlich gelegen. Sie suchte die Daten der Fotoausrüstung und des Laptops, die sie dem Kriminalbeamten versprochen hatte, und schickte sie ihm. Damit hatte sie ihre Schuldigkeit getan.

Dann saß sie vor dem Computer, als hätte er sie hypnotisiert, und starrte wie benommen auf den Monitor. Ihre Gedanken schweiften ab. Sie hatte sich zwei Wochen Urlaub genommen. Sie wollte niemanden aus der Redaktion sehen, nicht in mitleidige Gesichter blicken und sich wie ein Fremdkörper fühlen, weil jedem der Umgang mit ihr peinlich war. Außerdem gab es so viel zu tun. Formalitäten, die nach Valentins Tod zu erledigen waren, die Verständigung der Verwandten, Onkel, Tanten, Freunde, sein Ableben bei den Behörden melden, Ämter abklappern, Formulare ausfüllen, die Vorbereitungen für das Begräbnis. Ihre Eltern waren dazu nicht in der Lage, und sie genauso wenig. Sie war froh, dass die Leiche ihres Bruders noch nicht freigegeben war. Plötzlich sah sie die Bilder vor sich, die sie aus Krimiserien kannte, wenn die Mordopfer auf einem Tisch in der Gerichtsmedizin lagen, den Brustkorb mit diesem Y-Schnitt geöffnet, die Haut weggeklappt. So lag vermutlich auch ihr Bruder gerade da. Die Vorstellung war so grauenvoll, so trostlos, dass Sonja nicht länger an sich halten konnte und hemmungslos zu weinen anfing.

Sie versuchte das Bild zu verdrängen, aber es gelang ihr nicht. Erst als sie sich wieder dem Computer zuwandte und wahllos in den Dateien herumklickte, sich zum Arbeiten zwang, beruhigte sie sich langsam. Fotos, Dokumente, Zusammenfassungen von Recherchen. Sie stöberte in den Materialen, die Valentin hier abgelegt hatte, und stieß dabei auf eine Liste mit Kontaktpersonen. Keiner der Namen sagte ihr etwas, auch sonst fand sie nichts, was ihr komisch vorkam. Sie wusste nicht mehr weiter.

Der Artikel über die Rechtsextremisten war noch geöffnet. Sie las ihn. Er war gut, sehr gut sogar. Warum war ihr das damals nicht aufgefallen? Sie erinnerte sich, wie sie mit Valentin darüber diskutiert hatte. Seine Darstellung der rechten Vernetzung im Internet und die damit verbundene Bedrohung waren ihr übertrieben erschienen, damals. Und jetzt? Handelte es sich bei diesen Leuten nur um ein paar durchgeknallte Computercracks mit Neonazi-Anwandlungen, so wie Valentin sie beschrieben hatte? Oder steckte mehr dahinter? Sie dachte an die Anti-Corona-Demos in Wien und St. Pölten und die Teilnahme bekannter Neonazis daran. Doch Sonja hatte keine Ahnung, wie sie das alles einschätzen sollte, war auch nicht fähig, sich darüber den Kopf zu zerbrechen.

Die Gedanken an Valentin wurden so übermächtig, dass sie sich nicht mehr dagegen wehren konnte. Wieder kamen ihr die Tränen. Die Buchstaben auf dem Monitor verschwammen vor ihren Augen. Sie weinte leise, nur ihre Schultern zuckten, und manchmal entrang sich ihr ein leises Schluchzen.

Das Läuten der Türglocke riss sie aus ihrer Trauer.

Benommen ging sie in den Flur und nahm den Hörer von der Gegensprechanlage. »Ja?«

»Hier sind Bezirksinspektor Radek vom Landeskriminalamt und mein Kollege Neumann. Lassen Sie uns bitte rein.«

Das klang fordernd, streng, war keine Frage, sondern ein Befehl. Sonja drückte auf den Türöffner, sagte »Im Dachgeschoss« und wartete, bis sie den Aufzug ankommen hörte.

Währenddessen fragte sie sich, was die Polizisten von ihr wollten, warum sie persönlich zu ihr kamen und sie nicht anriefen. Angst kroch in ihr hoch. War erneut ein Unglück geschehen, und die Polizisten wollten sie darüber verständigen? War ihren Eltern etwas zugestoßen? Panik erfasste sie, und sie musste den Drang unterdrücken, zum Telefon zu laufen und ihre Mutter anzurufen.

Dann stand der Polizist vor ihr, mit dem sie in Valentins Wohnung gewesen war, der Große, Gutaussehende. Diesmal war er rasiert und wirkte frischer. Sonja musste sich eingestehen, dass sie ihn attraktiv fand, trotz der strengen Miene, die er aufgesetzt hatte. Sein Kollege hielt sich im Hintergrund.

Sie bat die beiden herein. Es störte sie nicht, dass sie verweint war. Sie dachte nicht daran. Es war ihre Wohnung, ihre Burg. Hier durfte sie weinen, so viel sie wollte. Hier waren die Polizisten die Eindringlinge.

»Was kann ich für Sie tun?«, fragte sie im Wohnzimmer.

»Wir haben erfahren, dass Sie heute Morgen in der Redaktion der Neuen Zeitung waren und den Schreibtisch Ihres Bruders ausgeräumt haben.«

»Ja, das stimmt«, antwortete sie. »Hätte ich das nicht gedurft?« Die Frage klang naiv, das wurde ihr sofort bewusst. Sie wollte sich nicht als dummes, schwächliches Ding präsentieren. »Ich wüsste nicht, wer mir das verbieten sollte«, fügte sie daher angriffslustig hinzu.

»Das Gesetz zum Beispiel«, sagte Radek schroff. Er wirkte aufgebracht. »Ihr Verhalten schrammt knapp am Paragraf 295 Strafgesetzbuch vorbei. Das ist Unterdrückung eines Beweismittels in einem Ermittlungsverfahren, und darauf steht bis zu einem Jahr Gefängnis.«

Wut stieg in ihr hoch. Jetzt lässt er den Bullen raushängen, dachte sie. Sonja hatte keine Ahnung vom Strafgesetz, aber dieser Vorwurf schien ihr übertrieben. Und das wollte sie sich nicht gefallen lassen. »Hören Sie. Ich habe lediglich die Sachen meines Bruders geholt, sonst nichts. Da stand nirgends ›Vorsicht Beweismittel, bitte gnädigst warten, bis sich die Polizei darum kümmert‹. Sie waren zu spät dran! Ihr Pech, okay?« Sie funkelte Radek zornig an. »Abgesehen davon hab ich die Dinge weder unterdrückt noch sonst etwas mit ihnen gemacht. Die Sachen stehen auf dem Schreibtisch in meinem Arbeitszimmer.«

»Dann können wir sie ja mitnehmen.«

»Selbstverständlich. Wenn Sie sie benötigen.«

»Ja, das tun wir.«

»Können Sie die Sachen holen?«, fragte der andere Polizist in versöhnlichem Ton, um die Situation zu entspannen. Er schien keine Lust zu haben, dass dieser Streit eskalierte und sie mit Handschellen gefesselt auf dem Boden lag. Und das womöglich wegen Dingen, die ihnen vielleicht gar nicht weiterhelfen würden.

»Aber sicher.« Sonja drehte sich abrupt um und ging ins Arbeitszimmer.

Radek folgte ihr in einigem Abstand. Neumann beobachtete die beiden vom Wohnzimmer aus.

»Bitte, hier in dieser Schachtel sind alle Sachen von Valentins Schreibtisch.«

»Alle?«

»Ja, alle.«

»Und was ist mit dieser Festplatte?« Radek deutete auf das mobile Gerät, das neben dem Gehäuse des Computers lag.

»Die gehört auch dazu«, gestand sie etwas kleinmütiger.

»Was haben Sie damit gemacht?« Er blickte sie misstrauisch an, aber sie hielt seinem Blick auf provokante Weise stand.

»Nichts«, antwortete Sonja. »Ich habe mir die Dateien darauf angesehen. Oder darf ich das nicht? Darunter war übrigens eine Liste mit Seriennummern seiner Elektrogeräte. Ich habe Ihnen die betreffenden herausgeschrieben und gerade geschickt. Sie hatten mich darum gebeten, erinnern Sie sich?« Jetzt, nachdem sie ihre erste Überraschung überwunden hatte, würde sie keinen Schritt mehr zurückweichen.

Einen Moment lang herrschte eisiges Schweigen.

»Die Festplatte brauchen wir auch«, sagte Radek nur.

Brutal zog sie das Anschlusskabel raus und drückte dem Polizisten die Festplatte in die Hand. »Bitte. Sonst noch was?«

»Wenn Sie nichts anderes mitgenommen haben, dann nicht.«

»Das war alles.«

Sie kehrten ins Wohnzimmer zurück.

»Wir werden Ihnen eine Bestätigung ausstellen, und sobald wir die Dinge nicht mehr brauchen, bekommen Sie sie zurück. Selbstverständlich beeilen wir uns damit.« Wieder war es Radeks Kollege, der um Beruhigung bemüht war.

Er holte aus seiner Schreibmappe ein Formular mit einem Durchschlag und füllte es aus. Für einige Momente war nur das Kratzen des Kugelschreibers auf dem Papier zu hören.

Sonja Gebert starrte Radek giftig an, aber der versuchte sie zu ignorieren.

Neumann unterschrieb das Formular, hielt es Sonja hin, die es schnell durchlas und ebenfalls unterzeichnete. Dann bekam sie den Durchschlag, und die Polizisten verabschiedeten sich kühl. Sie gingen mit der gleichen beamteten Unfreundlichkeit, mit der sie gekommen waren.

Verpisst euch, dachte Sonja, nachdem sie die Tür hinter ihnen geschlossen hatte.

Sie setzte sich erneut an ihren Schreibtisch und aktivierte den Bildschirm. Valentins Dateienordner, die sie zuvor auf ihren PC kopiert hatte, waren noch geöffnet.

Warum waren die Bullen plötzlich so scharf auf Valentins Sachen? Wenn es ein Raubüberfall gewesen war, wie dieser Radek gesagt hatte, warum dann dieser Auftritt? Da stank etwas gewaltig! Sie fragte sich, ob das Back-up von Valentin vollständig war. Vielleicht hatte er nicht alle Daten auf seinem Laptop gesichert, vor allem die ganz aktuellen. War er an einer heißen Story dran gewesen? War das der Grund, weshalb er sterben musste? Kein Raubüberfall? War das nur Ablenkung? Waren die Täter hinter dem Laptop und den Daten her gewesen, die sie in seiner Wohnung gestohlen hatten?

Sie würde das nicht auf sich beruhen lassen. Sie war Journalistin. Es war ihr Job, solchen Dingen nachzugehen. Und wenn es um ihren Bruder ging, dann noch viel mehr. Das war sie ihm schuldig.

Sie versuchte ihre Gedanken zu ordnen. Valentins Artikel über die Rechtsextremisten war schon mehrere Wochen alt. Was hatte er seither gemacht? Woran hatte er aktuell geschrieben?

Sonja konzentrierte sich auf ihre Arbeit, die Routine der Journalistin erfasste sie. Nach einiger Zeit stieß sie auf den jüngsten Artikel Valentins über Arbeiter aus Rumänien, Bulgarien und anderen osteuropäischen Ländern. Aber der war noch nicht fertig. Sie fand mehrere Entwürfe und viele Notizen dazu. Darunter auch einen Vermerk über den Chefredakteur der Neuen Zeitung: »15.9.: Wenzel ist die Story zu heiß. Will Fakten besser abgesichert haben. Macht sich wieder mal in die Hosen vor was weiß ich wem.«

Sie fand Materialien zu verschiedenen Ereignissen und Personen, die ihr allesamt nichts sagten. Ecker, Jungmann, Sulzer – keine Ahnung, wer die waren. Lediglich Phillip Kohler war ihr ein Begriff, Stadtrat Bau und Immobilien und Landtagsabgeordneter. Aber die Unterlagen waren lückenhaft, als hätte Valentin erst mit seinen Nachforschungen begonnen. Ihre Instinkte als Reporterin schlugen an. War Valentin auf etwas gestoßen, das für irgendjemanden gefährlich werden konnte?

Als sie eine Notiz über einen Klaus Winkler, Partei der Neuen Linken und Mitbegründer des Vereins für Wanderarbeiter in Österreich, kurz VWÖ, mit Kontaktadresse und Telefonnummer fand, wusste sie, wo sie beginnen konnte. Außerdem erinnerte sie sich daran, diesen Namen in der Kontaktliste gesehen zu haben, die sie zuvor zum Thema Rechtsextremismus geöffnet hatte. Sie überprüfte das. Tatsächlich, anscheinend hatte sich Valentin mit diesem Winkler regelmäßig getroffen. Vielleicht konnte er ihr weiterhelfen und die Hintergründe von Valentins Arbeit erhellen. Was war zum Beispiel so brisant an dieser Geschichte über ausländische Arbeiter, dass Wenzel sie nicht bringen wollte?

Sonja griff zum Telefon und wählte Winklers Nummer.

*

Er hatte sie zwar noch nie gesehen, erkannte sie aber auf den ersten Blick. Sie hatten am Vormittag ein Telefonat geführt und sich für den Nachmittag verabredet. Jetzt stand sie in der Tür, blickte sich unsicher um und wusste nicht, was sie tun oder an wen sie sich wenden sollte. Sie war attraktiv, schlank, trug dunkle Jeans, eine schwarze dünne Lederjacke und darunter ein schwarzes T-Shirt. Es dauerte einige Augenblicke, bis er begriff, dass dies Trauerkleidung war und kein pseudoexistenzialistischer Stil.

Er kam hinter seinem Schreibtisch hervor und ging ihr entgegen. »Frau Gebert?«, fragte er vorsichtshalber. Als sie nickte, reichte er ihr die Hand und stellte sich vor: »Klaus Winkler, wir haben miteinander telefoniert.«

Sie nickte neuerlich und schüttelte kurz seine Hand. Einen Moment lang herrschte betretenes Schweigen.

»Was Ihrem Bruder zugestoßen ist, tut mir sehr leid«, versuchte Winkler, seine Anteilnahme auszudrücken. Er wollte das nicht mit so einer abgedroschenen Phrase wie »Darf ich Ihnen mein Beileid bekunden« tun.

»Danke«, sagte sie und wirkte, als kämpfe sie gegen die Tränen an. Die Verwandtschaft mit ihrem Bruder war unverkennbar. Augen, Kinn und Mundpartie glichen Valentins, auch die längliche Gesichtsform und der Kurzhaarschnitt unterstrichen die Ähnlichkeit.

Die anderen Mitarbeiter im Parteibüro musterten sie unverhohlen.

»Kommen Sie mit«, sagte er und führte sie in die Bibliothek. Sie wolle mit ihm über ihren Bruder sprechen, hatte sie am Telefon gesagt, und zwar persönlich. Dafür brauchten sie einen ungestörten Rahmen.

Die Bibliothek war ein fensterloser Raum, der durch einen kurzen Gang zu erreichen war und trotz der Deckenbeleuchtung immer düster blieb. An den Wänden standen einfache Blechregale gefüllt mit Büchern. Winkler kannte den Bestand gut. Die Frühsozialisten Babeuf und Rodbertus waren hier zu finden, die sozialistischen Klassiker Marx, Engels, Lenin, Trotzki, Luxemburg, Liebknecht, aber auch deutsche und österreichische sozialdemokratische Theoretiker wie Lassalle, Bebel, Kautsky, Adler oder Bauer. Außerdem die modernen Autoren, von Habermas und Adorno und der Frankfurter Schule bis zu Ziegler und Piketty. Daneben zahlreiche andere Sachbücher über sozialistische und kommunistische Themen und schließlich auch Belletristik. Von den Naturalisten Saar und Hauptmann über Sinclair und Remarque, Heym oder Böll bis in die Gegenwart. Winkler kannte viele der literarischen Werke und las sie gerne. Vor einem halben Jahr hatte er für die Zeitschrift der PNL den Streik der französischen Grubenarbeiter im 19. Jahrhundert aus Émile Zolas Roman »Germinal« mit der Darstellung des britischen Bergarbeiterstreiks von 1984 in »GB84« von David Peace verglichen.

Sie setzten sich an den Tisch in der Mitte. Sonja Gebert schaute sich interessiert um und betrachtete die Bücher, soweit sie sie von ihrem Platz aus sehen konnte. Weil sie nicht von sich aus zur Sache kam, fragte Winkler: »Womit kann ich Ihnen helfen?«

Es dauerte einige Sekunden, bis sie ihm ihre Aufmerksamkeit widmete. Sie war hübsch, aber ihre Augen waren vom Weinen verschwollen. Sie versuchte, ihre Trauer unter einer dicken Schicht Schminke zu verbergen.

»Sie haben meinen Bruder gekannt?«

Winkler nickte. »Ja.«

»Wie gut?«

»Wir haben uns während einer Antifa-Veranstaltung kennengelernt. Vor einem Jahr ungefähr. Er hat mich angequatscht und mir gesagt, dass er für einen Artikel über Neonazis recherchiere. So sind wir ins Gespräch gekommen. Wir haben uns ein paar Tage später in einem Kaffeehaus verabredet und uns intensiv über die Rechten ausgetauscht. Ich hatte den Eindruck, dass Valentin dieses Thema ein ehrliches Anliegen war. Ich habe ihm später einige Unterlagen zukommen lassen, über rechte Webseiten und einige zentrale Personen, die sie betreiben und mit Inhalten füttern. Im Internet können sich die Rechten gut verstecken. Mittlerweile benutzen sie das Netz hoch professionell, auch wenn sie Anglizismen nach außen hin ablehnen und stattdessen so putzige Namen wie ›Heimseite‹ oder ›Hauptseite‹ verwenden. Ich habe ihm einiges an Hintergrundinfos gegeben, was ich eben aus unserer Antifa-Arbeit weiß. Was er geschrieben hat, ist sehr gut geworden. Und es hat mich überrascht, dass Kontur diesen Artikel gebracht hat, immerhin deckte er damit einige unangenehme Beziehungen zwischen der Nationalen Partei und den Rechten auf. Die NPÖ hatte danach einen ziemlichen Erklärungsbedarf und war eifrig um Schadensbegrenzung bemüht. Er hat wirklich gute Arbeit abgeliefert.«

»Ja, das sehe ich genauso«, bestätigte Sonja. »Hat er Sie später noch mal kontaktiert?«

Winkler wurde misstrauisch. War das eine Fangfrage? Wenn sie von Valentins Kontakt zu ihm wusste, wusste sie bestimmt auch, dass der wegen der Story über Wanderarbeiter bei ihm gewesen war. Warum sprach sie das nicht direkt an? Wollte sie ihn testen? Valentin hatte Winkler erzählt, dass seine Schwester ebenfalls Reporterin war. Kam sie als Schwester oder als Journalistin? Er wurde zurückhaltender. »Ja«, antwortete er vorsichtig. »Ist das jetzt ein offizielles Gespräch?«

Sonja Gebert blickte ihn überrascht an. »Nein, wie kommen Sie darauf?«

»Ich vermute, Sie wissen genau, dass Valentin auch wegen einer anderen Story mit mir in Verbindung stand.« Winkler hatte keine Lust, seinen Unmut zu verbergen.

Zu seiner Verblüffung schüttelte sie den Kopf. »Nein, das wusste ich nicht. Ich habe Ihre Kontaktdaten in seinen Unterlagen zu einem Artikel über Gastarbeiter entdeckt.«

»Wanderarbeiter«, korrigierte Winkler. »Es ging um Wanderarbeiter.« Sie schien tatsächlich keine Ahnung davon zu haben. »Ja, er war auch in dieser Angelegenheit bei mir«, fuhr er fort. »Eigentlich war ich es, der Ihren Bruder auf die Idee gebracht hat. Während seiner Recherchen zum Rechtsextremismus fiel ihm hier zufällig ein Folder unseres Vereins für Wanderarbeiter in Österreich in die Hände. Der VWÖ kümmert sich um Wanderarbeiter und versucht, sie in ihren Anliegen zu unterstützen. Es gibt auch eine europäische Vereinigung für Wanderarbeiter, die European Migrant Workers Association, das ist eine Art Dachverband mit Sitz in Deutschland, da ist der VWÖ angeschlossen. Leider ist unser Verein so gut wie unbekannt, deshalb habe ich die Gelegenheit genutzt und Ihren Bruder bereitwillig mit Infos gefüttert. Er war begeistert. Sofort hat er versprochen, darüber etwas zu schreiben. Das war ja auch gut für uns. Wir sind immer darum bemüht, das öffentliche Bewusstsein auf dieses Thema zu lenken. Wanderarbeiter interessieren niemanden, weil alle nur auf die Flüchtlinge starren. Valentin war da anders. Er hat sich ziemlich hineingesteigert. Er wollte einen ähnlich aufsehenerregenden Artikel schreiben wie über die Rechten.«

»Was genau wollte er dazu wissen?«

»Alles über Wanderarbeiter in Österreich.« Diese Antwort schien ihr zu wenig zu sein, Winkler bemerkte es an ihrem fragenden Blick. Deshalb fügte er hinzu: »Verbinden Sie mit diesem Thema irgendwelche Vorstellungen?«

Sonja schüttelte den Kopf.

Winkler verdrehte die Augen. Du meine Güte, dachte er, wo soll ich da beginnen? Er könnte Stunden über dieses Thema reden, ohne annähernd alles Wichtige erzählt zu haben. »Hören Sie, das ist ein sehr umfassendes Thema. Ich glaube, dafür sollten wir uns mehr Zeit nehmen. Wenn Sie Interesse daran haben, können wir gerne einen Termin ausmachen und uns einen Nachmittag lang zusammensetzen.«

Sie lächelte spöttisch. »Herr Winkler«, begann sie mit Nachdruck. »Ich möchte keine Dissertation schreiben, sondern nur wissen und verstehen, womit sich Valentin beschäftigt hat. Das Letzte war, soweit ich es gesehen habe, diese Story über Wanderarbeiter. Wenn Sie mir daher so kurz wie möglich erklären könnten, worüber Sie Valentin informiert haben, wäre mir, glaube ich, schon geholfen.«

Winkler nickte. »Gut. Also in aller Kürze: Der Begriff Wanderarbeiter ist etwas unscharf. Es gibt dazu eine internationale Konvention, wo einige Kategorien definiert sind. Aber die erspare ich Ihnen. Fürs Erste sollte genügen, dass Wanderarbeiter Personen sind, die üblicherweise nicht in ihrem Herkunftsland arbeiten. Mit Ausnahmen. Zum Beispiel China, wo eine starke Landflucht herrscht und viele Bauern in die großen Industriestädte ziehen, um dort zu arbeiten. In China ist dieses Phänomen daher stark ausgeprägt. Dort gibt es etwa 250 Millionen Wanderarbeiter. Allein durch die Wirtschaftskrise 2008 haben in China etwa 20 Millionen von ihnen ihre Jobs verloren. Nur um die Dimensionen klarer zu machen. Auch in den reichen Ländern der Golfstaaten, vor allem in Katar und Dubai, gibt es Hunderttausende Wanderarbeiter aus Indien, Pakistan und anderen Ländern Südasiens, weil aufgrund des Baubooms viele Arbeiter benötigt werden.

In Europa funktioniert das ein bisschen anders. Da geht die Entwicklung dahin, dass die reicheren Länder billige Arbeitskräfte aus dem Ausland anlocken. Die Arbeit, die in den Herkunftsländern unerledigt bleibt, wird wiederum von Arbeitern übernommen, die aus noch ärmeren Ländern kommen. Das setzt eine Art Ausbeutungskarussell in Gang. Ist ganz simpel: Die Polen kommen als Erntehelfer nach Deutschland, und die Landarbeit in Polen wird von Wanderarbeitern aus der Ukraine oder Weißrussland erledigt. Die Tätigkeiten reichen vom Erntehelfer bis zur Arbeit in den Schlachthöfen oder auf dem Bau oder als Fernfahrer. Zum Beispiel arbeitet der europäische Ableger eines großen Online-Versandhändlers, der in Deutschland sitzt, in letzter Zeit vorwiegend mit spanischen und portugiesischen Wanderarbeitern, weil die in ihren Heimatländern keine Jobs bekommen. In Deutschland werden sie schlecht bezahlt, stehen unter hohem Arbeitsdruck und haben keinerlei Rechte. Sie werden – ausgebeutet. Diese Armutskolonnen bewegen sich quer durch ganz Europa.

In Österreich ist das Phänomen etwas gebremster. Das hängt damit zusammen, dass unser Markt nicht so lukrativ ist und wir weniger große internationale Konzerne oder Töchterfirmen haben. Aber es gibt auch bei uns Wanderarbeiter. Vor allem in der Landwirtschaft und auf dem Bau. Da verdrängen sie mittlerweile die alten Gastarbeiter, die bis vor wenigen Jahren dort untergekommen sind. Es gibt eine große Konkurrenz. Vor allem Rumänen und Bulgaren kommen vermehrt, seit für sie die Beschränkungen auf dem europäischen Arbeitsmarkt weggefallen sind. Aber wie gesagt, es geht ihnen nicht viel besser als ihren Kollegen aus Spanien, die in Deutschland malochen. Wenig Rechte, keine gewerkschaftliche Vertretung, Opfer von Ausbeutung. Das ganze Programm. Diesen Menschen muss man helfen. Doch niemand schert sich um sie. Sie sind billige Lohnsklaven. Und weil das keinen der Mächtigen interessiert, versuchen wir, uns mit dem Verein um ihre Anliegen zu kümmern. Die Wanderarbeiter stehen am unteren Ende der kapitalistischen Erfolgsleiter. Sie haben keine Lobbyisten. Und keine Stimme. Wir geben ihnen eine.«

»Und darüber wollte Valentin schreiben?«

»Genau. Über die soziale Ungerechtigkeit, die diesen Menschen widerfährt, und über die Profitgier, die die Unternehmen dazu bringt, ihre Arbeiter so schlecht zu behandeln.« Klaus Winkler wusste, dass man sich damit ebenso wenig Freunde machte, wie wenn man Neonazis bloßstellte. Er schwieg und beobachtete Sonja Gebert. Sie hatte aufmerksam zugehört und gierig alles aufgesogen, was er ihr an Informationen angeboten hatte. Trotzdem wurde er das Gefühl nicht los, dass sie noch etwas anderes wissen wollte. »Weshalb sind Sie hier?«, fragte er unvermittelt und erntete dafür einen fragenden Blick.

»Ich versteh nicht.«

»Ich weiß nichts über den Tod Ihres Bruders«, erklärte Winkler. »In der Zeitung stand, dass er Opfer eines Raubüberfalls geworden ist. Und nun sitzen Sie hier und wir reden über das, woran Ihr Bruder zuletzt gearbeitet hat. Weshalb?«

Sonja Gebert ließ sich Zeit mit ihrer Antwort. Ihr Blick glitt an ihm vorbei über die Buchrücken in den Regalen hinter ihm. Marx und Engels, deren rot gebundene Gesamtausgabe dort wie dicke Ziegel stand, würden ihr nicht weiterhelfen. Sie antwortete mit einer wohlüberlegten Frage. »Glauben Sie, dass Valentins Tod ein Raubmord war?«

Darum ging es also. Winkler hatte es vermutet. Es waren die Zweifel an der Tat, die Sonja Gebert zu ihm geführt hatten. Jene Zweifel, die auch er in sich trug. Es war zu viel Zufall, dass ausgerechnet Valentin Gebert, ein junger Reporter, der gerade begann, sich einen Namen als Enthüllungsjournalist zu machen, der eine Nase für aufsehenerregende Storys hatte, Opfer eines Raubüberfalls mit tödlichem Ausgang sein sollte. Er konnte Sonja Geberts Misstrauen gut verstehen. Das war auch seine erste Reaktion auf die Todesnachricht gewesen.

»Ich weiß nicht, was ich Ihnen sagen soll.« Er antwortete vorsichtig. »Ginge es nach meinem Gefühl, würde ich meinen: nein. Aber vielleicht liegt das auch daran, dass wir das Offensichtliche nicht glauben wollen, dass wir nach anderen Erklärungen suchen, selbst wenn keine vorhanden sind. Möglicherweise fällt es uns leichter, eine Verschwörung zu vermuten, als das zu akzeptieren, was wir sehen: ein ganz banales Verbrechen mit all seinen tragischen Folgen.«

»Seit seinem Tod gehen mir ähnliche Dinge durch den Kopf«, sagte Sonja leise. Sie sah ihm dabei fest in die Augen, und ihr Blick zeigte kein Anzeichen von Schwäche oder Unsicherheit. »Bisher habe ich keine zufriedenstellenden Antworten gefunden. Aber ich bin davon überzeugt, tief in meinem Inneren«, sie klopfte mehrere Male auf ihre Brust, »dass Valentins Tod kein gewöhnlicher Raubüberfall war. Da steckt mehr dahinter. Und wenn dem so ist, werde ich es herausfinden.«

Das klang für Klaus Winkler wie eine Kriegserklärung.

22.

Den ganzen Nachmittag verbrachte Radek damit, das Zeug zu kopieren, das sie von Sonja Gebert mitgenommen hatten, es zu sortieren, in Ordner einzuheften und durchzulesen.

Immer wieder fragte er sich, warum er das machte. Wenn es um Raubmord ging, und das war momentan ihr einziger Ansatz, war es völlig unnötig. Und dafür, dass es kein Raubmord gewesen sein könnte, fehlte ihnen jeder Hinweis. Wenn er also die Unterlagen von Valentin Gebert durchstöberte, gestand er damit ein, dass er nicht an die Raubmordthese glaubte. Das durfte er nicht laut sagen, denn damit hätte er den Unmut von Pirker heraufbeschworen. Außerdem waren die argwöhnischen Blicke, die Neumann ihm ab und zu über ihre Schreibtische hinweg zuwarf, Warnung genug.

Radek hatte inzwischen die Liste mit den Seriennummern von Geberts Laptop, Fotoapparat und Zubehör, die ihm dessen Schwester geschickt hatte, an Neumann weitergeleitet, der die gestohlenen Geräte gerade zur Fahndung ausschrieb.

Radek blätterte weiter in den Unterlagen, fand jedoch nichts, was ihm weiterhalf. Zeitschriftenartikel und einige wenige Notizen von Gebert. Was suchte er eigentlich? Einen Hinweis darauf, dass Geberts Tod kein Raubmord war. Das Einzige, was annähernd in diese Richtung wies, war der Artikel über die rechtsextremistischen Umtriebe im Internet, den Gebert in der Zeitschrift Kontur veröffentlicht hatte.

Darin nannte er zwar einige Namen und Zusammenhänge zwischen den Rechten und der Nationalen Partei Österreichs, aber reichte das für einen Mord? Halb Österreich wusste, dass die Nationale Partei ein unsauberes Verhältnis zu den Rechten hatte. Immer wieder tauchten Neonazis in ihren Reihen auf, ließen Parteimitglieder rechtsextremistische Rülpser in die Fernsehkameras, wurden Biografien von Parteileuten bekannt, die sich früher in der Neonaziszene herumgetrieben hatten. Sie demonstrierten sogar gemeinsam gegen die Corona-Maßnahmen der Regierung. Doch niemand stieß sich daran, außer ein paar Linken, die ohnehin keiner ernst nahm. Einem großen Teil der Bevölkerung war dieses Naheverhältnis der NPÖ zum Rechtsextremismus herzlich egal. Sie wählten sie trotzdem, und die Partei hatte, ohne dass es einen Aufstand gab, zweimal in einer Koalitionsregierung gesessen. Warum sollte also jemand einen Journalisten ermorden, der auf diese Verbindungen zwischen der NPÖ und den rechtsextremen Kreisen in Österreich hinwies? Das kratzte niemanden im Land.

Während Radek sich in den Aktenordnern vergrub, machte Neumann sich auf den Weg, um erneut die Anwohner des Gebert-Tatorts abzuklappern. Sie hatten noch nicht alle befragt, erwarteten aber nicht, dabei viel zu erfahren.

Am späten Nachmittag, als Neumann ohne neue Erkenntnisse zurückkehrte, fuhren sie ins »Sailor«. Sie mussten etwas gegen ihren Frust unternehmen. Außerdem hatte Radek den Eindruck, dass Neumann wie er selbst nicht wusste, in welche Richtung sie ermitteln sollten, und das besprachen sie. Obwohl sie diese Frage einige Biere lang durchkauten, kamen sie zu keiner brauchbaren Lösung. Alles, was sie hatten, waren tote Geleise. Der BMW, die Bilder der Verdächtigen aus der Videoüberwachung, die Zeugenaussagen, die

Unterlagen Geberts. Nirgends eine brauchbare Spur. Langsam gingen ihnen die Optionen aus. Sie hatten noch Geberts Festplatte, aber darauf würden sie wahrscheinlich ebenso wenig finden wie in dessen Papieren. Und dann? Zu Pirker pilgern und eingestehen, dass sie mit ihrem Latein am Ende waren. Vielleicht hatte dieser alte Fuchs eine Idee, wie sie weiterkommen könnten.

Nachdem Neumann abgehauen war, wechselte Radek an die Theke und nahm ein letztes Bier. Jenny, die blonde Kellnerin mit den prallen Rundungen, langweilte sich und war froh, dass jemand kam, mit dem sie plaudern und die Zeit totschlagen konnte. Er lud sie auf ein Glas Wein ein. Sie quatschten über Ereignisse des Tages, nichts Besonderes. Nur keine tiefgreifenden Diskussionen aufkommen lassen, dazu hatte keiner von ihnen Lust. Sie tranken und sprangen von einem Thema zum anderen. Die Sommerhitze, die bis in den September dauerte, die Tragödien in den Flüchtlingslagern in Griechenland, die vergangenen Urlaube und die zukünftigen.

Später lag Radek im Bett und starrte an die Decke. Es fiel ihm schwer einzuschlafen. Er spürte den Alkohol, war ein wenig betrunken. Er hatte gehofft, dass das Bier ihn betäuben würde, aber das geschah nicht. Er dachte an Radu Tirla und wo er sein könnte, an Valentin Gebert und warum er sterben musste und an dessen Schwester. Er fragte sich, ob sie die Sachen ihres Bruders wirklich unbedarft mitgenommen hatte oder ob da mehr dahintersteckte. Konnte er ihr trauen? Sonja Gebert gefiel ihm, auch in ihrer Trauer, und irgendwie freute er sich darauf, sie wiederzusehen. Er sah ihr Gesicht vor sich, von den kurzen Haaren umrahmt, mit diesem charakteristischen Ausdruck, einer Mischung aus Überraschung und Trotz.

Mit diesem Bild im Kopf schlief er ein.

23.

Neumann hatte Näheres über das Tatfahrzeug herausgefunden. Mittlerweile war eine Diebstahlsanzeige erstattet worden. Der BMW war einen Tag vor dem Überfall auf Gebert aus der Tiefgarage eines Fitnessstudios gestohlen worden. Zuvor hatte der Täter dem Fahrzeugbesitzer den Schlüssel aus der Jackentasche geklaut, als der seinen Spind kurz unbeaufsichtigt gelassen hatte. Der Besitzer des BMW konnte sich nicht mehr erinnern, wer mit ihm in der Garderobe gewesen war. Zu diesem Zeitpunkt hatte großer Betrieb im Studio und in der Garderobe geherrscht. In den Garderoben gab es natürlich keine Videoüberwachung, und die Bilder aus den einzelnen Räumen des Studios wurden nicht aufgezeichnet, sondern liefen beim Empfang zusammen. Dort dienten sie lediglich dazu, einen Überblick zu behalten, um auf mögliche Zwischenfälle reagieren zu können. Auch in der Tiefgarage gab es keine Videoüberwachung.

Das Kennzeichen war am gleichen Tag in derselben Garage gestohlen worden.

Zumindest wussten sie jetzt, dass es sich bei dem Fluchtfahrzeug um einen BMW 330i, Baujahr 2019 handelte, alles andere waren Sackgassen. Neumann suchte im Polizeicomputer nach Spuren des dunklen BMW. Möglicherweise war er mittlerweile aufgetaucht oder es gab einen Hinweis, der ihnen weiterhelfen würde.

Radek saß ebenfalls am Computer und hatte sich Geberts Festplatte vorgenommen beziehungsweise die Back-up-Kopie, die er hatte anfertigen lassen. Er stellte erleichtert fest, dass die Dateien fein säuberlich geordnet und abgelegt waren. Gebert hatte sie sogar mit einem Datum versehen, und Radek begann mit den Dateiordnern, die er zum Thema Rechtsextremismus fand. Das war der drittjüngste Ordner. Aktueller waren die Ordner »Wanderarbeiter« und »Projekt Wiesengasse«.

Er öffnete ein Dokument nach dem anderen. Notizen, Materialien zu Geberts Recherchen auf den Internet-Plattformen, in denen sich die Rechten herumtrieben. Radek wusste nicht genau, was er suchte, hielt nach Dingen Ausschau, die ihm ungewöhnlich schienen. Das erste Mal wurde er in einer Namensliste fündig, in der Gebert eine Reihe von Kontaktpersonen aufgelistet hatte. Darunter Klaus Winkler. Der hatte doch auch mit Radu Tirla zu tun gehabt, dachte er. Offensichtlich hatte Winkler dem Journalisten Tipps zur rechten Szene gegeben, denn in einem anderen Dokument mit dem schlichten Titel »Notizen« tauchte Winklers Name neuerlich auf, diesmal als Informant darüber, wie die Neonazis über das Internet ihre Netzwerke aufbauten und unterhielten.

Etwas später stieß Radek wieder auf Winkler. Diesmal im Zusammenhang mit Wanderarbeitern, über deren Lebensumstände Gebert einen Artikel geschrieben hatte, der aber noch nicht veröffentlicht worden war. Zumindest fand Radek dazu keinen Hinweis. Wieder war es eine Namensliste mit Kontakten, in der Winklers Name stand, allerdings nicht als Vertreter der Partei der Neuen Linken, sondern eines Vereins für Wanderarbeiter. Winkler war anscheinend ein Hansdampf in allen Gassen.

Eine Internetrecherche klärte Radek schnell auf. Unter

dem Mantel der PNL wurde ein Verein für Wanderarbeiter in Österreich, kurz VWÖ, geführt. Klaus Winkler war der stellvertretende Vorsitzende des Vereins und darüber hinaus der stellvertretende Leiter der PNL-Sektion in St. Pölten.

So weit, so gut. Winkler hatte Gebert als Auskunftsperson zu unterschiedlichen Themenbereichen gedient. Ein Thema waren Wanderarbeiter. Und einer von ihnen, Radu Tirla, wie auch Gebert waren überfallen worden. Das konnte kein Zufall mehr sein. Radek würde noch einmal mit Winkler reden müssen.

Es gab auch Fotos zu den einzelnen Artikeln. Radek erinnerte sich an die gestohlene Fotoausrüstung. Gebert hatte die Bilder zu seinen Beiträgen wohl selbst geschossen. Die Fotos zum Thema Rechtsextremismus hielt Radek für nichtssagend. Einige Kellerlokale und Personen, die sich dort herumtrieben. Die Aufnahmen sahen aus, als wären sie bei einer Observation entstanden, mit langer Brennweite aus einiger Entfernung, teilweise in der Nacht. Radek kannte keine der abgebildeten Personen, aber das bedeutete nichts. Er war mit der rechten Szene nicht vertraut. Vielleicht wäre es sinnvoll, die Fotos einem Experten vom Verfassungsschutz zu zeigen. Radek machte sich eine Notiz auf seinem Block.

Dann widmete er sich den Fotos zum Thema Wanderarbeiter. Als er das erste Foto öffnete, fluchte er. »Scheiße, die haben sich gekannt!«

Neumann wurde aufmerksam und sah zu ihm herüber. »Was gibt's?«, fragte er.

»Sieh dir das mal an.« Radek winkte seinen Kollegen zu sich.

Als Neumann hinter ihm stand und das Foto sah, pfiff er durch die Zähne. »Das ist dieser Tirla, nicht wahr?«

Sie hatten zwar nur das alte Passfoto als Vergleich, aber hier handelte es sich unweigerlich um Radu Tirla.

»Hundertprozentig«, bestätigte Radek und klickte die nächsten Fotos an. Es war eine ganze Serie von Tirla. Porträts, die einen müden, abgezehrten Mann zeigten, mit ungekämmtem Haar, schmutzigem Gesicht und kraftlosen Augen. Tirla in Großaufnahme in seiner schäbigen Arbeitskluft, auf dem Gang und in der Wohnung in der Kerensstraße. Dazwischen einige andere Detailaufnahmen. Die Kochtöpfe auf dem Herd, die Wäsche, die zwischen den Betten hing, und Fotos, auf denen die triste Situation in der engen Unterkunft sichtbar wurde.

»Gebert hatte zu Winkler und zu Tirla Kontakt«, sagte Radek. »Warum genau, werden wir herausfinden. Wir knöpfen uns diesen Winkler noch mal vor. Ich glaube, der Typ verarscht uns nach Strich und Faden.«

Radek stand auf und trat an das Whiteboard, das üblicherweise als Anschlagtafel diente, von ihnen aber freigeräumt worden war. Er schrieb »Winkler«, »Gebert« und »Tirla« untereinander.

Als sie die drei Namen auf der Tafel betrachteten, hatten beide Polizisten denselben Gedanken. Radek formulierte ihn zuerst. »Wenn die drei sich gekannt haben und die beiden Fälle zusammenhängen, wenn Tirla das erste Opfer war und Gebert das zweite, dann ...« Er zögerte.

»Dann ist Winkler entweder der Täter oder der Nächste, der dran glauben muss«, beendete Neumann trocken die Überlegung seines Kollegen.

»Aber weshalb?«

»Vielleicht sind sie einer Sauerei auf die Spur gekommen«, mutmaßte Neumann. »Gibt es auf der Festplatte sonst noch etwas Interessantes?«

Radek schloss den Ordner mit den Fotos und kehrte zum Verzeichnisbaum zurück. Er erklärte mit wenigen Sätzen, was er bisher herausgefunden hatte. »Nichts, was mir ungewöhnlich vorkommt«, sagte er. »Bis auf eine Sache vielleicht. Im Ordner ›Projekt Wiesengasse‹ befindet sich nur ein einziger Zeitschriftenartikel.« Er öffnete das Dokument. »Ansonsten nur leere Dateiordner mit Namen, die mir nichts sagen, außer einem: Kohler. Das dürfte der Stadtrat sein, vermute ich. Der ist auch hier auf dem Bild zu sehen.« Er zeigte auf das runde Gesicht des Stadtrats am linken Rand der Personengruppe.

Neumann überflog den Artikel und musterte das Foto. »Jungmann. Ist das nicht der von Jungmann Bau?«

Radek nickte. »Ich denke schon.«

»Was ist mit ›Projekt Wiesengasse‹ gemeint?«, wollte Neumann wissen.

»Keine Ahnung«, sagte Radek. »Vielleicht das Bauprojekt, das der Stadtrat hier eröffnet hat?« Wieder deutete er auf das Foto.

»Und warum sind die anderen Dateiordner leer?«, fragte Neumann, ohne eine Antwort zu erwarten.

»Weiß ich nicht.«

»Denkst du, dass diese Gebert, also die Schwester, die Dateien gelöscht hat, bevor wir gekommen sind?«

»Möglich wäre es«, antwortete Radek, hielt es aber für unwahrscheinlich. Denn warum hatte sie dann nicht gleich das ganze Verzeichnis mit dem Titel »Projekt Wiesengasse« gelöscht? »Auch mit ihr werden wir noch einmal reden müssen.«

»Wir sollten die Festplatte in die KPU bringen. Die Datenforensiker könnten sich das mal ansehen, vielleicht finden sie gelöschte Dateien.«

Radek nickte. »Das hatte ich vor.« Er griff zum Telefon und wählte die Nummer der Kriminalpolizeilichen Untersuchungsstelle.

24.

Als er die Polizisten zur Tür reinkommen sah, wusste Klaus Winkler, dass die beiden Schwierigkeiten mitbrachten. Wahrscheinlich kamen sie wegen Radu und Valentin. Er hatte sich ohnehin schon darüber gewundert, dass sie die Verbindung zwischen ihnen nicht früher entdeckt hatten. Die Bullen schalteten wohl doch nicht so schnell, wie man gemeinhin annahm.

Einen Augenblick dachte er daran, sich einfach aus dem Staub zu machen und durch die Hintertür zu verschwinden, aber damit hätte er nur erreicht, dass sie morgen wiederkommen oder an seiner Wohnung anklopfen würden. Unnötiger Stress, denn früher oder später würden sie ihn erwischen.

Die Bullen grüßten artig, gaben ihm jedoch nicht die Hand. Vielleicht fürchteten sie, sich mit linkem Gedankengut anzustecken. Oder es war doch wegen Corona.

»Können wir irgendwo ungestört reden?«, fragte der eine. Neumann hieß er. Der andere, Radek, blickte sich im Parteibüro um. Heute war es voll, jetzt am Nachmittag waren viele gekommen, vorwiegend Freiwillige, die Spendenaktionen für die Flüchtlinge unterstützten und gemeinsam mit der PNL organisierten.

»Wir können hier reden. Uns stört niemand«, entgegnete Winkler und lächelte spöttisch. »Die Leute sind beschäftigt.«

Neumann wurde ungehalten. »Hören Sie zu, Sie Komiker. Wir wollen mit Ihnen alleine reden, nicht irgendwo, wo hundert Leute herumlaufen und zuhören und man sein eigenes Wort kaum versteht. Wenn Sie das nicht auf die Reihe kriegen, gebe ich Ihnen eine Vorladung und Sie tanzen morgen um 9 Uhr in unserem Büro an. Falls nicht, lasse ich Sie von ein paar uniformierten Kollegen abholen und vorführen. Haben Sie das verstanden?«

Winkler musterte Neumann ausdruckslos. Solche plumpen Drohungen schüchterten ihn nicht ein. Er war sich auch nicht sicher, ob eine solche Vorführung überhaupt legal war oder ob der Typ nur die Klappe aufriss, um ihm Angst zu machen. Allerdings war die Aussicht, zu einer Einvernahme ins LKA fahren zu müssen, auch nicht berauschend. Unabhängig davon wollte er die Bullen nicht unnötig provozieren. Grantige Polizisten waren immer scheiße, das wusste er aus eigener, unangenehmer Erfahrung.

»Hier sind wir nirgends ungestört«, sagte Winkler und deutete in das Parteibüro. »Das sehen Sie ja. Aber wenn die Bibliothek frei ist, können wir uns dort unterhalten.«

Die Bibliothek wurde momentan nicht benutzt, das wusste Winkler. Wenn er sich schon geschlagen gab, wollte er das wenigstens ohne Gesichtsverlust machen. Er gab Bettina Bescheid, die in ihrem Büro saß und die Polizisten neugierig musterte.

»Wenn sie dich verprügeln, schrei laut, dann kommen wir dir zu Hilfe«, scherzte sie.

»Haha, sehr lustig.« Es wäre nicht das erste Mal, dass Polizisten Winkler unsanft behandelten oder schlugen. Zweimal hatte er bei einer Demo in Wien eine mit dem Schlagstock abbekommen, ohne dass er in irgendeiner Weise gegen die Polizisten aggressiv gewesen war. Sie hatten ihn geprügelt, weil er als Demonstrant da war, als sie den Räumbefehl erhalten hatten. In keinem der beiden Fälle war er anschließend festgenommen worden, beide Male hatten ihn die Bullen laufen lassen. Wahrscheinlich wäre es ihnen zu viel Papierkram gewesen. Es hatte ihnen gereicht, ihm eine zu knallen. Und einmal hatte ihn ein Kriminalbeamter vom Verfassungsschutz während einer Einvernahme geohrfeigt. Es ging um seine angeblichen Verbindungen zur linksextremen Szene. Er war nicht als Beschuldigter oder Verdächtiger einvernommen worden, nicht einmal als Zeuge, sondern nur als eine Art Auskunftsperson, dementsprechend wortkarg hatte er sich gegeben. Sprich nicht mehr als nötig mit den Bullen, das war immer schon sein Grundsatz. Aber er hatte sich ein paar bissige Bemerkungen nicht verkneifen können, etwa, dass es weniger Probleme gäbe, wenn die Herren Polizisten gegen die Rechten im Parlament und außerhalb genauso scharf vorgehen würden wie gegen die Linken. Oder ob es ein Aufnahmeerfordernis für den Polizeidienst war, auf dem rechten Auge blind zu sein. Eine dieser Bemerkungen dürfte zu viel gewesen sein. Jedenfalls hatte der Polizist ihm eine gescheuert. Beinahe hätte Winkler aus Reflex zurückgeschlagen, hatte sich aber im letzten Moment beherrscht. Er war wortlos aufgestanden und gegangen. Die beiden anwesenden Polizisten hatten zwar getobt und geschrien, er solle sich wieder hinsetzen, ihn jedoch nicht aufgehalten. Winkler hatte damals keine Anzeige gemacht, das hätte nichts gebracht. Er konnte nichts beweisen. Die Bullen waren zu zweit gewesen und hätten alles abgestritten, ihn ihrerseits wegen Verleumdung angezeigt. So lief das, er wusste es. Aber sie hatten ihn danach nie wieder befragt und offensichtlich aus ihrer Liste der Linksextremisten gestrichen.

Winkler ging voran Richtung Bibliothek, und die beiden Polizisten folgten ihm artig. Während Neumann sich sofort setzte, studierte Radek einzelne Buchtitel.

»Nette Bibliothek haben Sie hier«, merkte der Polizist an.

Winkler glaubte nicht an ein ehrliches Interesse, sondern dass es Radek nur darum ging, die angespannte Situation zu entschärfen. Der Polizist nahm eines der Bücher heraus. »Was tun?« von Lenin, Winkler erkannte es am Buchrücken.

»Ein interessantes Buch«, kommentierte er und zitierte daraus: »›Freiheit ist ein großes Wort, aber unter dem Banner der Freiheit der Industrie wurden die räuberischsten Kriege geführt, unter dem Banner der Freiheit der Arbeit wurden die Werktätigen ausgeplündert.‹« Winkler lächelte spöttisch. »Stammt aus dem Jahre 1902, ist aber immer noch gültig, als wäre es gestern geschrieben worden. Seite 14, ganz unten, wenn Sie nachlesen wollen.«

Der Polizist stellte das Buch schnell zurück, als wäre es plötzlich heiß geworden, und setzte sich zu ihnen an den Tisch. Er kam sofort zur Sache. »Sie kennen Valentin Gebert?«

»Den Journalisten, der ermordet wurde?«, fragte Winkler nach.

»Er wurde Opfer eines Raubmordes«, präzisierte Neumann.

»Kannten Sie ihn?«, wiederholte Radek seine Frage.

Winkler zögerte nur kurz. Es hatte wenig Sinn, Dinge zu leugnen, die von den Bullen schnell nachgewiesen werden konnten. Trotzdem antwortete er sehr knapp, was an seiner prinzipiellen Ablehnung gegenüber Polizisten lag und dem Bemühen, ihnen nicht mehr Informationen zu geben als nötig. »Ja.«

»Woher?«

Winkler zuckte mit den Schultern. »Er kam eines Tages ins Büro und wollte Auskünfte zu unserer antifaschistischen Arbeit.«

»So einfach? Man spaziert hier rein und Sie erzählen bereitwillig über Ihr Tun?« Neumann klang skeptisch.

Winkler wurde ungehalten. »Ich weiß nicht, welches Bild Sie von uns haben. Wir sind kein Geheimbund, sondern eine offiziell anerkannte politische Partei. Wir haben eine Homepage, unterhalten selbst die verschiedensten politischen Aktivitäten und beteiligen uns als Partner an vielen anderen. Wir verstecken uns nicht und kommen jedem entgegen, der sich mit uns und unseren Zielen beschäftigt.«

»So wie Gebert.«

»Ja.«

»Und so wie Tirla.«

»Ja. Auch Tirla kam zu uns, weil er Informationen wollte.«

»Worüber?«

»Über unsere Aktivitäten im Zusammenhang mit Wanderarbeitern.«

»Und Sie haben ihm diese Auskunft gegeben?«

»Natürlich. Wir betreiben einen Verein, der sich mit solchen Fragen beschäftigt.«

Radek nickte, als wüsste er darüber Bescheid. Der hat seine Hausaufgaben gemacht und sich informiert, dachte Winkler.

»Haben Sie Tirla an Gebert vermittelt?«

Alarm! Das war eine Fangfrage. »Nein.«

»Sie haben Gebert und Tirla also nicht miteinander bekannt gemacht?«

»Sind wir ein Partnerinstitut, oder was?« Winkler konnte sich seinen Hohn nicht verkneifen.

Radek überhörte die bissige Bemerkung. »Wussten Sie, dass die beiden sich kannten?«

Natürlich wusste er es, aber Winkler tat überrascht. »Nein, das ist mir neu.«

»Aber die Vermutung liegt nahe, dass sie sich hier kennengelernt haben«, mischte sich Neumann wieder ein.

Winkler nickte. »Ja. Mag sein. Gebert war ja öfters hier und Tirla auch.«

»Kommen viele Leute wie Tirla zu Ihnen?«, wollte Radek wissen.

»Wanderarbeiter meinen Sie? Nein.«

»Sie haben also einen Verein, aber keiner kommt und braucht ihn?« Auch Neumann wurde jetzt bissig. »Das wollen Sie uns nicht ernsthaft weismachen.«

Winkler musterte ihn zornig. »Sie haben keine Ahnung von Wanderarbeitern, oder?«, fragte er verächtlich und gab die Antwort selbst. »Natürlich nicht. Woher auch? Wanderarbeiter wandern – wie der Name schon sagt. Sie sind mal hier, mal dort. Selten länger als ein paar Wochen oder Monate am selben Ort. Das macht es auch so schwierig, sich um sie zu kümmern, sie zu organisieren.«

»Weshalb muss man sich denn um sie kümmern?« Neumann klang, als spräche er mit einem dämlichen Kind.

»Weil sie auf dem Arbeitsmarkt keinerlei Rechte haben. Oft werden sie nicht einmal bei der Sozialversicherung angemeldet. Wenn ihnen etwas passiert, haben sie keinerlei Versicherungsschutz. Häufig bekommen sie nicht den vereinbarten Lohn und haben keine Möglichkeit, sich zu beschweren, weil sie sofort ihren Job verlieren würden. Von einer gewerkschaftlichen Vertretung ganz zu schweigen. Das ist eine neue Form von Sklaverei, eine freiwillige Form der totalen Abhängigkeit.« Winkler hatte sich in Rage geredet.

»Mir kommen gleich die Tränen.« Neumanns Spott hatte sich in Sarkasmus verwandelt.

Aber Winkler ließ sich nicht weiter provozieren. »Das wäre gut, dann hätten Sie es kapiert: Die Arbeiter schuften und die Kapitalisten kassieren. Die Gewinne werden gesteigert und die Arbeiter haben nichts davon. So einfach ist das.«

»Hören Sie mir auf mit dieser Schwarz-weiß-Malerei. Gut gegen Böse. Arbeiter gut – Unternehmer böse.«

»Klar ist es Schwarz-weiß-Malerei, deswegen jedoch nicht

weniger richtig. Ich könnte es Ihnen auch mit der ökonomischen Theorie von Marx erklären. Das wäre etwas differenzierter, im Ergebnis bliebe es aber gleich.«

»Danke. Ein anderes Mal.«

»Immer zu Diensten.«

»Welche Beziehung bestand zwischen Gebert, Tirla und Ihnen?«, fragte Radek und brachte das Gespräch auf das ursprüngliche Thema zurück.

Winkler betrachtete die beiden Polizisten misstrauisch. »Keine«, antwortete er zögernd. »Die beiden kamen zu mir, und ich habe ihnen weitergeholfen. Das war's.« Das war es natürlich nicht, aber er hatte keine Lust, den Bullen die Wahrheit zu sagen. Nicht nachdem sie sich benommen hatten wie Ärsche mit Ohren.

Neumann versuchte es noch dreimal, immer aus einer anderen Richtung, doch Winkler machte dicht. Er sagte nichts mehr, was den beiden weitergeholfen hätte. Radek begriff es schneller und hielt sich zurück.

Zehn Minuten später waren sie fertig und kehrten zurück ins Parteilokal. Winkler merkte an den Mienen der Polizisten, dass sie ihm nicht glaubten, aber das war ihm egal. Allerdings war ihm bewusst, dass die beiden Polizisten sich nicht mit dem zufriedengeben würden, was sie heute gehört hatten. Sie würden wiederkommen.

Bis dahin musste er einiges tun. Es war Zeit, etwas zu unternehmen. Er musste Radu finden, und er musste mit ein paar Leuten reden. Es gab vieles zu recherchieren, und er musste sich beeilen.

Zuerst Radu, dann Valentin. Es war nur eine Frage der Zeit, bis sie bei ihm auftauchen würden.

*

»Der hat uns doch nach Strich und Faden belogen«, sagte Neumann, nachdem sie das Parteilokal verlassen hatten.

»Das vermute ich auch«, antwortete Radek. »Er ließ uns voll auflaufen. Das nächste Mal holen wir ihn ins LKA. Vielleicht ist er da gesprächiger.«

»Und jetzt?«, fragte Neumann, als sie im Auto saßen.

»Bring mich in die Radetzkystraße zu dieser Gebert. Ich werde ihr noch einmal auf den Zahn fühlen. Und du kannst inzwischen die Festplatte in die KPU bringen. Wir treffen uns dann im Büro.«

Neumann fuhr los. Radek wusste nicht, ob Sonja Gebert zu Hause war, er versuchte es auf gut Glück.

Eine Viertelstunde später läutete er am Haustor in der Radetzkystraße. Sie öffnete, und er fuhr mit dem Lift hoch ins Dachgeschoss. Sonja Gebert erwartete ihn an der Tür. Sie trug eine Freizeithose mit einem undefinierbaren dunklen Muster und ein verwaschenes T-Shirt. Obwohl sie ungeschminkt war, sah sie hübscher aus als bei ihrem letzten Zusammentreffen. Trotzdem schien ihr der Aufzug, in dem sie ihn empfing, unangenehm zu sein. Sie zog ihr T-Shirt gerade und musterte ihn misstrauisch. Sein überraschendes Auftauchen verunsicherte sie. Sie bat Radek zwar in die Wohnung, blieb mit ihm aber im Vorzimmer stehen. Allein dieser Umstand zeigte ihm, dass er nicht willkommen war.

»Was wollen Sie?«, fragte sie schroff.

»Es geht um die Festplatte Ihres Bruders.«

»Ja, und?« Sie zog die Augenbrauen hoch.

»Es gibt da einen Ordner mit der Bezeichnung ›Projekt Wiesengasse‹. Darin befinden sich nur eine Datei, nämlich ein gescannter Zeitschriftenartikel, und leere Ordner mit den Personennamen Kohler, Jungmann, Ecker und Sulzer.«

Sie fragte nicht nach. Offenbar kannte sie diesen Ordner. Entweder hatte sie ihn gesehen, bevor die Polizisten die Festplatte geholt hatten, oder sie hatte die Daten kopiert. Wenn das der Fall war: Was hatte sie sonst noch gemacht?

Sonja Gebert verschränkte die Arme vor der Brust.

»Jetzt fragen wir uns«, fuhr Radek fort, »warum diese Ordner leer sind. Und ob Sie eventuell Daten von der Festplatte gelöscht haben, bevor wir sie holten.«

Er konnte sehen, wie die Empörung in ihr hochstieg. Ihre Augen wurden groß. »Das ist ungeheuerlich, was Sie mir da unterstellen«, fauchte sie ihn an. »Sie haben die Festplatte genau so bekommen, wie ich sie aus der Redaktion geholt habe. Wenn Daten gelöscht wurden, dann dort, aber sicher nicht von mir.«

»Okay. Ich gehe mal davon aus, dass das stimmt.«

»Das ist aber nett von Ihnen.« Der Sarkasmus troff wie dicker Sirup aus ihrer Stimme.

»Frau Gebert!« Radek reagierte gereizt. »Wir untersuchen den Tod Ihres Bruders. Wenn Sie unsere Ermittlungen behindern, ist das strafbar. Ich habe Ihnen das schon beim letzten Mal erklärt. Das ist kein Spaß.«

»Denken Sie im Ernst, dass ich das für einen Spaß halte?«, fuhr sie ihn scharf an. »Es ist mein Bruder, der ermordet wurde! Also hören Sie auf mit Ihren lächerlichen Verdächtigungen. Dann würden Sie vielleicht erkennen, dass wir auf derselben Seite stehen. Auch ich möchte, dass die Leute, die meinen Bruder getötet haben, erwischt werden und ins Gefängnis kommen. Ich habe kein Interesse daran, Ihnen etwas zu verheimlichen, Ihnen bei Ihrer Arbeit Steine in den Weg zu legen oder Sie auf irgendeine Art zu behindern. Ich habe nichts an der Festplatte gemacht. Aber ich kann nichts herzaubern, was nicht da ist!«

Radek hob besänftigend die Hände. Er wollte nicht mit ihr streiten. Außerdem glaubte er ihr, auch wenn sich sein Kopf dagegen wehrte. »In Ordnung. Es erscheint uns nur sonderbar, dass Ihr Bruder Ordner anlegte, sie jedoch nicht befüllte.«

»Ja, das ist es«, stimmte sie ihm zu. »Ich habe dafür auch keine Erklärung.« Ihr Ton wurde wieder friedlicher.

»Sie kennen also diesen Ordner?«, fragte Radek.

»Herr Bezirksinspektor. Bevor Sie weiterfragen: Ja, ich habe die Daten der Festplatte kopiert, bevor Sie gekommen sind und sie abgeholt haben. Das war reine Routine, und ich nehme an, dass das nicht strafbar ist. Und ja, ich habe die Daten durchgesehen und diesen mysteriösen Wiesengassen-Ordner gefunden. Und nein, ich habe keine Ahnung, was dahintersteckt.«

»Hat Ihr Bruder dieses Projekt erwähnt?«

»Nein. Nur den Artikel mit den Wanderarbeitern. Darüber haben wir gesprochen.«

»Und die Reportage über den Rechtsextremismus?«

»Die kannte ich natürlich auch.«

»Kann es sein, dass Ihr Bruder mit einem dieser Artikel jemandem auf die Zehen getreten ist und der sich dafür revanchieren wollte?«

Sie zuckte mit den Schultern. »Ich weiß es nicht. Ehrlich nicht. So etwas ist immer möglich. Vor allem von den Neonazis weiß man ja, dass sie Listen mit ihren angeblichen Feinden erstellen und vor Gewalt nicht zurückschrecken. Aber ehrlich gesagt kann ich mir das schwer vorstellen. Ein anderes Motiv für die Tat sehe ich jedoch nicht.« Sie blickte ihn an und ihre Augen wurden feucht. »Und glauben Sie mir, ich denke sehr intensiv darüber nach.«

Radek merkte, dass es genug war. Er wollte nicht abhauen, ohne etwas Versöhnliches zu sagen. »Das verstehe ich, Frau Gebert. Und ich weiß, wie schmerzhaft dieser Verlust für Sie ist. Wir werden den oder die Mörder Ihres Bruders erwischen. Wenn Ihnen etwas einfällt, das für uns wichtig sein könnte, rufen Sie mich bitte an.«

»Das werde ich«, sagte sie und brachte ihn zur Tür.

Er hatte die Klappe ziemlich weit aufgerissen, dachte er beim Hinuntergehen. Denn so, wie es bisher aussah, waren sie weit davon entfernt, nur die geringste Spur zu einem Täter zu haben. Und eigentlich hatte er sie eingehend darüber belehren wollen, dass sie keine Informationen unterschlagen durfte. Irgendwie war das anders gelaufen. Er ertappte sich bei dem Gedanken, dass ihm das nicht unangenehm war. Ihr Bemühen, ihm zu helfen, hatte echt gewirkt, ebenso wie ihre Überraschung, als er die Sachen ihres Bruders geholt hatte. Vielleicht hatte er ihr Unrecht getan. Aber sie war Reporterin. Sie war kein blondes Dummchen, das sich hinter einem süßen Grinsen versteckte. Sie wusste, wie man Informationen recherchiert, sie wusste, dass alles wichtig sein konnte. Deshalb hatte sie auch sofort die Festplatte kopiert. Er durfte sich von ihrem hübschen Gesicht nicht täuschen lassen.

*

Sonja Gebert kehrte zurück ins Arbeitszimmer und setzte sich wieder an ihren Laptop. Der anfängliche Ärger über die Art des Polizisten war verraucht. Dieser Radek hinterließ einen zwiespältigen Eindruck bei ihr. Einerseits war er wütend auf sie, misstrauisch, glaubte, sie würde sonst was tun, um ihn zu hintergehen, als wäre sie eine Komplizin beim Mord an ihrem Bruder. Andererseits verhielt er sich ihr gegenüber auch rücksichtsvoll und schien sich in der Rolle des strengen Polizisten selbst nicht wohl zu fühlen. Dieser Widerspruch verunsicherte sie. Er wirkte unbeholfen, zerrissen zwischen Pflicht und Mitgefühl, und das machte ihn ihr sympathischer, als sie es sich eingestehen wollte.

Sie saß bereits den halben Tag vor dem Computer und klickte sich durch die Dateien, die sie von Valentins Festplatte kopiert hatte. Die Arbeit lenkte sie ab, beschäftigte sie, half ihr, nicht an Valentins Tod zu denken. Doch nun hatte der Polizist sie wieder mit Gewalt darauf gestoßen, als hätte er ihren Kopf gegen den Türstock geknallt. Wie eine riesige Welle, tief aus ihrem Innersten, schwappte die Trauer hoch. Sie vermisste ihren Bruder so sehr …

Erinnerungen schossen durch ihren Kopf. Sie, die große Schwester, die den Kinderwagen schob, oder als sie mit Valentin im Wohnzimmer UNO spielte, ihm später in der Schule bei den Hausaufgaben half, und wie sie während seiner Studienzeit in billigen Kneipen saßen und die halbe Nacht lang über Politik diskutierten. Ein buntes Kaleidoskop aus Geschichten und Bildern, die langsam unter ihren Tränen verschwammen und sich auflösten.

Ihre heile Welt, in der sie sich bisher befunden hatte, lag von einem Tag auf den anderen in Scherben.

Es dauerte eine Weile, bis sie mit dem Weinen aufhören konnte.

Sie holte sich aus der Küche eine Tasse Tee und machte da weiter, wo der Polizist sie unterbrochen hatte. Es war, als würde sie Memory spielen. Ahnungslos, aber doch systematisch öffnete sie die Dokumente und hoffte, zwei zusammenpassende Motive zu finden, etwas zu entdecken, was den Knoten lösen, sich zu einem Bild oder nur zu einem Bildchen formen könnte. Sie suchte einen Anfang.

Als wäre sie in einem magischen Kreislauf gefangen, kehrte sie immer wieder zu den gleichen Dateien zurück, zu dem Artikel über die Wanderarbeiter, den leeren Ordnern, die Valentin für mehrere Personen angelegt hatte, und dem eingescannten Artikel aus einer Fachzeitschrift für das Baugewerbe. Der Artikel selbst war nichtssagend, eine kurze Notiz darüber, dass das Bauprojekt in der Wiesengasse in Wagram fertiggestellt worden war. Ein gelungener

Mix aus Wohnungen und Büros in bester Lage. Dabei ein Foto, auf dem Wohnbaustadtrat Kohler, der verantwortliche Baumeister Jungmann, ein Investor namens Ecker, der das Projekt finanziert hatte, und ein Gemeinderat abgebildet waren und mit einem professionellen Lächeln in die Kamera grinsten.

Valentin hatte nur diesen Artikel archiviert, sonst nichts. Nur leere Dateiordner für Kohler, Jungmann, Ecker und für einen Sulzer. Das erschien ihr seltsam, auch ohne den Hinweis des Polizisten. Sie wusste wenig über diese Leute. Kohler war als Politiker ein öffentliches Gesicht, Jungmann, der Bauunternehmer, verfügte im St. Pöltner Wirtschaftsleben über einen großen Bekanntheitsgrad und über ein enges Verhältnis zum Stadtsenat. Der Name Ecker war ihr unbekannt. Sulzer wurde in Valentins Artikel über die Wanderarbeiter erwähnt. Er vermietete in alten Mietshäusern Zimmer zu Wucherpreisen an Wanderarbeiter. Auch zu diesem Artikel kehrte Sonja immer wieder zurück. Mittlerweile hatte sie ihn vier- oder fünfmal gelesen und fragte sich, weshalb er von Wenzel nicht veröffentlicht worden war. Sie wusste, dass das Blatt versuchte, sich mit niemandem anzulegen, nicht mit der Politik und schon gar nicht mit der Wirtschaft. Das wurde unter dem Fähnchen der journalistischen Objektivität verkauft – eine Lüge, denn jeder in der Branche wusste, dass die Zeitung eine konservative Linie vertrat und in den vergangenen Jahren, dem allgemeinen gesellschaftlichen Trend folgend, ebenfalls ein großes Stück nach rechts gerückt war. Die angebliche Objektivität war eiskaltes Kalkül und purer Opportunismus. Man wollte es sich mit niemandem verscherzen. Diese grundsätzliche Feigheit hielt Sonja als gewichtigsten Grund für die Ablehnung von Valentins Artikel, denn je öfter sie ihn las, desto besser gefiel er ihr. Sie würde versuchen, ihn in ihrer Zeitung, dem Wochenblatt, unterzubringen. Zumindest das konnte sie noch für Valentin tun.

Sie klickte immer wieder die leeren Ordner mit den Namen an, als hoffe sie, dass sich darin wie durch ein Wunder doch noch Unterlagen finden würden.

Etwas musste ihr entgangen sein. Vielleicht war es ihr auch aufgefallen, sie hatte ihm aber keine Bedeutung beigemessen. Und nun plagte sie das Gefühl, etwas übersehen zu haben. Sie kam nicht dahinter.

Sie fragte sich, ob die Ordner leer waren, weil Valentin noch keine Rechercheergebnisse oder vor seinem Tod keine Gelegenheit mehr gehabt hatte, sie von seinem Laptop auf die Festplatte zu kopieren. Waren seine Recherchen zu diesem Projekt der Grund für seinen Tod? Doch weshalb?

Die Möglichkeit eines Raubmordes hatte sie verworfen, auch wenn ihr die Mahnung Winklers in den Sinn kam, dass die Menschen nur das sahen, was sie gerne sehen wollten. Nein – je länger sie darüber nachdachte, desto unwahrscheinlicher erschien es ihr, dass Valentin gerade jetzt Opfer eines Raubmordes geworden war. Zu einem Zeitpunkt, als er einen Artikel über Wanderarbeiter schrieb, den niemand veröffentlichen wollte, und als er begann, über hochrangige Personen der Stadt nachzuforschen. Hinzu kam der ungewöhnliche Einbruch im Anschluss an das Verbrechen. Hatten die Täter nach etwas Bestimmtem, nach Informationen, Unterlagen, Fotos gesucht? Nach welchen? Das waren zu viele Zufälle.

Außerdem schien auch der Polizist über andere Möglichkeiten nachzudenken, sonst hätte er nicht wegen der leeren Dateiordner nachgefragt. Wenngleich sie den Eindruck hatte, dass er eher an ein rechtsextremes Motiv glaubte.

Sie wusste nicht, was Valentin entdeckt hatte, worauf er bei seinen Recherchen gestoßen war. Aber ganz egal, was es war, sie würde es finden. Sie hatte genug Punkte, wo sie ansetzen konnte. Wiesengasse, Kohler, Jungmann, Ecker und Sulzer – das war ihr Anfang. Weshalb Valentin sich für diese Leute interessiert hatte und ob sie etwas mit seinem Tod zu tun hatten, konnte sie nicht sagen. Vielleicht war er nur einer normalen Story auf der Spur gewesen, und sie verrannte sich in etwas. Vielleicht war doch das Offensichtliche das Wahrscheinlichste – der Raubmord. Aber sie würde herausfinden, was es mit Kohler und den anderen auf sich hatte, das war sie Valentin schuldig. Sie war immer noch Reporterin, und ihr Gefühl sagte ihr, dass da eine gute Story dahinterstecken könnte.

Wieder klickte sie wahllos in den Ordnern herum. Es waren immer dieselben Dateien, zu denen sie zurückkehrte. Wie unter Zwang.

Plötzlich wusste sie warum und wunderte sich darüber, dass es ihr nicht gleich aufgefallen war.

Wenig später kam die Seite aus dem Drucker.

25.

Wie Sulzer dieses Spiel hasste. Bereits beim ersten Loch hatte er seinen Ball in den Bunker geschlagen und einen Strafschlag kassiert, weil er den Ball danach ins Aus gesetzt hatte.

»Jetzt ist er bei den Kaninchen«, ätzte Ecker. Das war eine Anspielung darauf, dass Sulzer immer noch wie ein Anfänger spielte, im Golfjargon »Rabbit«.

Sulzer warf Ecker einen finsteren Blick zu, und der verstand, dass es besser war, seinen Spielpartner nicht weiter zu hänseln.

Sulzer hatte vor fünf Jahren mit dem Golfen begonnen. Nicht aus Interesse, sondern weil viele Geschäftspartner diesem Sport nachgingen und er es als sinnvoll für seine unternehmerischen Kontakte angesehen hatte. Doch er war in diesem Sport völlig unbegabt. Das hatte er bereits in den ersten Stunden gemerkt. Trotz Golflehrer und vieler Trainingsstunden hatte er es noch nicht geschafft, sein Handicap zu verbessern.

Ecker hingegen war ein guter Turnierspieler, und das seit über zehn Jahren. Selbst wenn Sulzer auch schon so lange den Schläger schwingen würde, wäre er nicht auf Eckers Niveau. Ecker war Zwölfter in der Clubrangliste. Sulzer lag im letzten Fünftel.

Sulzer hielt Golf nach wie vor für ein Spiel der großkotzigen Schnösel. Das war nicht seine Welt. Er hatte Ende der

1990er-Jahre den Beruf eines Speditionskaufmanns erlernt und bald erkannt, dass darin nicht seine Zukunft lag. Aber der Weg hinaus war nicht einfach gewesen. Seine Eltern hatten Druck gemacht und darauf bestanden, dass er die Berufsausbildung abschloss. Danach war er zum Bundesheer gegangen und hatte später noch ein halbes Jahr in seiner alten Firma gearbeitet, bevor er den Job hingeschmissen hatte.

Eine Weile trieb er sich in Europa herum. Freier Personenverkehr – er arbeitete in Deutschland, Frankreich und England, auf Mallorca, in Griechenland und Rumänien. Meistens im Gastgewerbe. Große Hotels oder Restaurants in den Tourismuszentren brauchten in der Hauptsaison immer Personal, das die Sprache ihrer Gäste beherrschte. Deshalb war es nicht schwierig, dort einen Job zu bekommen. Viel Arbeit für wenig Geld, aber gratis Unterkunft und Verpflegung und immer Sonne, und zwischendurch schleppte er die eine oder andere Touristin oder eine Kollegin ab. Damit er in der Zeit, die er dazwischen in Österreich verbrachte, über die Runden kam, arbeitete er als Türsteher in einem Club im ersten Bezirk.

Eine Saison lang war er in Mamaia in Rumänien im Hotel einer englischen Kette beschäftigt. Vorwiegend englische Gäste, beschissene Saufköpfe, die nie zufriedenzustellen waren und sich andauernd beschwerten. Aber die englischen Weiber waren ständig geil, und wenn sie sich ordentlich abgefüllt hatten, leicht ins Bett zu kriegen.

In Mamaia lernte er Bogdan Popescu kennen, einen Rumänen aus Bukarest, der früher in Bulgarien, in einem Hotel in Varna, gearbeitete hatte, am sogenannten Goldstrand. Das Gold holten dort nur die Besitzer der Hotels vom Strand, für die Bediensteten gab es beschissene Arbeitsbedingungen und wenig Geld. Deshalb war Bogdan zurück nach Rumänien gegangen.

Bogdan erzählte, dass die Geschäftsmodelle der Hotelbesitzer ganz einfach seien: Man brauchte billige Arbeitskräfte, die man sich aus Bulgarien oder Rumänien holte, von da, wo es ohnehin wenig Beschäftigung gab, versorgte sie mit Kost und Quartier, bezahlte ihnen einen Hungerlohn und verließ sich darauf, dass die Mitarbeiter sich ausbeuten ließen, weil sie den Job und das wenige Geld brauchten und ihnen das lieber war, als sich ständig eine neue Arbeit suchen zu müssen.

Das Geschäftsmodell ging Sulzer nicht mehr aus dem Kopf. Als er längst wieder in Wien vor dem Club stand, dachte er noch immer darüber nach. Und dazu hatte er viel Zeit. Nachts machte er gemeinsam mit zwei anderen Typen die Einlasskontrolle und die Security für den Club, und tagsüber gingen sie ins Fitnessstudio und stemmten Gewichte.

Nach einer Weile wusste er, was er tun würde. Aber dafür brauchte er einen Geschäftspartner, der nicht allzu viele Fragen stellte, und einen Investor, der Geld erübrigen konnte, das er nicht dem Finanzamt zukommen lassen wollte. Für beide Fälle fiel ihm nur einer ein – sein Boss, der Besitzer des Clubs. Es dauerte nicht lange, bis sie eine Vereinbarung getroffen hatten, immerhin versprach Sulzer für das Investment eine Rendite von zehn Prozent. Besser als jede andere legale Anlage. Unabhängig davon, dass es das Schwarzgeld seines Chefs war, mit dem Sulzer arbeitete.

Er kaufte ein kleines, altes Mietshaus hinter dem Bahnhof für eine Dreiviertelmillion. Die Hälfte des Kaufpreises finanzierte er mit dem Geld seines Chefs, die andere Hälfte mittels Kredit. Er ließ das Zinshaus notdürftig renovieren und vermietete es an illegale Arbeiter aus Jugoslawien oder dem, was nach dem Krieg davon übrig geblieben war. Das Haus war zu 80 Prozent bestandsfrei, die drei noch vermieteten Wohnungen wurden innerhalb der nächsten beiden Jahre aufgegeben. 15 Wohneinheiten, in jede pferchte er mindestens acht bis zehn Bewohner hinein, jeder zahlte 200 Euro pro Monat für sein Bett, das machte 25.000 bis 30.000 Euro pro Monat. Abzüglich Kosten und Rückzahlungen blieben ihm etwa 10.000 übrig. Er machte das schwarz, versteuerte nichts, schrieb die ersten beiden Jahre nur Verluste, dann geringe Gewinne und arbeitete die ganze Zeit weiterhin als Türsteher bei seinem Boss.

Das war im Jahr 2008, und er war 24 Jahre alt. Nach fünf Jahren hatte er das Haus abbezahlt und es gehörte ihm. Sein Chef war zufrieden mit dem Investment. Sulzer gab seinen Job auf und sie machten das Ganze noch einmal. So hatte er begonnen.

Als das Viertel hinter dem Bahnhof gentrifiziert wurde, verkaufte er das alte Wohnhaus zu einem Preis weit über Wert an eine Immobilienentwicklungsgesellschaft und machte damit erneut einen kräftigen Schnitt. Mittlerweile besaß er vier solcher Häuser, zwei davon in Wien. Auch dort boomte die Bauwirtschaft, auch dort brauchte man billige Arbeiter.

Es gab in seinen Häusern nur selten Probleme. Und wenn, dann regelte er das gemeinsam mit seinen beiden Türsteherkollegen, die er gut für ihre Dienste bezahlte. Meist war es eine schnelle Sache, führte zu ein paar blauen Flecken und blutigen Nasen bei denen, die Schwierigkeiten machten, aber zu keinen größeren Auseinandersetzungen. Später nahm er die beiden als Mitarbeiter in sein Unternehmen auf, als er Stück für Stück seine Geschäfte und damit auch sein Personal ausbaute.

Danach begann er, an slowakische Arbeiter zu vermieten. Sein ehemaliger Chef und nunmehriger Geschäftspartner hatte gute Verbindungen nach Bratislava, weil er von dort seit Jahren Frauen ins Land holte und sie zur Prostitution zwang.

Er vermittelte Sulzer einen Kontaktmann, über den er in der Slowakei eine Personalvermittlungsfirma eröffnete. Jetzt gelangte er über diese Schiene zu seinen Mietern. Zunächst wieder Illegale auf dem Arbeitsmarkt, bis die Übergangsregelungen der Arbeitnehmerfreizügigkeit ausliefen, die sich Österreich ausbedungen hatte. Dasselbe wiederholte sich nach dem EU-Beitritt von Rumänien und Bulgarien.

Sulzer hatte über all die Jahre losen Kontakt zu Bogdan Popescu gehalten, immerhin verdankte er ihm indirekt seinen Wohlstand. Er eröffnete mit ihm eine Personalvermittlung in Bukarest. Nachdem am 1. Jänner 2014 auch dort die Übergangsbestimmungen gefallen waren, gab es keine Einschränkungen mehr im Personen- und Arbeitsverkehr – es lebe die EU.

Er hatte seine Kontakte laufend ausgebaut und vermittelte seither Arbeiter zu Dumpingpreisen in alle möglichen Branchen. Deshalb hatte er mit dem Golfen begonnen, denn dort traf er die richtigen Leute für seine Geschäfte. Auch Ecker war ihm hier begegnet und einer von denen gewesen, die erkannt hatten, welchen Wert es hatte, schnell und unbürokratisch an billige Arbeitskräfte zu kommen. Der schnöselige Ecker hatte ihn hier im Club lange Zeit wie Luft behandelt. Jetzt waren sie Partner. Jetzt ging der Schnösel sogar mit ihm auf den Platz.

Sie hatten ein Zählspiel begonnen, ohne den Score auszugleichen. Das wäre ohnehin sinnlos gewesen. Ecker war der bessere Spieler, und beide wussten das. Es machte keinen Sinn, sich zu matchen, das wäre so, als würde Sulzer gegen einen der Klitschkobrüder boxen wollen.

Dennoch hätte er am liebsten beim ersten Loch schon wieder aufgehört, aber das konnte er sich nicht leisten. Zumindest hatte Ecker sich seit Sulzers Ausritt in den Bunker weitere ironische Bemerkungen verkniffen. Ecker wollte etwas mit ihm besprechen, und hier war die beste Gelegenheit, es ungestört zu tun. Jetzt am Vormittag war der Platz fast leer. Im Restaurant und auf der Driving Range herrschte mäßiger Betrieb. Hinten beim Loch 7 sah er eine Gruppe Leute, und davor, das musste am Fairway der fünften Bahn sein, lief einer lustlos rum und zog seinen Trolley hinter sich her. Wahrscheinlich ein ähnliches Untalent wie Sulzer.

Beim zweiten Loch hatte Ecker souverän einen Bogey gespielt, Sulzer war mit fünf Schlägen über Par geblieben. Jetzt waren sie beim Abschlag auf der dritten Bahn, einem langen Fünf-Par-Loch. Ecker hatte bereits abgeschlagen.

Sulzer drückte das Tee in den Boden, platzierte den Ball darauf, zog seinen Driver aus der Tasche und nahm seinen Stand ein. Er musste sich konzentrieren, die Wut auf dieses Spiel und die herablassende Art Eckers wegschieben, wenn er einen halbwegs passablen Schlag hinbekommen wollte. Alles ausblenden, nur der Schlag zählte. Zielen, ausholen, den Ball treffen. Zumindest bis über den Bunker musste er kommen. Er atmete zweimal tief ein und schlug ab. Er traf zu tief, das Tee und ein Stück Rasen flogen dem Ball hinterher, als wollten sie ihn einholen. Es wurde trotzdem ein brauchbarer Abschlag. Der Ball zog auf die Seite und war zu kurz, ging aber über den Bunker und blieb zu weit rechts vom Loch auf dem Fairway liegen. Leise fluchte er in sich hinein.

»Kein schlechter Schlag«, lobte Ecker. Es klang, als würde er sagen: Wird schon noch, Kleiner. Mit ein bisschen Übung triffst du auch dorthin, wo du hinzielst.

Ecker würde sicher eins unter Par sein, dachte Sulzer, und er selbst blieb mit viel Glück zwei darüber, aber nur, wenn er mit dem nächsten Schlag bis ins Green kam. Dafür stand die Chance nicht schlecht.

Sie nahmen ihre Trolleys und marschierten los.

»Das mit dem Reporter hat sich mittlerweile ja in unserem Sinne erledigt«, bemerkte Ecker leichthin, als sie noch keine zehn Meter gegangen waren. So, wie er das sagte, hörte es sich für Sulzer an, als würde er von einem unvorhergesehenen Unglück reden, das sie nur kurz betroffen hatte, ein Hagelsturm oder etwas Ähnliches, der zwar unangenehm war, aber keinen großen Schaden angerichtet hatte. Die Sache mit Gebert war jedoch keine zufällige Naturkatastrophe gewesen. Gebert hatte in ihren Angelegenheiten herumgeschnüffelt, in ihren Geschäften, hatte es clever gemacht, die richtigen Fragen gestellt, richtig für seine Geschichte, falsch für ihre Interessen.

Sulzer schluckte seinen Ärger hinunter. Nichts erledigt sich von selber, wollte er entgegnen, ließ es aber bleiben. Stattdessen sagte er: »Hoffen wir, dass es damit ein Ende hat. Wir können nicht noch mehr Wirbel brauchen.«

Die Gruppe beim siebten Loch zog weiter, und der Typ am fünften suchte im Rough seinen Ball.

Ecker wechselte das Thema. »Ich mache eine neue Investitionsschiene auf«, sagte er. »Agrarinvestment.«

»Kaufst du dir einen Bauernhof?«, fragte Sulzer grinsend.

Ecker lächelte und überging den Spott in Sulzers Stimme. Ein Verkäufer, dafür hielt er Sulzer.

Sulzer wusste das. Auch wenn er ein gut gehendes Unternehmen aufgebaut hatte und leitete, war er für Ecker nicht mehr als eine kleine Krämerseele, ohne Hirn und ohne Blick für die großen Zusammenhänge und Entwicklungen, von denen Ecker immer faselte. Einen Moment lang tat es ihm leid, dass er diesen Termin wahrgenommen hatte, denn offensichtlich wollte Ecker ihn nur als Investor gewinnen.

»So etwas Ähnliches, nur ein paar Dimensionen größer«, antwortete Ecker ruhig und ließ Sulzer im Ungewissen zappeln, während sie dem Bunker auswichen. »Die Sache funktioniert ungefähr so: Wir suchen finanzstarke Investoren für ein langfristiges Projekt. Es geht um ein Gesamtvolumen von etwa 100 Millionen Dollar. Für dieses Geld kaufen wir Land in Indonesien.«

»Wer sind ›wir‹?«, unterbrach Sulzer Eckers Ausführungen.

»Ich und ein Büro für Agrarinvestment in Surabaya. Das ist die Provinzhauptstadt von Jawa Timur. Ostjava«, fügte er hinzu, als er den fragenden Blick Sulzers bemerkte.

Sie kamen zum Fairway, und Ecker schaute sich nach seinem Ball um. Nebenher erklärte er: »Also, wir kaufen dort 10.000 Hektar Land. Das bepflanzen wir mit Ölpalmen. Nach etwa drei Jahren, je nach Witterung, beginnen die Bäume Früchte zu tragen. In der Zwischenzeit errichten wir eine Ölmühle und starten mit der Produktion von Palmöl. Nach weiteren vier bis fünf Jahren gibt es den Return on Investment, ab diesem Zeitpunkt läuft die Gewinnbeteiligung. Wir sprechen hier von einem Umsatzvolumen von 30 bis 50 Millionen Dollar im Jahr, brutto, versteht sich. Dieser Umsatz steigert sich in den folgenden Jahren, weil die Bäume im Laufe der Zeit mehr Ertrag bringen. Ich gehe davon aus, dass wir nach zehn Jahren eine Gewinnbeteiligung von etwa 10 bis 15 Prozent ausschütten. Also, wenn du eine Mille investierst, bekommst du mindestens 100.000 pro Jahr zurück. Das ist ein bisschen mehr als bei einem Bauernhof.«

In Sulzers Kopf arbeitete es. Ja – die Gier war ein starker Antrieb. »Und wie kommt ihr zu dem Land?«, fragte er. »10.000 Hektar sind nicht nur ein bisschen was Grünes. Das kauft man nicht wie einen Schrebergarten.«

»Urwald«, antwortete Ecker. »Wir kaufen Urwald und roden ihn.«

»Das geht so einfach?« Sulzer war skeptisch. »Gibt es dort keine Umweltauflagen oder so?«

Ecker blickte ihn an, als spräche er Suaheli. Dann lachte er. »Wir sprechen von Indonesien. Ja, auch da gibt es so was wie Umweltschutz, aber der lässt sich leicht umgehen. Das ist nur eine Frage des Preises.«

Alles und jeden kann man kaufen, das war Eckers Motto und danach handelte er, Sulzer wusste das. Bis jetzt war Ecker immer gut damit durchgekommen, doch eines Tages, davon war Sulzer überzeugt, würde es ihm das Genick brechen. Irgendwann traf man einen, der gegen Geld immun war, und dann begannen die Probleme. Er dachte an Gebert. Hätte der sich kaufen lassen? Sulzer hatte keine Ahnung. Möglicherweise hatte es Ecker sogar versucht.

Sie erreichten Eckers Ball. Es war kein schwieriger Schlag für ihn. Er zog das Siebener-Eisen aus der Golftasche – Sulzer hätte dafür einen Pitching Wedge genommen –, nahm kurz Maß, deutete den Schlag an, als würde er ihn in Zeitlupe ausführen, holte aus und zog durch. Der Ball hob ab, und beide blickten ihm gespannt nach, wie er einen flachen Bogen beschrieb und am Rande des Greens landete.

»Warum gibst du dich dann mit solchen Dingen wie den Projekten in der Wiesengasse oder der Theresienhofgasse ab?«, fragte Sulzer. »Das müssen für dich ja Peanuts sein.«

Ecker betrachtete ihn beinahe mitleidig. »Kleinvieh macht auch Mist. Darüber hinaus ist die Indonesiensache ein langfristiges Projekt. Ich muss auch dazwischen etwas verdienen. Außerdem ist es mir wichtig, mit meinen Fonds breit aufgestellt zu sein und Produkte mit unterschiedlichen Risiken anzubieten. Ist besser fürs Geschäft.« Ecker steckte seinen Schläger sorgfältig in sein Golfbag zurück. Er tat dabei so cool, als wäre es das Selbstverständlichste der Welt, dass der Ball nicht woanders gelandet war.

Sulzer bewunderte Ecker insgeheim dafür, dass er den Ball so präzise platziert hatte. Aber sagen würde er ihm das nie.

Ecker schnappte seinen Trolley mit der Golftasche. »Du bist dran«, sagte er und folgte Sulzer zu dessen Ball.

»Was macht dich so sicher, dass dieses Geschäft mit dem Palmöl so funktioniert, wie du dir das vorstellst?«, wollte Sulzer auf dem Weg dorthin wissen.

»Es gibt einige Investoren, die bereits aufgesprungen sind. Agrargüter und industrielle Landwirtschaft sind die Zukunft, das sage ich dir. Die Weltbevölkerung wächst exponentiell, die Menschen müssen ernährt werden. Palmöl ist stark im Kommen. Geh mal in den Supermarkt und schau, in wie vielen Produkten es enthalten ist. Du wirst staunen. Die Weltproduktion wuchs in den letzten Jahren kontinuierlich um etwa 15 Prozent pro Jahr. Und die Nachfrage wird in nächster Zeit steigen, daran ändern auch die paar Ökoprodukte nichts, die mit dem Slogan ›Ohne Palmöl‹ werben. Wie ich sagte: ein langfristiges Investment.«

»Ich werde darüber nachdenken«, murmelte Sulzer. Er war bei seinem Ball angelangt. Ecker hielt sich im Hintergrund, während Sulzer einen Schläger auswählte und sich fertig machte. Sein zweiter Schlag brachte ihn zumindest in die Nähe des Greens.

»Wenn du lieber in deiner Branche bleiben und dort investieren willst, kann ich dir auch ein paar Beteiligungen an Sandgruben in Australien anbieten«, bot Ecker an. »Sand ist das Gold der Zukunft. Überall auf der Welt wird gebaut. Alle brauchen dafür Sand. Sieh dir die Emirate an oder Dubai oder Kuwait. Das sind Staaten mitten in der Wüste, und dennoch müssen sie den Sand für ihre Megabauten teuer importieren. Da ist viel Geld zu holen.«

»Mir wäre lieber, wenn das Projekt in der Theresienhofgasse ordentlich läuft«, entgegnete Sulzer spröde.

Ecker grinste. »Da läuft alles nach Plan, mein Freund, da

ist alles auf Schiene. Immerhin hat sich die Sache mit dem Reporter erledigt.«

Sulzer blieb stehen. Ihm platzte der Kragen. »Bist du bescheuert? Nichts hat sich erledigt! Überall laufen die Bullen herum, und inzwischen macht sich auch noch eine kleine linke Zecke wichtig. Der Typ heißt Winkler und kommt von einer beschissenen Kommunistenpartei. Schnüffelt ebenfalls in der Kerensstraße herum. Ich musste alle Rumänen ausquartieren und woanders unterbringen. Auch auf andere Baustellen schicken. Das kostet Zeit und Geld. Meine Zeit und mein Geld! Also – nichts ist in Ordnung!« Sulzer war zornig, nicht so sehr wegen des Themas, vielmehr brauchte er ein Ventil für die durch das Spiel angestaute Wut.

Ecker lächelte milde und ging weiter. »Bleib ruhig. Ich bin mir sicher, du findest auch für diesen Jungkommunisten eine geeignete Lösung«, sagte er. »Und wegen des Aufwands, der diese Sache macht, kann ich dir ein schnelles Geschäft anbieten.«

Sulzer wurde hellhörig.

»Ich habe ein Problem mit Mietern in einem Haus in Wien, im siebten Bezirk«, begann Ecker. »Derzeit stehen dort 15 Wohnungen leer und vier sind noch bewohnt. Ich hätte es gerne zur Gänze bestandsfrei gemacht, aber die verbliebenen Mieter wehren sich, haben den Verein für Mietangelegenheiten eingeschaltet. Vielleicht kannst du mir dabei helfen?«

Sulzer dachte kurz nach. »Ich kann ein paar Arbeiter einquartieren, damit ein bisschen Leben in die Bude kommt.« Er lächelte boshaft. »Sollte das nichts nützen, kann ich immer noch auf meine Jungs zurückgreifen.«

Ecker nickte. »Ein guter Ansatz. Wenn die Wohnungen frei sind, gibt's dafür einen Bonus.«

»Das setze ich voraus«, brummte Sulzer unverständlich.

»Und das mit dem Palmöl ist wirklich ein gutes Geschäft. Darüber solltest du nachdenken«, kam Ecker auf seine Ausführungen von vorhin zurück.

»Mach ich«, sagte Sulzer, aber er wusste, dass er einen Dreck tun würde. Ecker konnte sich mit seinem Palmöl einen Einlauf machen, wenn er wollte. Sulzer würde keinen Cent in diesen Schwachsinn investieren. Die Immobiliengeschäfte, die er in den letzten Jahren mit Ecker getätigt hatte, reichten ihm. Immerhin waren das bereits sechs. Er hatte gut daran verdient. Mit seinen Firmen und auch privat. Da war einiges an Geld zusammengekommen, ein bisschen was für die Steuer, und eine ganze Menge am Finanzamt vorbei. Aber Ecker wurde immer unvorsichtiger, die Projekte immer maßloser. Es war nur eine Frage der Zeit, bis alles auffliegen würde, und Sulzer wollte nicht derjenige sein, der ohne Sessel dastand, wenn die Musik zu spielen aufhörte. Es galt, wieder kleinere Brötchen zu backen. Das hatte er Ecker zwar noch nicht gesagt, aber er war fest dazu entschlossen. Die Theresienhofgasse würde sein letztes Geschäft sein, das er mit Ecker machte. Dann sollte der sich einen neuen Partner suchen. Sulzer war draußen. Ihm reichte es. Er wusste, wann der richtige Zeitpunkt zum Aussteigen gekommen war.

Er nahm seinen Trolley und marschierte in Richtung Green.

26.

Es hatte sich nichts verändert. Der Müllgestank, der vom Hof in das Haus hereinzog, hing immer noch in der Luft wie ein ungebetener Gast. Vereinzelt standen Männer auf den Gängen, tratschten und rauchten und schenkten ihnen nur wenig Beachtung. Müde, misstrauische Augen, ungewaschene Gesichter, verschwitzte Körper, an denen der Dreck klebte. Laute Musik aus offenen Wohnungen. Es war, als müssten die Bewohner die Türen geöffnet lassen, um auf den Gängen der Enge der Räume zu entkommen, in die sie gepfercht waren.

Einmal mehr fragte sich Radek, wie man so leben konnte. Doch mittlerweile wusste er es: Wenn man in seinem Heimatland keinen Job bekam, war es nicht verwunderlich, dass die Leute sich auf den Weg machten, um hier Geld zu verdienen, und sei es nur ein Monatsgehalt von 500 Euro.

Auch die Tür zur Tirlas Wohnung stand sperrangelweit offen. Stechender Dunst empfing sie. Ein junger Mann stand am Herd und rührte in einer Pfanne.

Neumann zeigte ihm seine Dienstmarke und sagte: »Polizei.«

Der Koch unterbrach seine Tätigkeit, stellte die Pfanne zur Seite und fragte, was die beiden wollten.

Radek spürte sofort, dass sich etwas verändert hatte, aber er wusste nicht, was. Jedenfalls war ihm der Mann am Herd unbekannt, obwohl sie bei ihrem letzten Besuch mit allen Mitbewohnern Tirlas gesprochen hatten.

»Wir brauchen noch ein paar Auskünfte zu Radu Tirla«, antwortete Neumann und ging an dem Mann vorbei ins große Zimmer.

Dort herrschte Hochbetrieb. Aus einem Radio auf dem Fensterbrett plärrte laute Popmusik. Drei Männer saßen am Tisch und diskutierten in ihrer Muttersprache. Zwei saßen auf ihren Betten und blätterten in Gratiszeitungen, die sie irgendwo mitgenommen hatten, ein weiterer lag auf einem der oberen Stockbetten und las in einem Taschenbuch. Der Letzte der Anwesenden hing an einer Leine, die zwischen zwei Stockbetten gespannt war, Wäsche zum Trocknen auf. Aber allen war eines gemeinsam: Radek und Neumann kannten keinen von ihnen.

Vergeblich suchte Radek nach dem hageren Gesicht des 50-Jährigen, der sie beim letzten Mal als Dolmetscher unterstützt hatte. Auch Neumann war verunsichert.

Der junge Mann war ihnen aus der Küche gefolgt und gab mit zwei kurzen Sätzen bekannt, dass die Polizei da war. Nun hatten Radek und Neumann die volle Aufmerksamkeit. Alle Männer wandten sich ihnen zu, dunkle Augen musterten sie misstrauisch, teilweise auch ängstlich. Alle warteten, was passieren würde. Einer drehte das Radio ab. Die eintretende Stille war beinahe unangenehm.

Neumann zog seine Unterlagen aus der Schreibmappe und suchte nach der Namensliste, die sie bei ihrem letzten Besuch erstellt hatten. Dann sagte er: »Wir suchen Mitica Vladescu.«

Die Männer sahen sich fragend an. Einer der drei, die am Tisch saßen, antwortete: »Wir nicht kennen.«

»Mitica Vladescu«, wiederholte Neumann langsamer und deutlicher. »Der hat hier vor ein paar Tagen noch gewohnt.«

Kopfschütteln. »Hier nix wohnen Mitica Vladescu.«

Neumann war verwirrt, er sah auf seine Liste und verlas einen Namen nach dem anderen. Jedes Mal Kopfschütteln. Keiner der Mitbewohner von Radu Tirla, die am Montag hier gewesen waren, stand vor ihnen. Sie kontrollierten die Ausweise. Das machten sie mit der Autorität ihres Amtes, und keiner der Anwesenden muckte auf. Jeder von ihnen zeigte einen Reisepass und eine Meldebestätigung vor. Alles neue Namen, alles Arbeiter aus Rumänien. Die Meldebestätigungen waren vorgestern ausgestellt worden.

»Was läuft hier?«, fragte Neumann.

Radek konnte nur ratlos mit den Schultern zucken. Er hatte heute Morgen via E-Mail eine kurze Mitteilung von Interpol Bukarest erhalten: Die Polizei von Săveni hatte an der Wohnadresse von Radu Tirla in Vorniceni nachgesehen, ihn dort aber nicht angetroffen. Seine Frau hingegen zeigte sich sehr besorgt, weil sie über eine Woche nichts mehr von ihrem Mann gehört hatte und ihn auch telefonisch nicht erreichen konnte. Als er Neumann davon erzählt hatte, hatte dieser gemeint: »Irgendwo muss er sich doch verkrochen haben.« Der Blick, den Radek ihm daraufhin zugeworfen hatte, hatte ausgedrückt, was mittlerweile beide dachten: Oder wir haben seine Leiche noch nicht gefunden.

Daraufhin hatten sie sich entschlossen, noch einmal in die Kerensstraße zu fahren und Tirlas Mitbewohner zu befragen, ob er sich mittlerweile gemeldet hatte oder es einen anderen Hinweis auf seinen Verbleib gab. Oder ob jemand etwas über Tirlas Verbindungen zu Winkler und Gebert wusste.

Doch nun? Radek fühlte sich hilflos. Während Neumann routinemäßig die Personaldaten der Arbeiter notierte, versuchte er von einem der Männer mehr Informationen zu bekommen.

Wo er und die anderen beschäftigt seien, wollte er wissen und erhielt dieselbe Antwort wie früher schon: Firma Jungmann. Wie lange sie schon hier seien? Drei Tage. Seit Dienstag. Aus Rumänien gekommen. Über eine Arbeitsvermittlung namens Romanian Recruitment Agency, Sitz in Bukarest.

Radek und Neumann klapperten im Anschluss die Nachbarwohnungen und die übrigen Stockwerke ab, mit demselben Ergebnis. Alle Rumänen im zweiten und dritten Stock waren vor zwei Tagen gegen andere Arbeiter ausgetauscht worden.

Eine Stunde später saßen die beiden in einer Kneipe bei einem Bier und fragten sich zum wiederholten Mal, was der Grund dafür sein könnte. Aber keiner von ihnen fand eine sinnvolle Antwort darauf.

»Ich schaue, ob ich die Leute im Melderegister finde. Wenn sie woanders hingezogen sind, werden sie sich früher oder später dort anmelden müssen.«

Radek nickte. »Gute Idee.«

Jeder machte sich seine eigenen Gedanken über den Fall.

»Vielleicht war es ja tatsächlich ein Streit zwischen Bulgaren und Rumänen«, sagte Neumann schließlich. »Die Bulgaren haben den Tirla krankenhausreif geprügelt, und aus Angst vor Racheaktionen hat der Hausvermieter die Rumänen umgesiedelt und neue geholt, die von der ganzen Geschichte keine Ahnung haben.«

Beide wussten: Das wäre zu einfach, um wahr zu sein.

27.

Es lag wohl an der frühen Stunde, dass Jungmann und Ecker als Einzige im Café Schubert saßen. Sie waren keine Freunde, auch wenn ihr Umgang miteinander das vermuten ließ. Ihr Gesprächston war freundlich und höflich, die Art, mit der Geschäftsmänner einander begegneten, die schon jahrelang ein gutes berufliches Verhältnis pflegten. Doch sie misstrauten einander. Vielleicht lag es daran, dass jeder von ihnen es gewohnt war, seine Angelegenheiten selbst zu regeln, seine Geschäfte selbst zu tätigen. Oder dass sie nur einen Teil ihrer Geschäfte gemeinsam machten, zu wenig, um einander zu vertrauen, und zu viel, um darauf verzichten zu können. Oder dass sie mehr Dinge voneinander wussten, als sie wissen sollten. Auf eine gewisse Art waren sie voneinander abhängig, hatten sich einander ausgeliefert. Und keiner von ihnen mochte es, von anderen abhängig zu sein, sich darauf verlassen zu müssen, dass der Partner seinen Teil des Geschäfts erfüllte – und zwar richtig erfüllte. Keiner wollte, dass die Polizei bei ihm anklopfte, weil der andere Mist gebaut hatte.

»Hupfau kommt in einer halben Stunde. Bis dahin sollten wir die groben Eckpfeiler abgeklärt haben«, sagte Ecker und schnitt seine Semmel auf. Er hatte das Wiener Frühstück genommen, Jungmann, wie es seiner Art entsprach, das große Wiener Frühstück.

»Ich dachte, diese Dinge sind schon erledigt«, entgegnete Jungmann, der gerade sein Ei aufgeschlagen hatte und es vorsichtig auslöffelte.

»Sind sie im Wesentlichen auch. Das Projekt ist beinahe ausfinanziert. Soweit mich die Kronacher informiert hat, sind die Wohnungen bereits vergeben, und auch für die meisten Büroflächen gibt es Interessenten. Die Vorverträge werden demnächst aufgesetzt.«

Sabine Kronacher war eine Maklerin, die sich auf hochpreisige Immobilien, vorwiegend Anlageobjekte, spezialisiert hatte. Sie arbeiteten seit einigen Jahren mit ihr zusammen. Obwohl Jungmann sie nicht sonderlich sympathisch fand, musste er zugeben, dass sie ihren Job gut machte. Die Immobilienbranche in St. Pölten boomte immer noch. Seit der Krise 2008 waren Realitäten, Grundstücke, Wohn- und Büroflächen die neuen Aktien geworden. Auch hier in der Provinz. Ecker wusste das, und Jungmann hatte sich von ihm schnell überzeugen lassen. Der bisherige Geschäftserfolg gab ihnen recht.

»Das ist fein«, sagte Jungmann, »denn der Verkauf ist durch. Kohler hat mich darüber informiert, dass wir den Zuschlag bekommen, derzeit werden vonseiten der Gemeinde die Verträge vorbereitet.«

»Gab es Probleme?«, wollte Ecker wissen.

Jungmann schüttelte den Kopf. »Nein. Kohler hat den Verkauf mit unserem Nutzungskonzept argumentiert, das breiter und nachhaltiger angelegt ist als das der Mitbieter, und damit alle Zweifler überzeugt.«

Ecker war zufrieden. Zumindest war das Geld in Kohler gut investiert. »Wie viel will er dafür?«, fragte er.

»100.000«, antworte Jungmann knapp. »Und dann brauchen wir noch 50.000 für Reisenbauer.«

Auch damit hatte Ecker gerechnet. Er hatte diese Beträge in seiner Kalkulation vorgesehen.

Jungmann beschmierte ein Kipferl mit Butter und Marmelade und biss hinein. »Die Detailpläne für die Wohnungen und die Büros können wir erst entwickeln, wenn die Kaufinteressenten ihre genauen Vorstellungen abgegeben haben. Wir versuchen natürlich wieder in höchstem Maße, die individuellen Wünsche zu berücksichtigen. So wie bisher«, nuschelte er mit vollem Mund.

»Momentan gehen die Kronacher und ich von einem Gesamtvolumen von etwa 27 Millionen aus. Wenn dein Baukostenvoranschlag hält, schätze ich, dass unser Anteil im unteren siebenstelligen Bereich liegen wird.«

Jungmann brummte zufrieden. »Sehr gut. Ist Hupfau darüber informiert?«, fragte er.

Ecker nickte. »Der weiß Bescheid und hat alles vorbereitet. Die ersten Überweisungen wird er bei Baubeginn durchführen, wie immer. Aber die Details können wir besprechen, wenn er kommt.«

Als der Kellner vorbeiflitzte, bestellte Ecker eine weitere Tasse Kaffee. »Die Aufregung um den Reporter hat sich mittlerweile etwas gelegt«, sagte er dann.

Jungmann brummte zustimmend. »Zum Glück.«

»Kohler war ziemlich nervös. Aber ich habe ihn beruhigt. Kein Wort wird an die Öffentlichkeit kommen. Ich habe einen guten Draht zum Herausgeber der Neuen Zeitung. Die werden sich ruhig verhalten, das kann ich dir versprechen.« Ecker unterbrach seine Ausführungen, weil der Kellner den Kaffee brachte. »Inzwischen gibt es jedoch einen weiteren Spion. Ein linker Aktivist von einer kleinen Partei hat im Haus in der Kerensstraße herumgefragt.«

»Was wollte er?«

»Er hat einen rumänischen Arbeiter gesucht. Radu Tirla.«

Jungmann schüttelte ungläubig den Kopf. »Und was machen wir jetzt mit diesem Linken?«

»Ich hab Sulzer gebeten, ihn im Auge zu behalten. Möglicherweise hört er von selbst auf, herumzuschnüffeln. Wenn nicht, können wir immer noch überlegen, was wir machen.«

Jungmann nickte und schob sich den Rest des Kipferls in den Mund. »Gut. Gibt es sonst noch etwas Wichtiges?«

»Wie gesagt, eigentlich ist alles auf Schiene.« Ecker riss ein Säckchen Zucker auf, schüttete den Inhalt in die Tasse und rührte vorsichtig in seinem Kaffee, als wollte er den Milchschaum nicht kaputt machen.

Pünktlich um 8.30 Uhr kam Hupfau. Er war das offensichtliche Gegenteil seines Namens, klein, pummelig und behäbig, und trotz seiner 35 Jahre sah er aus wie ein übereifriger WU-Student im vierten Semester. Aber der Anzug saß perfekt, darauf und auf seinen Lebensstil schien er Wert zu legen. Mit übertrieben jovialer Art begrüßte er Ecker und Jungmann, ließ seinen massigen Körper vorsichtig auf einem Stuhl nieder und bestellte das große Frühstück.

Albert Hupfau und Ecker kannten sich aus ihrer gemeinsamen Zeit bei der Steindlbank. Hupfau war dort immer noch Investmentbanker, einer von mehreren, die für lukrative Geschäfte sorgten, obwohl die Bank in der Branche als angeschlagen galt, weil sie an nicht ganz sauberen Aktiengeschäften beteiligt gewesen war. Investments in Russland und in Indien, die den Bach runtergegangen waren und nicht nur der Bank herbe Verluste beschert, sondern vor allem die Anleger verärgert hatten. Sie hatten auf das Wort der Investmentberater der Bank vertraut, auf Leute wie Albert Hupfau. Dann war bekannt geworden, dass die Bank durch einige windige Tricks und über ausgelagerte Finanzgesellschaften einen Teil ihrer faulen Aktien abgestoßen hatte, bevor sie in den Keller gerasselt waren. Das roch verdächtig nach Insideraktivitäten und Anlagebetrug. Bankenaufsicht und Staatsanwaltschaft hatten diesen Verdacht nicht nachweisen können, dafür beschäftigte der alte Steindl zu gewiefte Anwälte. Deshalb war es zu keiner Anklage gekommen. Aber einmal angepatzt, war es schwer, den guten Ruf wiederherzustellen, von dem die Bank seit vier Generationen profitierte. Auch der Schaden für das Investmentgeschäft war ein nachhaltiger geblieben. Dennoch war die Steindlbank immer noch eine angesehene Privatbank, und die Privatkunden, denen die Diskretion des kleinen Instituts wichtig war, hielten ihr brav die Treue. Doch die Zeit der großen Investmentgeschäfte war vorbei.

Das wusste auch Hupfau. Der Investmentbanker wäre gerne so erfolgreich gewesen wie Ecker, aber er war zu feige, um sich auf eigene Beine zu stellen. Vielleicht fühlte er sich nicht kompetent genug. In Wahrheit fehlten ihm Courage und Härte. Hupfau war ein Mitläufer, gut, um Bankgeschäfte zu erledigen, aber nicht in der Lage, wichtige Entscheidungen zu treffen, große Risiken einzugehen, Dinge durchzuziehen und die Konsequenzen zu akzeptieren. Doch mit seiner Art war Hupfau genau der, den sie brauchten. Er verschob die Gelder, die Ecker und seine Partner verdienten, so lange über eine Reihe von Scheinfirmen mit Sitz in Luxemburg und Liechtenstein und mehrere Offshore-Konten, bis sich ihre Spur im Nichts verlor und er das Geld ohne Schwierigkeiten auf normalen Konten parken konnte. Dafür bekam er fette Provisionen.

Für Ecker war es keine große Herausforderung gewesen, den ehemaligen Arbeitskollegen Hupfau auf seine Seite zu ziehen. Er wusste, dass sein Kollege kleinere Insidergeschäfte für die eigene Tasche abwickelte. Nicht so groß, dass es auffiel, sondern so, dass daraus ein nettes Zusatzeinkommen wurde und er sich mehr leisten konnte als die meisten anderen Investmentbanker bei Steindl. Er hatte ihn nicht mal erpressen müssen. Das hätte Ecker ohne die geringsten

Skrupel getan, wenn sich Hupfau geweigerte hätte, mit ihm zusammenzuarbeiten. Allein die in Aussicht gestellten Provisionen hatten genügt, um mit Hupfau einen willfährigen Gehilfen zu bekommen.

Sie machten Small Talk, bis der Kellner Hupfaus Frühstück brachte, dann kamen sie zur Sache.

*

Sie standen vor einer großen Bautafel an der Mariazeller Straße. Die Tafel nannte den Namen des Bauprojektes und listete eine Reihe von beteiligten Firmen auf. Außer Jungmann Bau GmbH kannten sie keinen der Firmennamen.

»Business Tower Süd«, stand in großen Lettern ganz oben auf der Tafel, und darunter etwas kleiner: »Business Improvement District, Gewerbepark Süd«.

»Was ist damit gemeint?«, fragte Neumann.

»Keine Ahnung. Bin ich Wikipedia?«, antwortete Radek.

»Ich seh mal nach.« Neumann zog sein Handy aus der Tasche.

»Aber nicht jetzt.« Radek setzte sich in Bewegung. »Irgendwo auf dieser riesigen Baustelle muss es doch ein Baubüro geben«, murmelte er.

Nach mehrmaligem Fragen fanden sie hinter dem Baukomplex zehn verschiedenfarbige Baucontainer, die wie Schuhschachteln neben- und übereinander gestapelt waren. Eine Holztreppe führte hinauf zu einer Art Galerie und den oberen Containern. Das Baubüro befand sich im ersten unteren Container.

Der Bauleiter war ein schlanker Mann mit schütterem blondem Haar, obwohl er noch keine 40 war. Er wirkte hektisch, hielt eine Zigarette in der Hand und verpestete damit die Luft im Container, trotz geöffneter Tür und Fenstern.

Die Wände waren mit Bauplänen tapeziert, an der Stirnseite saß ein Mitarbeiter an einem Computer, der Schreibtisch des Bauleiters stand neben der Eingangstür unter dem Fenster und war übersät mit Papieren und Plänen.

»Rumänen suchen Sie?«, fragte er, als wären es seltene Tiere, nachdem Radek zweimal wiederholt hatte, weshalb sie hier waren. »Hier wimmelt es von Rumänen. Geht das etwas genauer?«

Neumann zog seine Liste hervor und sagte: »Wir haben die Namen der Leute notiert, die wir suchen.«

Der Bauleiter sah sich die Liste an und schüttelte den Kopf. »Damit kann ich nichts anfangen. Wir haben einige Subfirmen beschäftigt. Wahrscheinlich gehören sie zu denen.«

Er rief seinen Mitarbeiter zu sich und fragte ihn, ob er wisse, wie die Polizisten diese Leute finden könnten. Der Mann, Ende 20 und um einiges ruhiger als sein Boss, schickte sie in einen der oberen Container. Dort befände sich das Büro einer Firma namens Romanian Recruitment Agency. Das sei ein Subunternehmer, möglicherweise handle es sich um Arbeiter dieser Firma.

»Ich hoffe, du hast Vertrauen zur hiesigen Bautechnik«, sagte Neumann, als sie die Treppe aus rohen Brettern und Balken auf die Galerie hochstiegen. Radek ersparte sich die Antwort.

Die Romanian Recruitment Agency bestand aus einem Mann und einem Schreibtisch an der Wand des Containers, Aktenschränken, einem kleinen Tisch mit einer Kaffeemaschine darauf und zwei Sesseln daneben. Kaffeegeruch hing in der Luft. Der Mann war Mitte 40, trug Jeans und ein verwaschenes Holzfällerhemd mit hochgekrempelten Ärmeln. Er stellte sich als Phillip Stolojescu vor, nachdem er die Polizeimarke von Radek kritisch besehen hatte.

»Was kann ich für Sie tun?« Trotz seines rumänischen Namens sprach er akzentfreies Deutsch.

»Kennen Sie diese Leute?«, fragte Neumann und zeigte ihm die Liste mit den Namen, die er am Vortag in der Kerensstraße aufgenommen und inzwischen in eine Excel-Tabelle übertragen hatte.

Stolojescu überflog die Namen. »Natürlich«, antwortete er. »Diese Männer arbeiten für uns.«

»Was heißt ›für uns‹?«, hakte Radek nach.

»Für die Romanian Recruitment Agency.«

»Können Sie uns das näher erklären?«, verlangte Radek.

Der Mann überlegte kurz. »Wir sind eine Firma, die als Subunternehmer für Bauträger in Österreich tätig wird. Wir erhalten Aufträge, heuern dafür das erforderliche Personal an und führen die Arbeiten durch.«

»Aber Sie sind ein rumänisches Unternehmen?«

Stolojescu nickte. »Genau.«

»Und Sie heuern Ihre Arbeiter in Rumänien an?«

Wieder bejahte Stolojescu.

»Was genau ist Ihr persönlicher Aufgabenbereich?«

»Ich bin hier der Projektmanager und für die termingerechte Durchführung der Aufträge und die Dokumentation zuständig.«

»Wie genau müssen wir uns das vorstellen?«, bohrte Radek weiter.

»Na ja. Die Zentrale in Bukarest schließt für die Durchführung bestimmter Arbeiten Verträge ab. Zum Beispiel geht es auf dieser Baustelle um den Innenausbau. Ich bekomme die Aufträge von der Zentrale, erstelle die Projektplanung und fordere die Leute an, die ich dafür benötige. Die werden in Rumänien angeheuert und hierher geschickt. Ich sorge dafür, dass die richtigen Leute für die erforderlichen Arbeiten an den richtigen Stellen sind, und achte auf die Einhaltung der Termine. Gleichzeitig dokumentiere ich die Arbeiten für die Abrechnung und leite diese Aufzeichnungen weiter nach Bukarest. Wenn die Arbeiten erledigt sind, kommen unsere Leute entweder auf eine andere Baustelle oder gehen zurück nach Rumänien. So läuft das.«

»Sind Sie Rumäne?«, fragte Neumann.

»Warum wollen Sie das wissen?« Stolojescu wurde von Minute zu Minute misstrauischer.

Neumann zuckte die Schultern. »Es würde uns einfach interessieren.«

Einen Augenblick lang musterte Stolojescu die beiden Polizisten abschätzend, dann schien er zu verstehen. »Sie meinen, weil ich so gut Deutsch spreche?« Er lächelte. »Ich bin Österreicher. Meine Mutter floh Anfang der 1970er-Jahre aus politischen Gründen aus Rumänien nach Österreich. Mein Vater ist Österreicher. Ich bin hier geboren und zweisprachig aufgewachsen. Deshalb habe ich auch diesen Job.«

Das war einleuchtend.

»Wo sind Ihre Arbeiter eigentlich untergebracht?«

»Keine Ahnung. Darum kümmert sich die Zentrale. Ich glaube, dafür gibt es eigene Wohnhäuser.«

Neumann zog eine weitere Liste aus seiner Schreibmappe. »Kennen Sie diese Leute?« Es waren die ehemaligen Mitbewohner Tirlas und die verschwundenen rumänischen Arbeiter aus den Nachbarwohnungen, insgesamt 25 Personen.

Auch diesmal genügte Stolojescu ein kurzer Blick. »Klar, das sind ebenfalls Mitarbeiter von uns, soweit ich das auf die Schnelle sehe.«

»Wissen Sie, wo diese Arbeiter jetzt sind?«

Stolojescu zögerte. Es schien, als würde er überlegen, was er den Polizisten antworten sollte. »Die sind weg.«

»Wohin?«

»Weshalb wollen Sie das wissen?« Stolojescus Argwohn bekam nun das Übergewicht. Oder waren es die Namen auf der Liste, die ihn vorsichtig werden ließen?

»Weil wir mit ihnen reden wollen.«

»Weshalb?«

»Das ist unsere Sache.«

»Kommen Sie mir nicht so daher. Was läuft hier?«

»Diese Leute«, Neumann klatschte mit dem Handrücken auf die Liste in Stolojescus Hand, »haben bis vor wenigen Tagen in einem Haus in der Kerensstraße gewohnt. Jetzt sind sie verschwunden, und niemand weiß, wo sie sind. Das ist seltsam, vor allem, weil sie in Zusammenhang mit einem Mordfall stehen. Also, wenn Sie sich nicht ein bisschen kooperativer zeigen, werden wir schwerere Geschütze auffahren. Wir holen uns eine gerichtliche Anordnung und räumen Ihnen die gesamte Bude aus. Irgendwo in Ihren Unterlagen werden wir schon etwas Brauchbares finden. Haben Sie das verstanden?«

»Ich bin kein Idiot«, sagte Stolojescu. Er ließ sich nicht einschüchtern, aber er wurde verschlossener. »Wie ich bereits sagte: Die Arbeiter wurden verteilt. Auf andere Baustellen in Österreich, zurück nach Rumänien. Keine Ahnung.«

»Sie wissen nicht, wohin?«

»Bin ich ein Hotelportier, oder was?«, fauchte Stolojescu zornig. »Nein, ich weiß nicht, wohin. Das interessiert mich auch nicht. Ich bin in St. Pölten für diese Baustelle zuständig. Damit habe ich genug um die Ohren. Ich spiele nicht den Babysitter für andere Leute. Wer weg ist, ist weg. Und aus. Für mich zählt, dass ich genug Arbeiter habe, um die Termine einzuhalten. Wen mir die Zentrale aus Bukarest schickt, ist mir egal, solange Leistung und Qualität stimmen.«

Radek glaubte ihm kein Wort. »Ist das nicht unwirtschaftlich, wenn plötzlich alle Arbeiter durch neue ersetzt werden?«, fragte er. »Die müssen wieder eingewiesen und eingeschult werden. Ich stelle mir das eher hinderlich vor.«

»Ja, aber das ist nicht ungewöhnlich. Die Zentrale in Bukarest hat den Überblick über die Aufträge und weiß, wen sie wohin schicken muss. Wenn bestimmte Fachkräfte woanders gebraucht werden, kommen die eben dorthin. Das ist bei uns üblich. Ich mache es genauso. Wenn ich in Verzug gerate, hole ich von woanders Leute, damit ich wieder im Plan bin. Solange mir für meine Bauprojekte genug Arbeiter bleiben, um mein Soll zu erfüllen, ist mir egal, wo die anderen sind. Das hinterfrage ich nicht.«

Radek wurde das Gefühl nicht los, dass Stolojescu sie belog und die Arbeiter der Romanian Recruitment Agency nicht so einfach verteilt wurden. Das erschien ihm als zu großer logistischer Aufwand. Vielleicht gab es diesmal einen besonderen Anlass dafür. Allerdings war er überzeugt, dass Stolojescu ihm einen solchen Grund nicht nennen würde. »Kennen Sie einen Radu Tirla?«, wechselte er das Thema.

Stolojescu dachte nicht lange nach. »Klar. Den haben wir vor ein paar Tagen entlassen, weil er nicht mehr zur Arbeit gekommen ist.« Er schien beinahe erleichtert, dass er nicht mehr über den Verbleib der Arbeiter Auskunft geben musste.

»Wissen Sie, wo er steckt?«

»Nein, ist mir auch egal. Ich bin kein Babysitter. Das sagte ich Ihnen bereits.«

»Aber Sie haben ihn entlassen.«

»Ja. Nachdem er drei Tage unentschuldigt der Arbeit ferngeblieben ist.«

»Einfach so entlassen?«

»Ja, einfach so.« Stolojescu wurde wieder zornig. »Hören Sie, wir sind nicht die Heilsarmee. Wir müssen unsere Arbeitspläne einhalten, unsere Termine. Wenn wir das nicht tun, bezahlen wir kräftige Pönalen. Deshalb sind wir sehr streng. Keine Besoffenen auf der Baustelle, und wenn jemand grundlos nicht zur Arbeit kommt, fliegt er raus. Das ist bei uns wie in jeder anderen Firma.«

Radek nickte. »Und wenn jemand krank ist?«, fragte er.

»Dann kann er anrufen. Oder jemanden bitten, anzurufen. Wenn er eine Krankmeldung vom Arzt bringt, ist das kein Problem.«

»Und wenn jemand nicht telefonieren kann, weil er beispielsweise im Krankenhaus liegt?«

»Dann hat er Pech gehabt. Möglicherweise stellen wir ihn später wieder ein.«

So einfach war das, dachte Radek.

*

»Herr Diplomingenieur.« Jungmann ließ diesen Titel über die Zunge gleiten, als wolle er ihm damit zu verstehen geben: trotz Studium nicht mehr geworden als ein mittelmäßiger Magistratsbeamter. »Ich hätte gedacht, die Gemeinde gibt Ihnen mehr Raum.« Mit einer eleganten Drehung blickte sich Jungmann um und setzte sich unaufgefordert auf den Besucherstuhl. Es war das erste Mal, dass er persönlich in sein Büro kam. Üblicherweise trafen sie sich zum Essen in ausgewählten Haubenlokalen in Wien oder Niederösterreich – selbstverständlich auf Jungmanns Rechnung.

Karl Reisenbauers Büro war von bescheidenem Ausmaß, auch wenn er Leiter der Abteilung für Wohnbau war. Das wusste er selbst, dafür brauchte es nicht die spöttischen Bemerkungen von Harald Jungmann. »Was kann ich für Sie tun?«, fragte er deshalb kalt und förmlich.

»Es geht um das Projekt Theresienhofgasse. Ich würde gerne einige Dinge klären, bevor wir an die Planung gehen.«

Es gab nur ein Detail zu klären, das wusste Reisenbauer und antwortete nicht.

Deshalb fuhr Jungmann fort: »Wir werden die Einreichpläne entsprechend unseren Wünschen abändern und würden Sie bitten, das Genehmigungsverfahren wieder in bewährter Weise durchzuführen.«

Diese Bemerkung erschien Reisenbauer als dezenter Hinweis auf ihre Zusammenarbeit. Wie sein Besucher trug auch der Abteilungsleiter Anzug und Krawatte. Mit seiner fülligen Figur schaukelte er leicht auf seinem Stuhl hin und her. Obwohl Jungmann vor ihm saß wie ein Bittsteller, der wegen eines Bauprojektes vorsprach – im Grunde genommen war er auch nichts anderes –, benahm sich der Baumeister, als wäre er ein alter Bekannter und ginge bei ihm ein und aus.

Reisenbauer hatte ein Studium der Hochbautechnik an der TU Wien absolviert und danach einige Jahre in der Privatwirtschaft gearbeitet, aber die erstbeste Gelegenheit ergriffen, um in den öffentlichen Dienst der Stadt St. Pölten einzutreten. Nach einigen Jahren, in denen er als Referent für Hochbau gebuckelt hatte, wurde er Referatsleiter. Er hatte schnell erkannt, dass Kompetenz nicht das wichtigste Erfordernis war, um in der Welt der Gemeindebediensteten vorwärtszukommen. Es ging darum, wer wen kannte und wer welche Beziehungen und Förderer hinter sich hatte. Als Referatsleiter begann er sich stärker auf diesen Bereich zu konzentrieren. Nach noch mehr buckeln und dienen wurde er schließlich Abteilungsleiter. Damit war seine Karriere zu Ende. Höher ging es nicht mehr. Er war jetzt Anfang 50 und hatte noch 15 Jahre bis zu seiner Pensionierung vor sich. Manchmal gruselte ihn vor der Vorstellung, diese Zeit hier absitzen zu müssen.

Reisenbauer erinnerte sich an seinen ersten Kontakt mit Jungmann. Der Baumeister wollte eine vorgezogene Genehmigung, damit der Fortschritt bei einem seiner Projekte nicht behindert wurde. Keine große Sache. Danach folgte die erste Einladung zum Essen. Warum hätte er die nicht annehmen sollen? Immerhin war es Jungmann gewesen, der etwas gewollte hatte. So ging es weiter. Genehmigungen für dieses oder jenes Projekt. Kleinigkeiten. Und Aufmerksamkeiten für diese kleinen Dienste. Eine Flasche Whisky zu Weihnachten, kein billiger Fusel, sondern was Edles. Etwa Ardbeg Corryvreckan, Single Malt, zu 120 Euro die Flasche. Dann forderte Jungmann größere Gefallen ein, die außerhalb des normalen Betriebs lagen. Aber immer noch harmlose Dinge. Eine Abweichung vom eingereichten Plan, damit die Kosten eingehalten werden konnten, und solche Sachen. Genehmigungen ohne eingehende Prüfung. Er winkte die Gesuche einfach durch, die Jungmann stellte. Dafür wurden die Geschenke teurer, exquisiter. Kein Whisky mehr, sondern ein Gutschein für ein Wellnesswochenende in einem steirischen Thermenhotel, dann Reisegutscheine. Danach wurden auch die Wünsche größer – und illegaler. Irgendwann merkte Reisenbauer, dass er zu tief drinsteckte, um zurückzukönnen. Da kam Ecker hinzu. Und plötzlich ging es um wirklich große Sachen, für die es kein Kuvert mit einem Gutschein für einen Städtetrip nach London mehr gab, sondern die Zugangsdaten für ein Konto bei einer Bank in Liechtenstein, auf dem sich ein Guthaben in fünfstelliger Höhe befand. Zuerst wollte er aussteigen, Nein sagen, doch schnell war die Gier größer als die Angst, erwischt zu werden, und die unangenehme Tatsache, dass er Jungmann und Ecker ausgeliefert war. Sie hingen alle mit drin, und wenn einer unterging, zog er die anderen mit. Dieser Gedanke beruhigte ihn nur wenig.

»Soweit ich weiß, wurde der Zuschlag bereits erteilt«, sagte Reisenbauer. »Ausschlaggebend war das Nutzungskonzept, das Jungmann Bau vorgelegt hat. Ein ausgewogener Mix aus Büroflächen und erschwinglichem Wohnraum.« Er kannte den Akt über die Veräußerung der Liegenschaft in der Theresienhofgasse. Der Kaufvertrag war schon unterzeichnet.

Jungmann nickte. »Genau. Jetzt geht es darum, dass wir das Konzept etwas abändern wollen und diese Pläne vor Baubeginn genehmigt werden müssen.«

Nichts Neues also, dachte Reisenbauer.

»Ich nehme an, dass das kein allzu großes Problem verursachen wird«, fuhr Jungmann fort.

»Selbstverständlich nicht. Ich würde Sie bitten, die Pläne direkt an mich zu übermitteln. Wie immer. Dann kümmere ich mich persönlich darum.«

Jungmann nickte. »Schön. Der Herr Stadtrat weiß Bescheid«, fügte er noch hinzu.

Darauf hatte Reisenbauer gewartet. Es war das »Go« für den ganzen Vorgang. Ein Spruch wie: Es ist alles mit dem Herrn Stadtrat abgesprochen. Oder: Der Herr Stadtrat ist informiert. Oder: Da wird es keine Einwände vonseiten des Herrn Stadtrats geben.

Wenn er das schon hörte. Das klang wie: Der Herr Stadtrat hat seinen Anteil bekommen. Wahrscheinlich war das auch so. Jungmann wollte ihm damit vermutlich versichern, dass Kohler mit drin steckte und er sich deswegen keine Sorgen zu machen brauchte. Wenn Kohler sich schmieren ließ, warum sollte er, der kleine Abteilungsleiter, dann Skrupel haben?

Reisenbauer hatte seit Langem den Verdacht, dass Kohler die Hand aufhielt, auch wenn Jungmann das nie so ausdrückte. Jungmann hätte den Stadtrat auch anders überzeugen können, seine Vorhaben zu unterstützen. Aber da wären zu viele Unsicherheiten dabei, zu viele politische Interessen zu berücksichtigen. Deshalb vermutete Reisenbauer, dass

Jungmann den Kohler schmierte. Wie sonst wären Jungmann und Ecker an diese Objekte gekommen? Irgendwer musste den Verkauf steuern, sodass die beiden den Zuschlag bekamen. Der Verkauf musste vom Gemeinderat genehmigt werden. Das konnte kein kleiner Sachbearbeiter in einem Deppenreferat in die Wege leiten, dafür war sogar er, Reisenbauer, zu klein. Seine Abteilung verfasste zwar die dafür nötigen Gutachten, aber die Fäden wurden letztlich ganz oben gezogen. Vielleicht hing selbst der Bürgermeister als oberste Baubehörde mit drin. Wenn er daran dachte, wurde ihm flau im Magen. Allerdings war bisher alles gut gegangen. Es hatte noch keine blöden Nachfragen oder gar Untersuchungen gegeben. Jungmann und Ecker waren keine Idioten, Kohler genauso wenig. Die wussten, was sie taten. Hoffte Reisenbauer zumindest. Denn wenn die Sache aufflog, war er dran, da zweifelte er keine Minute.

Vor einiger Zeit hatte er ein Seminar besuchen müssen, bei dem es um Korruptionsprävention ging. Dort war erklärt worden, mit welchen Methoden Personen angefüttert und korrumpiert werden. Er hatte sich zu 100 Prozent darin wiedergefunden. Am Ende des Seminars war der Compliance Guide der Stadt St. Pölten verteilt worden. Am liebsten hätte er ihn sofort im Papierkorb entsorgt, doch er hatte ihn brav mitgenommen und in seinem Sekretariat zur Einsicht für seine Mitarbeiter ausgelegt.

»Ihr Bonus bleibt wie vereinbart«, riss ihn Jungmann aus seinen Gedanken, »und wird auf Ihr Konto bei der Handelsbank Liechtenstein überwiesen.« Jungmann sagte das mit einer Leichtigkeit, als würde er einen Mitarbeiter über die Anweisung einer versprochenen Prämie für besonders gute Leistung in Kenntnis setzen.

Wie Reisenbauer diese geschraubte Art verabscheute. Warum sagte Jungmann nicht einfach, dass sie ihm das vereinbarte Schmiergeld überwiesen hatten, denn etwas anderes war es nicht. Glaubte er, es wäre eine weniger schwerwiegende Verfehlung, wenn er es als »Bonus« bezeichnete? Allerdings erhielt Reisenbauer dieses Geld nur unter der Voraussetzung, dass der Verkauf der Liegenschaft an Eckers Austria-Invest zustande kam. Also war es trotz allem so etwas wie ein Erfolgshonorar. Von dieser Perspektive aus gesehen war die Bezeichnung »Bonus« durchaus angebracht.

Reisenbauer nickte. Wieder 50.000. Er fragte sich, ob Kohler auch mit so lächerlichen Summen zufrieden war. Nein, sicher nicht, der nahm bestimmt mehr. Gut, Reisenbauer hatte für die Erstellung des Gutachtens noch einmal so viel bekommen. Dieses räumte dem Offert von Jungmann den Vorzug ein, obwohl der Kaufpreis unter den beiden anderen Interessenten lag. Jungmann hatte nach Vorliegen der Konkurrenzangebote seinen Preis nach unten korrigiert, nachdem er von Reisenbauer einen entsprechenden Hinweis bekommen hatte. Er lag zehn Prozent darunter, das war die Schmerzgrenze für alle Beteiligten der Stadt, wie Reisenbauer aus internen Quellen wusste. Danach musste Reisenbauer nur noch das Nachnutzungskonzept Jungmanns für besser befinden als die anderen. Dazu war es erforderlich, dass das Projekt eine gesunde Mischung aus erschwinglichen Wohnungen und Geschäftsflächen zur Verbesserung der lokalen Infrastruktur darstellte und damit im Sinne einer langfristigen regionalen Stadtentwicklung war. Üblicherweise folgte der zuständige Ausschuss des Gemeinderates seinen Empfehlungen, die Abstimmung war dann nur noch Formsache.

»Gibt es einen bestimmten Zeitplan?«, wollte Reisenbauer wissen.

Jungmann schüttelte den Kopf. »Nein, wir haben es nicht eilig.«

28.

Manchmal wurde das Gefühl von Verzweiflung und Zorn so übermächtig, dass es sie zu erdrücken schien. Meist, wenn Sonja sich die Frage stellte, weshalb Valentin hatte sterben müssen, und keine Antwort darauf fand. Es war so ein sinnloser Tod gewesen. Dann brach alles in ihr zusammen und die Trauer kam über sie wie ein Schwall eiskalten Wassers. Dann saß sie da und starrte ins Leere, dachte an Valentin und weinte, bis sie glaubte, dass keine Tränen mehr in ihr waren.

Sie half ihren Eltern, Valentins Wohnung aufzulösen. Seine Kleidung wollten sie für Flüchtlinge spenden. Sie stapelten sich in Kartons in ihrem Gästezimmer.

Die Arbeit dämpfte ihre Trauer. Trotzdem hatte sie zu viel Zeit zum Nachdenken.

Der Anruf, mit dem Radek sich ankündigte, riss sie kurzzeitig aus der Niedergeschlagenheit. Immerhin platzte er nicht mehr einfach in ihre Wohnung, dachte sie. Sie konnte sogar noch das verweinte Gesicht waschen, sich schminken und die schlabbrige Freizeitkleidung gegen schwarze Jeans und eine schwarze Bluse tauschen. Damit fühlte sie sich besser gewappnet, um dem Polizisten gegenüberzutreten, als beim letzten Mal.

Wenig später stand Radek mit der Schachtel, die er vor zwei Tagen mitgenommen hatte, in der Tür und wirkte beinahe schüchtern. »Ich bringe Ihnen die Sachen Ihres Bruders zurück.«

Sie bat ihn herein und führte ihn ins Arbeitszimmer, wo er die Schachtel auf einen Tisch stellte. Dann machte sich Verlegenheit zwischen ihnen breit. Er machte keine Anstalten zu gehen, und sie wollte ihn auch nicht rausschmeißen.

»Danke, dass Sie die Sachen so schnell zurückgebracht haben«, sagte sie, um die peinliche Stille zu beenden.

Er nickte. »Wir haben alles kopiert.«

Das hatte sie vermutet. In den letzten Tagen hatte sie alle Unterlagen Valentins durchforstet und eine Menge eigener Recherchen angestellt.

Er blickte sich im Arbeitszimmer um. Sie musterte ihn dabei unverhohlen. Er war ein attraktiver Mann, nicht hübsch, nicht gestylt, nicht so, wie die geschniegelten jungen Banker und Geschäftsleute, mit ihren tadellosen dunklen Anzügen, die sie bisweilen in den Lokalen in der Wiener Innenstadt traf. Radek trug verschlissene Jeans und ein zerknittertes Sakko. Sonja fragte sich, ob er eine Waffe bei sich hatte und das Jackett nur trug, um sie zu verbergen. In einer Reportage über ihn würde sie sein Äußeres als herbe Männlichkeit beschreiben, ein durchtrainierter Mann um die 30, mit einer ungewöhnlichen Ausstrahlung. Vielleicht lag es daran, dass er Polizist war, dass er mit Dingen zu tun hatte, die die meisten Menschen nur aus dem Fernsehen kannten. Auf eine unbestimmte Art wirkte er gefährlich. Er schien immer wachsam zu sein und seine Umgebung aufmerksam zu beobachten.

»Darf ich Ihnen einen Kaffee anbieten?«, hörte sie sich sagen, als das Schweigen unerträglich wurde.

»Gerne, ja.«

Sie führte ihn ins Wohnzimmer und bat ihn, am Esstisch Platz zu nehmen. Während sie aus der Espressomaschine zwei Tassen Kaffee heraus ließ, fragte sie sich, warum sie ihn eingeladen hatte, hierzubleiben. Aber wenn er schon mal da war, konnte sie die Gelegenheit nutzen und versuchen, etwas über den Stand der Ermittlungen zu erfahren.

»Haben Sie mit den Unterlagen etwas anfangen können?«, fragte Sonja, nachdem sie ebenfalls am Tisch saß.

»Bis jetzt noch nicht.« Radek nahm einen Schluck Kaffee und fuhr dann fort: »Ich muss gestehen, dass ich Sie einen Moment lang im Verdacht hatte, Daten von der Festplatte gelöscht zu haben, weil die Ordner beim ›Projekt Wiesengasse‹ leer waren.«

»Ich habe Ihnen doch gesagt, dass ich nichts an der Festplatte manipuliert habe«, fuhr sie ihn an.

Er bekam wieder diesen schüchternen Blick von vorhin. »Ja. Aber was denken Sie, wie viele Leute uns täglich anlügen? Wir haben die Festplatte überprüfen lassen, und interessanterweise finden sich keine gelöschten Dateien darauf. Überhaupt keine. Wahrscheinlich hat Ihr Bruder die Festplatte wirklich nur für Sicherungskopien benutzt.«

Sie antwortete nicht, musste sich aber zusammenreißen, ihren aufsteigenden Ärger über sein Misstrauen zu verbergen.

»Frau Gebert«, sagte er mit versöhnlichem Ton. »Ich glaube, wir hatten einen schlechten Start, und ich bin die letzten Male etwas hart und ungerecht zu Ihnen gewesen.«

Das klang nach einer Entschuldigung. »Kann man wohl sagen«, bemerkte sie trocken.

»Vielleicht sollten wir noch mal neu anfangen. Sie könnten mir zum Beispiel etwas über Ihren Bruder erzählen«, sagte Radek.

War er deshalb hier? Wollte er sie aushorchen? »Warum interessiert Sie das?«

»Wir treten auf der Stelle. Wir haben zwei Fälle, die möglicherweise zusammenhängen, und mehrere beteiligte Personen, ohne jedoch eine brauchbare Verbindung zwischen ihnen herstellen zu können. Der Fall Tirla, das ist ein rumänischer Wanderarbeiter, der zusammengeschlagen wurde, löst sich auf, weil das Opfer und seine Mitbewohner verschwunden sind. Aber es gibt eine Verbindung zu Ihrem Bruder – Radu Tirla war einer der Wanderarbeiter, die Valentin in seinem Artikel erwähnt hat. Eine weitere Verbindung besteht zu Klaus Winkler, der hatte sowohl mit Ihrem Bruder als auch mit Tirla zu tun. Wobei wir noch nicht wissen, welche Rolle er spielte, ob er nur vermittelt hat oder ob er tiefer drinhängt. Im Fall Ihres Bruders haben wir bisher keinen Ermittlungsansatz außer dem Raubmord.«

»Und wie soll ich Ihnen da weiterhelfen?« Sonja klang skeptisch.

»Ich erzähle Ihnen diese Dinge, weil ich denke, dass Sie ein Recht haben, das zu erfahren. Nicht als Reporterin, sondern als … Schwester.« Nach einer kurzen Pause fügte er hinzu: »Wenn Sie diese Informationen in Ihrer Zeitung verwenden, werde ich ungemütlich.«

Das konnte sie sich gut vorstellen. »Ich werde es mir merken.«

»Für uns wäre es hilfreich, mehr über Ihren Bruder zu erfahren.«

Sie blickte ihn lange an, bevor sie antwortete. Ihr fiel auf, dass das zornige Funkeln vom letzten Mal aus seinen Augen verschwunden war und sie beinahe einen melancholischen Ausdruck angenommen hatten. Das gefiel ihr. Gleichzeitig erschrak sie darüber, dass sie sich für ihn zu interessieren begann. Doch er dürfte es mit dem Neustart ehrlich meinen, immerhin war das, was er ihr erzählt hatte, mehr, als er ihr offiziell mitteilen durfte, das konnte sie als Journalistin gut einschätzen. Vielleicht war es nun an ihr, ihm einen Schritt entgegenzukommen.

»Valentin war immer ein aufgeweckter Junge. Intelligent und an allem interessiert. Er hat mich sehr bewundert. Ich war die große Schwester, auf die er mächtig stolz war. Das sagte er natürlich nicht. Männer können so etwas nur schwer eingestehen. Sein Studium hat er in kürzester Zeit absolviert und dann begonnen, bei verschiedenen Zeitungen zu arbeiten. Er war ehrgeizig und talentiert. Er hätte auch gerne beim Wochenblatt gearbeitet, hatte aber Angst davor, in meinem Schatten zu stehen. Er hätte jedoch gut in unser Team gepasst. Das Wochenblatt ist eines der letzten überregionalen Nachrichtenmagazine, das wirklich unabhängig ist. Die meisten Zeitschriften, ganz egal ob Tageszeitung, Wochen- oder Monatsmagazin, gehören zu Medienkonzernen, die wiederum zu anderen Konzernen gehören. Da sind Wirtschaft und Medien so eng miteinander verflochten, dass es kaum mehr so etwas wie eine echte Unabhängigkeit der Medien gibt. Auch wenn das alle noch so sehr betonen. Sicher, die Redaktionen arbeiten unabhängig. Kein Vorstand einer Bank würde in einer Zeitungsredaktion intervenieren, nur weil die Bank über ihre Beteiligungen die Mehrheit an der Zeitung hält. Aber die Besitzverhältnisse sind bekannt, und man versucht in vorauseilendem Gehorsam, seinen Finanziers nicht ans Bein zu pinkeln. Das … wie soll ich sagen … das funktioniert österreichisch. Von hinten herum halt, wenn Sie wissen, was ich meine.«

Radek nickte. »Ja, ich kann es mir vorstellen.«

»Jedenfalls bildet das Wochenblatt da eine Ausnahme. Es wurde in den 1970er-Jahren gegründet, als unter Kreisky linke Medien aufblühten. Die Besitzer sind ein Konsortium aus Künstlern und Journalisten. Deshalb waren und sind die Prinzipien des Magazins: unabhängig, links, kritisch und investigativ. Das ist der Grund, warum ich dorthin gegangen bin, und ich glaube, das hätte auch Valentin gut gefallen. Mit Abos, Verkauf und Werbeanzeigen kommt das Wochenblatt gut über die Runden, soweit ich das beurteilen kann. Die Presseförderung, die wir erhalten, ist im Vergleich zu den großen Zeitungen unerheblich.« Sonja stockte. Ihr wurde bewusst, dass sie am Thema vorbeiredete. »Das hat alles nichts mit Valentin zu tun.«

»Wissen Sie etwas über seine Recherchen? Seine Quellen? Kennen Sie Hintergründe zu seiner Arbeit?«

»Nein, da bin ich genauso unwissend wie Sie.« Sonja schüttelte den Kopf. »Wir haben zwar immer wieder über diverse Themen diskutiert, die auch Teil unserer Arbeit wurden, aber das waren eher allgemeine Betrachtungen. Wie jeder andere Journalist hat auch Valentin diese Dinge für sich behalten. Doch ich werde es herausfinden.«

»Was heißt das?«

»Ich werde diese Dinge nicht auf sich beruhen lassen. Haben Sie die Daten auf seiner Festplatte durchgesehen?« Als Radek nickte, fuhr sie fort: »Da gibt es einiges, was nicht schlüssig ist, was offen ist. Wo Valentin begonnen hat zu recherchieren oder aufgehört, je nachdem wie Sie es sehen wollen. Jedenfalls werde ich da weitermachen.«

»Ich wäre an Ihrer Stelle vorsichtig«, mahnte er.

»Was meinen Sie damit?« Wollte er ihr drohen?

»Solange wir nicht wissen, was dahintersteckt, kann es auch für Sie gefährlich werden.«

Der Ton, mit dem er das sagte, machte ihr Angst. »Ich glaube nicht, dass es ein Raubmord war«, sagte Sonja. »Und deshalb werde ich weiterrecherchieren.« Sie merkte, dass sich sein Blick verändert hatte.

»Wie ich schon sagte«, murmelte er. »Passen Sie auf sich auf. Ich möchte nicht auch noch zu Ihrer Leiche gerufen werden.«

Sie war irritiert. Nicht durch die direkte Art, mit der er die Gefahr ansprach, sondern weil es klang, als mache er sich ehrliche Sorgen um sie. Nicht als Polizist, sondern … anders.

Er schien zu bemerken, dass sie ihn durchschaut hatte. Jedenfalls schwieg er betreten, trank seinen Kaffee aus und hatte es plötzlich eilig, zu gehen. »Ich werde mit Ihnen in Kontakt bleiben«, sagte er beim Hinausgehen, und dann war sie wieder alleine.

Sie hatte ihm nichts über ihre Recherchen gesagt. Über die Dinge, die sie in den letzten Tagen herausgefunden hatte. Irgendwie bedauerte sie das. Sie wollte ihm vertrauen, gleichzeitig fragte sie sich, ob sie das konnte, oder ob er sie nur benutzte, um an Informationen zu kommen. Er war Polizist, das war sein Job. Trau keinem Bullen, hämmerte es leise in ihrem Hinterkopf. Diesen Spruch kannte sie seit ihrer Studienzeit. Und bisher war sie immer gut beraten gewesen, wenn sie auf Distanz zur Polizei gegangen war. Beruflich zumindest.

Sonja hatte vorgestern noch mit ihrem Chefredakteur telefoniert und ihm die aktuellste Fassung von Valentins Artikel über die Situation der Wanderarbeiter geschickt, die sie gefunden hatte. Am nächsten Tag hatte ihr Chef zugesagt, die Story zu bringen, und ihr damit das Go gegeben, den Artikel auszubauen. Damit war zumindest eines erledigt. Doch damit war es noch nicht vorbei. Sie würde dort weitermachen, wo Valentin aufgehört hatte: bei der Geschichte über Ecker, Jungmann und Kohler. In den letzten Tagen hatte sie einiges über die drei herausgefunden, das ihr nicht gefiel.

Ihren Chefredakteur hatte sie bisher nicht darüber informiert, dazu waren es zu wenige Fakten. Doch wenn Valentin auf ähnliche Ergebnisse gestoßen war, würde es sie nicht wundern, wenn er deswegen … Sie wagte es nicht, diesen

Gedanken fertig zu denken. Nein, das waren keine Gründe, jemanden zu töten. Nicht in Österreich. Sie weigerte sich, das zu akzeptieren.

Denn damit war eine beängstigende Konsequenz verbunden, und Radek könnte recht behalten. Sie begab sich in eine unkalkulierbare Gefahr. Sie musste vorsichtig sein.

*

Radek fuhr nach Hause, machte aber noch einen Abstecher ins »Sailor« an der Ecke. In der Kneipe herrschte überraschend viel Betrieb. Ein paar Stammgäste begrüßten ihn mit knappen Gesten. Er setzte sich an die Theke und bestellte bei Jenny ein Murphy's Red.

Er fragte sich, warum Sonja Gebert ihn gebeten hatte, zu bleiben. Wollte sie nur freundlich sein, ging es ihr, ähnlich wie ihm, auch darum, das Kriegsbeil zu begraben? Oder versuchte sie, ihm Informationen zu entlocken? Trau keinem Reporter, das war seine Devise. Zu oft schon hatten er und seine Kollegen schlechte Erfahrungen mit der Presse gemacht. Informationen, die zur falschen Zeit, oder Fakten, die verdreht veröffentlicht wurden. Presse und Polizei bildeten eine unheilige Allianz. Beide verfolgten unterschiedliche Interessen und passten nicht zusammen. Aber sie brauchten einander. Obwohl die Presse stärker auf die Zusammenarbeit mit der Polizei angewiesen war als umgekehrt, handelte es sich um eine undankbare Beziehung.

Warum sollte die Reporterin Sonja Gebert eine Ausnahme bilden? Es war ihr Job, Leute zu manipulieren und auszuhorchen. Warum nicht auch ihn? Aber irgendwie wollte er das nicht glauben. Sonja gefiel ihm. Nicht so sehr, weil sie hübsch war, sondern wegen ihrer Art, der Stärke, die sie zeigte. Außerdem hatte er heute das erste Mal das Gefühl gehabt, dass auch sie sich für ihn zu interessieren begann. Doch möglicherweise war das nur Wunschdenken.

Plötzlich fühlte er sich einsam. Das geschah nicht oft.

Er sah sich im »Sailor« um. Viele Tische waren besetzt, der Lärmpegel entsprechend hoch. Das Publikum – einfache Menschen in jedem Alter. Eines der Dinge, die er an diesem Lokal mochte. Es erhob keinerlei Anspruch auf Exklusivität.

Am Tresen lehnten eine Menge Leute, unterhielten sich mit ihren Nachbarn oder starrten in ihre Biergläser. Radek gehörte zur zweiten Gruppe. Er hatte hier nur ein paar Bekannte, Stammgäste wie er, mit denen er manchmal ein paar Worte wechselte. Kurze Unterhaltungen ohne Tiefgang. Kneipengespräche eben.

Abgesehen davon hatte er in ganz St. Pölten wenige Freunde. Das Schicksal des Binnenmigranten. Die sozialen Kontakte zu seiner Heimat, wo er aufgewachsen war, im südlichen Waldviertel, waren nach und nach verloren gegangen, und hier hatte er sich bisher keinen neuen Freundeskreis aufbauen können. Mit einigen seiner Studienkollegen hatten sich zwar ein paar flüchtige Bekanntschaften ergeben, aber die saßen in Wien. Alles in allem war Neumann der Einzige, mit dem sich so etwas wie eine Freundschaft entwickelt hatte. Doch Neumann war auf dem Sprung zur Familiengründung. Seine Freundin Lisa war schwanger, sie planten bereits eifrig die Hochzeit, und Neumann war mehr daran interessiert, eine größere Wohnung zu finden, als mit Radek abzuhängen. Das war verständlich.

Radek hatte kein Problem damit, alleine zu sein. Er stand nicht so unter Strom, dass er ständig Unterhaltung und Betriebsamkeit um sich herum brauchte. Manchmal erschien es ihm sogar als Wohltat, auf der Couch im Wohnzimmer herumzuliegen, sich ein Bier reinzuziehen und Schwachsinn im Fernsehen anzusehen. Aber nur manchmal. An anderen

Tagen befiel ihn eine Sehnsucht nach Zweisamkeit, nach einer Beziehung. Da hätte er gerne mit jemandem geredet. Gerade dann, wenn es Dinge in seinem Job gab, mit denen er schlecht zurechtkam, die an ihm wie Dreck hängen blieben. Das Unangenehmste am Alleinsein war, dass er zu viel Zeit zum Nachdenken hatte und ihm ständig seine Fälle im Gehirn herumspukten. Das Leben bestand nicht nur aus Polizei und Mordfällen. In seiner Situation konnte er jedoch diese Dinge meist nicht aus seinem Leben ausblenden. Hin und wieder brauchte er ein paar Bier, um runterzukommen, um alles zu verdrängen, was sich in seinem Kopf angestaut hatte und herumratterte wie ein Wagen auf einer Achterbahn.

Manchmal brauchte er auch etwas Stärkeres. Er bestellte einen Jameson.

Jenny lächelte. Das war zumindest mal etwas Angenehmes.

*

Es war spät geworden und bereits dunkel, als Klaus Winkler das Parteibüro verließ. Er hatte lange gearbeitet. Nicht für die Partei. Andere Dinge. Er hatte Nachforschungen angestellt.

Winkler war der Letzte im Büro, sperrte die Tür ab und machte sich zu Fuß auf den Nachhauseweg. Er wollte ein paar Schritte gehen. Ein lauer Abend, der Weg war nicht lang, 20 Minuten höchstens, und er hatte ohnehin nichts mehr vor.

Er bog auf die Julius-Raab-Promenade ab und spazierte gemächlich hinunter zum Bahnhof.

Winkler musste seine Gedanken ordnen. Zu viel schwirrte in seinem Kopf herum. Die Dinge, die er erfahren hatte, beunruhigten ihn.

Als Tirla bei ihm gewesen war, hatte er dem Ganzen wenig Beachtung geschenkt. Er hatte zu viel anderes zu erledigen gehabt. Dass Wanderarbeiter bei ihren Löhnen gedrückt und geprellt wurden, war nichts Besonderes. Auch als Valentin gekommen war, war ihm die Sache noch nicht ungewöhnlich erschienen. Eine Story, mehr nicht. Kohler, Jungmann, Ecker – Valentins Geschichte. Das hatte Winkler nicht interessiert.

Doch nun, nach Valentins Tod, sah die Sache anders aus. Er fühlte sich mitverantwortlich. Er wusste nicht genau, warum er sich so reinhängte. Vielleicht weil er fühlte, es Valentin schuldig zu sein. Jedenfalls hatte er begonnen, Erkundigungen einzuholen, zu recherchieren, Leute zu fragen, die er kannte. Den halben Tag hatte er am Telefon verbracht, E-Mails geschrieben, Fragen gestellt und viele Antworten erhalten.

Beunruhigende Antworten.

Je mehr er erfuhr, desto besorgter wurde er. Diese Angelegenheit war größer als zu Beginn vermutet, und er fragte sich, ob Valentin das gewusst hatte. Was sollte er mit diesen Informationen machen? Zur Polizei gehen? Das wäre sinnvoll, aber innerlich widerstrebte es ihm. Sprich nicht mit den Bullen.

Doch was sonst?

Winkler überquerte die Straße und ging entlang des Kreisverkehrs vor dem Bahnhof zur Unterführung an den Gleisanlagen. Er wollte in Ruhe nachdenken. Dort war weniger Trubel als auf dem Weg durch das Bahnhofsgebäude, den er benutzte, wenn er durch die Stadt ging.

Er musste irgendetwas unternehmen. Das war ihm klar. Man durfte diese Sache nicht auf sich beruhen lassen, durfte nicht einfach zur Tagesordnung übergehen.

Sonja Gebert fiel ihm ein. Sie war Reporterin. Möglicherweise war sie die richtige Ansprechpartnerin. Aber er glaubte, dass dafür der geeignete Zeitpunkt noch nicht gekommen war. Er musste zuvor einiges überprüfen. Bisher waren die Dinge, die er erfahren hatte, zu vage, zu ungenau. Gerüchte, Vermutungen, Spekulationen. Damit konnte man nicht an die Öffentlichkeit gehen. Außerdem ging es um Leute, denen man nicht ungestraft ans Bein pinkelte.

Er dachte an Radu Tirla. Der hatte, ohne es zu wissen, die ganze Sache ins Rollen gebracht. Und jetzt war er verschwunden. Unauffindbar. Er hatte im Haus in der Kerensstraße nach ihm gesucht. Vergeblich. Niemand hatte ihm etwas über Radu sagen können. Oder wollen.

Nach der Unterführung ging er quer über den dortigen Kreisverkehr hinüber zur Schöpferstraße, es war ohnehin kaum mehr Verkehr. Dann entlang der Häuserfront der Pensionsversicherungsanstalt.

Er war fast zu Hause. Vielleicht sollte er noch zu Fredis Beisl auf ein Bier gehen, einer kleinen Kneipe etwas weiter unten auf der Kremser Landstraße.

Er kam an eine Durchfahrt und dachte daran, dass man hier zur Kremser Landstraße hinübergehen konnte und dass Radu Tirla auf der anderen Seite dieses Gebäudekomplexes überfallen worden war.

»Hey, du Kommunistensau«, hörte er plötzlich eine Stimme hinter sich. »Wart mal, wir haben was mit dir zu klären.«

Sofort schlugen die Alarmglocken an. Er blieb stehen und drehte sich um. Zwei Männer kamen auf ihn zu. Beide schwarz gekleidet. Jeans, kurze Bomberjacken, Springerstiefel – Neonazi-Outfit. Über dem Kopf Wollhauben mit ausgeschnittenen Löchern für Augen und Mund. Einer bullig, kleiner als der andere, kräftig gebaut. Der zweite war schlanker, wirkte aber nicht weniger durchtrainiert. Sie waren unmittelbar vor ihm. Winkler wusste sofort, was das zu bedeuten hatte. Die Angst stieg so schnell in ihm hoch, als würde er in ein Becken mit heißem Wasser stürzen. Bilder und Gedankensplitter schossen wie Blitze durch seinen Kopf. Radu und Valentin. Es war genauso wie bei ihnen. Was tun, hämmerte es in seinem Kopf. Umdrehen und davonlaufen, war sein erster Gedanke. Sinnlos. Sie hatten ihn bereits in den Schatten des Durchgangs gedrängt. Er wich zurück.

Dann traf er eine Entscheidung, und ihm war klar, dass alles schnell gehen musste. Sehr schnell. Es gab nur diese einzige Chance. Zum Glück hatte er keine Tasche dabei, die ihn behinderte.

»Hallo, Nazischweine«, sagte Winkler und trat dem, der ihm am nächsten war, entgegen. Das war der bullige Kerl. Er wusste, wenn die beiden ihn in die Mangel nahmen, würde er so enden wie Radu oder Valentin.

Zwei Schritte, dann sprang er ab, und sein Fußkick traf den Bulligen unvorbereitet auf die Brust. Der Typ wurde zurückgeschleudert, als wäre er gegen einen Baum gelaufen, und landete mit einem dumpfen Stöhnen hart auf dem Gehsteig. Da war schon der andere da und holte aus. Der Schlag war eine schnelle Reaktion auf Winklers Attacke, nicht gezielt. Winkler konnte ohne Probleme ausweichen. Er drehte sich zur Seite. Die Faust des Großen wischte ins Leere, durch die Wucht kam er einen Schritt nach vorne. Winkler holte mit dem Fuß aus und traf den Kerl voll in den Magen. Der Große krümmte sich zusammen und knickte in die Knie.

Winkler drehte sich um und lief los. Er sah, wie der Bullige sich aufrappelte und ihn mit wackeligen Beinen zu fassen versuchte, aber da war Winkler schon weg.

Er lief die Durchfahrt weiter hinüber zur Kremser Landstraße, bog an der Ecke nach rechts, dann nach links um den Häuserblock und stand schließlich vor Fredis Beisl.

An der Tür hielt er inne, blickte die Straße entlang. Niemand. Er amtete zweimal tief durch und betrat das Lokal. Einen Augenblick lang fürchtete er, dass die beiden schon drin sein und auf ihn warten könnten. Hastig sah er sich um. Nichts. Nur die üblichen Gesichter und einige Unbekannte. Nicht viel Betrieb. Fredi, ein hagerer Mann Mitte 40 mit schütterem Haar, stand hinter dem Ausschank. Sie begrüßten sich flüchtig und Winkler bestellte ein Bier.

Zum Glück war Fredi beschäftigt und quatschte ihn nicht an. Das hätte er momentan nicht vertragen. Sein Puls raste immer noch wie verrückt. Keine gute Idee, jetzt ein Bier zu trinken. Er brauchte einen klaren Kopf, brauchte seine ganze Reaktionsfähigkeit und durfte nicht beduselt sein. Aber wenn er einen Apfelsaft trinken würde, wäre er sicher zur Zielscheibe von Fredis Spott geworden. Und das konnte er noch weniger gebrauchen.

Er hatte Angst, dass die beiden ihn suchten und hier finden würden. Wer waren die Kerle? Warum hatten sie ihn überfallen? Neonazis, war sein erster Gedanke gewesen. Sie hatten ausgesehen wie Neonazis. Es wäre nicht der erste Angriff von Neonazis auf einen Genossen oder eine Genossin. Aber warum er? Winkler war nicht naiv. Er wusste, dass er kein zufälliges Opfer war. Radu, Valentin und jetzt er. Zufälle sahen anders aus.

Er würde im Moment keine Antwort auf die Frage nach dem Warum finden, egal wie sehr er sich den Kopf zerbrach. Er war viel zu aufgeregt. Besser er überlegte, was er tun sollte. Freitagabend. Er konnte hier bis zur Sperrstunde sitzen bleiben. War das sinnvoll? Wussten die beiden Typen, wo er wohnte? Konnte er es wagen, nach Hause zu gehen, oder warteten sie dort auf ihn? Aber wohin sonst? Zurück ins Parteibüro? Auch keine gute Idee. Vielleicht waren sie ihm von dort gefolgt.

Einen Augenblick lang überlegte er, zur Polizei zu gehen. Vielleicht zu diesem Kriminalbeamten, diesem Radek. Nein, nicht jetzt.

Er trank einen Schluck Bier. Langsam beruhigte er sich. Er würde nach Hause gehen. Später.

Immer wieder lief der kurze Kampf vor seinen Augen ab, wie ein Videoclip in Endlosschleife. Fußkick, ausweichen, noch ein Fußkick. Eine euphorische Stimmung überkam ihn. Den beiden hatte er es gezeigt. Er hatte sie überrascht und ihnen ordentlich eine verpasst. So schnell würden sie das nicht vergessen. Wie gut, dass er seit Jahren Krav Maga und Wing Chun Kung Fu und Qi Gong trainierte. Das eine, um sich zu verteidigen, das andere, um sich zu entspannen. Er hatte sie plattgemacht, regelrecht niedergetreten.

Dieser Gedanke belustigte ihn und unterhielt ihn die nächste halbe Stunde. Er klammerte sich an ihn, damit er nicht darüber nachdenken musste, warum diese Typen hinter ihm her waren und wie er weitermachen sollte. Denn eines war ihm klar: Es war nicht vorbei.

Nachdem er sein Bier getrunken hatte, verließ er das Lokal und blickte sich vorsichtig um. Keine Leute mehr auf der Straße, nichts zu sehen. Auf der Kremser Landstraße standen an beiden Seiten einige kümmerliche Bäume, Versuche, die Gegend hier attraktiver und grüner zu machen. Doch vom Licht der Straßenlampen wurden sie in finstere Schatten verwandelt.

Sein Puls stieg sprunghaft an. Scheiße, er hätte auf das Bier verzichten sollen. Er schaute den Gehsteig entlang, an den Hauswänden und Bäumen. Der Gehsteig war ihm zu gefährlich. Dort hätte er keine Chance, auszuweichen, wenn sie plötzlich vor ihm standen.

Es war kurz vor Mitternacht, Autos waren kaum noch unterwegs. Er beschloss, auf der Straße zu gehen, da hätte er alles bestmöglich im Blick und könnte, wenn nötig, überallhin abhauen.

Er schüttelte sich kurz, machte die Muskeln locker wie vor einem Sparring und marschierte auf der Fahrbahnmitte mit schnellen Schritten los, trotzdem alles im Auge behaltend. Bei der Daniel-Gran-Straße bog er nach rechts ein. Hier gab es keine Bäume mehr, nur parkende Autos. Dennoch blieb er in der Straßenmitte. Er kontrollierte die Fahrzeuge, so gut er konnte, sah nach, ob jemand drinsaß. Keine unerwünschten Besucher. Sein Haustor. Er ging daran vorbei bis hinunter zur nächsten Straßenkreuzung, dann kehrte er um. Den Schlüssel hielt er schon in der Hand, schnell blickte er sich noch einmal um. Nichts. Er sperrte auf, huschte ins Haus, nicht ohne zuvor den finsteren Gang zu kontrollieren, drückte auf den Lichtschalter. Das Ganglicht ging an. Nichts Auffälliges zu sehen. Hinauf in den ersten Stock, Tür Nummer 8. Aufsperren, hinein, zusperren. Ein großes Balkenschloss. Einbruchssicher. Er ging in sein Zimmer und holte den Baseballschläger, den er unter dem Bett liegen hatte. Für alle Fälle. Damit setzte er sich im Wohnzimmer auf die Couch.

Er war alleine in der Wohnung. Und er bedauerte zum ersten Mal, dass sein Mitbewohner für ein Auslandssemester in England war.

Winkler saß im Wohnzimmer und wartete, ohne zu wissen worauf. Langsam wurde er ruhiger, langsam hörten seine Gedanken auf, wie wild herumzuhüpfen. Langsam konnte er wieder klar denken. Er musste mehrere Entscheidungen treffen. Er wusste, dass die beiden sich nicht geschlagen geben würden. Sie würden wiederkommen. Diesmal hatte er sie überrascht, beim nächsten Mal würden sie vorbereitet sein. Er musste vorher etwas unternehmen. Aber was?

29.

Er hatte Angst. Und er fühlte sich wie tot.

Die ganze Woche schon lag er im Bett, und sein Körper schien nur aus Schmerzen zu bestehen. Überall. Im Kopf, im Gesicht, in der Schulter, am Oberkörper und den Armen und im Unterleib. Lediglich seine Beine waren in Ordnung.

Er hatte kein Zeitgefühl. Er glaubte, dass Samstag war, hätte es aber nicht beschwören können. Er war alleine hier. Die anderen waren unterwegs. Er wusste nicht, wo.

Er quälte sich hoch und setzte sich stöhnend auf das Bett. Sein rechter Arm lag fest am Oberkörper in eine Schlinge gebunden, um das Schultergelenk ruhig zu halten. Er konnte kaum atmen, weil der Verband um seinen Oberkörper so eng angelegt war, dass er glaubte, er würde ihn zerquetschen. Jede Bewegung tat weh, jeder tiefe Atemzug, jedes Husten.

Seine Freunde hatten ihm Medikamente besorgt. Schmerzstillende und entzündungshemmende, soweit er gesehen hatte. Er wusste nicht, woher sie die hatten und ob es die richtigen für seine Behandlung waren, aber wenn er eine Tablette nahm, ließen die Schmerzen nach.

Seine Verbände waren dreckig und gehörten gewechselt, doch niemand traute sich, das zu machen. Er hatte seit einer Woche keine Dusche mehr gesehen und stank wie einer der Obdachlosen, die er manchmal beim Bahnhof traf. Auch das war ihm egal.

Er konnte sich nur ungenau an das erinnern, was geschehen war.

Er wusste noch, wie er von drei Männern auf dem Heimweg angestänkert und niedergeschlagen worden war. Dann nichts mehr. Im Krankenhaus war er langsam wieder zu sich gekommen und anschließend heimlich gegangen. Er hatte Angst gehabt. Er wusste nicht, ob die drei Männer ihn überfallen hatten, weil er ihnen zufällig über den Weg gelaufen war, oder ob sie ihn töten wollten und es ihnen misslungen war. Vielleicht würden sie wiederkommen, um zu vollenden, was sie beim ersten Mal nicht geschafft hatten.

Er war in der Nacht aufgestanden, hatte sich angezogen, seine Sachen gepackt und sich aus dem Krankenhaus geschlichen. Danach in seine Wohnung. Die lag nicht weit entfernt. Auf dem Weg dorthin war er beinahe ohnmächtig geworden, so stark waren die Schmerzen und der Schwindel gewesen, alles hatte sich gedreht. Seine Mitbewohner waren überrascht gewesen, hatten ihn mit Fragen bestürmt. Aber er hatte ihnen nicht viel verraten. Er war so müde gewesen, hatte nur schlafen wollen, sich wie bewusstlos ins Bett gelegt.

Am nächsten Morgen, als er wach geworden war, waren alle weg gewesen, bei der Arbeit, bis auf Mitica. Der war krank, Fieber, eine Sommergrippe, hatte der Arzt gesagt. Mitica betrachtete ihn besorgt.

»Ich muss weg hier«, erklärte er ihm.

Mitica schüttelte den Kopf. »Sieh dich an, wie du aussiehst. Du kommst nicht einmal die Treppe runter.«

»Hilf mir.«

Und Mitica Vladescu half ihm. Zuerst telefonierte er. »Radu, ich habe eine Wohnung, wo du bleiben kannst«, sagte er dann. »Bei Freunden. Aber du darfst niemandem sagen, dass du dort bist.«

Das war Radu Tirla nur recht. Er versprach es.

Mitica half ihm, sein Zeug zu packen, und begleitete ihn mit dem Taxi zu einer Adresse in einer Gegend, die Tirla nicht kannte.

Drei Männer empfingen ihn in einer kleinen schäbigen Wohnung, die aussah wie ihre Bruchbuden in der Kerensstraße. Sie führten ihn in einen Raum mit zwei Stockbetten und gaben ihm eines der unteren, das frei war.

»Sie verlangen 100 Euro pro Woche«, erklärte Mitica. »Aber sie kümmern sich um dich.«

Radu nickte. Dann fiel er ins Bett, fühlte sich in Sicherheit und schlief, bis ihn die Schmerzen weckten. Er stöhnte und es wurde immer schlimmer.

Die drei Männer in der Wohnung beobachteten ihn voller Sorge. Er hörte sie leise diskutieren wie durch einen dicken Vorhang, obwohl sie im selben Raum standen. Einer verschwand und kam etwas später mit den Medikamenten zurück. Wahrscheinlich hatten sie Angst, dass Radu in ihrer Wohnung abkratzen könnte.

Sie versorgten ihn mit Medikamenten und Essen. Suppe. Sein Gesicht war so verschwollen, dass er kaum den Mund öffnen oder beißen konnte. Er wusste nicht, wie viele Kilo er inzwischen abgenommen hatte. Sein Körper war von der harten Arbeit immer ausgezehrt gewesen, doch jetzt war er klapperdürr geworden. Die Jogginghose und das schmutzige T-Shirt schlotterten an ihm wie an einer schäbigen Kleiderpuppe.

Radu schlief, trank Tee, aß Suppe, nahm Medikamente und schlief wieder. Die meiste Zeit war er alleine. Die drei Männer waren unterwegs. Sie arbeiteten nicht wie Radu in einer Fima. Es dauerte nicht lange, bis er erfuhr, was sie machten. Sie brachen in Wohnungen und Häuser ein oder knackten Autos. Manchmal hörte er sie im Nebenraum, dem Wohnzimmer, tuscheln und leise über ihre Coups reden. Es war ihm egal. Sie würden ihn nicht verraten, das war das Wichtigste. Und Mitica würde ihn auch nicht verraten. Er hatte ihn zu ihnen gebracht. Wenn die Polizei hier auftauchen und nach ihm suchen würde, konnten sie die Adresse nur von Mitica haben. Das würden auch die drei Männer wissen.

Aber warum sollte die Polizei ihn überhaupt suchen? Er hatte nichts verbrochen. Er war heimlich aus dem Krankenhaus weggegangen, das war kein Verbrechen. Es sei denn, er hätte dort etwas bezahlen müssen. Radu hatte keine Ahnung. Im Krankenhaus hatten sie sicher seine Sozialversicherungskarte aus Rumänien gesehen. Das müsste reichen, glaubte er. Doch wer weiß?

Schlimm war, dass er bestimmt seinen Job verloren hatte. Er wusste, wie mit Leuten umgegangen wurde, die unentschuldigt nicht zur Arbeit erschienen, und er glaubte keinen Augenblick daran, dass es ihm da besser ergehen würde, selbst wenn er einen Grund für sein Fernbleiben hatte. Aber Stolojescu würde das nicht gelten lassen.

Er schlurfte in die Küche und machte sich einen Tee. Die Wohnung war alt und heruntergekommen. Auch die Küche. Möbel, die mindestens 20 Jahre alt waren, eine verdreckte Dusche und ein schmutziger Waschtisch an der einen Wand, die Küchenzeile an der anderen. Im Wohnzimmer standen eine alte, durchgesessene Couch, ein Tisch mit vier Sesseln, eine Kommode mit einem Fernseher und einem alten CD-Player mit Radio. Das Zimmer dahinter war angefüllt mit vier Stockbetten und zwei Kästen, die sich die Bewohner teilten. Wie die Arbeiterquartiere, in denen er in den letzten Jahren untergebracht gewesen war.

Radu fragte sich, woher Mitica die drei Burschen kannte. Er vermutete, dass auch Mitica früher mit ihnen auf Diebestour unterwegs gewesen war. Vielleicht war er ausgestiegen. Zu alt oder körperlich nicht mehr fit genug. Oder sie kamen aus Miticas Dorf. Es war ihm egal. Er wusste nur, dass sie sich um ihn kümmerten. Aber er konnte nicht ewig hierbleiben. Irgendwann, wenn es ihm besser ging, würden sie ihn rauswerfen. Radu Tirla hatte keine Ahnung, was er danach machen sollte. Er kannte niemanden, nur die Leute im Haus in der Kerensstraße. Dorthin traute er sich nicht mehr zurück. Und sonst? Valentin Gebert. Den musste er anrufen, der würde ihm helfen.

Er ging mit dem Tee zurück ins Schlafzimmer, stellte die Tasse auf einem Sessel ab, den sie ihm für seine Sachen neben das Bett geschoben hatten. Er konnte nur eine Hand bewegen. Mit der kramte er in seinen Sachen. Aber da war nicht mehr viel. Entweder hatten die Leute, die ihn überfallen hatten, sein Handy genommen, oder es lag noch im Krankenhaus. Am schlimmsten war, dass die Papiere, die er bei sich getragen hatte, verschwunden waren. Er wusste, dass die Männer ihn nicht wegen seiner Wertsachen überfallen hatten, sondern wegen dieser Unterlagen. Allerdings wusste er nicht, wer die Männer waren. Aber – das ging ihm jedes Mal durch den Kopf, wenn er halbwegs klar und schmerzfrei denken konnte – wenn sie von denjenigen kamen, die er hinter dem Überfall vermutete, würden sie schnell begreifen, dass er ihrem Treiben auf der Spur war. Und sie würden erkennen, dass es nur Kopien waren, und nach den Originalen suchen – und nach ihm.

Mit wachsendem Schrecken begriff Radu, dass mit seiner Brieftasche auch die Visitenkarten von Valentin Gebert und Klaus Winkler weg waren und damit ihre Telefonnummern. Die hatte er zwar in seinem Handy gespeichert, doch das fehlte ebenfalls. Klaus hatte die Originale seiner Unterlagen. Und Radu musste ihm noch etwas anderes geben. Seine persönlichen Aufzeichnungen, die er aus der Wohnung mitgenommen und jetzt in seiner Reisetasche liegen hatte, als Ergänzung der Unterlagen. Die waren wichtig. Er musste Klaus erreichen. Vielleicht fand er seine Nummer oder die von Valentin im Internet. Auf der Webseite der Partei oder der Zeitung.

Sobald es ihm besser gehen würde, wollte er sich ein Telefon von seinen Freunden borgen und anrufen.

Er hatte sein Geld aus seinem Spind in der Wohnung mitgenommen. Es war nicht viel, aber es reichte. Er würde die Leute hier bezahlen und verschwinden. Klaus und Valentin würden ihm helfen. Und dann konnten sie immer noch überlegen, was sie mit den Unterlagen machen würden.

Seine Kopfschmerzen wurden wieder stärker. Er fröstelte, obwohl es drückend heiß im Zimmer war. Radu suchte die Medikamente und fand die Packung Tramal auf dem Boden unter dem Sessel. Er drückte eine Tablette aus dem Blister, was ihm mit einer Hand nicht leichtfiel, steckte sie in den Mund und spülte sie mit einem Schluck Tee hinunter. Danach legte er sich zurück ins Bett, schloss die Augen und wartete auf das Einsetzen der schmerzstillenden Wirkung.

Aber seine Angst konnte die Tablette nicht lindern.

*

Es war gegen 11 Uhr, als sein Diensttelefon läutete. Wochenende, Radek hatte frei. Im ersten Augenblick fürchtete er, zu einem Mordfall gerufen zu werden. Doch er kannte die Nummer nicht, allerdings die Stimme am anderen Ende.

»Herr Bezirksinspektor Radek?«

»Ja.«

»Hier spricht Klaus Winkler. Ich würde mich gerne mit Ihnen treffen und reden.«

Na ja, zumindest kam er gleich zur Sache und sparte sich langes Herumgelaber. Das machte die Sache erträglicher. »Worüber?«, fragte Radek.

»Nicht am Telefon«, lautete die knappe Antwort.

Radek dachte kurz nach. Es sprach nichts gegen ein Treffen. Er hatte im Moment ohnehin nichts Besonderes zu tun. »Schlagen Sie etwas vor.«

»Café Emmi. In einer Stunde.«

»Okay.«

Das Café Emmi befand sich in der Stadt am Anfang der Linzer Straße. Radek würde mit dem Rad fahren müssen, denn dort gab es keine Parkplätze. War aber auch kein Problem.

Er war gerade aus der Dusche gekommen und hatte begonnen, sich ein Frühstück zu machen. Am Morgen war er laufen gewesen. Seine übliche Runde hinüber zur Traisen, nach Süden bis zur Brücke in Harland und wieder zurück.

Das Frühstück würde er ins Emmi verschieben. Er räumte Butter, Eier, Marmelade und Wurst zurück in den Kühlschrank, trank jedoch in Ruhe seinen Kaffee aus

Dann zog er sich an, nahm seine Schreibmappe mit und machte sich auf den Weg.

Das Emmi war voll, auch draußen waren alle Plätze besetzt. In einer hinteren Ecke fand Radek noch einen freien Tisch. Samstagmittag. Gemischtes Publikum. Nachtschwärmer, denen deutlich anzumerken war, dass sie durchgezecht hatten und das Frühstück mit etwas anderem abschließen wollten als einem Bier. Ein Tisch junger Frauen beim Brunch, Pensionisten beim Kaffee, die sich hinter großformatigen Zeitungen versteckten. Erste Mittagsgäste. Radek bestellte ein kleines Frühstück.

Winkler wirkte nervös, als er kam, und sah aus, als hätte er ebenfalls die Nacht durchgemacht. Sie begrüßten sich förmlich, Winkler nahm Platz und bestellte eine großen Espresso.

»Was wollen Sie mit mir bereden?«, fragte Radek.

Winkler beugte sich vor und sprach sehr leise. »Es geht um Tirla und Gebert.«

»Das dachte ich mir.«

»Ich wurde gestern überfallen«, sagte Winkler ohne Überleitung.

»Sie wurden was?« Radek erschrak. Also doch, dachte er. Winkler war ebenfalls in Gefahr.

»Überfallen«, wiederholte Winkler. »Na ja, zumindest haben es zwei Kerle versucht. Aber es ist ihnen nicht gelungen.«

»Wie haben Sie es angestellt, zu entkommen?«, fragte Radek ungläubig. Tirla und Gebert hatten das nicht geschafft – sollten es dieselben Täter gewesen sein.

»Ich habe sie ... wie soll ich sagen ... kurzfristig ausgeschaltet und bin davongelaufen.«

Radek blickt ihn noch erstaunter an. »Was darf ich mir unter ›kurzfristig ausgeschaltet‹ vorstellen?«

»Ich hab sie mit zwei gezielten Fußkicks zu Boden geschickt.«

»Alle beide?«

Winkler wurde ungeduldig. »Ja. Alle beide. Hören Sie, ich mache seit fünf Jahren Kampfsport. Als Ausgleich und zur Entspannung. Ich hab das noch nie im wahren Leben gebraucht, aber jetzt hat es etwas gebracht. Es genügte, damit ich weglaufen konnte.«

»Okay.« Radek gab sich vorerst damit zufrieden. »Haben Sie Anzeige erstattet?«

Winkler schüttelte den Kopf. »Nein, hab ich nicht. Möchte ich auch nicht.«

Radek wurde ungehalten. »Weshalb nicht? Verstößt das gegen Ihren Ehrenkodex?«

»Sparen Sie sich den Zynismus«, fauchte Winkler. »Es ist nichts passiert. Zumindest mir nicht.«

»Sind Sie bescheuert?« Radek konnte seine Wut kaum zügeln. »Was heißt: ›Es ist nichts passiert‹? Sie wurden Opfer einer Gewalttat. Und wenn die mit Tirla und Gebert in Verbindung steht, dann ist das keine Kleinigkeit. Weshalb haben Sie sich erst heute gemeldet? Wenn Sie gestern die Polizei alarmiert hätten, wären die Täter vielleicht erwischt worden.«

»Schwachsinn!« Winkler war nun genauso zornig wie Radek. »Sie wissen, dass Sie die beiden nicht geschnappt hätten. Bis ich in Sicherheit war, waren die Täter längst über alle Berge. Außerdem weiß ich nicht, ob es mit Tirla und Gebert zusammenhängt.«

Radek versuchte sich zu beruhigen. »Okay, dann erzählen Sie mir genau, was passiert ist.«

Winkler berichtete ausführlich über die Ereignisse vom Vorabend. Radek machte sich Notizen in seinen Collegeblock.

»Waren die beiden Österreicher?«, fragte Radek, nachdem Winkler seine Erzählung beendet hatte.

Winkler überlegte kurz. »Ja, ich denke schon. Sie haben zwar kaum etwas gesagt, eigentlich nur einer. Da war kein ausländischer Akzent zu hören. Auch kein deutscher oder tiroler Einschlag. Umgangssprache, würde ich sagen. Aber es ist alles so schnell gegangen.«

»Haben Sie eine Idee, wer die Täter gewesen sein könnten?«

»Nein. Echt nicht. Es könnten Neonazis gewesen sein. Aber auch – ich weiß nicht – Unterweltler vielleicht. Obwohl ... Dafür haben sie zu gepflegt gesprochen. Ich kenne den Slang solcher Leute. Das ist eine andere Sprache.«

Radek widmete sich wieder seinem Frühstück. »Glauben Sie, dass der Überfall mit denen auf Gebert und Tirla in Zusammenhang steht? Sie sagten, Sie wissen es nicht. Aber glauben Sie es?«, fragte er.

Winkler schaute ihn prüfend an. »Ist diese Frage ernst gemeint?«

Radek schwieg. Ihm war klar, dass die drei Fälle zusammenhingen, spätestens nach der Täterbeschreibung. Er glaubte nicht an so viele Zufälle. Aber er wollte wissen, ob Winkler auch dieser Meinung war und weshalb.

»Radu Tirla war bei mir und Valentin Gebert ebenfalls. Ich habe beiden weitergeholfen. Das ist, glaube ich, Hinweis genug darauf, dass die Dinge nicht getrennt zu sehen sind.«

»Wobei haben Sie ihnen weitergeholfen?«, hakte Radek nach.

»Das habe ich Ihnen schon gesagt.«

»Dann sagen Sie es noch mal. Und dieses Mal alles«, erwiderte Radek in der Hoffnung, dass es da noch mehr gab.

Winkler antwortete nicht. Vielleicht fragte er sich, wie viel er preisgeben sollte und ob es sinnvoll war, mit der Polizei zu kooperieren. Immerhin hatte er sich bisher beharrlich geweigert und sie nach Strich und Faden verarscht. Aber jetzt ging diese Strategie nicht mehr auf. Jetzt hatten sie ihn am Wickel. Jetzt musste er sich was einfallen lassen.

»Was werden Sie jetzt unternehmen?«, fragte Winkler und überging Radeks Frage.

»Ich werde Ihre Aussage zu Papier bringen. Sie müssen am Montag ins LKA kommen.« Er sah Winklers skeptischen Blick. »Tirla ist verschwunden und Gebert ist tot«, erklärte er. »Sie sind der Einzige, der einen dieser Überfälle unbeschadet überstanden hat. Wir brauchen Sie als Zeugen. Außerdem ist Ihre Aussage wichtig, damit wir die drei Fälle als zusammengehörig bearbeiten können. Ich bin überzeugt, dass es eine Verbindung gibt. Ich weiß nur noch nicht, welche. Vielleicht können Sie uns weiterhelfen.«

Winkler sagte nichts.

Radek versuchte, die aufsteigende Wut mit einem Schluck Kaffee hinunterzuspülen. »Außerdem, was denken Sie, wie die Sache weiterläuft? Einmal sind Sie den beiden entwischt. Ein weiteres Mal werden die sich nicht mehr überrumpeln lassen. Wie lange wird es dauern, bis Sie das nächste Opfer sind?« Radek musterte ihn abschätzend. »Wenn Sie nicht mit uns zusammenarbeiten, können wir Ihnen nicht helfen.«

Winkler schnaubte verächtlich. »Wie wollen Sie mir helfen? Wollen Sie mir Polizeischutz anbieten? Lächerlich.«

»Wir können die Täter aus dem Verkehr ziehen.«

Noch einmal ein abfälliges Grunzen. »Wenn Sie so weiterarbeiten wie bisher, sehe ich da nicht viel Hoffnung.«

Radek musste sich beherrschen, um seinen Zorn nicht zu zeigen. »Herr Winkler. Wir stehen am Anfang unserer Ermittlungen. Und ja, wir haben bisher keine Ahnung, was abläuft. Es gibt zwar einige Hinweise, die in eine bestimmte Richtung deuten, aber sonst nichts.«

Winkler wurde wohl klar, dass er alleine nicht weit kommen würde. »Okay«, sagte er langsam, »ich kann Ihnen einige nützliche Informationen geben.«

»Dann tun Sie das.« Radek wusste, dass Winkler ihnen bisher eine Menge verheimlicht hatte. Es war gut, wenn er bereit war zu kooperieren.

Doch Winkler schüttelte den Kopf. »Nicht hier.« Er überlegte. »Kommen Sie morgen Vormittag in meine Wohnung.«

»Morgen ist Sonntag«, erwiderte Radek.

»Und? Haben Sie ein Problem damit? Bloß keine Überstunden machen, oder was?«

»Sie haben Nerven, Mann.«

»Also, Herr Bezirksinspektor. Entweder Sie machen sich morgen die Mühe und erfahren dadurch mehr, als Sie bisher recherchieren konnten, oder Sie lassen es bleiben.«

Radek willigte ein. Scheiß drauf, er hatte auch morgen nichts vor. »Aber wenn das leere Kilometer werden, reiße ich Ihnen den Arsch auf.«

Winkler grinste. »Darauf bin ich gespannt.« Dann wurde er wieder ernst. »Es gibt allerdings eine Bedingung. Ich werde Sonja Gebert beiziehen.«

»Wieso das?« Radek versuchte, sich seine Besorgnis nicht anmerken zu lassen.

»Weil sie als Journalistin und Schwester von Valentin sicher auch daran interessiert ist, was ich zu berichten habe. Ohne Sonja sage ich kein Wort. Und es wäre sinnvoll, wenn Sie Ihren Kollegen mitbringen.«

»Wenn er Zeit hat«, brummte Radek. »Es soll auch Polizisten mit Privatleben geben.«

»Wie Sie wollen. Morgen, 11 Uhr, bei mir in der Wohnung. Sie wissen, wo das ist?«

Radek nickte. Er kannte die Adresse.

»Okay, dann bis morgen.«

Winkler legte vier Euro für den Kaffee auf den Tisch, stand auf und ging.

Radek blieb sitzen wie ein verlassener Liebhaber und fühlte sich ziemlich überrumpelt. Doch er war gespannt darauf, was Winkler morgen Großartiges berichten würde.

Er beendete sein Frühstück, bezahlte und ging.

In der Kremser Gasse herrschte reges Treiben. Samstäglicher Einkaufstrubel. Radek steuerte die Schreinergasse an und suchte sich ein ruhiges Plätzchen zum Telefonieren. Sogar durchs Telefon entging ihm die Überraschung Neumanns nicht, nachdem er ihm erzählt hatte, was passiert war.

»Und morgen soll der Tag der Wahrheit sein?« Neumanns Skepsis triefte förmlich aus dem Telefon.

»So ist sein Plan.«

»Verflucht, Tom. Morgen ist Sonntag!«

»Ich weiß. Wenn du nicht willst, gehe ich alleine.«

»Ich komm mit. Das lass ich mir doch nicht entgehen! Aber meint Winkler das ernst oder treibt er Spielchen mit uns?«

»Schwer zu sagen. Seine Nervosität wirkt echt. Ich denke, ihm ist bewusst geworden, dass er in dieser Angelegenheit ziemlich alleine dasteht. Und dass es nur eine Frage der Zeit ist, bis er endet wie Tirla oder Gebert. Auch wenn er es sich nicht anmerken lässt, ihm geht der Arsch auf Grundeis.«

»Und was soll die Gebert dabei?«

»Keine Ahnung. Vielleicht hat er Angst mit uns alleine«, scherzte Radek.

»Weil du immer so streng bist. Was ist mit der Anzeige?«

»Es reicht, wenn ich die am Montag zu Papier bringe.«

»Okay. Ich bin dabei.«

Radek steckte das Telefon ein und fragte sich, was er als Nächstes tun sollte. Im Moment gab es nichts mehr. Es war ein angenehm warmer Spätsommertag. Zwei Frauen marschierten geschäftig schnatternd an ihm vorbei. Wenn er schon mal hier war, warum sollte er die Gelegenheit nicht zu einem Bummel nutzen? Langsam schlenderte er die Kremser Gasse hinunter zum Bahnhof.

*

»Hallo.«

»Ja, hallo, wer spricht?«

»Ich bin's. Radu Tirla.«

»Radu! Mann! Scheiße! Wo steckst du?« Winkler blieb abrupt stehen. Er war gerade auf dem Weg ins Büro und glaubte, nicht richtig zu hören. Radu! Endlich! Dutzende Gedanken und Fragen ratterten durch seinen Kopf.

»In Wohnung bei Freunden«, kam die leise Antwort.
»Was ist passiert?«, wollte Winkler wissen.
»Sein lange Geschichte. Nix gut erzählen am Telefon. Klaus, können du mir helfen? Ich müssen aus diese Wohnung. Es sein kompliziert. Aber ich nicht wissen, wo können wohnen. Du mir helfen?«
Winkler brauchte nicht lange nachzudenken. Das Zimmer seines Mitbewohners stand leer. Und zwar noch den ganzen Winter über. Genug Platz. Kein Problem. Gleichzeitig fiel ihm das Treffen morgen Vormittag ein. Verdammt! Warum hatte er die Leute zu sich eingeladen? Aber die würden nicht den ganzen Tag bei ihm rumsitzen. »Ich kann dich eine Zeit lang bei mir unterbringen«, sagte er.
»Das gut. Können du mich holen?«
Winkler überlegte kurz. »Ja, aber erst morgen Nachmittag.«
Kurze Stille am Telefon. »In Ordnung. Das passen.«
»Wo bist du? Gib mir deine Adresse.« Er zog einen Schmierzettel und einen Kugelschreiber aus seiner Tasche, nutzte die Auslagenscheibe einer Boutique als Schreibunterlage und notierte die Adresse, die Radu ihm durchgab. »Morgen am Nachmittag oder Abend. Eine genaue Zeit kann ich dir nicht sagen. Bist du unter dieser Nummer erreichbar?« Ein kurzer Blick aufs Display verriet ihm die Telefonnummer.
»Nein. Das sein nicht meine Handy. Handy von Freund. Kommen einfach mich holen. Ich warten.«
»Okay. Dann bin ich morgen bei dir.«
»Gut, danke für Hilfe.«
»Kein Problem, Radu.«
Radu war wieder da! Winkler konnte es kaum glauben. Er hatte seine Neugier zähmen müssen. Morgen war genügend Zeit, um über alles zu sprechen.

Winkler wollte im Büro noch einige Dinge erledigen. Während des Telefonats hatte er sich aufmerksam umgeblickt. Möglicherweise waren ihm die beiden Kerle von gestern auf der Spur.

Er hatte bereits am Morgen vor dem Treffen mit Radek mit Sonja Gebert telefoniert und ihr erzählt, was geschehen war. Außerdem wollte er ihr die Informationen, die er in der Zwischenzeit recherchiert hatte, zukommen lassen. Sie hatte ihn überredet, mit diesem Radek Kontakt aufzunehmen, und vorgeschlagen, sich morgen mit den Polizisten zu treffen. Dann würde er sehen, wie weit man den Bullen trauen konnte.

Er war aber immer noch voller Zweifel. Außerdem musste er jetzt zusätzlich überlegen, ob er ihnen von Radu erzählen sollte. Vorerst vielleicht nicht. Mal abwarten, wie sich die Dinge entwickelten. Brauchten sie die Polizisten überhaupt? Allerdings war ihm klar, dass ihnen die Sache über den Kopf wuchs. Er wusste, dass Sonja ebenfalls in dieser Angelegenheit recherchierte und es nicht lange dauern würde, bis die Typen, die hinter ihm her waren, auch auf sie aufmerksam wurden. Das schien Sonja bewusst zu sein. Sie hatte zwar nicht ängstlich geklungen, aber der Einsicht, dass die Gefahr in ihrer beider Leben einsickerte wie giftige Säure, konnte auch sie sich nicht verschließen.

Deshalb der Plan, mit der Polizei zusammenzuarbeiten. Wenn sie Vertrauen fassen konnten, würden sie den Bullen helfen. Wegen Radu und Valentin und zu ihrem eigenen Wohl. Sie hatten keine andere Wahl mehr.

Winkler wusste, dass ihnen die Zeit davonlief.

30.

Es war wie beim Treffen eines Geheimbundes. Radek und Neumann läuteten pünktlich um 11 Uhr am Eingangstor, und Winkler bat sie in den ersten Stock. Er empfing sie an der offenen Tür und führte sie durch den Vorraum ins Wohnzimmer. Er gab sich mürrisch und einsilbig. Sonja Gebert war noch nicht da.

Die Wohnung war eine große Altbauwohnung, nichts Besonderes, lang gezogener Flur, vollgestellt mit Kästen und Kommoden, eine kleine Küche, ein Wohnzimmer, das außer einer durchgesessenen Couch, einem Sideboard, auf dem ein Fernseher stand, und einem Esstisch mit vier Sesseln kaum etwas enthielt. Ein paar Fotos an der Wand und das Plakat eines Konzerts der Toten Hosen sollten den Raum wohnlicher machen. Trotzdem hatte er den Charme des Wohnbereichs einer WG. Ein Bücherregal stand verloren an einer Wand, in der Ecke daneben eine Gitarre in einem Ständer, als wäre sie ein Dekostück.

Sie standen etwas verlegen herum, Winkler fragte, ob sie Kaffee wollten, die Polizisten bejahten, und während ihr Gastgeber in der Küche war, läutete die Türglocke. Wenig später kam Sonja Gebert ins Wohnzimmer und begrüßte sie reserviert, aber nicht unfreundlich. Sonja trug schwarze Jeans und ein dunkles, langärmeliges Shirt. Neugierig blickte sie sich im Wohnzimmer um. Vielleicht weckte es Erinnerungen an ihre Studentenzeit. Radek bezweifelte jedoch, dass Sonja Gebert in einer WG gewohnt hatte.

Winkler brachte auf einem Tablett eine große Kanne Kaffee, vier Tassen, Milch und Zucker und stellte alles auf den Tisch.

Radek trat vor das Bücherregal. In der Mitte stand eine kleine Stereoanlage, in den anderen Regalen lagen mehrere Packen alter Zeitungen und einige Bücher. »Nette Wohnung«, bemerkte er und machte eine in den Raum deutende Handbewegung. Eigentlich wollte er nur höflich sein, aber Winkler reagierte aggressiv.

»Was haben Sie erwartet? Dass hier Maschinenpistolen und Handgranaten herumliegen und Baupläne für Bomben?« Die halbe Nacht hatte Winkler über das Treffen nachgedacht, darüber, wie er sich verhalten sollte und ob es eine gute Idee war, mit den Bullen zusammenzuarbeiten. Es widerstrebte ihm derart, dass er am liebsten alles abgeblasen hätte. Am frühen Morgen hatte sich die Vernunft durchgesetzt. Er wusste, dass Radek recht behalten würde. Irgendwann würden sie ihn erwischen. Wenn sie ihn kaltmachen wollten, würde ihnen das gelingen. Es gab nur einen Weg, der in die Sicherheit führte. Die Polizei musste die Täter schnappen und aus dem Verkehr ziehen. Mit seiner Unterstützung war das vermutlich schneller möglich. Außerdem ging es nicht mehr nur um ihn, sondern auch um Sonja. Doch trotz dieser Erkenntnis konnte er seinen Widerwillen nicht überwinden.

»Hey.« Radek hob abwehrend die Hand. »Immer mit der Ruhe. Wir machen keine Hausdurchsuchung.«

»Na, dann ist es ja gut.«

Radek wollte nicht gleich zu Beginn streiten. Sie waren aus einem anderen Grund hier. Er versuchte zu beschwichtigen und deutete auf die Gitarre. »Können Sie Gitarre spielen?«

»Warum nicht? Glauben Sie, wir können nur Parolen dreschen?«

Offensichtlich war Winkler derart geladen, dass er jede Gelegenheit nutzte, um angriffslustig zu reagieren. Die Stimmung war so angespannt, dass Radek fürchtete, Winkler schmeiße sie im nächsten Moment raus.

Neumann hielt sich zurück. Seine Lust, hier rumzuhängen, war ohnehin nicht groß. Er wäre sofort bereit gewesen, gleich wieder abzuhauen.

Auch Sonja spürte die steigende Spannung und sah das vergebliche Bemühen Radeks, die Situation zu entschärfen. »Kannst du uns was vorspielen?«, fragte sie Winkler.

Winkler blickte zuerst sie, dann die Polizisten an. Er zögerte.

»Na los, mach schon«, drängte sie mit einem freundlichen Lächeln.

»Wohnzimmerkonzert, oder was?« Widerwillig nahm Winkler die Gitarre und setzte sich auf die Kante der Couch. Er zupfte ein paar Saiten und schlug einen Akkord an. Dann sang er das »Einheitsfrontlied« und begleitete es mit einem harten, schlagenden Rhythmus.

Radek kannte dieses Lied. Er hatte es früher gelegentlich bei Demos gehört, wenn er dort zum Ordnungsdienst eingesetzt gewesen war.

Kaum war Winkler fertig, begann er das nächste Lied. »›Die Arbeiter von Wien‹«, sagte er, bevor er die ersten Takte auf der Gitarre anschlug.

Dieses Lied war Radek unbekannt, und so, wie Winkler es interpretierte, klang es wie eine revolutionäre Ballade. Winkler sang und spielte gut, wie Radek fand.

»Wollt ihr noch was hören oder reicht das?«, fragte Winkler und blickte provokant in die Runde. Das Spielen schien ihn entspannt zu haben, denn er wirkte weit weniger gereizt als vorhin.

»Können Sie auch etwas anderes? Etwas Unpolitisches

sogar?«, fragte Radek spöttisch, merkte aber sofort, dass er sich im Ton vergriffen hatte. Von Sonja erntete er dafür einen verstimmten Blick und fürchtete, dass Winkler in seine alte Gereiztheit verfallen würde. Doch das geschah nicht.

»Klar, aber ich werde es nicht spielen. Oder glauben Sie, dass wir jetzt einen auf Lagerfeuerromantik machen und ›Blowin' in the Wind‹ oder ›Don't Think Twice‹ singen?«, antwortete Winkler gelassen, stand auf und stellte die Gitarre in den Ständer zurück. »Außerdem ist Kunst immer politisch – davon ist die Musik nicht ausgenommen. Ich sage nur zwei Namen: Hannes Wader und Joan Baez. Selbst wenn irgendwelche Alpenrocker oder Schlagersternchen ihren Mist heruntertrállern, ist es letzten Endes politisch. Nur auf eine andere Art und Weise. Dann dient die Musik dazu, den Leuten eine heile Welt vorzugaukeln, in der sie sich wohl und geborgen fühlen und die realen Sauereien um sie herum ausblenden können. Deshalb spiele ich Arbeiterlieder oder Protestsongs – sonst nichts.«

»Mir hat's gefallen«, sagte Sonja, um keinen neuen Konflikt entstehen zu lassen.

»Ich hab früher auch mal gespielt«, erzählte Radek. »Als Kind, in der Schule. Wie es halt meistens ist. Hat allerdings nicht lange gehalten. Aber reizen würde es mich immer noch.«

Klaus Winkler wurde versöhnlicher. »War bei mir ähnlich. Ich spielte, bis ich 15, 16 war, dann hab ich aufgehört. Damals waren andere Sachen wichtiger. Vor zwei, drei Jahren hab ich wieder begonnen. Macht mir Spaß, ist eine Abwechslung und hilft dabei, runterzukommen.«

Wie gerade eben, dachte Radek, verbiss sich diese Bemerkung aber.

Winkler wies zum Tisch. »Setzen wir uns und fangen an.« Er verteilte die Kaffeetassen und ließ die Kanne reihum gehen.

Radek kam als Erster zur Sache. »Also gut. Sie wollten mit uns sprechen, weil Sie angeblich wichtige Informationen haben.«

Winkler begann zögerlich mit seinen Ausführungen, wurde dann aber bestimmter. »Okay. Lassen Sie mich so anfangen: Ich habe ein großes Interesse daran, dass die Überfälle auf Radu Tirla, Valentin Gebert und auf mich geklärt werden. Ich habe lange darüber nachgedacht, ob ich überhaupt mit Ihnen kooperieren soll. Ich habe nicht gerade das beste Einvernehmen mit der Polizei«, fügte er leise als Erklärung hinzu. »Ich habe mit Sonja Gebert darüber gesprochen. Auch sie will eine Aufklärung des Mordes an ihrem Bruder. Und auch sie will dabei helfen. Deshalb ist sie hier. Wenn wir mit Ihnen zusammenarbeiten, muss das auf Gegenseitigkeit basieren.«

»Moment, Moment«, unterbrach Neumann alarmiert. »Was meinen Sie damit?«

»Gegenseitigkeit heißt, dass Sie uns über Ihre Ergebnisse informieren.«

»Das ist nicht Ihr Ernst, oder?« Neumann explodierte fast. »Wir führen polizeiliche Ermittlungen. Wir geben nicht einmal dem Rechtsanwalt eines Verdächtigen Informationen, wenn wir die Befürchtung haben, dass er dadurch die Amtshandlung behindern könnte. Und Sie glauben, dass wir Sie in unseren Akten mitlesen lassen? Haben Sie etwas geraucht?«

Bevor auch Winkler in die Luft gehen konnte, mischte sich Sonja ein. »Ich bin hier, weil ich an die Öffentlichkeit bringen möchte, was hinter diesen Verbrechen steckt. Das ist mir im Andenken an meinen Bruder wichtig. Valentin war sehr engagiert bei seinen Storys. Und er war anderen Menschen gegenüber völlig unvoreingenommen. Mit Ausnahme von Neonazis und Rechten. Aber sonst begegnete er den Leuten offen und herzlich. Das war eine seiner großen Eigenschaften. Ich glaube, er hätte in der umgekehrten Situation, ohne zu zögern, mit Ihnen zusammengearbeitet. Also, was ich hier tue, ist auch in Valentins Sinn.« Sie machte eine kurze Pause, um das Gesagte wirken zu lassen. Bevor jemand das Wort ergreifen konnte, fuhr sie fort: »Klaus und ich glauben nicht an Raubüberfälle. Wir denken, dass es für die Taten andere Gründe gab, und haben dazu recherchiert. Möglich, dass Sie früher oder später auch in diese Richtung ermitteln werden, aber bis dahin vergeht wertvolle Zeit. Wir haben zwar keine polizeilichen Befugnisse, doch unsere Mittel sind nicht weniger wirkungsvoll. Wenn wir unsere Informationen zusammenlegen, können wir alle davon profitieren. Denken Sie darüber nach.«

Neumann wollte wieder loslegen, aber Radek fiel ihm ins Wort. »Das ist ein starkes Stück, was Sie da von uns verlangen. Ich muss das mit meinem Kollegen besprechen. Alleine, wenn möglich.«

Winkler führte sie in ein Zimmer, das fein säuberlich aufgeräumt war und unbenutzt schien.

»Das ist das Zimmer meines Mitbewohners. Der ist im Moment nicht da. Hier können Sie ungestört reden«, erklärte er.

»Die sind verrückt«, fauchte Neumann, kaum dass Winkler die Tür hinter sich geschlossen hatte. »Die wollen unsere Ermittlungsergebnisse absaugen!« Er konnte seine Empörung nicht zurückhalten. »Und warum? Weil die Tussi einen Artikel schreiben will. Scheiße. Ich glaube, ich bin im falschen Film! Lass uns abhauen, Tom, bevor ich völlig ausraste.«

Radek wartete, bis Neumann sich abgekühlt hatte, dann sagte er: »Sie haben nicht ganz unrecht. Wenn wir zusammenarbeiten, haben wir mehr Möglichkeiten.«

»Bist du bescheuert? Tom, das ist ein Amtsmissbrauch, wie er im Buche steht! Wenn jemand dahinterkommt, können wir unseren Job beim LKA an den Nagel hängen. Ist dir das klar? Zwei Kriminalbeamte, die Informationen an eine Reporterin weitergeben. Die hängen uns auf, so schnell kannst du gar nicht schauen! Nein, nein, da mach ich nicht mit. Lass mich da raus.«

»Bernd, du bist schon mittendrin.« Radek überlegte fieberhaft. »Wir haben bisher nicht viel erreicht. Wir tappen von einer Sackgasse in die nächste. Vielleicht haben die beiden Informationen, die uns helfen.«

»Wir wissen nicht, was sie uns sagen wollen«, unterbrach Neumann.

»Eben, hören wir uns an, was sie zu erzählen haben.«

»Tom, ich trau den beiden nicht über den Weg. Dieser Winkler hat uns bisher nur verarscht.«

»Aber vorgestern hat er gemerkt, dass er damit nicht weiterkommt. Es hat die zwei Typen gebraucht, damit er zur Vernunft kommt.«

Neumann lief aufgebracht im Zimmer hin und her. »Wie stellst du dir das vor?«

»Wir machen einen Kompromiss. Sie geben uns ein bisschen was und wir ihnen. Ein Weg, mit dem wir alle leben können.«

Neumann wand sich wie ein Wurm. »Scheiße, Tom. Du weißt, dass ich immer hinter dir stehe, aber damit lehnen wir uns verdammt weit aus dem Fenster. Wie gesagt, wenn das auffliegt, war's das für uns beim LKA. Außerdem übergehen wir dabei Pirker. Du weißt, wie er reagiert, wenn er nicht informiert wird.«

Das war Radek bewusst, und der Gedanke verursachte ihm ein beklemmendes Gefühl im Magen. »Dann darf es nicht auffliegen«, sagte er, als könnten sie das bestimmen.

Neumann schüttelte den Kopf. »Deinen Optimismus möchte ich haben. Wer sagt uns, dass die Gebert die Infos, die sie von uns bekommt, nicht am nächsten Tag in die Zeitung bringt?«

Das war ein Einwand, den Radek nicht entkräften konnte. »Darauf müssen wir vertrauen.«

»Vertrauen? Einer Reporterin? Tom, hör dir mal zu! Ich habe noch nie einem Reporter vertraut. Die haben uns immer nur angeschissen. Warum sollte es jetzt anders sein?«

Weil es Sonja Gebert war, und weil Radek glaubte, dass sie es ernst meinte. Aber das war ein schwaches Argument, damit konnte er Neumann nicht überzeugen. Deshalb hielt er den Mund. »Ich habe keine Ahnung«, antwortete er stattdessen. »Einen Versuch ist es jedenfalls wert.«

»Du spinnst, Alter.« Nach einem kurzen Moment fügte er hinzu: »Aber okay. Hören wir uns an, was sie zu sagen haben. Vielleicht kommen wir auf einen grünen Zweig. Ich möchte meinen Sonntag nicht damit verscheißen, hier herumzuhängen und ohne brauchbares Ergebnis abzuziehen.«

Das sah Radek ähnlich.

Als die Polizisten ins Wohnzimmer zurückkamen und sich an den Tisch setzten, unterbrachen Sonja und Winkler ihre leise Unterhaltung darüber, wie weit sie den Bullen trauen konnten.

Gespannte Blicke ruhten auf den beiden.

»Also, Leute«, sagte Radek und versuchte gelassen zu wirken. »Wenn wir das tun, was ihr uns vorgeschlagen habt, kann uns das große Probleme bescheren. Da genügt der geringste Schubser und wir stürzen mit Bomben und Granaten ab. Ich hoffe, das ist euch klar. Wir begehen damit Amtsmissbrauch. Wir müssen euch vertrauen, und es gibt nichts, außer eurem Wort, dass ihr die Dinge, die ihr von uns erfahren werdet, nicht hinausposaunt.« Radek schaute Sonja und Klaus eindringlich an.

Sonja verstand als Erste, worauf er hinauswollte. »Okay, ich verspreche euch, dass ich nichts von dem, was ihr uns sagt, veröffentlichen werde, außer es wird von offizieller Seite bestätigt.«

»Ich werde genauso wenig etwas ausplaudern, darauf könnt ihr euch verlassen«, versicherte auch Winkler.

Radek schwieg. Er wusste, wie wenig diese Zusagen wert waren. Wenn einer von ihnen sich nicht an die Abmachung hielt, konnte er nichts dagegen tun. Sie waren nicht die Mafia, wo Leute gekillt wurden, wenn sie gegen die Omertà verstießen. Das war alles heiße Luft. Ein Blick zu Neumann verriet ihm, dass der genauso dachte.

Sonja bemerkte, wie unwohl sich Radek fühlte. Als würden sie eine Verschwörung gegen die Regierung planen. Sie sagte: »Ich weiß, dass ihr nicht mehr habt als unser Wort. Aber wenn euch das reicht, sollten wir einen Schritt weiter gehen. Nachdem wir jetzt eine Art Team sind, würde ich vorschlagen, dass wir das Sie beiseitelassen und weniger förmlich miteinander umgehen. Also, ich bin die Sonja.«

Auch wenn sie per Du waren, machte das die Angelegenheit für Radek und Neumann nicht einfacher.

»Und wenn niemand etwas dagegen hat«, sprach Sonja weiter, »würde ich gerne den Anfang machen. Vorher möchte ich noch eines klarstellen: Ich werde über diese ganze Sache auf jeden Fall berichten. Wenn ihr mir dabei einen Informations- und Zeitvorsprung verschaffen könntet, bevor andere Medien auf die Story aufspringen, wäre ich euch dankbar.«

Radek und Neumann nickten unwillig.

Sonja zog aus ihrer Handtasche ein zusammengefaltetes Blatt Papier, schlug es auf und schob es in die Mitte des

Tisches. Es war ein Ausdruck des eingescannten Artikels über die Eröffnung des Wohnprojektes in der Wiesengasse, der sich auf Valentin Geberts Festplatte befand. »Ihr kennt diesen Artikel«, begann sie.

Klaus nahm das Blatt und überflog den Text.

»Was stimmt nicht daran?«, fragte Sonja ruhig und leise und zwang damit die anderen, ihr zuzuhören.

Sie erntete fragende Blicke, hatte jedoch nichts anderes erwartet. »Ich bin auch nicht gleich darauf gestoßen. Aber dann habe ich mich gefragt: Was macht ein sozialistischer Stadtrat bei der Eröffnung eines Wohnprojektes wie dem in der Wiesengasse? Dort werden exklusive Wohnungen angeboten und hochpreisige Büroflächen. Das ist kein sozialer Wohnbau, wo junge Familien billige Wohnungen bekommen können. Der Präsident der Wirtschaftskammer oder der Vorstand einer Bank oder sonst ein Vertreter der Wirtschaft wären besser geeignet, das Projekt zu eröffnen. Also, warum stellt sich Kohler hin und lobt die gelungene Altbausanierung als Beispiel für kommunale Stadtentwicklung? Die Wiesengasse ist in dieser Hinsicht nicht relevant. Im Gegenteil, das ist eher ein negatives Beispiel. Weil der Bau auf elitäre Benutzer abzielt. Das waren die ersten Fragen, die ich mir stellte. Und denen bin ich nachgegangen.

Ich habe die Hintergründe zum Projekt Wiesengasse recherchiert. In unserem Zeitungsarchiv, bei der Austria Presse Agentur und im Internet. Die Liegenschaft Wiesengasse war ein altes Fabrikgebäude, wurde von der Gemeinde gekauft und drei Jahre später weiterveräußert. Käufer war die Firma Austria-Invest. Die gehört Christian Ecker, das ist dieser Typ da auf dem Foto.« Sie zeigte auf den Mann, der ganz außen stand. »Der Auftrag für die Baudurchführung ging an die Jungmann Bau GmbH. Bis jetzt wäre das an sich nicht ungewöhnlich. Interessant wird es, wenn man genauer hinsieht. Es erfolgte eine Umwidmung, und dann wurde das Fabrikgebäude mit Fördermitteln der Stadt zu einem Wohnhaus umgebaut. Kohler hat diesen Vorgang maßgeblich unterstützt. Für den Verkauf an Austria-Invest war deren Nutzungskonzept ausschlaggebend. Geplant war zunächst, das Gebäude so umzugestalten, dass günstige Wohnungen für junge Familien entstehen. Im Erdgeschoss sollten Geschäftslokale eingerichtet und vermietet werden. Vor allem die soziale Komponente, billiger Wohnraum für Junge, gab den Ausschlag für den Verkauf an Austria-Invest. Das geht aus den Protokollen der Gemeinderatssitzung hervor, in der der Verkauf beschlossen wurde. Doch ein Jahr später ist keine Rede mehr von billigen Wohnungen. Da wurden in den oberen beiden Stockwerken und im Dachgeschoss exklusive Luxuswohnungen gebaut, darunter Büros und im Erdgeschoss teuer zu mietende Geschäftsflächen. Außerdem scheint das Objekt um einiges unter dem üblichen Handelswert verkauft worden zu sein. Wenn man sich die Wohnungspreise ansieht und die Mieten für die Büros, hat die Firma Austria-Invest ein sehr gutes Geschäft gemacht.«

Sonja Gebert nahm den Artikel wieder an sich.

»Das sind die Grundlagen. Im nächsten Schritt werde ich mich um Details kümmern. Bei meinen Recherchen zu den beteiligten Personen stehe ich erst am Anfang.«

Sie hatte nicht alles erzählt. Ihre Recherchen zu Ecker, Jungmann und Kohler in dieser Sache waren weiter fortgeschritten, als sie behauptete. Doch das verschwieg sie. Sonja wollte noch nicht mit allem herausrücken, was sie wusste. Am Anfang waren die Recherchen einfach gewesen, aber mittlerweile reichte das Internet nicht mehr aus. Sie musste noch viele Dinge überprüfen, bevor sie sie als Fakten akzeptieren konnte, zum Beispiel die Firmenstrukturen von Ecker und Jungmann. Das erforderte Einblick ins Firmenregister, eventuell musste sie versuchen, an andere Unterlagen heranzukommen. Dazu würde sie spezielle Quellen anzapfen, Bekannte, Leute, die sich in der Baubranche auskannten, die ihr Kontakte vermitteln konnten. Die Sache war heikel, sie musste die erhaltenen Informationen überprüfen und miteinander abgleichen. Sie wollte nicht alles ausposaunen, was ihr an Gerüchten zugetragen worden war.

Außerdem war da noch immer ein Stück Misstrauen gegenüber den Polizisten, auch wenn sich Radeks Bemühen ehrlich anfühlte. Aber sie wusste nicht, wie sich ihre sogenannte Zusammenarbeit weiterentwickeln würde. Vielleicht trafen sie sich heute zum ersten und letzten Mal. Das, was sie den Polizisten bisher erzählt hatte, reichte aus, um ihren guten Willen zu bekunden.

»Das riecht verdächtig nach Schieberei und Korruption«, fasste Radek das Gehörte zusammen.

»Und würde erklären, warum Kohler bei der Sache dabei ist«, bestätigte Sonja. »Von meiner Seite wär's das vorerst«, schloss sie ihre Ausführungen.

Winkler wusste, dass Sonja nicht alle Karten auf den Tisch gelegt hatte. Am Telefon hatte sie ihm bereits mehr Details mitgeteilt, als sie jetzt verraten hatte. Das bestärkte ihn in seiner Ansicht, sich ebenfalls zurückzuhalten und nicht alles zu erzählen. »Dann mach ich weiter«, sagte er und überlegte kurz. »Vielleicht sollte ich damit beginnen, euch meine Zusammenarbeit mit Radu und Valentin zu erklären. Ich lernte Radu bei einer unserer Straßenaktionen kennen. Wir machen zweimal pro Monat einen Infostand, an dem wir einen Nachmittag lang Material verteilen, um unseren Bekanntheitsgrad zu erhöhen. Immer an einem anderen Ort. Radu kam vor etwa einem Monat an unseren Stand. Er sah sich unsere Materialien an und stieß auf den Folder über unseren Verein für Wanderarbeiter. Wir haben uns ein paar

Tage später in unserem Büro in der Heßstraße getroffen. Er hat mir seine Situation als Wanderarbeiter geschildert. Schlechte Wohnverhältnisse und noch schlechtere Arbeitsbedingungen. Dem Arbeitgeber völlig ausgeliefert und aufgerieben zwischen Baufirma und Subunternehmer. Wir hatten mehrere Gesprächstermine. Ich habe davon Protokolle. Das liest sich wie eine Auflistung arbeitsrechtlicher Abscheulichkeiten.«

»Kannst du uns das näher erklären?«, unterbrach ihn Radek.

Winkler dachte kurz nach. »Wanderarbeiter sind Lohnsklaven. Früher haben die großen Baufirmen häufig Illegale beschäftigt. Das war riskant. Zu viele Kontrollen, zu hohe Strafen. Inzwischen machen sie das anders und nehmen Arbeiter aus den armen EU-Ländern. Das ist viel einfacher. Bei Radu hat das so funktioniert, dass er von einer rumänischen Firma angeworben wurde.«

»Die Romanian Recruitment Agency«, sagte Radek.

»Genau. Diese Firma fungiert als Subunternehmer. In Österreich war Radu dann für Jungmann Bau tätig. Es gibt eine Art Projektleiter von Romanian Recruitment Agency, der die Arbeiten und die Leute koordiniert.«

»Phillip Stolojescu, mit dem haben wir bereits gesprochen«, warf Neumann ein.

»Gut, dann wisst ihr ja ungefähr, wie das Ganze läuft. Jungmann bezahlt den Subunternehmer, und die Arbeiter bekommen von dem ihren Lohn ausbezahlt. Der Lohn ist eine Mischung aus österreichischem und nationalem Niveau. Offiziell müssten die Leute nach unserem Kollektivvertrag bezahlt werden, aber meistens bekommen sie weniger. Sie verdienen damit dennoch mehr als in Rumänien, deswegen akzeptieren sie das. Es sieht zunächst nach einer Konstellation aus, bei der alle gewinnen: Der österreichische Bauunternehmer arbeitet mit billigen Arbeitskräften, und die sind mit dem für rumänische Verhältnisse überdurchschnittlichen Lohn zufrieden. Der Arbeitsvermittler in Bukarest verdient auch noch gut daran, aber das nur nebenbei. In Wirklichkeit wird dadurch ein neuer Niedriglohnsektor geschaffen. Auf der Strecke bleiben dabei zunächst die österreichischen Arbeiter, die aus dem Job gedrängt werden. Hinzu kommt, dass den Wanderarbeitern von ihrem geringen Lohn noch etwas abgezogen wird, wenn sie Termine nicht einhalten oder die Qualität nicht passt. Oft wird das einfach behauptet, um den Lohn zu drücken. Die Wanderarbeiter kennen sich mit dem österreichischen Recht nicht aus und haben keine Vertretung. An wen sollten sie sich also wenden? Da gibt es nichts. Sie müssen es akzeptieren. Tatsächlich ist das Ganze nichts weiter als eine unverschämte Ausbeutung ausländischer Arbeitskräfte.«

»Von der EU unterstützt«, merkte Neumann an.

»Die EU ist nicht dagegen. Immerhin senkt es in vielen Ländern die Arbeitslosenrate und fördert in anderen den Profit der Unternehmen«, stimmte ihm Winkler zu. »Es gibt die Entsenderichtlinie, wo das alles genau geregelt ist. Aber Papier ist geduldig. Und die Wirklichkeit sieht anders aus. Da geht es um Profitmaximierung.« Winkler wurde immer wütender und unterstrich seine Ausführungen mit weit ausladenden Gesten. »Aus dem Friedensprojekt EU ist mittlerweile eine Vertretung des europäischen Kapitals geworden. Und zwar des Kapitals der Konzerne, Banken und Großinvestoren. Wenn das gemeine Volk dabei ein bisschen was abbekommt, geschieht das eher unbeabsichtigt, hat aber den angenehmen Nebeneffekt, dass die Leute ruhiggestellt werden, weil sie glauben, durch den kleinen Wohlstand, den sie erreicht haben, am Gewinn der Großen mitzunaschen. Von den Kapitalisten kann man nicht erwarten, dass sie sich um die Armen kümmern. Das Volk steht dem Profit nur im Weg.«

»Na ja, das klingt schwer nach linkem Populismus«, warf Neumann ein.

»Mag sein, aber die Häuser für unsere jungen Familien werden ebenso mit dem Schweiß und Blut der Wanderarbeiter erbaut wie die Büros für die Kapitalisten – populistisch formuliert.«

»Häuser auf Blutgrund sozusagen«, merkte Neumann spöttisch an.

»Sozusagen – auch ohne Sarkasmus.« Winkler schnaubte verächtlich. Doch bevor er zu einer weiteren Entgegnung ansetzen konnte, mischte sich Radek ein.

»Okay, können wir jetzt die politische Diskussion beenden und das besprechen, weshalb wir hier sind?«

Dieser Ordnungsruf brachte die beiden Streithähne wieder zur Besinnung.

Trotzdem warf Winkler noch einen zornigen Blick in die Runde und sagte: »Eines möchte ich dennoch betonen: Wanderarbeiter kommen zu uns, weil die Situation der Ausbeutung, mit der sie hier konfrontiert werden, besser ist als die schlechte wirtschaftliche Situation, mit der sie sich in ihren Herkunftsländern herumschlagen müssen. Würden diese Leute von außerhalb der EU kommen, würden wir sie als Wirtschaftsflüchtlinge bezeichnen und wieder hinauswerfen. Wie gesagt: Die meisten Wanderarbeiter werden ausgebeutet.« Er trank einen Schluck Kaffee und beruhigte sich. »Das war der Ansatz, der meiner Zusammenarbeit mit Radu zugrunde lag. Er hat mir vieles über diese Ausbeutungspraxis erzählt. Wir hatten vor, ein Dossier zu erstellen und über Arbeiterkammer und Gewerkschaft eine Verbesserung der Situation zu erreichen. Zumindest eine Transparenz der Abrechnungs- und Zahlungsmodalitäten, damit die Arbeiter den Lohn bekommen, der ihnen zusteht. Gleichzeitig wollten wir die Wanderarbeiter gewerkschaftlich organisieren. Unser Plan war, mit den Arbeitern bei Jungmann zu beginnen, weil Radu dort tätig war und viele seiner Kollegen gut kannte. Doch es gab Widerstände aus deren Reihen. Die Rumänen hätten mitgemacht, aber die Bulgaren waren dagegen. Zumindest was die Bewohner im Haus in der Kerensstraße betrifft. Da gab es einige Streitereien. Wir hätten das Ganze auch ohne die Bulgaren durchziehen können. Zunächst ging es um gewerkschaftliche Organisation und Arbeitskampf. Dann kam eine weitere Sache hinzu.«

Winkler gönnte sich eine kurze Nachdenkpause. Er schenkte sich Kaffee ein, und es schien ihn nicht zu kümmern, dass alle Blicke gespannt an ihm hingen.

»Eines Tages kam Radu mit einer Rechnung und den dazugehörigen Stundenaufzeichnungen, die die Romanian Recruitment Agency an Jungmann stellte. Radu hat sie diesem Stolojescu geklaut, weil ihm aufgefallen ist, dass zu viele Arbeitsstunden verrechnet wurden. Für mich sah das wie ein aufgelegter Betrug aus.«

Nicht nur für dich, dachte Radek, der hellhörig geworden war. »Hast du diese Abrechnungen oder befinden sie sich bei Tirla?«, fragte er.

Winkler zögerte keinen Moment. »Die liegen in meinem Schreibtisch im Büro.«

»Die hätten wir gerne«, sagte Radek.

»Kommt jetzt wieder der Bulle durch?«, spöttelte Winkler. »Ihr könnt diese Abrechnungen selbstverständlich haben. Ich möchte sie mir nur kopieren. Und ich hätte gerne eine Bestätigung dafür.« Winkler bot diese Papiere nicht ohne Hintergedanken bereitwillig an. Er hatte das zuvor mit Sonja besprochen. Wenn es Leute gab, die hinter den Abrechnungen her waren, würden sie früher oder später auf den Gedanken kommen, die Unterlagen in Winklers Wohnung oder im Parteibüro zu suchen. Auch wenn er den beiden Polizisten nicht traute, war er davon überzeugt, dass die Unterlagen bei ihnen besser aufgehoben waren als bei ihm. »Ihr könnt sie morgen haben«, schloss er.

»Du weißt nicht, wo Tirla stecken könnte?«, fragte Neumann ins Blaue hinein.

»Nein«, antwortete Winkler, ohne zu zögern.

»Es gibt also den Verdacht auf Betrugshandlungen«, fasste Radek zusammen. »Die Frage ist, wer alles mit drinhängt. Nur Stolojescu und die Romanian Recruitment Agency oder auch Jungmann oder sonst jemand?«

»Das herauszufinden ist euer Job«, stellte Winkler trocken fest.

Radek nickte. »Und wie passt Valentin Gebert in diese ganze Sache?«

»Das habe ich euch schon erzählt. Er kam vor etwa einem halben Jahr das erste Mal ins Büro. Es ging um Informationen über Rechtsextremismus. Seither hatten wir regelmäßigen Kontakt. Als Radu auftauchte, war es ein logischer Schritt, die beiden zusammenzubringen.«

»Ich dachte, sie hätten sich zufällig kennengelernt und du wüsstest davon nichts?«, bemerkte Neumann argwöhnisch.

Winkler blickte ihn an und antwortete, ohne mit der Wimper zu zucken: »Das war gelogen. Ich wollte, dass Valentin dem Thema Wanderarbeiter mehr Öffentlichkeit verschafft, deshalb habe ich ihm Radu Tirla vorgestellt und ihm die Geschichte schmackhaft gemacht.«

»Und was ist dann passiert?«, fragte Radek, bevor Neumann wegen der Lüge nachhaken konnte.

»Keine Ahnung. Möglicherweise ist Valentin auf etwas gestoßen oder jemandem auf die Zehen getreten. Ich weiß es wirklich nicht. Mehr kann ich euch nicht sagen.«

Radek versuchte, die Informationen zu ordnen. Es passte ihm nicht, dass Radu Tirla wieder in den Vordergrund rückte. Er hatte diese Angelegenheit beiseitegeschoben. Doch jetzt sah es so aus, als wäre Tirla der Weg, der sie weiterbrachte. Tirla und seine Aktivitäten bei den Wanderarbeitern, sein Verhältnis zu Gebert, seine Erkenntnisse über die Romanian Recruitment Agency. Angenommen, er hatte diese Abrechnungen tatsächlich von Stolojescu geklaut und der war ihm dahintergekommen, angenommen, Valentin Gebert war über diese Abrechnungen informiert und hatte durch seine eigenen Nachforschungen die Aufmerksamkeit von Stolojescu erregt, waren das starke Motive. Aber warum war Winkler zur Zielscheibe geworden? War er stärker involviert, als er ihnen gegenüber zugab? Radek war sich sicher, dass Winkler ihnen einiges verheimlichte. Dennoch war das Treffen sinnvoll und die Ergebnisse brauchbar. Vielleicht war es nur eine Frage der Zeit, bis Winkler auch jene Informationen preisgab, die er bisher zurückhielt.

»Ihr seid dran«, sagte Winkler und riss Radek damit aus seinen Überlegungen.

Neumann warf Radek einen kurzen Blick zu: »Erzählst du?«

Radek nickte. »Okay. Viel gibt es ohnehin nicht. Wir stecken überall in Sackgassen. Es gibt Aufnahmen einer Videoüberwachung in der Nähe vom Tatort Tirla, die eventuell die Täter zeigen. Nur von hinten und deshalb kaum zu erkennen. Die Leute auf dem Video stimmen grob mit den Beschreibungen überein, die uns eine Zeugin im Fall Gebert von den Tätern gegeben hat. Wir gehen deshalb davon aus, dass es sich in beiden Fällen um dieselben Täter handelt. Am Tatort Gebert wurde ein verdächtiges Fahrzeug gesehen. Ein schwarzer BMW. Wir haben versucht, über dieses Fahrzeug weiterzukommen, aber der Wagen und das Kennzeichen sind gestohlen. Das Fahrzeug ist noch nicht aufgetaucht. Außerdem haben wir alle Anrainer befragt. Ergebnis negativ. Soweit möglich haben wir die Mitbewohner Tirlas vernommen. Doch die sind plötzlich alle verschwunden, ausgetauscht durch andere Arbeiter. Wir sind auf die Baustelle gefahren und haben dort Stolojescu getroffen, der uns sagte, dass die Arbeiter auf andere Baustellen verteilt wurden und das eine übliche Vorgehensweise sei.«

»Blödsinn«, unterbrach Winkler. »Normalerweise versuchen die Firmen, ihre Leute beisammenzuhalten. Und zwar als zusammengeschweißte Partien, die auf bestimmte Tätigkeiten und Baustellen eingeschossen sind und sich auskennen.«

»Das haben wir auch vermutet, aber Stolojescu hat uns was anderes erzählt. Wir wissen nicht, warum alle Arbeiter spurlos verschwunden sind. Wir haben versucht, die Leute im Melderegister zu finden, doch Fehlanzeige. Sie sind bisher nicht aufgetaucht.«

»Damit ihr sie nicht befragen könnt«, stellte Winkler fest.

»Möglich.«

»Das ist alles, was ihr habt? Erschreckend wenig«, bemerkte Sonja enttäuscht.

»Sagte ich ja«, bestätigte Radek. »Wir wissen nicht einmal, ob Tirla noch lebt. Vielleicht wurde er bereits ermordet wie Valentin.«

Sonja und Winkler warfen sich einen kurzen Blick zu und schauten dann Radek betroffen an.

»Aber es gibt einige neue Ansätze, denen wir nachgehen werden«, fuhr Radek fort. »Wenn Tirla seine rumänischen Kollegen zu einer Art Arbeiterkampf organisieren wollte, kann das ein Grund für den Überfall auf ihn sein. Und zwar vonseiten der Romanian Recruitment Agency oder von den bulgarischen Kollegen. Wenn Tirla auf einen groß angelegten Betrug gestoßen ist, in den die Romanian Recruitment Agency und Stolojescu verwickelt sind, und dieser Verdacht von Valentin Gebert weiterverfolgt wurde, ist das ein Motiv für beide Taten und letztlich auch für den Überfall auf dich.«

»Das heißt, wir haben mit Stolojescu einen konkreten Verdächtigen«, brachte es Neumann auf den Punkt.

»Genau. Da können wir ansetzen.«

»Wir sollten unsere Recherchen koordinieren«, schlug Sonja vor. »Und das aufteilen, was zu machen ist.«

»Wir könnten eine Münze werfen«, sagte Neumann spöttisch.

»Klar, typisch Kapitalisten«, entgegnete Winkler. »Immer müssen sie alles mit Geld regeln.« Als er den verständnislosen Blick von Neumann sah, fügte er hinzu: »Das war ein Witz.«

Alle lachten wie auf Kommando.

Radek brachte das Gespräch zurück auf ihr ursprüngliches Thema. »Zunächst brauchen wir Informationen über die Romanian Recruitment Agency.«

»In den Kontaktunterlagen von Valentin habe ich die Adresse eines Reporters aus Bukarest gefunden. Ich werde mich mit ihm in Verbindung setzen und schauen, ob er uns weiterhelfen kann«, sagte Sonja.

Winkler ergänzte murmelnd: »Ich werde ebenfalls meine Fühler ausstrecken. Es gibt einige Kontakte zu Genossen in Rumänien, von denen wir sicher Infos bekommen.«

»Wir müssen auch Jungmann, Ecker und Sulzer auf den Zahn fühlen«, sagte Radek.

»Ich werde einige Kontakte bemühen«, schlug Winkler vor, ohne das näher auszuführen.

»Ich auch«, schloss sich Sonja an und fragte dann mit zögerlicher Stimme: »Und wir gleichen unsere Informationen weiterhin ab?«

Radek nickte. »Ja, das tun wir.«

»Aber klar«, bestätigte auch Winkler.

»Dann sollten wir jetzt unseren restlichen Sonntag genießen«, sagte Neumann mit säuerlichem Grinsen und erntete keinen Widerspruch.

*

Die beiden Männer waren gelangweilt. Sie saßen schon den ganzen Vormittag im Auto und beobachten das Haus gegenüber. Sie wechselten sich dabei im Halbstundentakt ab. In der Zwischenzeit konnte der andere pinkeln gehen oder Zeitung lesen oder was zum Essen organisieren.

Während er mit einem Auge den Hauseingang betrachtete, versuchte er mit dem anderen, die Umgebung wahrzunehmen. Sie hatten einen Funkscanner, von einem IT-Crack um teures Geld hergestellt, in der Mittelkonsole liegen, aus dem ab und zu müde Funksprüche der Polizei kamen. An einem Sonntagvormittag war nicht viel los. Trotzdem fühlte er sich unbehaglich und war äußerst wachsam. Sowohl das Auto als auch die Kennzeichen waren gestohlen. Und er hatte keine Lust, hier von der Polizei erwischt zu werden. Wenn es jemandem verdächtig vorkommen sollte, dass zwei Männer den ganzen Vormittag in einem dunklen BMW herumhingen, und dieser Jemand die Polizei anrief, würden sie den Funkspruch hoffentlich hören und rechtzeitig abhauen können. Wogegen sie kein Mittel hatten, war, wenn ein Streifenwagen zufällig vorbeikam und sie kontrollierte. Er hatte keine Ahnung, was sie dann tun sollten. Losballern oder abhauen oder beides. Alles beschissen. Am liebsten wäre ihm, wenn sie ihren Job hier so schnell wie möglich erledigen könnten.

Sein Begleiter döste vor sich hin.

Zum Glück war es bewölkt und nicht mehr so warm wie in den letzten Tagen, sonst wären sie in ihrem Auto an einem Hitzschlag gestorben.

Er hatte ein schlechtes Gefühl. Schon seit der Sache mit diesem Rumänen. Die Dinge uferten aus. Er hoffte, dass der Boss sich dessen bewusst war. Es wurde immer schwieriger, den Kurs zu halten und die Auswüchse einzudämmen. Zuerst dieser Rumäne, dann der Journalist, jetzt dieser Parteifuzzi. Wer war der Nächste?

Es war höchste Zeit, dass sich die Wogen wieder glätteten.

Er trank einen Schluck Kaffee, den sein Begleiter von einer Tankstelle auf der Praterstraße geholt hatte, und checkte sein Handy. Keine neuen Nachrichten.

Plötzlich wurde das Haustor gegenüber geöffnet und die junge Frau kam heraus, die ihnen vor etwa zwei Stunden beim Hineingehen aufgefallen war, gefolgt von zwei Typen, die er sofort erkannte. Unwillkürlich duckte er sich, bis er sich daran erinnerte, dass der BMW getönte Scheiben hatte und die beiden ihn auf diese Entfernung ohnehin nicht sehen konnten. Dann kam der Parteifuzzi.

»Da drüben tut sich was«, alarmierte er seinen Begleiter, der augenblicklich wach war und die Situation schnell erfasste.

»Wer sind die?«, fragte sein Kumpel.

»Die beiden Typen sind Bullen. Wer die Kleine ist, weiß ich nicht.«

»Bist du dir sicher, dass das Bullen sind?«

»Hundertpro. Ich hab die beiden schon mal gesehen.«

Während er sprach, ließ er die Scheibe der Fahrertür etwas hinunter, nahm das Handy und machte ein paar Fotos, zoomte heran, neue Fotos. Die vier standen auf dem Gehsteig, sprachen kurz miteinander und verabschiedeten sich.

Der Parteiheini ging mit der Tussi in die eine Richtung, die beiden Kerle in die andere. Er war davon überzeugt, dass die beiden Polizisten waren. Weshalb waren sie ihm beim Hineingehen nicht aufgefallen? Er wusste, wieso. Als sie gekommen waren, hatten sie ihnen den Rücken zugewandt. Er fragte sich, was die so Wichtiges zu besprechen gehabt hatten an einem Sonntag in der Wohnung des Parteiheinis.

»Scheiße. Was machen wir jetzt?«, fragte sein Begleiter.

»Nichts.« Er wählte eine Nummer. »Hallo. Es gibt hier ein Problem. Der Kommunist ist nicht alleine.«

»Wer ist bei ihm?«

»Eine Tussi und zwei Bullen.«

Schweigen am anderen Ende. Dann: »Bist du dir sicher, dass es Bullen sind?«

»Ja. Ich hab ein Foto gemacht.«

»Schick es mir. Kennst du die Frau?«

»Nein. Was machen wir jetzt mit dem Parteifuzzi?«

»Lasst ihn laufen. Wir holen ihn uns ein anderes Mal. Nur nicht zu viel Staub aufwirbeln. Macht euch unauffällig vom Acker. Wir sehen uns morgen.«

»Okay. Bis morgen.« Er beendete das Gespräch und schickte die Fotos per WhatsApp weiter.

Sein Begleiter hatte derweil die Szenerie im Auge behalten und sagte nun: »Die Bullen sind da vorne in ein Auto gestiegen und weggefahren. Und der Parteiheini ist mit seiner Freundin um die Ecke gebogen.«

»Wir hauen ab«, antwortete er, ließ den Wagen an, parkte aus und fuhr langsam die Straße hinunter.

31.

Die Adresse, die Radu ihm gegeben hatte, war ein abgefucktes Haus in der Kranzbichlerstraße, nahe den Gleisanlagen vom Alpenbahnhof. Winkler fragte sich, warum Radu aus dem Krankenhaus abgehauen war, was ihn hierher verschlagen und weshalb er sich nicht schon früher gemeldet hatte.

Das Haus war innen genauso heruntergekommen wie die Fassade außen. Winkler wurde von einem etwa 30-jährigen Mann in T-Shirt und Jeans in die Wohnung gelassen. Ein Vorraum, gleichzeitig Küche und Dusche, eine Toilette. Typisch für viele Wohnungen in dieser Gegend. Der Typ musterte ihn mit finsterem Blick.

»Ich möchte zu Radu Tirla«, sagte Winkler. »Ich bin ein Freund. Er hat mich angerufen.«

Der Mann nickte. »Ich wissen«, murmelte er und führte Winkler durch das Wohnzimmer in einen angrenzenden Raum.

Vier Stockbetten, in einem der unteren lag Tirla und schien zu schlafen. Er sah aus, als würde er jeden Moment verrecken. Winkler erschrak, als er ihn bemerkte. Haut und Knochen, blass, eingefallene Wangen, schmutzige Klamotten, die Verbände dunkel vor Dreck und seit Tagen nicht mehr gewechselt. Wahrscheinlich seit Tirla aus dem Krankenhaus abgehauen war. Die Fenster im Zimmer waren geschlossen, es roch nach Schweiß und Krankheit.

Was mache ich jetzt mit ihm, fragte sich Winkler. Er hatte nicht damit gerechnet, dass die Situation so schlimm war und es Tirla so beschissen ging.

Der Mann, der ihn in das Zimmer geführt hatte, sprach Tirla auf Rumänisch an, der schlug die Augen auf und lächelte, als er Winkler sah.

»Klaus, Freund. Hallo. Wie gehen?«

Was für eine Frage. Winkler beantwortete sie nicht. »Verflucht, Radu, du siehst halb tot aus. Warum bist du nicht im Krankenhaus geblieben?«

»Später erklären«, sagte Tirla. »Jetzt bringen mich weg. Bitte.«

Der andere Rumäne schaute ihn an, als wollte er sagen: je schneller, desto besser.

Tirla richtete sich auf und setzte sich stöhnend auf die Bettkante. Er stank nach Schweiß, vermutlich hatte er sich die ganze Woche nicht gewaschen. Er wechselte ein paar Worte mit dem finster dreinblickenden Typen, und der half ihm, seine Sachen zu packen. Viel war es nicht. Alles passte in eine große Reise- und eine kleine Umhängetasche.

Tirla verabschiedete sich und gab dem Typen Geld. Einen Hunderter, soweit Winkler sehen konnte.

Inzwischen telefonierte Winkler nach einem Taxi. Er konnte mit Radu unmöglich mit dem Bus durch die Stadt fahren. Er nahm die beiden Taschen und führte Radu behutsam aus der Wohnung und die Treppe hinunter. Tirla stöhnte bei jedem Schritt.

Vor dem Haus warteten sie auf das Taxi.

Obwohl Klaus jede Menge Fragen hatte, schwiegen sie die ganze Fahrt über bis in Winklers Wohnung. Tirla starrte wie betäubt aus dem Fenster, und Winkler beobachtete die misstrauischen Blicke des Taxifahrers im Rückspiegel. Demonstrativ öffnete der Fahrer das Fenster. Radus Ausdünstung war fürchterlich. Er wirkte so teilnahmslos, als wäre er auf Drogen. Vielleicht hatte der Lenker diesen Verdacht, jedenfalls ließ er seine Fahrgäste nicht aus den Augen und war sichtlich froh, als sie ihr Fahrziel erreichten.

Winkler gab ihm ein üppiges Trinkgeld und brachte Tirla in das Zimmer seines Mitbewohners. Dort half er ihm, sich aufs Bett zu legen.

Tirla schloss die Augen. »Danke«, murmelte er. »Ich haben große Schmerzen. In kleine Tasche sein Medikament. Bitte geben.«

Winkler stöberte in der Tasche, bis er eine Packung mit der Aufschrift »Tramal« fand. »Die hier?«

Tirla nickte.

Winkler holte ein Glas Wasser und gab seinem Gast eine Tablette. Er musste jemanden holen, der Tirla helfen konnte. Es fiel ihm nur eine Person ein. Edith war eine Genossin aus der Partei, Krankenschwester. Winkler hatte mit ihr vor ein paar Monaten zusammengearbeitet, als es um Proteste wegen der Belastungen des Pflegepersonals im Krankenhaus durch die Corona-Pandemie gegangen war. Er suchte ihre Nummer aus der Kontaktliste und brauchte keine zwei Minuten, um sie zu überzeugen, dass er ihre Hilfe benötigte.

»Es kommt eine Krankenschwester, die hilft dir«, erklärte er Tirla.

Der nickte, aber sonderlich zu berühren schien ihn diese Mitteilung nicht.

»Erzähl mir, was passiert ist.«

Tirla sah ihn mit ausdruckslosen Augen an. Dann erzählte er in kurzen Sätzen, was geschehen war. »Ich haben Listen für dich. Ich haben gemacht Notizen über Arbeitszeit.

Sind in Tasche, ganz unten. Suchen und anschauen«, fügte er hinzu.

»Später«, antwortete Winkler, »das hat Zeit.«

*

Edith kam mit einer großen Arzttasche, murmelte leise Flüche vor sich hin, als sie Tirla sah, und wollte wissen, was mit ihm geschehen war. Klaus erklärte es ihr. Tirla ergänzte einige Details.

»Er muss in ein Krankenhaus«, erklärte Edith. »Sieh ihn dir an. Der kippt ja jeden Moment aus den Schuhen.«

»Ich weiß, aber er kann in kein Spital.«

Sie schüttelte verständnislos den Kopf, bat Tirla, sich aufzusetzen, und half ihm, seine Trainingsjacke und das T-Shirt auszuziehen. Edith betrachtete ihn und seine Verbände aufmerksam. »Er muss gewaschen werden«, stellte sie nüchtern fest. »Und die Verbände gehören gewechselt. Ich weiß nicht, welche Verletzungen er hat. Aber nach dem, was ich sehe und was ihr erzählt habt, dürfte es sich um einen Bruch der Schulter oder des Schlüsselbeins handeln, Rippen gebrochen oder angeknackst, gebrochenes Kiefer und Jochbein, Nasenbeinbruch. Er muss nachbehandelt werden. Keine Ahnung, ob die Dinge ordentlich abheilen. Das muss sich ein Arzt ansehen.« Als sie Winklers Blick sah, sagte sie: »Ich weiß, kein Krankenhaus, kein Arzt. Hilf mir, ihn zu waschen.«

Vorsichtig führten sie Tirla ins Badezimmer und setzten ihn dort auf den Wannenrand. Langsam schälte Edith seinen Arm aus der Schlinge und entfernte behutsam die Verbände am Oberkörper, um den Kopf, an der Schulter.

Tirla stöhnte und verzog das Gesicht vor Schmerzen.

»Ich weiß, das tut weh, aber wir müssen die Verbände wechseln und dich waschen.«

Dann zogen sie Tirla nackt aus. Zuerst weigerte er sich, doch als Winkler ihm sagte: »Stell dich nicht so an. Sie ist Krankenschwester. Du bist nicht der erste nackte Mann, den sie sieht«, gab er nach und ließ alles mit sich geschehen.

Sein dürrer Körper war mit dunklen Flecken übersät, bläulich und violett, unter seinen Augen halbrunde Blutergüsse.

Edith und Winkler halfen ihm, in die Wanne zu steigen, und Edith wusch ihn vorsichtig mit Handdusche, Seife und einem Waschlappen.

»Schmeiß die Klamotten zur Schmutzwäsche und hol ihm was Sauberes zum Anziehen«, forderte Edith.

Klaus suchte aus seinen Sachen passende Kleidung für Tirla. Eine Unterhose, ein T-Shirt und eine alte Pyjamahose. Das musste vorerst reichen.

Zumindest war der Gestank jetzt weg, dachte Winkler, als er ins Badezimmer zurückkam. Tirla sah beinahe erholt aus. Edith legte neue Verbände an. Das Zeug aus Winklers Kasten war zwar eine Nummer zu groß für Tirla, das störte aber niemanden. Anschließend brachten sie ihren Patienten zurück ins Bett. Er bedankte sich artig mit brüchiger Stimme, schloss die Augen und versuchte zu schlafen.

»Was willst du nun mit ihm machen?«, fragte Edith, als sie im Wohnzimmer standen.

»Er kann bei mir bleiben, bis er sich erholt hat.«

»Die Armschlinge muss er mindestens noch drei bis vier Wochen tragen, damit das Schlüsselbein ordentlich zusammenwachsen kann. Die anderen Sachen kann ich schwer beurteilen. Jedenfalls ist er sehr geschwächt. Er muss dringend etwas Ordentliches essen. Mach ihm dicke Cremesuppe und bröckle ihm Weißbrot dazu rein, das kann er trotz der Verletzungen im Gesicht gut essen. Ich werde mit dir in Kontakt bleiben. Wir müssen die Verbände regelmäßig wechseln, und waschen sollte er sich auch ab und zu. Wenn's Probleme gibt, kannst du mich jederzeit anrufen.«

Sie klang wie eine Stationsleiterin, die einen Krankenpfleger instruiert. Winkler antwortete artig mit Kopfnicken und einem folgsamen Ja.

Nachdem Edith gegangen und Radu eingeschlafen war, nahm er die Tasche von Tirla und räumte alles aus, bis er ganz unten ein DIN-A4-Schulheft fand. Winkler zog es heraus, schlug es auf und sah lange Reihen von Namen und Zahlen. Das mussten die Unterlagen sein, von denen Radu gesprochen hatte.

In seinem Zimmer sah er das Heft genauer an. Nach Datum geordnet war genau aufgelistet, auf welcher Baustelle und in welchem Arbeitsbereich Radu Tirla gearbeitet hatte, mit wem und wie lange. Wenn Winkler diese Aufzeichnungen mit der Abrechnung verglich, die er von Radu bekommen hatte, würde sicher einiges klarer werden. Aber die Abrechnung lag im Büro. Einen Moment überlegte er, ob er sie gleich holen sollte, entschied sich jedoch dagegen. Das konnte bis morgen warten.

Für heute hatte er genug getan. Und er war noch nicht fertig. Er ging in die Küche und kramte im Kühlschrank herum. Der gab nicht mehr viel her, aber eine einfache Gemüsesuppe würde er wohl hinbekommen. Morgen würde er einkaufen gehen.

Während er das Gemüse schnitt, dachte Winkler an die beiden Polizisten und an Sonja und an ihre seltsame Kooperation und wie die sich entwickeln würde. Er war nicht davon überzeugt, dass er den Bullen ohne Weiteres vertrauen konnte. Sie hatten wenig gesagt, was er nicht ohnehin schon gewusst hatte. Genau genommen waren sie, was ihre Ermittlungen betraf, bis jetzt ziemlich dilettantisch vorgegangen, fand er jedenfalls. Oder sie hatten einen Teil ihrer

Erkenntnisse verheimlicht. Das würde ihn nicht wundern. Das hatte er ja auch gemacht. Oder sie hatten noch nicht genug Zeit gehabt, um an den richtigen Stellen anzusetzen. Er wollte nicht allzu streng mit ihnen sein. Immerhin sollten sie zusammenarbeiten.

32.

Seit sie die Kontaktdaten von Florin Ionita in den Notizen von Valentin gefunden hatte, dachte sie darüber nach, ihn zu kontaktieren. Neben dem Namen stand: »Reporter, Cobuc (Cotidian Bucureştean)«, daneben eine Adresse in Bukarest, darunter Telefonnummer und E-Mail-Adresse. Cotidian Bucureştean war der Name einer Tageszeitung in Bukarest, das war schnell recherchiert gewesen. Sonja hatte den halben Sonntagabend überlegt, welcher Art die Verbindung zwischen Valentin und Florin Ionita gewesen sein könnte.

Am Montagmorgen um 9 Uhr wählte sie die Nummer, die unter seinem Namen stand.

Valentin hatte sie vor einigen Jahren einem seiner Studienkollegen vorgestellt, in einem Kaffeehaus. Er war eine Person von mehreren gewesen, die an einem Tisch gesessen hatten. Sie konnte sich dunkel daran erinnern, dass es ein junger Mann aus Siebenbürgen gewesen war, der damals in Österreich zwei Semester Publizistik studiert hatte. Aber sein Name war ihr nicht im Gedächtnis haften geblieben.

Ionita meldete sich auf Rumänisch. Seine Stimme kam ihr nicht bekannt vor.

Sie war nervös. »Hier spricht Sonja Gebert«, sagte sie und versuchte selbstbewusst zu klingen, »die Schwester von Valentin Gebert. Ich glaube, ihr habt gemeinsam in Wien studiert, und wir haben uns hier mal kennengelernt.«

Sie wusste nicht, ob Florin Ionita dieser Mann von damals war, auch nicht, ob er ausreichend Deutsch verstand. Aber einen Versuch war es wert.

»Hallo, Sonja«, antwortete er nach einem kurzen Moment des Nachdenkens. »Ja, wir haben uns damals in St. Pölten gesehen. Es war ein ziemlich feuchter Abend. Gutes österreichisches Bier. Wie geht es dir? Und wie geht es Valentin? Grüß ihn schön von mir. Sag ihm, ich bin an der Sache dran. Was kann ich für dich tun?«

Ionita sprach beinahe akzentfreies Deutsch.

»Valentin ist tot«, sagte sie nur und wartete, bis seine Bestürzung, seine Beileidsbekundungen und seine mitleidigen Fragen nach ihrem Befinden abgeklungen waren. Währenddessen dachte sie darüber nach, was Ionita mit der Bemerkung gemeint hatte, dass er an der Sache dran sei.

»Was ist geschehen?«, fragte Ionita dann. Plötzlich war er voll Reporter.

»Offiziell spricht die Polizei von einem Raubmord. Aber das glaube ich nicht.«

Ionita schwieg zu dieser Erklärung. Vielleicht dachte er darüber nach, wie eng sein Kontakt zu Valentin gewesen war und ob ihn das in Bukarest auch zur Zielscheibe machte.

»Ich habe deine Kontaktdaten in Valentins Notizen gefunden im Zusammenhang mit einer Recherche über rumänische Wanderarbeiter, die über eine Firma namens Romanian Recruitment Agency nach Österreich vermittelt werden. Ich dachte, dass Valentin deswegen mit dir Kontakt hatte.«

»Nein, ich kann dir darüber nichts sagen«, antwortete er rasch. »Sonja, tut mir leid, ich habe jetzt einen wichtigen Termin. Ich muss aufhören. Aber ich melde mich wieder. Erreiche ich dich unter dieser Nummer auf dem Display?«

Kaum hatte sie bejaht, legte Ionita auf.

Sie saß wie betäubt an ihrem Schreibtisch. Weshalb hatte er sie so schnell abgewimmelt? Angst? Wenn ja, vor wem? Oder wollte er ihr nichts sagen?

*

Auf dem Videomonitor konnte er nebenbei beobachten, wie der Typ zügig hereinkam und kurz mit Anja sprach. Es schien, als wollte sie ihn abwimmeln, was aber nicht gelang. Er marschierte weiter, geradeaus nach hinten zu seinem Büro. Vergeblich rief sie ihm nach.

Fast im selben Moment läutete das Telefon. Er stand auf und ging zum Schreibtisch.

Anja klang aufgeregt. »Da kommt jemand zu Ihnen.«

Es klopfte zweimal kurz an der Bürotür, dann kam er herein.

Das war der Bulle vom letzten Mal. Sulzer stand hinter seinem Schreibtisch, den Telefonhörer noch in der Hand, die Hemdsärmel aufgekrempelt. Sein Sakko hing über der Rückenlehne des Schreibtischstuhls. »Ist schon in Ordnung«, sagte er. »Der Herr ist bereits hier.«

Seine beiden Gäste am Besprechungstisch blickten den Polizisten feindselig an. Sie waren nicht nur über die Störung ungehalten. Die Männer waren durchtrainiert, sahen beinahe militärisch aus, der eine mit Glatze. In ihren Jeans und Sakkos wirkten sie wie kostümiert. Eine Tarnuniform hätte besser zu ihnen gepasst. Das wusste auch Sulzer. Vor ihnen auf dem Tisch lagen einige Papiere ausgebreitet. Der Polizist schielte hinüber, konnte aber vermutlich nicht mehr darin erkennen als Baupläne. Einer seiner Gäste sammelte die Papiere langsam ein und machte einen sorgfältigen Stapel, den er vor sich hinlegte. In der

Zwischenzeit ging Sulzer um den Tisch herum und stellte sich vor den Polizisten. Er versuchte sich an den Namen zu erinnern – Radek?

»Warum platzen Sie unangemeldet in eine Besprechung?«, fuhr er ihn an.

»Weil ich dringende Dinge zu besprechen habe.« Radek grinste frech und ließ sich nicht aus der Ruhe bringen.

Sulzer deutete auf die Tür. »Bitte, gehen wir in den Besprechungsraum.« Und zu den beiden am Tisch gewandt: »Ich komme gleich. Anja soll euch noch einen Kaffee bringen.« Er drängte Radek aus dem Büro und führte ihn in einen kleinen Raum am Ende des Flurs.

»Also, was wollen Sie?«, fragte er dort unwirsch und verschränkte die Arme vor der Brust.

»Es geht um die rumänischen Bewohner des Hauses Kerensstraße«, begann Radek. »Die sind plötzlich ausgezogen. Und zwar alle. Und sind nicht mehr auffindbar.«

»So etwas ist normal. Es kommt vor, dass Leute ihre Wohnung wechseln.« Sulzers spöttisches Lächeln passte zu seiner Stimme.

»Aber nicht über 20 Leute, und nicht alle innerhalb weniger Tage, und nicht alle spurlos. Abgesehen davon sind sie an der Adresse in der Kerensstraße noch immer angemeldet. Das fällt für mich nicht unter ›normal‹. Außerdem sieht das nach einem Vergehen gegen das Meldegesetz aus.«

»Soll ich jetzt Angst kriegen? Wollen Sie mich deswegen anzeigen? Nur zu, tun Sie das. Ich habe keine Ahnung, wo die Leute hin sind. Und wenn sie sich nicht abmelden, ist das ihre Angelegenheit. Ich bin nur der Vermieter, nicht der Babysitter. Also, was wollen Sie von mir?«

»Wenn Sie mir nicht sagen können, wohin die Arbeiter verschwunden sind, hätte ich gerne eine Liste Ihrer anderen Objekte, die Sie vermieten oder verwalten.«

Sulzer blickte ihn feindselig an. »Das sind vertrauliche Geschäftsunterlagen. Die kriegen Sie nur mit einem Gerichtsbeschluss. Wenn Sie mit so einem Wisch antanzen, dann können wir uns weiter unterhalten«, sagte er mit kalter Stimme. »Bis dahin würde ich Sie bitten, zu verschwinden. Wie Sie sich vielleicht erinnern, war ich mitten in einer Besprechung, als Sie mich störten.« Er wies zur Tür.

»Kennen Sie Valentin Gebert?«, fragte Radek.

Sulzer schüttelte den Kopf. »Nein. Wer soll das sein?«

»Ein Reporter, der einen Artikel über Wanderarbeiter schreiben wollte. Auch über die in der Kerensstraße.«

Sulzer dachte noch einmal kurz nach. »Nein. Ist mir unbekannt. War es das jetzt? Ich habe zu tun.« Er führte Radek zurück bis zum Empfang und begleitete ihn hinaus auf die Straße. Dort verabschiedete er sich und blickte Radek nach, der den Gehsteig hinunter zu seinem Auto ging. Du kleiner Idiot, dachte er, mit nichts in der Hand reinschneien und sich aufblasen wie ein Kugelfisch. Das könnte dir so passen. Die Bullen tappten im Dunkeln und suchten verzweifelt nach etwas, das ihnen weiterhalf. Das war offensichtlich. Er wusste, dass Radek keine Ahnung hatte, nicht die geringste. Trotzdem mussten sie vorsichtig sein.

Er zog sein Handy aus der Gesäßtasche, ging ein paar Schritte vom Eingang der Personalvermittlung weg und wählte eine Nummer.

»Hallo, Harald, hier Armin. Bei mir war gerade ein Bulle und hat sich nach den Rumänen in der Kerensstraße erkundigt.«

Sein Gesprächspartner war einsilbig. »Ja, und?«

»Ich glaube nicht, dass er etwas weiß. Aber der Typ wird früher oder später auch bei dir auftauchen.«

»Ja.«

»Ich wollte dich nur vorwarnen.«

»Danke, das ist nett.« Jungmann hatte anscheinend keine Lust, nachzufragen oder mit ihm zu reden.

Sulzer mochte Jungmann nicht. Er war ein arroganter Schnösel geworden, ein Emporkömmling, der sich als etwas Besseres fühlte. Außer ihren Geschäften verband sie nur eines: Beide hatten am unteren Ende begonnen und mühsam die Stufen zum Erfolg hochklettern müssen. Aber im Gegensatz zu Sulzer machte Jungmann sich mittlerweile die Hände nicht mehr schmutzig.

Jungmann beendete das Gespräch.

Auch gut. Er hatte ohnehin zu tun, in seinem Büro warteten zwei Besucher auf ihn.

Zuvor musste er jedoch noch einen anderen Anruf tätigen.

*

»Ja«, sagte Jungmann spröde ins Telefon.

Neumann saß am Besprechungstisch und beobachtete ihn aufmerksam.

»Danke, das ist nett.« Das klang, als müsste er dabei eine halbe Zitrone schlucken. Dann beendete er das Telefonat und kehrte zum Tisch zurück, an dem Neumann wartete.

Rechts neben Neumann stand ein Architektenmodell mit mehreren Wohnblocks auf einem Grundstück mit viel Grünfläche. Auf einem kleinen Schild las er »Projekt Theresienhofgasse, Modell 1:200«.

»Wo sind wir stehen geblieben?«, fragte Jungmann mit aufgesetzter Freundlichkeit.

»Beim Bauprojekt in der Wiesengasse«, antwortete Neumann. Er war überfallsartig bei dem Bauunternehmer hineingeplatzt. Der hatte sich gewunden wie ein Aal, sich dann aber doch dazu hinreißen lassen, mit Neumann zu reden. Eine halbe Stunde habe er Zeit, danach, hatte er gesagt, müsse er zu einem wichtigen Termin. Und kaum hatten sie begonnen, hatte das Telefon geläutet und Jungmann hatte mit steinerner Miene ein schnelles Gespräch geführt.

»Ja, das Projekt Wiesengasse.« Jungmann überlegte lange, als müsse er erst mühsam in seinen Erinnerungen danach kramen. »Das war ein altes Fabrikgebäude, das wir im letzten Jahr revitalisiert und zu einem Wohnhaus umgestaltet haben.«

»Dabei wurden die ursprünglich eingereichten Pläne abgeändert«, ergänzte Neumann.

Jungmann sah ihn mit einem freundlichen Lächeln an. »Ja. Und? Das ist nichts Besonderes. So etwas passiert öfters.«

»Anschließend wurden aus kleinen Wohnungen für junge Leute große für reiche Schnösel. Damit gab es mehr zu verdienen.« Neumann hatte keine Lust, lange um den heißen Brei herumzureden.

Jungmann wurde ernst, verschränkte die Hände, schlug die Beine übereinander, sah den Polizisten an und entgegnete mit verhaltenem Zorn: »Ich glaube, Sie haben eine etwas verzerrte Wahrnehmung.«

»Gut möglich.« Neumann ließ sich nicht aus dem Konzept bringen. »Was war dann der Grund für die Änderung der Pläne?«

Jungmann zuckte die Schultern. »Das weiß ich nicht. Um solche Details kümmert sich die Bauleitung. Vielleicht war es was Statisches. Vielleicht war es aus technischen Gründen nicht möglich, kleinere Wohneinheiten einzurichten. Außerdem ändert sich für uns weder der Verdienst noch die Baudurchführung, ganz egal, ob wir kleine oder große Wohnungen bauen.«

Das glaubte ihm Neumann nicht. »Aber für die Investoren, die das Projekt finanzieren«, sagte er ruhig. »Für die macht das schon einen Unterschied.«

»Möglich.«

»Für die Austria-Invest zum Beispiel.«

Jungmann nickte, sagte aber nichts.

»Wie ist eigentlich Ihr Verhältnis zu Herrn Ecker?«

Gleichgültiges Schulterzucken. »Das ist ein Geschäftspartner, mit dem ich schon lange zusammenarbeite.«

»In welcher Form?«

»Er beteiligt sich mit seinen Immobilienfonds immer wieder an der Finanzierung einzelner Projekte.«

»Und sonst?«

Jungmann warf ihm einen verständnislosen Blick zu. »Nichts sonst.«

»Wer vergibt die Aufträge an die Subfirmen?«, wechselte Neumann das Thema.

»Das macht unser Projektbüro hier im Haus. Die kümmern sich um solche Sachen.«

»Und die Abrechnungen?«

»Die laufen über die Buchhaltung.«

»Und wer bestätigt deren Richtigkeit?«

Jungmann überlegte. »Die Bauleitung und das Projektbüro.«

»Wäre es möglich, Ihnen fingierte Rechnungen zu stellen?«

Jungmann wurde misstrauisch. »Wie meinen Sie das?«

»Könnte ein Subunternehmer Arbeiten verrechnen, die gar nicht gemacht wurden?«

Der Bauunternehmer dachte kurz nach. »Schwerlich«, sagte er dann. »Bei uns werden Abrechnungen genau geprüft.«

»Kennen Sie die Firma Romanian Recruitment Agency?«

Der Unternehmer zupfte an der Manschette seines weißen Hemds, die aus dem Ärmel des Sakkos hervorragte. »Ja. Das ist ein Subunternehmer aus Bukarest.«

»Können Sie mir Näheres über diese Firma sagen?«

»Nein«, antwortete Jungmann bestimmt. »So tiefgehend sind meine Informationen nun auch wieder nicht.«

»Sie haben also keine Ahnung, mit welchen Firmen Ihr Unternehmen geschäftlich zu tun hat?«, fragte Neumann mit provokantem Ton und sah, wie Jungmann sich beherrschen musste, um seine Wut zu zügeln.

»Natürlich kenne ich die Firmen, mit denen wir arbeiten«, erwiderte dieser gereizt. »Das sind Geschäftspartner in unterschiedlichen Zusammenhängen. Personalvermittlung, Finanzierung, Durchführung einzelner Bauaufträge. Dinge eben, die bei so einer großen Aufgabe wie einem Bauprojekt zu tun sind. Was sollen diese Fragen? Ich leite eine große Firma, und ich beschäftige mich nicht mit solchen Sachen. Würde ich mich um alles kümmern, was in der Firma anfällt, wäre ich bald ein Wrack und hätte einen Herzinfarkt nach dem anderen.«

Neumann überlegte, ob er dem Unternehmer vom Betrugsverdacht gegen die Romanian Recruitment Agency erzählen sollte, entschied sich aber dagegen. Dafür gab es noch zu wenig Fakten. Sie hatten nicht einmal die Abrechnungen der Agentur gesehen. Stattdessen fragte er: »Hatten Sie jemals mit Valentin Gebert Kontakt?«

»Wer ist das?« Jungmann wirkte ahnungslos.

»Ein Journalist, der sich mit dem Projekt Wiesengasse beschäftigte.«

Der Bauunternehmer schüttelte den Kopf. »Nein, kenn ich nicht. Bei mir war nie ein Journalist.«

Sackgasse. Neumann hatte nichts anderes erwartet. »Wie ist Ihre Verbindung zu Herrn Sulzer?«, wollte er wissen.

»Ein Geschäftspartner.« Jungmanns Ärger wuchs. »Wollen Sie mich jetzt über alle meine Partner ausfragen? Dann sollten wir einen Extratermin ausmachen, das ist eine lange Liste.«

»Ich glaub, das wird nicht nötig sein«, lenkte Neumann ein.

»Das hoffe ich.« Jungmann lehnte sich zurück und gab sich jovial. »Hören Sie, Herr«, er schaute auf die Visitenkarte, die der Polizist ihm zuvor gegeben hatte, »Bezirksinspektor Neumann. Ich bin ein viel beschäftigter Mann. Ich habe Sie nur eingeschoben, weil ich großen Respekt vor der Arbeit der Polizei habe und annahm, dass es sich um eine Routineangelegenheit handelt, die schnell erledigt ist. Ich dachte, es gehe um einen Arbeiter, der etwas angestellt hat, oder um einen Einbruch auf einer Baustelle oder etwas in der Art. Wenn Sie jedoch etwas über meine Geschäftspartner wissen wollen oder über meine Geschäftspraktiken, dann ist das nicht so schnell zu behandeln. Da sollten wir uns mehr Zeit nehmen. Vereinbaren Sie dazu bitte einen Termin mit meiner Sekretärin.«

Neumann verstand, dass dies ein feiner Rauswurf war.

*

Ecker musterte ihn feindselig. Eine Python, die auf den richtigen Augenblick wartet, um zuzubeißen und die Maus zu schnappen. Ein kantiges Gesicht, der dünne Flaum blonder Haarstoppeln auf dem Kopf sah beinahe wie eine Glatze aus. Weißes Hemd mit dünnen blauen Streifen, Krawatte. Er schaukelte in seinem großen Chefsessel leicht hin und her, ohne daran zu denken, Radek einen Platz anzubieten.

»Was ist so dringend, dass Sie unangemeldet bei mir hereinschneien?«, fragte Ecker mit verhaltener Wut.

Radek hatte keine Lust, stehen zu bleiben wie ein lästiger Bittsteller. Er setzte sich ohne Kommentar auf einen der beiden Besucherstühle vor dem Schreibtisch und erntete dafür einen noch zornigeren Blick. »Es geht um den Mord an einem Journalisten«, antwortete er und ließ das erst einmal wirken. Dieser arrogante Investmentfuzzi sollte wissen, dass Radek nicht aus Langeweile bei ihm aufgetaucht war.

Aber Ecker schien davon nicht beeindruckt zu sein. »Und was wollen Sie von mir?«

»Hatten Sie in den letzten Wochen mit Valentin Gebert zu tun?«

»Wer soll das sein?«

»Ein Journalist, der einen Artikel über Bauprojekte in St. Pölten schreiben wollte und jetzt tot ist.«

»Nein, der Name sagt mir nichts«, antwortete Ecker sofort.

»Unter anderem interessierte er sich für das Projekt Wiesengasse.«

»Ach so?«

»Das ist doch von Ihnen finanziert worden. Nicht wahr?«

»Von meiner Firma, ja.«

»In welcher Form?«

Ecker überlegte. »Es ist Teil eines meiner Investmentfonds«, antwortete er knapp.

»Wie darf ich mir das vorstellen?«

»Wie immer Sie wollen.« Ecker setzte ein schiefes Lächeln auf.

Radek versuchte, ruhig zu bleiben und sich seine Wut über Eckers überhebliche Art nicht anmerken zu lassen. »Wie läuft das mit diesen Investmentfonds und der Finanzierung von Wohnprojekten wie in der Wiesengasse?«, formulierte er die Frage neu.

Es folgte eine Pause, in der Ecker nachdachte. Seine folgende Antwort hielt er kurz: »Investmentfonds sind Gesellschaften zur Kapitalverwaltung. Anleger zahlen Geld in einen großen Topf ein, und der Fond veranlagt dieses Kapital in unterschiedlicher Form. Es gibt Anteilscheine und Gewinnbeteiligungen, ähnlich wie auf dem Aktienmarkt.«

»Und weiter?«

»Nichts ›und weiter‹. Soll ich Ihnen eine Einführungsvorlesung halten?«

»Welche Fonds verwalten Sie?«

»Mehrere. Aber ich habe mich in den letzten Jahren auf Immobilien spezialisiert.«

»Aus welchem Grund?«

Ecker verdrehte die Augen. »Wo leben Sie eigentlich, Mann?«, fragte er mit aufkommendem Unmut, den er schließlich geschickt in beißenden Spott umwandelte. »Haben Sie mitbekommen, dass es 2008 eine Wirtschaftskrise gab? Oder ist das an euch Beamten spurlos vorübergegangen? Würde mich nicht wundern. Finanzkrise, Wirtschaftskrise, Bankenkrise, Coronakrise? Alles unbekannt? Auch egal. Seit dieser Zeit habe ich begonnen, mich mit Immobilieninvestment zu beschäftigen, weil Immobilien stabiler sind als Aktien.«

»Können Sie mir Ihre Fonds etwas näher erklären?«

Ecker blickte ihn durchdringend an, bevor er sagte: »Natürlich nicht. Das ist ein Geschäftsgeheimnis. Ich denke, es sollte für Sie reichen, dass ich Investments verwalte. Wenn Sie mehr Auskünfte haben wollen, schicken Sie mir eine offizielle Vorladung mit einem entsprechenden Grund. Ob ich in Ihren Augen Beschuldigter bin oder Zeuge oder was auch immer. Und was Gegenstand der Befragung sein wird. Dann werde ich gegebenenfalls einen Anwalt beiziehen und, wenn erforderlich, einen gerichtlichen Beschluss anfordern, bevor ich Ihnen Einsicht in meine Geschäfte gewähre. Haben Sie das verstanden?«

Radek nickte. Ihm wurde klar, dass Ecker keine einzige brauchbare Antwort auf eine seiner Fragen geben würde. Er vergeudete hier nur seine Zeit.

»Wollen Sie sonst noch etwas wissen?« Ecker lehnte sich zurück, legte die Fingerspitzen aneinander, die Ellbogen hatte er auf die Armlehne gestützt, und wippte gelassen mit seinem Sessel.

»Ja«, antwortete Radek. »Ist das eigentlich anstrengend?«

»Was?«

»Den ganzen Tag lang ein Arschloch zu sein.«

Ecker hörte auf zu wippen, und das Lächeln verschwand aus seinem Gesicht. Die Wut stieg in ihm hoch wie eine brodelnd heiße Flüssigkeit.

»Ich finde allein hinaus«, schloss Radek freundlich. »Sie brauchen sich nicht zu bemühen.« Er stand auf, drehte sich mit einem frechen Grinsen um und verließ das Büro. »Man sieht sich«, sagte er beim Hinausgehen und hob lässig die Hand zum Gruß.

*

Am liebsten hätte Ecker ihm nachgeschrien, er solle sich zum Teufel scheren, oder noch etwas Schlimmeres, aber er konnte sich beherrschen. Er neigte zwar zum Jähzorn, hatte im Laufe seines Berufslebens allerdings gelernt, sich nicht von Gefühlen leiten zu lassen. Weder von positiven noch von negativen. Seine Geschäfte erforderten einen klaren Kopf. Und bisher hatte er es immer geschafft, auch an schwierige Situationen nüchtern heranzugehen. Letzten Endes würde sich zeigen, wer der Überlegene war. Ein rüpelhafter Bulle oder der kühl planende Unternehmer.

Der Polizist hatte keine Ahnung. Der fuchtelte blind im Nebel herum und hoffte, irgendetwas Handfestes zu erwischen. Klar wusste Ecker von Gebert und seiner Schnüffelei. Jungmann und Sulzer hatten ihn informiert. Ecker wusste sogar mehr, aber das war dem Polizisten bisher offenbar entgangen. Das konnte auch so bleiben. Denn es gab in dieser Angelegenheit noch einiges zu erledigen. Er hatte keine Lust, sich seine Geschäfte kaputt machen zu lassen. Weder von aufsässigen Arbeitern noch von ehrgeizigen Journalisten oder dahergelaufenen Kommunisten, und schon gar nicht von einem unterbelichteten Bullen. Gegen alle gab es Mittel und Wege. Entweder man konnte sie kaufen oder man musste sie vernichten. Er hatte keine Skrupel, das eine oder das andere zu tun.

*

Sie sah gut aus. Eine seiner beiden Sekretärinnen hatte ihn angerufen, ihn über Sonja Geberts Eintreffen informiert und sie aus dem Vorzimmer durch die große doppelflügelige Tür in sein Büro geführt.

Es war ein großes Büro mit hohen Räumen und Blick in den Innenhof des Rathauses, Wände und Decke mit hellem Holz getäfelt, ein Besprechungstisch mit sechs Stühlen, lederne Sitzgruppe, zwei Aktenschränke mit Schiebetüren, ein riesiger Schreibtisch am hinteren Ende, dahinter an der Wand ein Sideboard mit mehreren kleinen Aktenstapeln. Alles so gehalten, dass es zur Vertäfelung passte.

Der Stadtrat hatte sich hinter seinem mächtigen Schreibtisch erhoben und ging der jungen Frau entgegen. Der hellgraue Anzug saß tadellos, trotz seiner unförmigen Figur.

»Frau Gebert, welch eine Freude, Sie zu sehen.« Er nahm ihre Hand in seine beiden und schüttelte sie eifrig. Trotzdem war es ein weicher Händedruck.

Sonja Gebert trug ein dunkles Kostüm, mit hochgeschlossener weißer Bluse. Das Haar hochgesteckt, wirkte sie wie eine strenge Gymnasialprofessorin, weniger wie eine Journalistin. Sie trug eine Aktenmappe unter dem Arm. Einen

Moment lang fragte er sich, wie sie wohl nackt aussehen mochte. Dann begleitete er sie zu einem Besucherstuhl, bot ihr Platz an und kehrte hinter seinen Schreibtisch zurück. Der war ordentlich aufgeräumt, keine unnötigen Papiere, der Computermonitor und die Tastatur darauf sahen aus wie eine Theaterdekoration.

»Was führt das Wochenblatt zu mir? Hierher in die Provinz?«, fragte er in jovialem Ton, als er auf seinem Stuhl saß, sich gemütlich zurücklehnte und sie mit zusammengekniffenen Augen musterte. War ihr das mit dem Bruder nicht genug? Er wusste, worüber sie mit ihm reden wollte, bevor sie etwas sagte. Das hatte er schon geahnt, als sie den Termin vereinbart hatten. Er hatte sie nicht vertröstet, obwohl das kein Problem gewesen wäre. Sie hätte ohnehin keine Ruhe gegeben. Er wollte dieses Gespräch hinter sich bringen. Und zwar möglichst schnell. Er wollte wissen, welche Informationen sie von ihrem Bruder bekommen hatte und um was es ihr ging. Dann würde er sie zügig abfertigen. Er war gut auf dieses Treffen vorbereitet.

»Wie bereits am Telefon angekündigt, hätte ich gerne ein paar Auskünfte zu einem Wohnprojekt.«

Kohler zögerte. »Ist das ein offizielles Gespräch, ein Interview, oder als was darf ich das hier sehen?« Er machte eine flapsige Handbewegung.

»Es handelt sich um ein Recherchegespräch«, klärte Sonja ihn auf. »Ich suche Informationen zu einer Angelegenheit Ihres Geschäftsbereichs. Ich werde Sie nicht zitieren, wenn Sie es nicht wollen.«

»Gut.« Kohler wartete.

Sonja zog aus ihrer Mappe einen Ausdruck des Zeitschriftenartikels von der Eröffnung des Projektes Wiesengasse und reichte ihn über den großen Tisch. »Es geht um dieses Projekt.«

Er ließ sich Zeit mit dem Lesen des Artikels. Seine Miene wurde eine Spur ernster. Aber die Freundlichkeit blieb, aufgesetzt wie eine Maske, ganz Politiker. Sonja Gebert hatte sich offenbar einige Fragen zurechtgelegt. Während Kohler las, zog sie einen Spiralblock aus ihrer Mappe und klappte ihn auf, bereit, sich Notizen zu machen.

»Ja. Ein gutes Stadtentwicklungsprojekt.« Er gab ihr das Blatt zurück. »Was wollen Sie dazu wissen?«

»Sie haben den Verkauf an Austria-Invest befürwortet«, begann Sonja. »Zumindest, wenn man den Gemeinderatsprotokollen Glauben schenken darf.«

Kohler lächelte. »Es gibt viele Projekte, für die ich mich einsetze. Das ist nichts Ungewöhnliches. Soweit ich mich erinnern kann, hatte Austria-Invest eine Kooperation mit Jungmann Bau, und die haben ein vielversprechendes Projekt vorgelegt. Deshalb bekamen sie den Zuschlag.« Er sprach langsam und überlegt, in leicht säuselndem Tonfall, ein bisschen oberlehrerhaft.

»Aber später wurden die Pläne geändert. Und damit entstanden anstatt kleiner billiger Wohnungen für junge Leute teure Luxusimmobilien, Spekulationsobjekte in bester Wohngegend.«

»Davon weiß ich nichts«, wiegelte Kohler ab. »Um solche Details kümmere ich mich nicht. Dafür gibt es Mitarbeiter.«

»Sie hatten also keine Ahnung, dass die Einreichpläne einige Wochen nach dem Verkauf geändert wurden?«

»Nein.«

»Wie ist Ihr Verhältnis zu Herrn Ecker und Herrn Jungmann?«

»Ich weiß nicht, was diese Frage soll«, versuchte Kohler auszuweichen.

Sonja zeigte auf das Bild über dem Artikel mit vier lachenden, fröhlichen Gesichtern. »Na ja, hier auf dem Foto scheinen Sie sich gut zu verstehen.«

»Herr Jungmann ist ein erfolgreicher Bauunternehmer, der viel mit der Stadt St. Pölten zusammenarbeitet«, erklärte Kohler. »Wir kennen uns. Klar. Das ist einer der Gründe gewesen, warum Ecker den Zuschlag für den Verkauf bekommen hat. Jungmann hat gute Referenzen, und in der Vergangenheit war unsere Kooperation sehr zufriedenstellend. Mit Herrn Ecker haben wir weniger Erfahrungen, aber bisher hat es bei seinem Unternehmen noch keinen Anlass gegeben, der einer Zusammenarbeit im Wege stünde.«

»Gibt es andere Projekte, bei denen Sie mit Ecker und Jungmann zusammenarbeiten?«

»Sicher. Unsere Kooperation mit Jungmann ist sehr gut. Und Ecker beteiligte sich in den letzten Jahren bei der Finanzierung einzelner Aktivitäten. Wie gesagt, bisher hat es bei beiden Unternehmen keinen Grund gegeben, der einem von ihnen zum Nachteil gereichen würde.« Kohler gefiel es, sich geschraubt auszudrücken, er glaubte, dass ihn das als Mann von Welt erschienen ließ.

»Können Sie mir Projekte nennen, bei denen die Stadt mit Ecker und Jungmann zusammengearbeitet hat?«, fragte Sonja.

Kohler schüttelte den Kopf. »Das müsste ich erheben lassen. Auswendig kann ich Ihnen das nicht sagen.«

Die Fragen perlten an Kohler ab, als ginge er mit einer Pelerine im Nieselregen spazieren. Er beobachtete sie konzentriert. Er hatte alles im Griff. Sie konnte ihm mit ihren Fragen nichts anhaben. Er würde sich keine Blöße geben.

Von draußen drang das Geräusch einer Bohrmaschine, die sich quietschend in einen Ziegel hineinfraß, durch das geöffnete Fenster.

»Der Preis, der im Gemeinderat beschlossen wurde, lag um einiges unter dem Verkehrswert der Liegenschaft. Außerdem gab es Bieter, die deutlich mehr zu zahlen bereit waren als Ecker. Warum hat trotzdem er den Zuschlag bekommen?«, begann Sonja wieder.

Kohler zuckte die Schultern. »Dazu kann ihn Ihnen nichts sagen. Das zu bewerten ist Aufgabe der zuständigen Magistratsabteilung. Ich folge nur deren Empfehlungen. Aber es gibt noch andere Kriterien außer Geld, die für einen Verkauf von Bedeutung sind. Die städteplanerische Komponente beispielsweise.« Kohler ließ sie auflaufen. Er mauerte, blockierte, wich aus.

Sie versuchte es aus einer anderen Richtung. »Mein Bruder, Valentin Gebert, war bei Ihnen und hat mit Ihnen ebenfalls über dieses Projekt gesprochen.«

»Ja, er war hier. Ich kann mich an ihn erinnern«, bestätigte Kohler.

»Was haben Sie ihm erzählt?«

»Dasselbe wie Ihnen.«

»Glauben Sie, dass es einen Zusammenhang zwischen seinem Tod und seinen Recherchen zu diesem Wohnprojekt gibt?«

Diese Frage kam für Kohler völlig unerwartet, aber er ließ sich nichts anmerken. »Ich weiß nicht. Das müssen Sie die Polizei fragen. Ich habe in der Zeitung gelesen, dass Ihr Bruder Opfer eines Raubmordes wurde. Ich habe keinen Grund, das anzuzweifeln.« Kohler beugte sich langsam vor, verschränkte die Hände auf dem Schreibtisch und blickte Sonja eindringlich an. »Frau Gebert«, sagte er, »ich weiß nicht, worauf Sie hinauswollen. Sie stellen mir Fragen zu einem sehr erfolgreichen Wohnprojekt, dann zum Tod Ihres Bruders. Langsam bezweifle ich Ihre guten Absichten. Höre ich da irgendwelche Unterstellungen heraus? Wollen

Sie einen Zusammenhang zwischen Dingen herstellen, wo es keinen gibt? Ich würde Sie bitten, sich an die Fakten zu halten, ansonsten sehe ich unser Gespräch als beendet an. Haben Sie zum Projekt Wiesengasse noch Fragen?« Belustigt sah er, wie ihr die Schamesröte ins Gesicht stieg. So billig war sie wahrscheinlich noch nie abgespeist worden. Aber es war ihre eigene Schuld. Sie war zu emotional an die Sache herangegangen, zu unprofessionell. Zu wenige Fakten, zu viele Spekulationen. Mit Vermutungen brauchte sie Kohler nicht zu kommen. Dazu war er zu abgebrüht. Er antwortete nur auf das, was er gefragt wurde, und auch da nur das Notwendigste. Er würde eingestehen, was hieb- und stichfest belegt war, sonst nichts. Sie hatte sich wie eine Anfängerin benommen, eine Volontärin im zweiten Monat. Sie hatte einen Riesenfehler gemacht, ihr Pulver blind verschossen. Er sah ihr an, dass auch sie das gerade bemerkte. Beim nächsten Mal würde sie nicht mehr so leicht einen Termin bekommen und schon gar keine brauchbaren Auskünfte mehr. Sie hatte es vergeigt. Ein geordneter Rückzug war angesagt, um nicht noch mehr Porzellan zu zerschlagen. Er betrachtete sie amüsiert. Ihre Niederlage war offensichtlich.

Sonja Gebert schüttelte den Kopf. »Nein, das ist alles, was ich wissen wollte.«

Kohler wurde wieder freundlicher. »Ich hoffe, unser Gespräch war Ihnen eine Hilfe.«

Sie nickte mit aufgesetztem Lächeln. »Ja. Danke, es hat mir einige wichtige Einblicke gegeben«, antwortete sie.

Kohler stand auf und begleitete sie zur Tür, wo er sich mit einem weichen Händedruck und einem nichtssagenden Lächeln verabschiedete.

Sie verließ das Büro mit unsicherem Schritt.

Stadtrat Kohler kehrte zum Schreibtisch zurück, griff zu seinem Handy und wählte eine Nummer. Er hielt sich nicht lange mit Begrüßungsfloskeln auf. »Sonja Gebert war eben bei mir«, sagte er. »Das ist die Schwester von diesem Gebert, der vor zwei Wochen herumgeschnüffelt hat.« Diese Anmerkung war unnötig. Sein Gesprächspartner wusste auch so, wen er meinte. »Sie hat sich ebenfalls nach der Wiesengasse erkundigt.«

»Ich kümmere mich darum«, erwiderte der Mann am anderen Ende. »Es wird ohnehin Zeit, etwas gegen diese Schmeißfliegen zu unternehmen. Die Bullen stellen Nachforschungen an, jetzt auch noch diese Reporterin und ein weiterer Typ, eine linke Zecke. Alle stecken ihre Nasen in Sachen, die sie nichts angehen. Das ist schlecht fürs Geschäft.«

»Gut, dann unternimm etwas dagegen!« Kohler klang, als würde er mit einem seiner Mitarbeiter in der Magistratsdirektion sprechen und ihm klare Arbeitsanweisungen erteilen. Aber das war die Panik, die in ihm knabberte und sich langsam nach außen fraß.

Das merkte auch sein Gesprächspartner. »Mach dir keine Sorgen«, beruhigte der ihn. »Die haben keine Ahnung. Wir werden diese Dinge schnell in Ordnung bringen. Darauf kannst du dich verlassen.«

Kohler beendete das Telefonat mit einem knappen Gruß. Sein nächster Termin wartete.

33.

Das war nun schon der dritte Kaffee, den er an diesem Vormittag trank. Üblicherweise nahm er gegen 9 Uhr eine Tasse und dann nach dem Mittagessen eine zweite. Manchmal trank er dazwischen oder am Nachmittag noch eine, wenn er Besprechungstermine hatte, aus Höflichkeit. Doch heute bereits drei Tassen, und es war noch nicht einmal 11 Uhr.

Die Sekretärin blickte ihn verwundert an. Ungewöhnlich, sehr ungewöhnlich, dachte sie vermutlich und deutete es als Zeichen für Überlastung oder Sorgen, vielleicht wegen des Polizisten, der am Morgen hier gewesen war. Egal. Sie stellte ihm die Tasse auf den Schreibtisch, er murmelte ein gedankenverlorenes »Danke«, und sie ließ ihn in seiner grüblerischen Stimmung zurück.

Er blickte aus dem Fenster hinüber zur Traisen. Von seinem Büro in der Willi-Gruber-Straße hatte er eine schöne Aussicht. Aber die konnte er im Moment nicht genießen. Die Dinge gerieten außer Kontrolle, er musste etwas dagegen unternehmen, sie wieder auf Schiene bringen. Er griff zum Telefon.

Die Stimme am anderen Ende klang missmutig. »Gut, dass du anrufst, ich wollte mich ohnehin schon melden.«

»Die Schwester vom Gebert mischt sich ein«, kam er gleich zur Sache. »Und die Bullen schnüffeln auch herum.«

»Und dieser Kommunist«, ergänzte sein Gesprächspartner.

»Wir müssen etwas tun.«

»Meine Jungs sind an dem Kommunisten dran und warten nur auf eine günstige Gelegenheit. Der steht also schon auf unserer To-do-Liste.«

»Gut. Könnt ihr euch auch um die Gebert kümmern?«

»Klar. Sollen wir ihr eine Lektion erteilen?«

»Aber nicht wie beim Bruder. Eine zweite Leiche können wir nicht brauchen. Das wirbelt zu viel Staub auf.«

»Vielleicht sollten wir sie ordentlich hernehmen«, schlug der andere vor. »Zu dritt, da hat sie eine Weile was zum Nachdenken.«

»Nein, keine Vergewaltigung. Erregt ebenfalls zu viel Aufsehen.«

»Dann sollte ihr einfach ein bisschen was zustoßen. Damit sie begreift, dass es besser ist, sich um ihre alten Sachen zu kümmern. Im Chronik-Teil des Wochenblatts, wo sie nichts anstellen kann«, schlug der andere vor.

»Genau daran dachte ich.« Er war zufrieden, aber nicht davon überzeugt, dass die Sache damit erledigt war. Deshalb fügte er hinzu: »Fürs Erste. Sollte sie sich dann nicht zurückhalten, können wir uns was anderes überlegen. Dann könnt ihr sie zureiten oder was auch immer ihr mit der Schlampe machen wollt.«

»Und wenn das auch nichts nützt?«

»Könnte sie zufällig in Wien vor eine U-Bahn stürzen«, schlug er vor.

Der andere lachte leise. »Und die Bullen?«

»Das erledige ich. Da müssen wir vorsichtig sein. Keine Wellen. Ich habe schon eine Idee.« Er wollte nicht alles verraten, was er plante. Je weniger der andere wusste, desto besser.

»Okay, dann kümmerst du dich um die Bullen und wir uns um die Kleine und ihren Kommunistenfreund.«

Das war ein guter Deal. Nachdem sie das Gespräch beendet hatten, wählte er eine weitere Nummer. Es war Zeit, ein paar alte Schulden einzutreiben. »Hallo, Stefan«, sagte er, »du musst mir einen Gefallen tun.«

*

Der Wagen war Winkler bereits am Vormittag aufgefallen, als er kurz in den kleinen türkischen Markt am Bahnhofplatz gegangen war, um für das Mittagessen eine Jause einzukaufen. Der dunkle 3er-BMW parkte jetzt etwas entfernt an der Ecke Roßmarkt. Trotz der getönten Scheiben konnte er sehen, dass zwei Leute drinsaßen. Ihre Gesichter erkannte er nicht.

Radek hatte gestern erzählt, dass an dem Raubmord an Valentin ein gestohlener dunkler BMW als Täterfahrzeug beteiligt gewesen war. Das hatte Winkler sensibel gemacht, seither achtete er auf diesen PKW-Typ. Als er den BMW bemerkt hatte, hatte er sogar ernsthaft überlegt, die Polizei anzurufen. Aber das wäre lächerlich gewesen. Ein dunkler BMW galt unter vielen Jugendlichen als Statussymbol, vor allem bei ausländischen. Ganz egal, ob sie aus der Türkei kamen oder aus einem der Länder des ehemaligen Jugoslawien, der schwarze BMW war ein Zeichen dafür, dass man es geschafft hatte. Ob auf Leasing oder Kredit oder ausbezahlt und unabhängig davon, ob die Jungs sich das Benzin leisten konnten. Wer einen dunklen BMW fuhr, stand nicht mehr am unteren Ende der Leiter.

Wahrscheinlich war es purer Zufall, dass der BMW hier parkte, und die Bullen würden sich zuerst einen Ast lachen und dann grantig werden, wenn er ernsthaft behauptete, bei der Parteizentrale stünde das Täterfahrzeug im Fall Gebert, und sich danach herausstellen würde, dass es ein normales Auto war, mit einem unbeteiligten, türkischen Besitzer. Was ihn dennoch stutzig machte, waren die beiden Typen im Auto, die den ganzen Vormittag lang warteten. Er hatte es dreimal aus dem Fenster des Parteilokals gecheckt. Das war ungewöhnlich.

Nun war es Nachmittag und er verließ das Büro, um nach Hause zu gehen und sich um Radu zu kümmern. Der BMW stand noch immer an Ort und Stelle, war aber leer. Trotzdem blieb er wachsam. Das ließ ihn auf den Typ aufmerksam werden, der ihm auf der Raab-Promenade folgte. Es war das Outfit, das ihm ins Auge stach. Dunkle Jeans, dunkle Lederjacke. Die Jacke passte nicht zu den spätsommerlichen Temperaturen, bei denen alle Leute kurzärmelig herumliefen. Der Kerl folgte ihm in einem gleichbleibenden Abstand.

Als er sich etwas später noch einmal unauffällig umblickte, merkte er, dass ein zweiter Mann hinter ihm war. In einem Abstand von etwa 50 Metern, auf der gegenüberliegenden Straßenseite. Er trug ebenfalls dunkle Jeans und eine schwarze Jacke und sah damit wie ein Klon des anderen Typen aus. Er war allerdings größer und schlanker. Hätten die beiden Doc Martens mit weißen Schuhbändern getragen, in denen die Hosenbeine steckten, wären sie problemlos als Neonazis durchgegangen. Allerdings hatte nur einer von ihnen eine Glatze, der andere trug kurz geschnittenes Haar. Durch den Schatten der Bäume konnte er ihre Gesichter nicht sehen.

Winkler durchfuhr eine heiße Welle. Das waren die Typen, die ihn überfallen hatten. Die Klamotten passten zu den beiden von Freitag. Hatten sie sich wieder an ihn geheftet? Oder waren diese Typen Bullen? Nein, dafür benahmen sie sich zu plump.

Wenn es dieselben Kerle waren, würden sie jetzt vorsichtiger und besser vorbereitet sein. Außerdem hatte Radek von drei Tätern gesprochen, vielleicht gab es also noch einen. Diesmal würden sie ihn erwischen.

Furcht erfasste ihn, und einige Momente lang krampfte sich sein Magen zusammen wie nach schlechtem Essen. Es gelang ihm kaum, die aufsteigende Panik zu unterdrücken. Das war nicht die erste brenzlige Situation, in der er steckte, und er hatte in den letzten Jahren gelernt, mit solchen Umständen zurechtzukommen. Solange er seine Verfolger sah, war das kein Problem. Aber er musste seinen Plan ändern.

Er ging eine Runde um den Häuserblock, kaufte in einer Tabak-Trafik eine Tageszeitung und kehrte auf dem gleichen Weg zurück in die Parteizentrale. Seine Verfolger blieben in einiger Entfernung unter der Überdachung der Parkgarage in der Heßstraße stehen. Wahrscheinlich glaubten sie, dort unauffälliger zu wirken.

Winkler erklärte den verwunderten Parteigenossen, er habe etwas vergessen.

Am Morgen war Radek in der Zentrale gewesen, um die Abrechnung von Radu zu holen. Die persönlichen Aufzeichnungen Tirlas hatte Winkler bei sich behalten. Jetzt kopierte er sie, um sie zunächst mit Radu auszuwerten, bevor er sie den Polizisten aushändigte. Er überlegte kurz, ob er die Unterlagen nicht besser hierlassen sollte, für den Fall, dass die Kerle ihn erwischten, entschied sich aber dagegen. Die Originale waren hier ohnehin gut verwahrt. Und die Kopien brauchte er. Klaus schob die Blätter in ein graues Kuvert, faltete es der Länge nach, steckte es am Rücken in den Hosenbund und zog das Hemd darüber. Seine Tasche ließ er zurück.

Dann holte er eine der dämlichen Parteikappen in Rot mit dem großen PNL-Logo drauf, die sie bei Straßenaktionen verwendeten, und verließ das Büro durch den Hintereingang, ging durch das Treppenhaus in die Tiefgarage, deren Einfahrt weiter oben in der Julius-Raab-Promenade lag. Er hoffte, dass seine Verfolger nicht auch an dieser Seite des Gebäudes jemanden postiert hatten. Winkler wandte sich nach links und ging zügig hinauf zum Europaplatz. An der Station fuhr gerade ein Bus der Linie 9 ein, in den er hineinsprang.

Er blieb an der Tür stehen und sah sich um. Vor Aufregung klopfte sein Herz wie wild, er fühlte den Puls an seinem Hals pochen und fragte sich, was er tun würde, wenn die Kerle ihn immer noch verfolgten. Aber soweit er sehen konnte, waren sie nicht mehr da. Er hatte sie abgehängt.

Trotzdem war er nervös. Erst als der Bus anfuhr, begann er sich zu beruhigen, beobachtete jedoch weiterhin aufmerksam die Straße draußen.

Er fuhr bis zum Bahnhof, stieg aus, stopfte die rote Kappe in seine Gesäßtasche und ging durch das Bahnhofsgebäude auf die andere Seite. Hier herrschte um diese Zeit reger Betrieb. Türkische Frauen, die schwere Einkaufstaschen schleppten, Jugendliche, die hinüber zum Bahnhofplatz zogen, Leute, die auf dem Gehsteig flanierten und ab und zu vor einem Schaufenster stehen blieben.

Er fragte sich, ob diese Betriebsamkeit gut oder schlecht war. Seine Verfolger würden ihn in dem Trubel schwerer finden, aber auch für ihn war es nicht einfacher, die beiden Kerle zu entdecken. Er blickte sich vorsichtig um – es war nichts Auffälliges zu sehen.

Winkler ging die Kremser Landstraße hinunter, der Strom an Passanten wurde dünner. Dann bog er in die Daniel-Gran-Straße ein, in der er wohnte. Zweimal wechselte er die Straßenseite, um die Gelegenheit zu nutzen, sich unauffällig in alle Richtungen umzuschauen. Er ging an seinem Wohnhaus vorbei, einmal um die Ecke, machte nach 50 Metern kehrt und ging denselben Weg langsam zurück. Weil ihm auch jetzt nichts auffiel, das ihn beunruhigte, trat er ins Haus und beeilte sich, die Treppen hoch in die Wohnung zu kommen. Zum Glück war er am Morgen einkaufen gewesen und hatte alles besorgt, was er für Radu und sich benötigte.

Radu lag im Bett und starrte benommen an die Decke. Er lächelte, als er Winkler sah.

»Hi, wie geht es dir?«, fragte Winkler.

Radu nickte. »Gut. Ich haben halbe Tag geschlafen. Sagen Frau Krankenschwester, sie haben gemacht Verbände gut. Auch waschen gewesen gut. Fühlen mich wie neu.«

Er grinste breit, aber mit dem Verband um den Kopf und den blauen, verschwollenen Flecken im Gesicht wurde es nicht mehr als eine seltsame Grimasse.

»Sie wird übermorgen wiederkommen und nach dir sehen.«

»Das sein gut.« Radu ließ den Kopf zurück auf den Polster sinken.

Winkler musste dafür sorgen, dass Radu etwas zu essen bekam. Während er Kartoffelpüree kochte, kreisten seine Gedanken um die beiden Kerle, die ihn verfolgt hatten. Wussten sie, wo er wohnte, und wenn ja, waren sie frech genug, hier aufzutauchen und ihn in seiner Wohnung zu überfallen? Oder warteten sie bis morgen, wenn er wieder ins Büro ging, und schnappten ihn sich unten auf der Straße?

In der Wohnung hatte er keine Angst. Er dachte an den Baseballschläger und daran, dass er sich damit gut verteidigen konnte. Auf der Straße sah das anders aus. Dort konnte er nicht ständig alles im Auge behalten. Vielleicht wechselten sich die Typen auch ab, und andere Kerle wären dann hinter ihm her, die er nicht erkennen würde. Er machte sich keine Illusionen. Irgendwann würden sie ihn schnappen.

Und möglicherweise nicht mehr nur verprügeln wollen. Vielleicht ließen sie beim nächsten Mal ein Messer zwischen seinen Rippen stecken. Die Angst ergriff wieder Besitz von seinem Magen.

Am besten wäre es, eine Weile abzuhauen. Er hatte Freunde in ganz Österreich. Genossen, mit denen er gemeinsame politische Arbeit machte. Es wäre kein Problem, jemanden anzurufen und ein paar Wochen unterzutauchen. Aber was sollte er in der Zwischenzeit mit Radu machen? Er konnte ihn nicht allein in der Wohnung zurücklassen. Außerdem begann in zwei Wochen die Uni wieder. Er sollte jetzt schon einige Dinge erledigen und fand keine Zeit dafür. Also, was tun? Es gab nur eine Möglichkeit. Die ganze Sache musste schnell beendet werden.

Er half Tirla, in die Küche zu gehen, und sorgte dafür, dass er etwas aß. Danach ließ er sich von ihm die Notizen erklären, die der Rumäne über seine Arbeiten gemacht hatte.

»Ich muss der Polizei sagen, wo du bist«, erklärte er Tirla danach.

Der blickte ihn ängstlich an. »Müssen sein?«

Winkler versuchte ihm die Sachlage mit einfachen Worten begreiflich zu machen. »Ja. Und du wirst vor der Polizei aussagen müssen. Vor Gericht wahrscheinlich ebenso, sonst sind diese ganzen Unterlagen hier wertlos. Du musst ihre Richtigkeit bestätigen. Du kannst vielleicht sogar die Täter identifizieren. Du darfst dich nicht verstecken oder davonlaufen.«

Radu dachte nach. Sehr lange. Anschließend nickte er fast unmerklich. »Du haben recht. Ich müssen sagen, was geschehen. Dann wir werden sein zufrieden. Nur so wir können leben ohne Angst.«

»Danke. Ich werde alles vorbereiten«, sagte Winkler und versprach: »Es wird alles in Ordnung kommen.« Während er

Radu Tirla vorsichtig und aufmunternd auf die unverletzte Schulter klopfte, war er sich dessen nicht sicher.

Er brachte Tirla wieder ins Bett, setzte sich an seinen Laptop und übertrug die handschriftlichen Notizen in eine Excel-Tabelle. Danach analysierte er die einzelnen Daten und verglich sie mit den Abrechnungen, die Radu seinem Arbeitgeber gestohlen hatte.

Eine Stunde später verstand Klaus Winkler, warum sie hinter Radu her waren und hinter ihm, und warum sie Valentin getötet hatten. Und er befürchtete, dass das alles nur die Spitze des Eisberges war.

Er musste Radek informieren. Darüber, dass die Typen ihn erneut verfolgt hatten, und über Tirla. Der Bulle würde stinksauer sein, weil Winkler ihm Radus Aufenthalt und das mit dessen persönlichen Aufzeichnungen verheimlicht hatte. Aber dafür bereitete er das ganze Material fein säuberlich auf. Die Polizisten konnten es anschließend sofort verwenden.

Dann würde zumindest ein Stein ins Rollen gebracht werden. Mal sehen, ob daraus eine Lawine würde.

Morgen, wenn alles fertig war, wollte er Radek das ganze Material übergeben.

34.

Sie hatte ihn angerufen und vorgeschlagen, sich bei ihr in der Wohnung zu treffen und über den Tod ihres Bruders zu reden, über den Fall und die neuesten Erkenntnisse dazu. Sie hatte ihm gesagt, sie habe Neuigkeiten, wolle aber am Telefon nicht darüber sprechen.

Den ganzen Nachmittag über war Sonja zornig gewesen, weil sie das Gespräch mit Stadtrat Kohler verpfuscht hatte. Als Radek jetzt läutete, verbesserte sich seltsamerweise ihre Stimmung schlagartig. Sie empfing ihn an der offenen Tür. »Hallo, schön, dass du kommen konntest.«

»Liegt ja fast auf meinem Heimweg«, antwortete Radek mit einem Lächeln.

Sie glaubte, dass dies das erste Mal war, dass sie ihn wirklich lächeln sah. Ein schönes Lächeln. Es gefiel ihr. Er gefiel ihr. Einen Moment lang kämpfte sie gegen die Versuchung, ihn zur Begrüßung auf die Wangen zu küssen. Nach einem Augenblick des Zögerns trat sie beiseite, ließ ihn ein und führte ihn ins Wohnzimmer.

Sonja trug kein Schwarz, sie wollte zu Hause nicht mit Trauerkleidung herumlaufen, war aber trotzdem dunkel gekleidet, mit Jeans und einem kurzärmeligen Shirt.

»Möchtest du ein Glas Wein?«, fragte sie, er bejahte, sie brachte zwei Gläser mit Weißwein und bat ihn, sich auf die Eckcouch zu setzen. Sie selbst nahm auf dem breiten Fauteuil ihm gegenüber Platz und zog die Beine unter sich auf die Sitzfläche. Auf dem Couchtisch vor ihr lag eine mittlerweile prall gefüllte Flügelmappe, in der sie die Unterlagen ihrer Recherchen gesammelt hatte.

Ihr fiel auf, dass er sie beobachtete. Verlegen wandte sie den Blick ab und sah nach oben durch das Dachfenster in den blauen, leicht bewölkten Himmel.

»Eine schöne Wohnung«, sagte er.

»Ja. Ich fühl mich hier sehr wohl.« Sie wollte keinen Small Talk halten, sondern das ansprechen, weshalb sie ihn zu sich gebeten hatte. Aber sie war unsicher, wie sie es anstellen sollte. Sie entschied sich für die direkte Art. »Ich wollte dich etwas fragen«, sagte sie. »Und ich möchte, dass du entweder ehrlich antwortest oder gar nicht.«

»Das klingt geheimnisvoll«, entgegnete Radek mit spöttischem Unterton. »Aber wenn es für dich wichtig ist, meinetwegen. Ich verspreche es.«

Sonja blieb todernst und nickte zufrieden. »Gut. Ich möchte von dir wissen, was du von Valentins Tod hältst.«

Darauf lief es also hinaus, sagte sein Blick.

»Denkst du, dass es ein Raubmord war, oder hängt alles mit diesem Projekt in der Wiesengasse zusammen?«, fuhr sie fort, ohne sich irritieren zu lassen.

Radek überlegte, obwohl es nichts zum Nachdenken gab. »Nein, ich glaube nicht, dass es ein Raubmord war. Ich denke, da steckt etwas anderes dahinter.«

Er sah ihre fragenden Augen und begriff wohl, dass sie sich mit dieser Antwort nicht zufriedengeben würde. Sie wollte Gewissheit, wusste aber auch, dass er ihr diese Gewissheit nicht geben konnte. Trotzdem war es ihr wichtig, eine ehrliche Meinung zu hören. Sie wollte nicht das Gefühl haben, alleine einem Hirngespinst nachzujagen.

»Gegen einen Raubmord spricht zunächst die Vorgehensweise der Täter«, erklärte Radek. »Außerdem der Umstand, dass es einen Zusammenhang der Überfälle auf Valentin, Tirla und Winkler gibt, auch wenn uns der noch nicht klar ist. Aber dass drei Personen, die sich kennen und deren Verbindung in zwei Bereichen liegt, dem Rechtsextremismus und im Engagement für Wanderarbeiter, dass diese drei Leute innerhalb weniger Tage von wahrscheinlich denselben Tätern überfallen werden, ist mehr als Zufall.«

Sonja hörte ihm aufmerksam zu und nickte zustimmend.

»Das Problem ist«, fuhr Radek fort, »dass ich nicht die geringste Ahnung habe, wie alles zusammenpasst. Warum wurde Tirla nicht getötet, Valentin aber schon? War das ein Versehen? Oder wusste Valentin etwas, das gefährlich war? Und wenn ja, was, und für wen war es gefährlich? Stecken Jungmann, Ecker und Sulzer dahinter? Kannst du dir vorstellen, dass die drei die Täter sind? Ich habe heute mit Sulzer und Ecker gesprochen, Neumann mit Jungmann. Diese Leute sind keine großen Sympathieträger, sondern echte Kotzbrocken und selbstgefällige, rücksichtslose Geschäftsleute. Winkler würde sagen: egoistische Kapitalisten, die für ihren Profit über Leichen gehen. Aber ob wir diese Redensart wörtlich verstehen können? In erster Linie sind sie Unternehmer, keine Mörderbande.«

Sonja wusste nicht, was sie glauben sollte. Sie kannte keinen der drei. »Sie könnten jemanden dafür angeheuert haben«, entgegnete sie.

»Das wäre möglich, ist aber nicht so einfach. Was denkst du, wie das funktioniert? Dass man in ein zwielichtiges Lokal geht und nach ein paar Jungs fragt, die sich etwas dazuverdienen wollen? So in der Art: Hey Leute, ich hab da ein Problem. Es gibt ein paar Typen, die ich aus dem Weg räumen will. Hat jemand Interesse an diesem Job? Nein, so läuft das nicht. Sulzer, Ecker und Jungmann sind viel zu bekannt. Wenn die in der Szene auftauchen, würde das sofort die Runde machen, das ließe sich nicht verheimlichen. Außerdem haben wir bei einigen einschlägigen Leuten nachgefragt. Erfolglos. Niemand hat die drei Täter jemals gesehen oder etwas von ihnen gehört, auch nicht von einer neuen Bande, auf die das Vorgehen der Täter passt. Könnte also sein, dass Sulzer, Ecker und Jungmann und auch Kohler nichts damit zu tun haben. Vielleicht mauscheln sie miteinander und drehen krumme Dinger, aber sonst nichts. Vielleicht sind wir auf der falschen Spur.«

Sonja blickte ihn skeptisch an. »Irgendetwas stimmt mit diesen Leuten nicht. Ich war heute bei Kohler.«

Radek riss die Augen auf. »Du warst wo?«

»Bei Stadtrat Kohler«, wiederholte sie. Sie sah, wie die Wut in ihm hochstieg.

»Verdammt, was soll das?«, fuhr er sie an. »Warum hast du nichts gesagt? Was wolltest du von ihm? Fragen, ob er hinter dem Mord an deinem Bruder steckt? Ist das deine Vorstellung von einer Zusammenarbeit, bei der das Vorgehen aufeinander abgestimmt ist?«

Sonja nahm ihre Beine vom Fauteuil, setzte sich aufrecht hin, stellte ihr Glas ab, das sie in der Hand gehalten hatte, und bereitete sich auf eine Konfrontation vor. »Ihr wolltet zu Sulzer, Ecker und Jungmann«, entgegnete sie. »Keiner hatte vor, mit Kohler zu sprechen. Deshalb habe ich es getan. Ich habe nicht damit gerechnet, dass er mir sofort einen Termin gibt, aber das hat problemlos funktioniert. Als hätte er ein schlechtes Gewissen. Oder er wollte einfach wissen, was ich weiß.«

Radek beruhigte sich. »Ist etwas dabei herausgekommen?«, fragte er in versöhnlichem Ton.

»Nein. Er hat mich abgespeist wie einen lästigen Bittsteller. Scheißfreundlich, aber aalglatt.«

»Was hast du erwartet? Dass er vor Angst zu zittern beginnt und alles zugibt, was er in seiner Amtszeit an Schweinereien gemacht hat?«

»Ich habe gehofft, dass er mir sagt, weshalb Valentin bei ihm war und was er mit ihm besprochen hat. Aber nicht einmal damit wollte er rausrücken. Als wäre er sicher, dass es darüber keine Aufzeichnungen gibt und ich nicht nachprüfen kann, ob es stimmt, was er mir erzählt. Allerdings hast du recht. Ich bin die Sache übereilt angegangen und war nicht gut vorbereitet. Er hat mich auflaufen lassen wie eine Anfängerin. Das war dumm von mir.« Sie schüttelte den Kopf und ärgerte sich noch immer über ihr unprofessionelles Vorgehen.

»Willkommen im Club, kann ich dazu nur sagen«, antwortete Radek trocken. »Uns ist es bei Sulzer, Ecker und Jungmann nicht besser ergangen. Die drei haben uns genauso abgefertigt. Zumindest kennen wir jetzt die Personen zu den leeren Dateiordnern persönlich und haben eine Ahnung, mit wem wir es zu tun haben. Und die drei wissen nun, dass wir an ihnen dran sind.«

Sonja fragte sich, ob das gut oder schlecht war. »Die vier«, korrigierte sie. »Kohler gehört auch dazu. Da bin ich mir ziemlich sicher. Das würde erklären, warum er sich bei der ganzen Sache so reinhängt.«

Radek brummte zustimmend. »Also gut. Die vier. Trotzdem gibt es keinen konkreten Hinweis, dass sie oder einer von ihnen etwas mit den Überfällen zu tun hat.«

»Das vielleicht nicht«, erwiderte Sonja, »aber es gibt Hinweise auf Unregelmäßigkeiten bei ihren Geschäften.«

»Wie meinst du das?«

»Ich bin auf einige interessante Details über Jungmann gestoßen. Er ist nicht der saubere Bauunternehmer, als den er sich in der Öffentlichkeit gerne darstellt. Vor fünf Jahren gab es auf einer Baustelle von Jungmann einen schweren Unfall. Ein Haus ist halb eingestürzt. Es tauchte der Verdacht auf, dass gefälschte Baugutachten vorlagen, aber niemand konnte ihm das nachweisen. Nach letzter Beurteilung des Magistrats war alles rechtens. Bis auf einige illegale Arbeiter, die jedoch von einem Subunternehmer beschäftigt wurden. Jungmann kam ungeschoren davon, aber die Gerüchte, dass eine riesige Sauerei vertuscht worden war, blieben. Auch vor dieser Sache gab es schon Hinweise auf Unregelmäßigkeiten bei ihm. Vor allem, was die Beschäftigung von illegalen Arbeitern betraf. Er hatte Ende der Zweitausenderjahre ein Verfahren der Sozialversicherung am Hals, das er nur mit großer Mühe abwenden konnte. Zumindest in dem Punkt hat er dazugelernt.«

»Und beschäftigt legale Wanderarbeiter zu Dumpinglöhnen, statt der Illegalen«, ergänzte Radek. »So wie Winkler es erklärt hat.«

»Das stimmt«, bestätigte Sonja. »Aber die sind nicht bei ihm direkt angestellt. Die meisten seiner Arbeiter werden mittlerweile über Subfirmen beschäftigt. Und rate mal, wer da ins Spiel kommt?«

»Sulzer, vermute ich. Als Arbeitsvermittler und Hausvermieter.«

Sonja nickte. »Vor allem Ersteres. Er besitzt nämlich nicht nur die Sulzer Arbeitsvermittlung GmbH, sondern auch die European Recruitment Agency Group mit einer Reihe von Tochterfirmen im Ausland.« Sie nahm die Flügelmappe, schlug sie auf und blätterte in den obersten Papieren, bis sie den gesuchten Ausdruck fand. »Da gibt es die Romanian Recruitment Agency in Bukarest, die Bulgarian Recruitment Agency in Sofia, die Slovakian Recruitment Agency in Bratislava und die Polish Recruitment Agency in Warschau. An allen diesen Firmen hält Sulzer 80 Prozent an Beteiligung.

Die restlichen 20 Prozent gehören Leuten, die die Agenturen in den jeweiligen Ländern leiten.«

»Woher weißt du das?« Radek war skeptisch.

»Aus dem Firmenregister. Da stehen die Beteiligungen vermerkt. Und von einem Kollegen aus Bukarest. Ich hatte Kontakt mit einem Reporter namens Florin Ionita. Er hat in Österreich studiert, Valentin kannte ihn vom Studium. Er arbeitet für die Cobuc, eine Tageszeitung in Bukarest. Heute Morgen habe ich ihn in der Redaktion angerufen. Da war er jedoch ziemlich zurückhaltend. Am Nachmittag hat er sich wieder gemeldet. Er war im Freien, dem Hintergrundlärm nach zu urteilen. Ich glaube, er hat von einem öffentlichen Telefon aus angerufen, weil keine Nummer angezeigt wurde. Bei diesem Telefonat war er um einiges gesprächiger.«

»Was hat er erzählt?«

»Valentin hat ihn ein paar Tage vor seinem Tod angerufen und auf die Romanian Recruitment Agency aufmerksam gemacht. Florin hat daraufhin entsprechende Recherchen angestellt. Er ist auch im Büro dieser Agentur gewesen. Der Geschäftsführer heißt Bogdan Popescu, den hat er allerdings nicht angetroffen. In der Agentur wird mit den Leuten, die an einer Arbeit im Ausland interessiert sind, ein Fragebogen ausgefüllt, dann macht man ihnen entsprechende Empfehlungen. Spezialisiert ist die Agentur auf Handwerker für große Baustellen, sie hat aber auch Stellen für andere Facharbeiter im Programm. Für eine erfolgreiche Jobvermittlung kassiert die Agentur 300 Euro Provision. Das ist in Rumänien ein durchschnittliches Monatsgehalt. Dafür vermittelt die Agentur gleich eine Wohnmöglichkeit mit.«

»In einem von Sulzers Arbeiterhäusern.«

»Genau.«

»Ein gutes Geschäft«, stellte Radek fest. »Da wird fleißig mehrfach abkassiert.«

Sonja nickte und erklärte weiter: »Der Arbeitsvertrag wird mit der Agentur abgeschlossen, die Provision üblicherweise auf sechs Raten vom Gehalt einbehalten. Damit sind sie mindestens ein halbes Jahr an die Firma gebunden. Die Bezahlung wird ebenfalls über die Agentur abgewickelt. Ich vermute, dass es in den anderen Ländern genauso läuft.«

»Warum hat dieser Reporter Valentin geholfen?«, wollte Radek wissen. »War das ein Freundschaftsdienst?«

Sonja lächelte. »Nicht ganz. Valentin hat mit ihm einen Deal vereinbart. Nämlich, dass sie die Geschichte gemeinsam recherchieren und getrennt veröffentlichen. Valentin in Österreich und Florin in Rumänien.«

»Und was ist jetzt mit dem Deal?«

»Der bleibt bestehen. Wenn ich eine Geschichte in Österreich herausbringe, kann er die Rechercheergebnisse für seine Zwecke in Rumänien verwenden.«

»Hast du sonst noch etwas von diesem Ionita erfahren?«, fragte Radek.

»Nein, das war es im Wesentlichen. Aber er bleibt dran.«

Radek trank einen Schluck Wein. »Das hört sich gut an.« Er entschloss sich, von seinen Ergebnissen zu erzählen. »Unsere Gespräche mit Ecker, Sulzer und Jungmann haben nichts gebracht«, gestand er. »Doch wir werden uns jetzt die Verbindungsnachweise von Valentins Telefon besorgen. Dann sehen wir, ob er mit den dreien Kontakt hatte und mit wem er sonst noch in den letzten Wochen gesprochen hat. Außerdem hat Bernd bei Jungmann das Architektenmodell eines Bauprojektes in der Theresienhofgasse in Harland gesehen. Und ich habe am Nachmittag ein bisschen dazu recherchiert. Dort befand sich früher eine Schule der Stadt St. Pölten. Aufgrund der alten Bausubstanz erschien eine Renovierung als unwirtschaftlich, die Schule wurde in einen Neubau abgesiedelt und die Liegenschaft zum Verkauf angeboten. In den Gemeinderatsprotokollen – das hab ich von dir gelernt«, Radek zwinkerte Sonja zu, »habe ich die betreffende Sitzung gefunden, bei der der Verkauf der Liegenschaft genehmigt wurde. Dreimal darfst du raten, wer der Käufer ist.«

»Ecker?«

»Bingo! Es lief genauso wie bei der Wiesengasse. Es gab mehrere Interessenten, und Ecker erhielt den Zuschlag, obwohl er am wenigsten bot. Begründung im Gutachten der Magistratsabteilung: Eckers Konzept habe im Vergleich zu den anderen den größten und nachhaltigsten städteplanerischen Nutzen. Ein gelungener Mix aus preisgünstigen Wohnungen und Büro- beziehungsweise Geschäftsflächen, die die lokale Infrastruktur beleben.«

»Offensichtlich funktioniert dieses Modell hervorragend«, stellte Sonja fest.

»Genau. Bleibt die Frage, wie lange sie das schon so machen. Außerdem wäre es interessant zu wissen, wer da alles die Finger drin hat. Wer hat zum Beispiel die Gutachten geschrieben, die für die Verkäufe ausschlaggebend waren?«

»Und wie viel wusste Valentin darüber? Wem hat er davon erzählt? Und vor allem: Hängt das mit seinem Tod zusammen?«, ergänzte Sonja.

Einen Moment lang schwiegen sie, als würde jeder für sich eine Antwort auf diese Fragen suchen.

»Ich habe mich auch mit Ecker befasst und mit einem Kollegen aus der Wirtschaftsredaktion gesprochen«, erklärte Sonja dann. »Ecker ist Inhaber zweier Investmentfirmen, der Austria-Invest und der Global Investment Company. Zumindest laut Firmenbuch. Über die Austria-Invest betreibt er zwei Fonds, die auf Immobilien spezialisiert sind und die, soweit ich es recherchieren konnte, im

Moment nicht sehr gut laufen. Beides sind kleine Immobilienfonds mit einem Volumen von etwa 40 Millionen Euro. Die Portfolios umfassen mehrere Büro- und Geschäftsgebäude in Österreich, Tschechien, Ungarn und Russland. Außerdem Wohnhäuser und Einzelwohnungen in Wien. Die Fonds wurden 2004 und 2006 gegründet. Seither haben vor allem die Immobilien in Osteuropa massiv an Wert verloren. Im Vergleich mit anderen Produkten sind die Fonds gegenwärtig Schlusslicht, was ihre Performance betrifft. Daher ziehen auch immer mehr Anleger ihre Gelder ab. Ecker steht mächtig unter Druck. Außerdem hat er wegen der Wirtschaftskrise 2008 einen weiteren Fond schließen müssen.«

Radek dachte daran, wie Eckert ihm den Eindruck vermittelt hatte, seine Fonds seien die reinsten Goldgruben.

»Was er mit der Global Investment Company macht, habe ich noch nicht herausgefunden«, erzählte Sonja weiter. »Aber beide Firmen arbeiten sehr eng mit der Steindlbank zusammen. Daneben gehört ihm eine BID-Management GmbH.« Als sie den fragenden Blick Radeks sah, erklärte sie: »BID steht für Business Improvement District. Dabei geht es um Geschäftsleute und Grundstückseigentümer, die sich zusammenschließen und Gebiete im innerstädtischen Bereich in Wien eigenständig entwickeln. Soweit ich das verstanden habe. Damit wird nicht nur die Standortqualität erhöht, sondern es steigen auch die Immobilienpreise. Ecker profitiert zweimal. Erstens durch das Management, das er sich natürlich gut bezahlen lässt, und durch die höheren Grundstückspreise. Eckers Firma baut gegenwärtig einen BID im 20. Bezirk auf. Aber das ist sicher nicht die einzige Aktivität dieser BID-Management GmbH. Ich vermute, dass Ecker noch über andere Investments und Firmenbeteiligungen verfügt, aber da müsste man um einiges tiefer graben.«

»Ecker ist offensichtlich ein ziemlich umtriebiger Mensch, was solche Geschäfte betrifft«, fasste Radek das Gehörte zusammen.

»Das kann man wohl sagen«, bestätigte Sonja. »Und ich bin überzeugt, dass ich bis jetzt nur an der Spitze des Eisberges herumkratze.« Sie griff zum Weinglas. »Das ist alles, was ich bisher herausgefunden habe. Ich lasse dir die ganzen Sachen zukommen. Auch das, was ich von Florin aus Bukarest erhalten habe.«

Radek nickte. »Danke«, murmelte er.

Dann verfielen sie in nachdenkliches Schweigen.

»Wie geht es dir ... mit dem Tod deines Bruders?«, fragte Radek unvermittelt. Es klang zögerlich, aber ehrlich interessiert.

Diese Frage überraschte sie, und im ersten Moment wusste sie nicht, was sie ihm antworten sollte. Sofort spürte sie wieder das beklemmende Gefühl der Trauer in ihrer Brust und die Tränen, die sich ihren Weg nach außen bahnten. »Solange ich arbeite, bin ich abgelenkt«, antwortete sie leise. »Doch wenn ich damit aufhöre und Zeit habe nachzudenken, ist es schlimm. Dann erdrückt mich die Tatsache, dass Valentin nicht mehr da ist. Ich weiß nicht, wie ich dir das beschreiben soll. Es ist, als würde man langsam in einem Sumpf versinken, ohne irgendwo Halt zu finden.« Sonja kämpfte gegen die Tränen, die ihr in die Augen stiegen. Sie wollte jetzt nicht weinen. Sie fühlte sich in der Gegenwart von Radek wohl und wollte dieses Gefühl nicht durch die Peinlichkeit ihrer Trauer zerstören.

Radek bemerkte das und lenkte mit seiner nächsten Frage das Augenmerk von ihr weg. »Wie gehen deine Eltern mit diesem Verlust um?« Doch es klang so hölzern, als hätte er diesen Satz aus dem Drehbuch einer drittklassigen deutschen Rosamunde-Pilcher-Verfilmung geklaut.

»Schlecht.« Was hätte sie sonst antworten sollen? Wie geht es den Eltern, wenn sie eines ihrer Kinder verlieren? Eine neue Welle der Trauer überschwemmte sie. Schnell sprach sie weiter: »Valentin wird ins Waldviertel überführt und dort beerdigt.« Sie sagte das nur, um irgendetwas zu sagen.

»Weshalb ins Waldviertel?«, fragte Radek.

»Weil wir von dort kommen«, erklärte Sonja. »Es gibt in Zwettl ein Familiengrab, in dem bereits mein Großvater liegt. Valentin und ich wurden in Zwettl geboren, ich bin dort in die Volksschule gegangen. Unsere Eltern leben noch immer dort.«

Radek erzählte, dass auch er aus dem Walviertel stammte, aus Senftenberg, in der Nähe von Krems, oberhalb der Wachau.

Sonja war ihm dankbar, dass er das Gespräch in diese seichten Gewässer lenkte.

Sie sprangen von einem Thema zum anderen. Radek sprach von seinem Studium und den Schwierigkeiten, die er damit hatte. Sie bestärkte ihn darin, weiterzumachen, nicht aufzugeben. Auch wenn es mühsam sei, am Ende mache es sich bezahlt. Und sie stellten fest, dass sie ein gemeinsames Hobby hatten: Beide gingen joggen. Sie verabredeten sich zu einem gemeinsamen Lauf an einem der nächsten Wochenenden.

So plauderten sie eine ganze Weile. Einmal schenkte Sonja Wein nach. Radek hatte offensichtlich nicht die Absicht, zu gehen, und auch sie schaffte es nicht, seinen Besuch zu beenden.

Doch schließlich ging dem Gespräch die Kraft aus. Es war Radek, der mit einem Blick auf die Uhr sein Gehen ankündigte. Sie brachte ihn an die Tür, wo er sich noch einmal umdrehte.

»Solange wir im Dunkeln tappen, solltest du vorsichtig

sein«, sagte er. »Dein Bruder, Tirla, Klaus – es ist noch nicht vorbei. Ich möchte nicht, dass dir etwas passiert.«

»Hast du Angst, noch einen Fall auf deinen Schreibtisch zu bekommen?«, entgegnete sie sarkastisch.

Radek schüttelte den Kopf. »Nein.« Mehr sagte er nicht. Aber er sah sie eindringlich an. Sein Blick war nicht derjenige eines warnenden Polizisten, sondern eines Menschen, dem das Wohl eines anderen am Herzen lag.

Sonja bemerkte das und lächelte ihn unsicher an, woraufhin er verlegen zur Seite sah. Sie musterte sein Gesicht. Er wirkte müde und abgespannt. Sie musste dagegen ankämpfen, es zu berühren und seine Wange zu streicheln.

»Also dann …« Radek schaute sie wieder an.

Sie blickten sich in die Augen, lange, viel zu lange, und für einen Moment glaubte Sonja, dass er sie gleich küssen würde. Sie wünschte es sich beinahe, aber sofort schob sie diesen Gedanken weit von sich.

Dann war dieser Moment vorüber, ohne dass etwas passiert war. Radek drehte sich um und verließ mit einem schnell hingemurmelten Gruß die Wohnung.

Als sie wieder im Wohnzimmer stand, spürte sie die Leere, die er hinterlassen hatte. Es fühlte sich schrecklich an. Am liebsten wäre sie ihm nachgelaufen, um ihn zurückzuholen.

*

Es war ein langer Tag gewesen.

Radek saß im »Sailor« an der Theke, hatte ein großes Murphy's vor sich und versuchte, die Ereignisse des Tages zu ordnen.

Er hatte nach dem Besuch bei Sonja keine Lust gehabt, nach Hause zu gehen, dort alleine herumzuhängen, vor der Glotze zu sitzen und sich zu langweilen.

Manchmal hatte er den Eindruck, sein Leben bestehe nur aus Arbeit, Studium und seinem Aufenthalt im »Sailor«, auch wenn das nicht stimmte. Er ging regelmäßig laufen, und das bedeutete ihm mehr als eine lästige Verpflichtung, um sich fit zu halten. Es machte ihm Spaß. Hin und wieder traf er sich mit Bekannten, auch mit Studienkollegen, oder sie luden ihn auf Partys ein. Ab und zu ließ er sich auch auf eine Frau ein, was jedoch nie mehr war als eine Affäre, die mehr oder weniger lang dauerte und bei der jeder wusste, dass es nichts für die Ewigkeit war. Manchmal litt er darunter, dann wieder dachte er, dass er so keinen Stress hatte. Nicht wie Neumann, der dabei war, eine Wohnung zu suchen und eine Familie zu gründen, oder wie bei einigen seiner Kollegen, bei denen die Beziehungen langsam den Bach runtergingen, bis sie vor dem Scheidungsrichter endeten. Zumindest das blieb ihm erspart.

Dennoch merkte er, dass sich etwas ändern musste. Das Korsett, zu dem sein Leben mittlerweile geworden war, gehörte gesprengt. Wenigstens für eine kurze Zeit. Aber wie? Urlaub. Städtereise. Paris, London, Berlin – irgendwohin, Hauptsache weg.

Doch zuvor musste er noch etwas für die Uni machen. In zwei Wochen begann der Vorlesungsbetrieb, er sollte sich langsam überlegen, welche Lehrveranstaltungen er im kommenden Semester belegen wollte. Abgesehen davon musste er für die beiden anstehenden Prüfungen lernen.

Mary, die Brünette, machte wieder auf unnahbar und ließ sich zu keinem Gespräch hinreißen. Das hätte Radek von seinen Gedanken abgelenkt, die jetzt zu Tirla, Gebert und Winkler wanderten.

Nach den Treffen mit Sulzer und Ecker hatte er mit Neumann die Ergebnisse abgeglichen. Das war ernüchternd gewesen. Mag sein, dass da eine gesunde Portion Korruption dahintersteckte, vielleicht schoben sie sich auf Kosten der Stadt gegenseitig Geschäfte zu. Aber wie kriminell war das wirklich? In Österreich. Das geschah überall im Land. Weswegen sollten die Beteiligten deshalb beunruhigt sein? Und vor allem – warum sollten sie aus diesem Grund jemanden ermorden?

Vielleicht waren Neumann und er auf der falschen Spur. Doch welche brauchbaren anderen Ermittlungsansätze gab es sonst? Radek fielen keine ein. Sie hatten auch nichts Konkretes gegen Ecker und die anderen in der Hand. Das Meiste von dem, was sie bisher an Hintergründen und Zusammenhängen gefunden hatten, waren Spekulationen und Vermutungen, die sich auf wenige Fakten stützten. Indizien bestenfalls, mehr nicht. Sie brauchten handfeste Beweise, mit denen sie die drei konfrontieren konnten. Sonst waren sie nichts anderes als Lachnummern, die im Trüben fischten. Das wussten die drei – und Kohler ebenfalls.

Es war ein Fehler gewesen, bei ihnen reinzuschneien, mit der Polizeimarke herumzuwedeln und zu glauben, sie würden sich in die Hosen machen, verplappern oder Dinge zugeben, die man ihnen anlasten könnte. Sie waren abgebrüht und fühlten sich in ihren Positionen sicher. Keine Angst vor nichts und niemandem. Schon gar nicht vor einem kleinen Kriminalbeamten.

Aber wir werden weiter in eurer Vergangenheit herumschnüffeln, dachte Radek, und wenn es Hinweise auf und einen Zusammenhang mit dem Mord an Valentin Gebert gibt, werden wir ihn finden.

Beim zweiten Bier dachte er an Sonja.

Während der Fahrt zu ihrer Wohnung hatte er sich gefragt, weshalb sie ihn treffen wollte. Einen Moment lang war in ihm die Hoffnung gewachsen, dass ihr Interesse ihm galt, nicht nur den Neuigkeiten, die er hatte. Doch schnell hatte ihn das alte Misstrauen befallen. Vielleicht hatte sie ihn aushorchen wollen, um an Informationen für ihren Artikel zu kommen? Aber sie hatte etwas anderes versprochen, und er hatte sich entschlossen, ihr zu glauben und ihr zu vertrauen. Sie gefiel ihm. Möglicherweise war das der Grund, weshalb er sich schwer vorstellen konnte, dass sie ihn hintergehen würde. Ließ er sich zu stark von seinen Gefühlen leiten? Radek hatte am Abend den Eindruck gewonnen, dass auch er ihr nicht egal war. Aber sie hatte ihren Bruder verloren. Sie trauerte, sehnte sich vielleicht nach Trost und einer Schulter zum Anlehnen, zum Ausweinen, war dankbar für die Ablenkung. Möglicherweise war es nur das, was er als Interesse an seiner Person deutete. Egal, wie die Dinge standen – er vertraute ihr.

Anders verhielt es sich bei Winkler, obwohl er nicht erklären konnte, warum. Der junge Bursche war engagiert und begeisterte sich für die Ideen, die er vertrat. Eigentlich war das eine Haltung, die Radek bewunderte. Warum hatte er solche Probleme, daran zu glauben, dass Winkler ihre Zusammenarbeit mit einem aufrichtigen Interesse betrieb? Lag es daran, dass Winkler ein Linker war? Nicht mal ein radikaler Linker, sondern ein gemäßigter, pragmatischer, soweit Radek das beurteilen konnte. Winkler vertrat Ideen, mit denen sich auch Radek durchaus anfreunden konnte. Kam das Misstrauen daher, weil sie als Polizisten immer eine Abneigung gegen die Linken eingebläut bekamen? Mehr als gegen die Rechten.

War das auch ein Grund dafür, dass sie der Frage nach rechten Tätern bisher nicht intensiver nachgegangen waren? Wäre das ein alternativer Ermittlungsansatz zu Jungmann und seinen Geschäftspartnern?

Während er vor seinem dritten Bier saß, musste er sich eingestehen, dass seine Gedanken sich im Kreis bewegten. Er versuchte, wieder an Sonja Gebert zu denken, das erschien ihm angenehmer, als sich den Kopf über Tote und ihre Mörder zu zerbrechen. Ihr Gesicht heraufzubeschwören fiel ihm nicht schwer. Doch ihr Lächeln kippte wie ein Vexierbild immer wieder zu ihrer traurigen Ernsthaftigkeit.

35.

Irgendetwas hatte sich verändert.

Radek merkte es, als er durch die Korridore des LKA zu seinem Büro ging. Außer einem schnell hingeworfenen Gruß sagte zwar keiner der Kollegen etwas, aber ihre Blicke schienen ihn zu warnen.

Neumann saß an seinem Schreibtisch und sprang auf, als Radek das Büro betrat. »Scheiße, gut, dass du da bist!« Er schloss die Tür hinter ihm, was ungewöhnlich war. Nur wenn sie eine Einvernahme durchführten oder etwas Wichtiges zu besprechen hatten, bei dem sie ungestört bleiben wollten, machten sie ihre Bürotür zu.

»Dir auch einen guten Morgen«, erwiderte Radek irritiert. Er merkte die Anspannung, unter der sein Kollege stand.

»Morgen«, murmelte Neumann. »Hast du heute schon die Zeitung gelesen?«

Radek schüttelte den Kopf.

Neumann ging zu seinem Schreibtisch zurück und gab ihm die aktuelle Ausgabe der Neuen Zeitung. »Lokalteil, Seite 15«, sagte er nur.

Radek blätterte vor, Aufregung befiel ihn.

Es war ein kleiner, unscheinbarer Artikel, aber allein das dazugehörige Foto ließ sein Herz fast stillstehen. Es zeigte Sonja, Klaus, Neumann und ihn selbst – gut erkennbar standen sie vor Winklers Haus, und es wirkte, als würden sie sich bestens unterhalten. Die Redaktion hatte es nicht für nötig gehalten, ihre Gesichter unkenntlich zu machen. Darüber prangte die Schlagzeile: »Deckt die Polizei rechte Mörder?«

Bevor er eine Zeile des Artikels gelesen hatte, brachen Zorn, Ohnmacht und Panik über ihn herein. »Was soll das?«, fragte er Neumann.

Der blickte ebenso ratlos. »Lies erst mal den Artikel.«

Laut Auskunft der Polizei gibt es im Fall unseres Mitarbeiters Valentin G., der vor zwei Wochen einem Gewaltverbrechen zum Opfer fiel, keine neuen Erkenntnisse. Nach wie vor gehen die Ermittler von einem Raubmord aus. Wie aus internen Kreisen nun bekannt wurde, ereigneten sich vor und nach dem Überfall auf Valentin G. zwei ähnliche Taten. Alle drei Verbrechen weisen auf einen rechtsextremistischen Hintergrund der Täter hin. Warum verfolgt die Polizei diese Spuren nicht? Liegt das an der Unfähigkeit der Ermittler oder wird versucht, den Verdacht von rechten Kreisen abzulenken und die Täter zu decken?

Gestern wurde unserer Redaktion ein Foto zugespielt, das die beiden zuständigen Ermittler mit Sonja G., der Schwester unseres getöteten Mitarbeiters, und Klaus W., dem dritten Opfer dieser Serie, vor dessen Wohnhaus im angeregten Gespräch zeigt. Unseren Informationen zufolge gab es zuvor ein Treffen in der Wohnung von Klaus W. An einem Sonntagnachmittag! Was wurde dort besprochen? Ging es dabei »nur« um die Ermittlungen im Fall Valentin G. oder um geheime Absprachen?

Vonseiten der Polizei gab es dazu bisher keine Stellungnahme.

Radek fluchte leise in sich hinein.

Der Fall Valentin Gebert war nur einen Tag lang auf den Titelseiten gewesen und, nachdem es keine neuen Ermittlungsergebnisse gegeben hatte, schnell aus den Zeitungen verschwunden. Gebert war zu unbedeutend. Lediglich die Neue Zeitung und das Wochenblatt hatten ihm etwas mehr Raum gewidmet, immerhin war er einer ihrer Mitarbeiter gewesen. Dennoch war sein Tod auch ihnen nicht viel mehr als eine kleine Meldung im Lokalteil wert gewesen.

So wie auch jetzt wieder. Trotzdem – woher kam das Foto?

Radek versuchte nüchtern wie ein Wissenschaftler zu denken. Das war einer seiner Vorteile als Ermittler. Er schaffte es, die Dinge aus einer klaren analytischen Perspektive zu betrachten.

Das Bild war von schlechter Qualität, das sah er sofort, dazu brauchte man keine großartige fotografische Ausbildung. Ein Handyfoto, vermutete er, was bedeutete, dass kein professioneller Fotograf dieses Foto gemacht hatte. Aber wer? Radek fiel nur eine Antwort ein: die Leute, die Winkler überfallen hatten. Sie waren noch immer hinter ihm her. Doch warum schickten sie ein Foto an die Presse? Und woher wusste die Zeitung vom Überfall auf Winkler? Woher kannten sie dessen Namen und Wohnort? Gab es eine undichte Stelle bei der Polizei? Das würde Radek nicht wundern. Viele Reporter hatten gute Kontakte zu einzelnen Polizisten und kamen so regelmäßig an Insiderinformationen. Warum sollte es bei der Neuen Zeitung anders sein?

»Das gibt mächtig Stress«, sagte Neumann.

Radek nickte.

»Wir sollen um neun bei Bachler antanzen«, ergänzte Neumann.

Das verhieß nichts Gutes. Radek erwartete einen mächtigen Anschiss. Am besten, er klärte zuvor mit Neumann ab, was sie Bachler über das Treffen bei Winkler sagen würden und was nicht.

*

Oberstleutnant Bachler war stellvertretender Leiter im LKA und für die Koordination des Ermittlungsdienstes zuständig. Kein allzu strenger Mann, üblicherweise beschränkte er seine Tätigkeit darauf, seinen Leuten den Rücken freizuhalten und sie arbeiten zu lassen. Er hatte Vertrauen zu seinen Gruppenführern und seinen Kriminalbeamten. Erst wenn die Dinge nicht so liefen, wie sie sollten, mischte er sich ein. Dabei gab es mehrere Eskalationsstufen. Zunächst der telefonische Kontakt, dann sein persönliches Erscheinen im Büro – meist, wenn es etwas zu besprechen gab. Er sah das als eine Art Entgegenkommen im wörtlichen Sinn. Wenn er Mitarbeiter zu sich ins Büro bestellte, war die Angelegenheit wichtig, und wenn es so kurzfristig geschah wie jetzt, war die Kacke ordentlich am Dampfen.

Bachler saß mit Pirker und einem weiteren Besucher am Besprechungstisch in seinem Büro. Sie hatten einen Haufen Papiere vor sich auf dem Tisch liegen. Die Fallakte Gebert.

Bachler begrüßte sie knapp und bot ihnen Platz am Tisch an. »Das ist Hauptmann Posch vom Landesamt für Verfassungsschutz«, stellte er den Unbekannten vor.

Posch erhob sich und gab ihnen die Hand. Er trug einen hellgrauen Anzug mit weißem Hemd und dunkler Krawatte. Sein schwarzes Haar war nach hinten gegelt und wirkte wie festgeklebt.

Bachler betrachtete den Hauptmann abfällig, als dieser Radek und Neumann begrüßte. Fehlt nur noch die Ray-Ban, dachte er, dann wäre der typische Geheimdienstmann fertig. Er sah, dass auch Radek Posch argwöhnisch musterte.

Wahrscheinlich fragte er sich, was das LV hier machte. Zu Recht. Das würden sie schon noch erfahren.

Auch Pirker durchbohrte seine beiden Mitarbeiter mit seinem Blick wie mit einem unsichtbaren Rapier. Er war megasauer – das konnte er nicht verheimlichen.

Ohne Einleitung schob Bachler die Neue Zeitung zu Radek und Neumann über den Tisch. »Ihr kennt den Artikel auf Seite 15?«, fragte er beherrscht.

Neumann und Radek antworteten gleichzeitig mit einem »Ja«.

»Warum trefft ihr euch am Sonntag mit Winkler und dieser Gebert? Ihr seid nicht im Dienst gewesen. Was sollte das?« Bachler konnte seine Wut nur mit Mühe hinunterschlucken.

»Sie haben uns Informationen zum Fall Gebert gegeben«, antwortete Neumann.

»Der Anlass war, dass Winkler am Freitagabend überfallen wurde«, ergänzte Radek.

»Und warum hat er sich erst am Sonntag gemeldet?«

»Er kontaktierte mich am Samstag und wir verabredeten uns für den Sonntag.«

»Radek, wir sind keine Ärzte, wir machen keine Hausbesuche«, fuhr Bachler ihn an. »Warum ist er nicht gleich zur Polizei gegangen?«

Radek zuckte die Schultern. »Er hat nicht die besten Erfahrungen mit uns.«

»Winkler ist ein amtsbekannter Linksradikaler«, mischte sich Posch ein.

»Na ja, Linksradikaler ist ein bisschen übertrieben«, entgegnete Radek. »Er ist Mitglied einer linken Partei, aber er baut keine Mollies, um damit staatliche Einrichtungen abzufackeln.«

Der Staatspolizist blickte ihn mit hochgezogener Augenbraue an und lächelte schief. »Herr Kollege, unsere Vorstellungen von Herrn Winkler weichen wohl etwas voneinander ab.«

»Und wenn der Herr Winkler ruft, kommt ihr sofort«, brachte Bachler das Gespräch wieder dorthin, wo er es haben wollte.

»Das erschien uns sinnvoller, als ihn zu zwingen, ins LKA zu kommen.«

Dagegen war an sich nichts einzuwenden, das wusste Bachler. Deshalb fragte er: »Und was hat diese Gebert dort gemacht?«

»Winkler wollte sie dabeihaben, sozusagen als Vertrauensperson.«

Bachler schüttelte den Kopf. Das grenzt ja an Paranoia, dachte er, behielt es aber für sich. »Okay. Ihr habt euch also mit diesem Winkler getroffen, und er hat euch über den Überfall informiert. Und sonst?«

»Sonst nichts.«

»Es ist nur um diesen Überfall gegangen?«

»Ja«, bestätigte auch Neumann.

Bachler glaubte ihnen nicht, aber er konnte nichts Gegenteiliges beweisen.

»Haben Sie eigentlich einen Ermittlungsansatz, der etwas taugt?«, fragte Posch mit süffisantem Grinsen. »Denn wenn ich mir Ihre Berichte ansehe, muss ich das bezweifeln.«

Bachler kniff die Augen zusammen und musterte den LV-Mann feindselig. Wenn jemand seine Leute zur Sau machen musste, dann wollte er das selber tun. Dazu brauchte er keinen Stapo-Typen. Posch war ihm nicht geheuer. Schon um 7 Uhr heute Morgen hatte er einen Anruf vom LKA-Leiter erhalten, der ihm eindeutige Anordnungen gegeben hatte. Eine halbe Stunde später war Posch auf der Schwelle gestanden. Seitdem gingen sie den Fall Gebert durch.

»Es gibt Zusammenhänge zu Zeitungsartikeln, die Valentin Gebert recherchierte«, antwortete Radek.

»Und wie sehen diese Zusammenhänge aus?«, fragte Bachler, um Posch zuvorzukommen.

»Kurz gesagt spielen dabei drei Leute eine wesentliche Rolle. Armin Sulzer, Besitzer einer Arbeitsvermittlung und Vermieter von Wohnungen an Ausländer, Christian Ecker, ein Investor, und der Bauunternehmer Harald Jungmann.« Die Rolle Kohlers verschwieg Radek. Er wollte nicht zu viel Staub aufwirbeln.

»Welche Verdachtsmomente gibt es da?«

»Gebert wollte einen Artikel über Wanderarbeiter veröffentlichen, dazu hat er mit Radu Tirla und Klaus Winkler zusammengearbeitet. In diesem Artikel hat er sich kritisch mit den Praktiken im Baugewerbe auseinandergesetzt, namentlich mit Jungmann, Ecker und Sulzer.«

»Und das soll ein Grund für Mord sein?«, fragte Posch ungläubig.

Radek schwieg.

»Haben Sie sich mal überlegt, ob es für die Taten einen anderen Hintergrund geben könnte? Einen rechtsextremistischen etwa?«, setzte Posch nach.

»Ja, selbstverständlich, aber das erschien uns als zu weit hergeholt«, entgegnete Radek.

Posch schüttelte den Kopf. »Sie haben drei Taten, bei denen die Täterbeschreibungen auf ein Neonazi-Outfit hinweisen. Dazu gibt es Videoaufnahmen. Wenn die die Täter im Fall Tirla zeigen, was ja nur eine Vermutung ist. Mag sein, dass eine Verbindung zwischen Gebert, Tirla und Winkler besteht. Das heißt jedoch nicht, dass es auch einen Zusammenhang zwischen den Taten gibt. Vielmehr könnte Winkler mit seiner Partei der Anlass für die Überfälle sein, und die beiden anderen waren nur Nebenprodukte«, schlug Posch vor.

Mord als Nebenprodukt, dachte Bachler, das ist mal was ganz Neues.

»Tirla ist Ausländer, Gebert ein Journalist, der sich kritisch mit den Rechten auseinandersetzt, und Winkler ein extremer Linker. Alle drei passen perfekt in die Feindbildgruppen von Rechtsextremisten«, erklärte Posch weiter. »Ganz egal, wie Sie es drehen und wenden: Sie haben die Hinweise auf einen rechtsextremen Hintergrund vernachlässigt. Das grenzt beinahe an Dilettantismus. Offensichtlich waren Sie so von Ihrer These überzeugt, dass Sie alle anderen Möglichkeiten ausgeblendet haben.« Posch blickte von den beiden Polizisten zu Bachler. »Das erscheint mir nicht sehr professionell.«

Bachler las aus dem Blick: Was hast du da für eine Idiotentruppe am Werk? Er würgte seinen Zorn hinunter wie einen dicken Fleischbrocken. Er wollte diese Angelegenheit jetzt abschließen. »Es gibt eine Übereinkunft zwischen dem LV und dem LKA, dass der Staatsschutz den Fall übernimmt und dem rechtsextremistischen Hintergrund nachgeht«, sagte er deshalb schnell.

Radek und Neumann schauten ihn an, als wären sie auf der falschen Veranstaltung – völlig verständnislos.

»Das ist ein Scherz, oder?«, fragte Radek.

»Sehe ich aus wie ein Clown?«, fauchte Bachler. »Ihr seid den Fall los. Ich möchte, dass ihr eure ausständigen Berichte schreibt und dann die Sache abgebt.«

»Das könnt ihr nicht machen«, presste Radek hervor.

»Und ob wir das können«, antwortete Bachler knapp. Ihm blieb nichts anderes übrig, auch wenn er Radek verstehen konnte.

Posch lehnte sich zurück und genoss es, wie die beiden Kriminalbeamten plattgemacht wurden. Erste Reihe fußfrei.

»Wie lange braucht ihr mit dem Papierkram?«, fragte Bachler.

»Einen Tag«, murmelte Radek.

Bachler wusste, dass der Fall flöten ging. Wenn das LV diese Sache übernahm, kam nichts mehr dabei heraus. Das war ein abgekartetes Spiel, aber er hatte keine Ahnung, von wem das ausging. Diese Rechtsextremismus-These war schwachsinnig, und Radek sah das ähnlich, das erkannte Bachler an dessen Blick. Doch es gab eine Weisung von oben, und ihm waren die Hände gebunden. Sie alle kannten diese Kompetenzscheiße. Es war nicht das erste Mal, dass Fälle zwischen unterschiedlichen Dienststellen hin- und hergeschoben wurden, weil sich Zuständigkeiten änderten oder die Sachverhalte andere Gewichtungen erforderten.

Sie waren den Fall jedenfalls los. Und der ging damit den Bach runter.

*

Er kochte vor Wut. Er konnte nicht glauben, was eben geschehen war. Er wollte einen Fall, der ihm übertragen worden war, bis zum Ende bearbeiten. Entweder bis er einen Täter hatte oder bis alle Möglichkeiten ausgeschöpft waren. Mit Sicherheit wollte er ihn nicht an irgendwelche Fuzzis von der Staatspolizei abgeben, und diesen Fall erst recht nicht.

Es sah jedoch nicht so als, als hätten sie eine andere Wahl. Scheiße, was sollten sie jetzt tun? Was konnten sie tun?

Nichts.

Bachler hatte das todernst gemeint. Sie waren den Fall los.

Zurück im Büro wurde ihm plötzlich etwas anderes bewusst: Winkler, Sonja – scheiße, er musste sie sofort darüber informieren, dass sie am Sonntag beobachtet worden waren.

Radek griff zum Telefon, legte aber gleich wieder auf. Nein, nicht vom Diensttelefon aus. Er nahm sein privates Handy und ging in die Teeküche. Die war um diese Zeit leer. Jetzt am Vormittag waren alle mit Kaffee versorgt, und die meisten Kollegen würden erst zum Mittagessen wiederkommen.

Er schloss die Tür und rief zuerst Sonja an.

Ihre Stimme klang fröhlich, als sie sich meldete. Aber schon nach seinem ersten Satz merkte sie, dass etwas nicht stimmte, und wurde ernst.

»Ich muss mich kurzfassen«, sagte Radek. »Hast du heute die Neue Zeitung gelesen?«

»Nein.«

»Wir sind am Sonntag vor Winklers Wohnung beobachtet und fotografiert worden«, erklärte er.

»Was heißt das?« Sie klang verunsichert.

»Ein Artikel mit Foto von uns vieren ist in der Zeitung erschienen. Und der dezente Hinweis, dass wir als Ermittler unfähig sind und die Hinweise auf rechte Täter übersehen. Daraufhin ist uns die ganze Angelegenheit um Tirla, Valentin und Winkler gerade vom Verfassungsschutz entzogen worden.«

»Nein, das kann nicht sein!« Sonja klang entsetzt. »Warum?«

»Keine Ahnung. Ich weiß es selbst nicht. Jedenfalls sind wir den Fall offiziell los. Wir müssen uns zusammensetzen und besprechen, was wir jetzt tun.«

Sonja reagierte blitzschnell. »Klar. Das machen wir heute Abend bei mir. Um neun?«

»In Ordnung«, sagte Radek und fügte hinzu: »Pass auf dich auf. Es schaut so aus, als wären sie hinter uns her. Mittlerweile hinter uns allen.«

Erst nach dem Telefonat fiel ihm ein, dass auch Sonjas Wohnung beobachtet werden könnte. Wäre ein Lokal besser? Nein, da war das Risiko, gesehen und belauscht zu werden, noch größer. Seine Wohnung? Vielleicht waren sie jedoch auch schon an ihm und Neumann dran. Die einzige gefahrlose Alternative wäre das LKA, aber selbst das erschien Radek nach den Ereignissen vom Vormittag nicht mehr sicher. Möglicherweise gab es einen Maulwurf unter den Kollegen.

Verflucht, egal was sie machten, alles war plötzlich riskant geworden.

Er wählte Winklers Nummer und teilte ihm in wenigen Sätzen mit, was passiert war. Winkler wusste über den Artikel bereits Bescheid. Er hatte ihn in der Neuen Zeitung gelesen und auf Radeks Anruf gewartet. Wie Sonja reagierte auch er entsetzt auf die Nachricht, dass nun das LV für den Fall zuständig war.

»Typisch Bullen – schön den Deckel draufhalten, alles vertuschen und immer gegen die Linken«, polterte er zornig, stimmte aber sofort zu, heute Abend ihr weiteres Vorgehen zu besprechen.

Als Radek ins Büro zurückkehrte, saß Neumann an seinem Schreibtisch und stierte in den Computermonitor, als würde er dort alle Lösungen für ihre Probleme finden. Radek wollte gerade von seinen Telefonaten erzählen, da stand plötzlich Pirker in der Tür.

»Ich erspare mir einen Kommentar, ihr Idioten«, brummte er kopfschüttelnd. »Das hat Bachler schon erledigt. Abschlussbericht bis morgen 14 Uhr«, ordnete er an.

»Du kannst mich auch mal«, murmelte Radek hinter seinem Chef her, nachdem der gegangen und außer Hörweite war.

»Verflucht, was läuft hier?«, fragte Neumann. »Kennst du diesen Posch?«

»Nein, der Typ ist mir noch nie untergekommen.«

»Warum zieht das LV den Fall an sich? Und was ist das für ein Schwachsinn mit den Rechtsextremisten? Wir wissen beide, dass es keinen rechten Hintergrund gibt.«

Wissen wir das wirklich, dachte Radek, behielt es jedoch für sich und sagte: »Die wollen den Fall versenken.«

Neumann nickte. »Das ist die einzige Erklärung. Aber warum?«

»Die Frage ist vielmehr: Wer hat die Power, dem LV so viel Druck zu machen, dass es nach seiner Pfeife tanzt?«

*

Das war wieder typisch für die Bullen, dachte Winkler. Zuerst machten sie sich wichtig, dann setzten sie die Sache in den Sand.

Rechtsextremistischer Hintergrund – was für ein Bullshit!

Zugegeben, am Anfang hatte er auch einen Moment daran gedacht. Aber nur ganz kurz. Die Überfälle waren brutal und würden zu ihnen passen. Trotzdem, er hielt die Neonazis zwar für einen Haufen dämlicher Schläger, doch so bescheuert wie bei ihm stellten sie sich nicht an. Nein, das waren andere Typen. Außerdem, Neonazis waren stolz auf ihre Taten, die versteckten sich dabei nicht unter Wollmützen.

Nein, keine Neonazis. Die Spur zu Kohler und seinen Komplizen war die richtige. Das hatten ihm seine Auswertungen von Radus Arbeitsaufzeichnungen bestätigt.

Er war froh, Radek und Neumann verheimlicht zu haben, dass Tirla bei ihm wohnte. Und er war sich auch nicht mehr sicher, ob das mit der Zusammenarbeit von den Polizisten ehrlich gemeint war. Warum hatte er ihnen nur vertraut?

Vielleicht waren die beiden nur darauf aus, sie auszuhorchen. Und jetzt schoben sie den Fall dem Landesamt für Verfassungsschutz zu. Das LV würde keinen einzigen Anhaltspunkt auf rechtsextremistische Täter finden und den Fall begraben oder ihn zurück ans LKA geben. Spätestens dann würde nichts mehr geschehen.

Der Fall war tot. So tot wie Valentin.

Winkler dachte an seine Erkenntnisse aus Tirlas Unterlagen, die er Radek hatte geben wollen, heute oder morgen. Das würde er nicht mehr tun und auch kein Wort sagen. Er würde sein ganzes Material Sonja aushändigen. Aber nicht heute Abend. Nicht in Gegenwart der Bullen.

Er rief Sonja an. »Ich habe Unterlagen und Informationen, die dir nützlich sein können«, sagte Winkler. »Das solltest du an die Öffentlichkeit bringen.«

»Worum geht es?«, fragte Sonja.

»Nicht am Telefon«, erwiderte Winkler.

»Dann bring alles heute Abend mit«, schlug sie vor.

»Nein, das mache ich sicher nicht. Ich trau den Bullen nicht über den Weg.«

»Noch immer nicht?« Sie klang enttäuscht.

»Schon wieder nicht«, korrigierte Winkler. »Wer weiß, was die aushecken. Ihnen wurde der Fall angeblich entzogen, und trotzdem wollen sie sich mit uns treffen? Nein, ich traue ihnen nicht. Kannst du bei mir im Büro vorbeikommen? Dann erklär ich dir alles. Anschließend fahren wir gemeinsam zu dir und kümmern uns um die Bullen.«

Nachdem er aufgelegt hatte, kehrten seine Gedanken zu dem Foto in der Zeitung zurück. Wer hatte es aufgenommen? Die Typen, die ihm gefolgt waren? Wer, zum Teufel, waren diese Kerle?

36.

Sie gingen vom Parteibüro nicht auf direktem Weg zu Sonjas Wohnung, die kaum zehn Minuten entfernt lag, sondern machten einen Umweg über die Altstadt. Durch die Fußgängerzone konnte ihnen kein Auto folgen, und der Weg bot genügend Möglichkeiten, um sich nach Verfolgern umzublicken. Sie behielten ihre Umgebung sehr genau im Auge, entdeckten aber nichts Verdächtiges.

Winkler sprach lang und breit über das kapitalistische System der Ausbeutung im 19. Jahrhundert und über die Entstehung sozialistischer Ideen. Er wollte ihr keinen Vortrag halten, doch es erschien ihm beinahe wie eine Erlösung, über ein politisches Thema zu reden und nicht über Kohler, Jungmann und die anderen Geldsäcke.

In der Brunngasse kamen sie an der City-Shopping-Promenade vorbei, die Winkler wie eine Verhöhnung dessen vorkam, was er gerade an Systemkritik geäußert hatte.

Jetzt spazierten sie schweigend auf der Julius-Raab-Promenade. Hier herrschte bereits ruhige Abendstimmung. Nur mehr wenige Fußgänger bummelten herum, auch der Fahrzeugverkehr hatte nachgelassen.

Unweigerlich kam er doch auf das Thema, das sie am meisten beschäftigte. »Du siehst ja, welche undurchsichtigen Geschäfte mit Jungmann und dieser Romanian Recruitment Agency laufen, bei der Sulzer seine Finger drin hat.

Kapitalistische Gier. Daran hat sich in den letzten 200 Jahren nicht viel verändert. Diese Dinge muss man aufdecken. Dagegen muss man kämpfen. Deshalb ist es mir so wichtig, dass ich Radu helfen kann.«

»Du bist ein unverbesserlicher Idealist«, stellte Sonja fest.

Winkler zuckte mit den Schultern. »Und? Ist das so schlimm?«

Sie lächelte. »Nein. Nur ... ungewohnt.«

Sie hatten am Nachmittag die Unterlagen von Tirla durchgearbeitet, und Sonja war zum selben Schluss gekommen wie Winkler. Wenn diese Aufzeichnungen stimmten, und daran zweifelte keiner von ihnen, handelte es sich um brisante Dinge.

Sonja blickte sich um. Sie hatte Angst, ohne es sich eingestehen zu wollen. Der Umstand, dass sie am Sonntag beobachtet und fotografiert worden waren, beunruhigte sie.

Sie bogen in die Radetzkystraße ein. Sonja freute sich darauf, Radek zu sehen, versuchte aber, es sich nicht anmerken zu lassen.

Es waren keine Leute unterwegs.

»Wie möchtest du jetzt weitermachen?«, fragte Sonja.

Winkler antwortete nicht. Er hörte, wie an dem weißen Lieferwagen, an dem sie gerade vorbeigegangen waren, eine Schiebetür geöffnet wurde. Instinktiv drehte er sich um.

Drei Männer in Schwarz, Wollmützen über den Gesichtern. Zornige Augen starrten ihn an. Einer hatte einen Baseballschläger in der Hand. Ein heftiger Schlag traf Winkler in den Magen. Schmerzen durchfluteten seinen Körper, ihm blieb die Luft weg, er krümmte sich und ging in die Knie, unfähig, auf den Beinen zu bleiben. Helle Punkte tanzten vor seinen Augen.

Er hörte Sonja aufschreien, dann gedämpften Lärm, wie von einem Kampf. Er versuchte aufzustehen, schaffte es nicht. Auf einmal wurde er hochgerissen. Ein Arm um seinen Hals, eine Klinge blitzte im dumpfen Licht der Straßenlaternen auf.

Eine Stimme an seinem Ohr: »Jetzt haben wir dich, du Kommunistenschwein.«

*

Sie waren seit etwa einer Stunde hier und behielten die Gegend im Auge. Radek hatte es vorgeschlagen. Da die Gefahr bestand, dass sie oder Sonja oder Winkler beobachtet wurden, sollten sie versuchen, ihren Gegnern zuvorzukommen. Gegenobservation sozusagen.

Radek hatte mit dem Auto ein paar Runden um den Häuserblock gedreht, bis er einen Parkplatz gefunden hatte, von dem aus sie gut auf das Haus sahen, in dem Sonja wohnte. Seither warteten sie. 30 Meter vor ihnen auf der anderen Seite stand ein weißer Lieferwagen, der etwas die Sicht behinderte, sonst aber hatten sie einen guten Überblick.

Auf einer Bank im Leiner-Park tummelten sich ein paar Jugendliche.

Es war bereits dunkel geworden.

Sie warteten schweigend. Jeder hing seinen Gedanken nach. Jeder wusste, woran der andere dachte. Weshalb man ihnen den Fall Gebert entzogen hatte und warum sich das Landesamt für Verfassungsschutz einmischte. Den ganzen Tag über hatten sie daran herumgekaut. Nun waren sie müde. Alles war ausgekotzt, der Magen leer. Es kam nur noch bittere Galle hoch. Sie hatten keine Ahnung, was sie tun sollten.

Radek hatte am Nachmittag das Online-Vorlesungsverzeichnis der Uni Wien aufgerufen und sich ein paar Lehrveranstaltungen herausgesucht, die ihn interessierten und die er machen wollte. Damit er wenigstens ein bisschen das Gefühl hatte, etwas Sinnvolles zu tun.

Die Jugendlichen zogen ab in Richtung Innenstadt.

Sonja Gebert und Klaus Winkler gingen an ihnen vorbei. In ein angeregtes Gespräch vertieft. Radek sah Sonjas geraden Rücken und Winklers schlendernden Gang. Sie bemerkten ihn und Neumann nicht. Sie saßen in keinem Streifenwagen mit Blaulicht, nicht einmal in einem Dienstwagen, sondern in Radeks Auto, das auf der anderen Straßenseite stand.

»Da sind sie ja«, sagte Neumann. »Dann hören wir uns mal an, wie sie die Sache sehen.«

Sie wussten, dass es ein peinlicher Abend werden würde, voller Vorwürfe und dem unangenehmen Eingeständnis von ihrer Seite, die Sache vergeigt zu haben. Aber zumindest das wollten sie ordentlich über die Bühne bringen.

»Dann ab in die Höhle der Löwen«, versuchte Radek einen Scherz.

Sie wollten gerade aussteigen, da überschlugen sich die Ereignisse.

Bei dem weißen Lieferwagen vor ihnen flog die Schiebetür auf, drei Vermummte sprangen heraus, einer schlug Winkler mit einem Baseballschläger nieder, der andere packte Sonja Gebert und drückte ihr die Hand auf den Mund. Ein dritter zerrte Winkler hoch. Er hielt etwas in der Hand, das aussah wie ein Messer.

»Scheiße!«, schrie Radek.

»Du hast deine Waffe dabei, oder?«

»Ja.« Als sie entschieden hatten, zu Sonjas Haus zu fahren, um dort zu beobachten, ob etwas passierte, war klar, dass sie das mit ihren Dienstwaffen machen würden.

»Du wirst sie brauchen«, murmelte Neumann. »Schon mal einen Schusswaffengebrauch gehabt?«

»Nein.«

»Dann hast du jetzt vielleicht die Gelegenheit dazu. Ich nehme Winkler, du die Gebert.«

Neumann und Radek stiegen gleichzeitig aus.

Neumann war früher bei der Alarmabteilung in Wien gewesen. Eine Spezialeinheit für heikle Einsätze. Radek wusste nicht, ob Neumann jemals auf jemanden geschossen hatte. Aber es war beruhigend, einen Kollegen an der Seite zu haben, der mit gefährlichen Situationen umgehen konnte. Vor allem, weil er unsicher war, ob er selbst das schaffte.

Sie blieben auf der Fahrbahn, bis sie am Lieferwagen waren, erst dann traten sie auf den Gehsteig. Die Waffen im Anschlag.

Der Typ bei Sonja war groß und breit. Er hielt sie vor sich, presste seine behandschuhte Pranke auf ihren Mund. In der anderen ein Messer – an ihrem Hals. Er stand mit dem Rücken an der Schiebetür und wollte sie in den Lieferwagen zerren. Sie versuchte vergeblich, sich zu wehren. Sie wollte schreien. Ihre Augen weit aufgerissen. Tränen, Verzweiflung. Als sie Radek sah, ein Schimmer Hoffnung.

Radek drückte dem Großen die Glock zwischen die Augen. »Wenn du eine Bewegung machst, leg ich dich um«, sagte er bestimmt.

»Wenn du die Kanone nicht wegschmeißt, schneid ich ihr die Gurgel durch.«

Unentschieden. Der Typ ließ sich nicht so schnell aus der Ruhe bringen.

Sonja versuchte wieder zu schreien, doch es kam nur ein gedämpftes Gurgeln unter dem Handschuh hervor.

Neumann hatte den zweiten Typen erreicht, klein, untersetzt, kräftig. Er hatte Winkler problemlos in die Höhe gezerrt und hielt ihn mit dem Unterarm im Würgegriff fest. Winkler schnappte nach Luft. Der Typ fuchtelte mit einem Messer herum.

Der dritte Angreifer stand zwei Schritte entfernt, den Baseballschläger erhoben wie ein Pitcher, bereit zum Schlag.

Neumann richtete die Pistole zuerst auf den Pitcher, dann auf den Typen mit dem Messer, der schien ihm wichtiger. Denn er setzte die Klinge an Winklers Hals.

»Waffe weg, sonst mach ich ihn kalt«, zischte er.

Neumann ging einen Schritt auf ihn zu und presste dem Kerl den Lauf der Pistole unter dem Kinn an den Kehlkopf.

»Hier wird nicht verhandelt«, sagte er. »Oder willst du wegen diesem Typen draufgehen?«

»Schmeiß die Knarre weg, sonst stech ich sie ab!«, schrie der Große Radek an. Er war nervös. Seine Stimme zittrig.

Auch Radek war nervös. Er wusste nicht, was er tun sollte. Er wusste nur, dass sie ihr Überraschungsmoment mit jeder Sekunde, in der nichts geschah, verspielten. »Okay«, sagte er. »Bleib cool.«

Er hob die linke Hand besänftigend und zog die rechte mit der Pistole zurück. Trotz der Dunkelheit sah er das triumphierende Aufleuchten in den Augen des anderen. Er schwenkte die Pistole nach rechts.

Dann geschah alles gleichzeitig.

Radek drückte ab. Ein heller Knall, die Kugel schlug neben dem Kopf des Großen mit einem blechernen Krachen in die Schiebetür. Der zuckte wie unter einem Elektroschlag und brauchte eine Sekunde, bis er begriff, dass ihm die Kugel nicht den Schädel zerfetzt hatte. Radek spürte den harten Rückstoß der Glock. Seine Linke schoss vor, packte das Handgelenk mit dem Messer, riss es von Sonjas Hals, gleichzeitig schlug er mit dem Griff der Pistole auf die Schläfe des anderen.

Er hörte Sonja schreien. Sie hatte sich dem Griff des Großen entwunden, sackte zu Boden, kroch auf allen vieren weg. Radek riss noch einmal an der Hand des Großen, knallte ihm erneut die Glock an den Kopf. Der Kerl stolperte, verlor das Gleichgewicht. Radek half mit einem Ruck nach. Der Große fiel zu Boden, und Radek setzte ihm einen Fuß in den Nacken, richtete dann die Pistole auf den Typen mit dem Baseballschläger, der dastand wie eingefroren, anschließend wieder auf den Großen unter ihm. »Bleib ganz ruhig liegen«, sagte er. »Sonst blas ich dir den Schädel weg.«

Der Kleinere, der Winkler festhielt, blickte zu seinem Kumpel und Radek. Unbewusst lockerte er in diesem Moment den Griff um Winklers Hals. Dessen Hände schossen hoch, packten das Handgelenk mit dem Messer. Dann schmetterte er seinen Kopf ins Gesicht des Mannes hinter ihm. Der schrie auf. Winkler ließ sich nach vorne fallen, brachte den Typen aus dem Gleichgewicht, entwand sich dem Griff.

Auch Neumann reagierte schnell. Ein Schritt zur Seite, ein Tritt in die Kniekehle, und der Mann war am Boden.

Winkler drehte sich nach links, hielt noch immer das Handgelenk mit dem Messer fest. Ein Handhebel, der Mann brüllte vor Schmerz und kippte nach vorne. Winkler fixierte den gestreckten Arm mit seinen Beinen. Der Mann unter ihm krümmte sich.

»Ist gut«, sagte Neumann, bevor Winkler dem Typ das Handgelenk brach.

»Juji Gatame«, presste Winkler hervor. Das klang wie eine Entschuldigung, benannte aber die Technik, die er gerade anwandte. »Wenn du muckst, breche ich dir die Knochen.«

Neumann wollte sich um den dritten Täter kümmern, doch der hatte den Baseballschläger weggeworfen, der scheppernd zwischen den Autos gelandet war, und lief davon. Einen Moment lang überlegte Neumann, ob er ihn verfolgen sollte, entschied sich jedoch dagegen. Sie hatten hier zwei Täter und zwei Opfer – auch wenn es bei Winkler nicht so aussah –, die waren wichtiger.

Sonja Gebert kniete auf dem Gehsteig und weinte.

Radeks Herz raste. In seinen Ohren klingelte ein heller Ton vom Schuss. Tinitus, dachte er. Ihm war schwindelig vor Aufregung. Beruhig dich, hämmerte es in seinem Kopf. Beruhige dich. Wir haben die Situation unter Kontrolle. Mach jetzt keinen Fehler. Handfesseln anlegen und auf Verstärkung warten.

»Wir wurden überfallen«, hörte er Sonja Gebert schluchzen. »Schnell, helfen Sie uns.«

Sie hatte mit zittrigen Händen aus ihrer Tasche das Telefon gesucht, eine Menge anderer Kram lag auf dem Gehsteig verstreut. Sie telefonierte mit der Polizei, nannte eine Adresse, behielt das Telefon im Schoß, als sie auflegte, und starrte Radek mit tränenfeuchten Augen an.

Radek lächelte ihr aufmunternd zu und blickte dann zu Neumann, der dem einen Typen gerade die Handschellen anlegte. Der rührte sich nicht, ließ alles über sich ergehen. Anschließend lag er still auf dem Bauch, die Hände hinter dem Rücken fixiert.

Neumann klopfte Winkler auf die Schultern. »Gut gemacht«, sagte er.

Winkler trat seinem Angreifer in die Seite, der stöhnte vor Schmerz. »Arschloch, sei froh, dass die Polizei da ist«, sagte Winkler und ging ein Stück zurück, als wollte er für einen neuen Tritt Anlauf nehmen. Doch er blieb stehen.

Neumann hätte ebenfalls gerne zugetreten, das konnte man ihm ansehen, tat es aber nicht. Er kam zu Radek. »Alles in Ordnung?«

»Alles okay.«

Neumann fingerte die Handschellen von Radeks Gürtel, und eine Minute später lag der Große ebenso wehrlos da wie sein Kumpel.

Inzwischen hatten sich einige Schaulustige um sie herum versammelt und beobachteten sie argwöhnisch. Ängstliche Blicke auf die Waffen.

Eine Amtshandlung, schoss es durch Radeks Kopf, wir führen eine Amtshandlung. Er zog seine Polizeimarke aus der Tasche, hielt sie hoch und schrie: »Polizei! Das ist ein Polizeieinsatz! Bitte bleiben Sie weg!« Er fühlte sich wie in einem beschissenen Actionfilm.

»Ich habe mir fast in die Hose gemacht, als du geschossen hast«, murmelte Neumann. »Hab gedacht, du hast ihn umgelegt.«

»War das Einzige, was mir eingefallen ist.«

Radek steckte mit zittriger Hand seine Waffe zurück in den Holster.

In der Ferne hörten sie das Folgetonhorn eines Streifenwagens.

Das Schwindelgefühl verflog langsam. Radek blickte sich um. Ein paar der Schaulustigen filmten und fotografierten sie fröhlich mit den Handys. Dann sah er die ersten Blaulichter.

Die Kavallerie rückte an.

Radek nahm am Anfang alles wie in Zeitlupe wahr.

Der erste Streifenwagen blieb mit quietschenden Reifen mitten auf der Straße stehen. Die beiden uniformierten Kollegen näherten sich vorsichtig, die Hand an der Pistole.

»Was ist hier los?«, fragte einer und schaute überrascht auf die beiden Männer am Boden sowie auf Radek und Neumann.

Radek hörte das Klicken, als einer der Polizeibeamten den Druckknopf des Sicherungsbügels am Pistolenholster öffnete.

Neumann hielt den Polizisten seine Dienstmarke entgegen und erklärte ihnen in kurzen Sätzen, was passiert war.

Mehr Blaulichter. Mehr Streifenwagen. Nervöse, hektisch herumlaufende Kollegen.

Sonja hatte den Kram aus ihrer Handtasche zusammengeklaubt, sich hingesetzt und an den Wagen gelehnt. Die Tasche hielt sie wie einen Schutzschild vor sich, weinte leise und starrte abwesend vor sich hin. Klaus Winkler stand daneben und beobachtete die Szenerie, als ginge ihn das Ganze nichts mehr an.

Einer der Polizeibeamten blieb bei Radek, um mit ihm die beiden Täter zu bewachen. Neumann veranlasste vom Streifenwagen aus über Funk eine Fahndung nach dem dritten Täter. Er wusste, dass es vergeblich sein würde, wollte es aber trotzdem versuchen. Dann kehrte er zu Radek zurück.

Ein weiterer Streifenwagen kam. Einer der Polizisten, die sie umringten, gab an die Leitstelle durch, dass keine weitere Unterstützung mehr erforderlich sei. Zwei Kollegen übernahmen die Absperrung von Gehsteig und Straße, um die Schaulustigen zurückzuhalten. Die zogen sich in den Park zurück, von wo aus sie neugierig weitergafften. Zwei andere halfen, die beiden Männer am Boden, die noch immer maskiert waren, zu durchsuchen und hochzuziehen. Der Große hatte einen Schlüsselbund, der Kleine einen einzelnen Schlüssel mit einer leeren Patrone als Anhänger bei sich, sonst fanden sie nur etwas Geld.

»Dann lüften wir mal das große Geheimnis«, sagte Radek und zog den beiden die Hauben vom Kopf.

Einer der uniformierten Kollegen leuchtete ihnen mit seiner Taschenlampe ins Gesicht. Die zwei Männer starrten sie zornig an. Auch ohne Wollmütze sahen sie Furcht einflößend aus. Doch die Wut nützte ihnen nichts. Der Große hatte dort, wo Radek ihm die Pistole an den Kopf geknallt hatte, einen dunklen Bluterguss, darüber glänzte seine Glatze in leuchtendem Rot.

»Wo ist euer Kumpel?«, fragte Neumann den Kleineren.

»Welcher Kumpel?«

Neumann gab ihm einen Stoß gegen die Schulter, dass der Kerl gegen die Schiebetür des Transporters krachte.

»Verarsch mich nicht. Wer war der Kerl mit dem Baseballschläger, und wo ist er hin?«

Der Kleine warf ihm einen wütenden Blick zu. »Ich habe keine Ahnung. Außerdem sage ich nichts mehr ohne meinen Anwalt.« Er grinste dämlich.

»Und was ist mir dir? Bist du gesprächiger?«, wandte sich Neumann an den anderen.

»Seh ich aus wie eine Plaudertasche?«, brummte der Große mürrisch. »Ich sag euch nur eines: Anwalt!«

Radek hatte die beiden sofort erkannt.

»Die zwei waren gestern bei Sulzer, als ich zu ihm gekommen bin«, sagte er. »Sah aus, als wären sie eine Art Geschäftspartner.«

Die beiden zeigten keine Reaktion.

Hatten sie gestern von Sulzer den Auftrag bekommen, Sonja und Winkler zu überfallen? Das wäre naheliegend. Mit einem dritten Mann zur Verstärkung. Wahrscheinlich steckten sie auch hinter den anderen Überfällen. Radek begriff langsam, dass vor ihnen mit großer Wahrscheinlichkeit jene Männer standen, die Valentin Gebert getötet hatten.

»Na ja, dann hätten wir das geklärt«, sagte Neumann.

Sie ließen die beiden Täter getrennt in zwei Streifenwagen bringen. Dort saßen sie auf der Rückbank, von je einem uniformierten Polizisten bewacht, und beobachteten teilnahmslos, was rund um sie passierte.

Radek ging zu Sonja. »Komm, du kannst hier nicht sitzen bleiben«, sagte er und riss sie damit aus ihrer Erstarrung. Es war, als würde sie aus einem Traum erwachen.

»Ja. Ja, du hast recht.«

Sie nahm seine Hand, und er zog sie hoch. Sie wischte sich die Tränen aus dem Gesicht. Ihr Make-up war verwischt und hinterließ dunkle Schlieren. Radek brachte sie zu seinem Auto, sie setzte sich auf den Beifahrersitz und verfiel wieder in ihre Erstarrung.

Radek wäre gerne bei ihr geblieben, hätte gerne mit ihr gesprochen, sie getröstet, sie aufgebaut. Aber das war jetzt nicht möglich. Sie hatten eine Amtshandlung zu führen. Er zündete sich eine Zigarette an und merkte, wie seine Hände zitterten. Er blickte kurz zu Winkler.

Der wirkte erstaunlich gelassen. Es schien beinahe, als würde er diesen ganzen Trubel genießen.

Sie begannen, erste Beweise zu sichern. Die Messer, die Wollmützen. Radek lief herum, als wäre er auf Speed. Das waren die Nachwirkungen, dachte er. Neumann ging es ähnlich. Der Stress der ganzen Sache setzte ihnen zu. Adrenalinüberdosis.

Plötzlich stand Bachler am Tatort und verschaffte sich einen Überblick. Keiner wusste, wer ihn informiert hatte. Der Oberstleutnant nahm seine beiden Mitarbeiter zur Seite. Schnell ließ er sich berichten, was geschehen war. Dann erteilte er kurze Anordnungen.

»Ihr bleibt an dieser Sache dran. Die beiden Täter gehören euch.«

»Und was ist mit dem LV?«, fragte Radek verunsichert.

»Scheiß auf das LV. Die sollen ihre Rechtsextremisten suchen. Wenn nötig, regle ich das.«

Radek und Neumann schauten sich triumphierend an.

Bachler deutete auf Sonja, die in Radeks Auto saß und abwesend vor sich hin stierte. »Kümmert euch um die Frau. Bringt sie weg von hier, bevor sie uns umkippt.«

»Ich übernehme das«, schlug Radek vor.

»Okay. Danach fahr ins Büro und schreib den Bericht über diese Sache. Vor allem über die Schussabgabe und vorhandene Verletzungen. Ich möchte nicht, dass die Typen später einen Polizeiübergriff oder einen ungerechtfertigten Waffengebrauch geltend machen und damit durchkommen.«

Radek nickte. Diese Belehrung hätte er nicht gebraucht.

»Lasst die beiden Täter ins LKA überstellen. Und wenn ihr hier fertig seid, nehmt sie euch vor. Quetscht sie aus, bis sie ihren Kumpel verpfeifen. Ich will den dritten Täter haben.«

»Der Wagen ist geklaut«, merkte Neumann an. Seine Anfrage hatte ergeben, dass der Transporter in der letzten Nacht vom Parkplatz einer Spedition gestohlen worden war.

»Dann veranlasst, dass er zur KPU gebracht wird. Die sollen ihn dort nach weiteren Spuren untersuchen. Und macht eine Tatortgruppe gängig. Die sollen sichern, was noch nicht zertrampelt ist.«

»Ich kümmere mich darum«, sagte Neumann.

Sie wussten, was zu tun war.

Radek beruhigte sich langsam. Die Aufregung und der Stress der Auseinandersetzung ließen nach, und die polizeiliche Routine packte ihn. Wohlbekannte Abläufe, Dinge, die er schon Dutzende Male gemacht hatte. Damit war er beschäftigt, das lenkte ihn ab, gab ihm ein Gefühl der Sicherheit.

Er holte Sonja aus dem Auto. »Ich gehe mit dir hinauf in die Wohnung«, erklärte er ihr. »Wir brauchen dich im Moment hier unten nicht mehr.«

Sie nickte stumm und schaute sich um, als wäre sie gerade erst angekommen, eine weitere Schaulustige, neugierig, was passiert war. Ihr Blick blieb an den beiden Streifenwagen hängen, die mit eingeschaltetem Blaulicht auf der Straße standen. Auf den Rückbänken saßen die zwei Täter, die Hände am Rücken mit Handschellen gefesselt. Der Größere hatte sich zurückgelehnt, den Kopf an der Nackenstütze, und schien entspannt, beinahe, als würde er ein Nickerchen machen. Der andere starrte Sonja durch das Fester finster an. Er machte ihr Angst.

»Sind das die Mörder von Valentin?«, fragte sie und blickte Radek an. In ihren Augen schimmerten Tränen.

»Möglicherweise«, antwortete Radek ausweichend. Er war überzeugt, dass die beiden auch beim Überfall auf Valentin Gebert dabei waren. »Wir werden es herausfinden.«

Neumann telefonierte mit einem Dienstführenden von der Tatortgruppe.

Radek nahm Sonja am Arm und führte sie an den Polizeibeamten vorbei zum Hauseingang. Das Blaulicht zuckte an der hellen Wand wie in einer Disco.

Sie suchte aus der Handtasche den Schlüssel, und er brachte sie nach oben.

»Was ist mit dem dritten Mann?«, fragte sie im Lift.

Radek sah, dass sie Angst hatte. »Der ist weg. Aber wir werden ihn erwischen.«

»Glaubst du, dass er zurückkommt?«

Darüber hatte Radek auch schon nachgedacht. »Nein. Ich vermute, der ist damit beschäftigt, abzuhauen.« Sicher war er sich dessen nicht.

Er verließ den Aufzug zuerst, seine Hand ruhte auf dem Griff der Waffe. Vielleicht wartete hier oben jemand. Er blickte sich im Gang um. Es gab nur zwei Wohnungen, das war ihm bei seinen vorherigen Besuchen aufgefallen, eine einsame Ecke. Das hatte Vor- und Nachteile. Der Gang war leer, auch der Treppenabsatz in das darunterliegende Stockwerk. Das Fenster gegenüber dem Lift, das hinaus aufs Dach führte, war verschlossen.

Dann gingen sie in die Wohnung, Radek zuerst, nachdem Sonja aufgeschlossen hatte.

»Warte hier«, sagte er, zog die Glock und durchsuchte schnell die Räumlichkeiten. Er glaubte zwar nicht, dass jemand in der Wohnung war, wollte aber trotzdem vorsichtig sein. Außerdem würde es Sonja beruhigen.

Es war das erste Mal, dass er die komplette Wohnung sah. Sie war größer, als er erwartete hatte. Der Flur führte in den hinteren Bereich, dort gab es ein großes Arbeitszimmer, ein Schlafzimmer und einen kleineren Raum, den Sonja offensichtlich als Gästezimmer nutzte. Zwischen Wohnzimmer und diesem Teil der Wohnung befanden sich Bad und WC.

Sonja wartete widerspruchslos vor der Wohnung, bis er zurückkam, die Pistole einsteckte und sie in den Flur winkte.

»Alles in Ordnung«, sagte Radek.

Sie kam in die Wohnung und schloss die Tür. Er stand unmittelbar vor ihr. Sie sah ihn an und begann zu weinen. »Nichts ist in Ordnung«, schluchzte sie, umarmte ihn und drückte sich fest an ihn.

Er war überrascht, brauchte einige Sekunden, bis er begriff, was gerade passierte, und legte zaghaft seine Arme um ihren schmächtigen Oberkörper. Er spürte, wie sie lautlos an seiner Brust weinte und das Hemd an dieser Stelle nass wurde.

Von einer Sekunde auf die andere erschien sie ihm nur noch hilflos und verzweifelt. Von der toughen Journalistin, als die er sie vor Tagen kennengelernt hatte, war im Moment nichts mehr übrig.

Er streichelte ihren Rücken und ließ sie weinen. Er spürte den warmen Körper und wie sich ihre Brüste im Rhythmus ihres Schluchzens hoben und senkten. So standen sie eine ganze Weile, bis sie sich langsam beruhigte und zu weinen aufhörte.

»Soll ich deine Eltern verständigen?«, fragte er.

Sie überlegte kurz und schüttelte den Kopf. »Nein«, sagte sie, »die haben ohnehin genug Kummer. Ich möchte nicht, dass sie sich auch noch Sorgen um ihre Tochter machen müssen.« Dann drückte sie sich wieder an ihn.

»Ich kann nicht bei dir bleiben«, sagte er leise.

»Ich weiß. Lass mich einfach noch ein bisschen so stehen.« Sie lehnte ihren Kopf wieder an seine Brust.

Er glaubte, dass ihr Haar nach Pfirsich roch.

Irgendwann löste sie sich von ihm. »Du musst hinunter und Bernd helfen.«

Radek nickte.

Sie zeigte auf seine Brust. »Ich hab dir das Hemd versaut«, murmelte sie.

Er blickte an sich hinunter. Auf dem hellblauen Stoff waren einige feuchte Spuren von Wimperntusche zu sehen. »Könnte Schlimmeres sein.«

Sonja wischte mit einem Taschentuch an den Flecken herum, aber das machte es nicht besser. »Das ist mir peinlich«, flüsterte sie.

»Dazu besteht kein Anlass«, sagte er. Seine Arme lagen immer noch an ihren Hüften. Radek hätte sie gerne geküsst, fand es jedoch nicht passend. Er ließ sie los und trat einen Schritt zurück. »Du musst ins Landeskriminalamt kommen, damit wir deine Aussage protokollieren können.«

»Ja.« Sonja kramte in der Tasche und zog einige zerknitterte Blätter Papier heraus. »Das sind Unterlagen von Radu Tirla. Arbeitszeitaufzeichnungen, die wir mit den Abrechnungen verglichen haben, die er mitgenommen hat. Daraus geht hervor, welche krummen Geschäfte Sulzer und Jungmann gemacht haben. Klaus kann es dir erklären.«

»Woher habt ihr diese Unterlagen?«

»Radu hat Klaus kontaktiert, und der hat ihn bei sich untergebracht.«

Das raubte Radek den Atem. »Heißt das, Tirla ist in Winklers Wohnung?«

»Ja. Aber ich bin mir nicht sicher, ob Klaus dir das sagen wollte.«

Scheiße, dachte Radek, der Kerl verarscht uns noch immer. Doch er schluckte seine Wut hinunter. Er wollte sie nicht an Sonja auslassen, sie war nicht schuld daran.

»Jetzt kümmere dich um deine Verbrecher.« Es gelang ihr sogar, zu lächeln.

»Ich komm vorbei, wenn ich ein bisschen Luft habe.«

Sie nickte und schob ihn zur Tür.

Dann war er draußen und hörte, wie sich der Schlüssel zweimal im Schloss drehte.

Als Radek auf die Straße hinunterkam, hatte die Tatortgruppe ihre Arbeit aufgenommen. Der Gehsteig war mit rotweißen Plastikbändern abgesperrt, Spurennummern standen auf dem Gehsteig. Eine neben der Patronenhülse aus Radeks Glock. Eine bei dem Baseballschläger an der Bordsteinkante.

Neumann winkte Radek zu sich. »Wie geht es ihr?«, fragte er.

»Wie sagt man? Den Umständen entsprechend. Sie ist fertig, und sie hat Angst, dass der dritte Typ zurückkommt.«

Neumann schüttelte den Kopf. »Der kommt nicht zurück.«

»Hab ich ihr auch gesagt, aber das hat sie nicht überzeugt.«

Neumann wirkte zufrieden. »Unsere beiden Früchtchen sind schon hinter Gittern. Die Spurensicherung wird noch eine Weile brauchen. Ein Wagentransport ist bereits unterwegs und wird die Kiste in die KPU schleppen. Momentan gibt es hier nichts mehr zu tun für dich.«

Es war 23 Uhr. Die Nacht konnten sie abhaken.

»Ich hab Lisa angerufen und ihr gesagt, dass ich heute nicht nach Hause kommen werde«, sagte Neumann, als hätte er Radeks Gedanken erraten.

»Und?«

»Das Barometer steht auf Sturm«, entgegnete Neumann mit einem dünnen Grinsen. »Das Schicksal der Polizistenehefrau.«

Radek antwortete nicht. Was hätte er auch entgegnen sollen? Dass Neumann auf die Scheidung zusteuerte, bevor er verheiratet war? Das fand er nicht hilfreich.

Außerdem hatte er noch etwas zu erledigen. Wo war Winkler?

Er entdeckte ihn abseits innerhalb der Polizeiabsperrung. Winkler wirkte etwas verloren.

Radek ließ Neumann stehen und stürmte auf Winkler zu.

Der wich unwillkürlich einen Schritt zurück, als er das zornige Gesicht des Polizisten sah. Radek packte ihn am Hemd und drückte ihm die Blätter, die Sonja ihm gegeben und die er bis jetzt in der Hand gehalten hatte, mit einem festen Schlag auf die Brust.

»Wann hörst du endlich auf, uns zu verarschen?«, fauchte er Winkler an. Weil einige Schaulustige sie beobachteten, einzelne hatten bereits die Handys gezückt und warteten auf einen Polizeiübergriff, ließ er Winkler los und drückte ihm die Unterlagen in die Hand. »Was soll das? Wann wolltest du uns das sagen?«

Winkler nahm die Papiere. Er wusste, ohne einen Blick darauf zu werfen, worum es sich handelte. Er versuchte gelassen zu bleiben, obwohl es auch in ihm unübersehbar kochte. »Das sind Arbeitszeitaufzeichnungen, die ich von Tirla bekommen habe. Ich nehme an, dass Sonja dir auch gesagt hat, wo sich Radu derzeit befindet.«

»Ja«, brummte Radek.

»Gut. Ich habe ihn am Sonntag geholt, nachdem ihr gegangen seid. Er hat sich bei Freunden verstreckt. Aus Angst, weil er nicht wusste, ob ihn die Typen, die ihn überfallen haben, umbringen wollten oder nicht und ob sie das im Krankenhaus noch einmal versuchen würden. Deshalb ist er abgehauen. Es geht ihm verdammt schlecht, er müsste in ärztliche Behandlung. Aber er fürchtet, dass er die dann bezahlen muss, und das kann er sich beim besten Willen nicht leisten. Wir müssen ihm helfen, und zwar …«

»Darum werden wir uns kümmern«, unterbrach ihn Radek schroff. »Warum hast du uns das verschwiegen? Ist das deine Vorstellung von Zusammenarbeit?«

Winkler konnte seinen Zorn nicht länger zurückhalten. »Ich hätte euch das entweder heute Abend gesagt oder – gar nicht. Verflucht, sieh dir an, was ihr mit dem Fall gemacht habt. Kaum geht es gegen die Kapitalisten, kommt der Staatsschutz und will alles vertuschen. Ist das *deine* Vorstellung von Zusammenarbeit?«

Darauf konnte Radek nichts erwidern. Was auch? Du kannst mir trotzdem vertrauen? Bullshit. Er hätte an Winklers Stelle nicht anders gehandelt. »Die Sache heute hat die Lage geändert. Wir bleiben weiter am Fall Gebert dran«, sagte er.

Winkler nickte zufrieden. »Immerhin. Dann könnt ihr vorerst diese Kopien hier verwenden. Die Originale befinden sich in unserem Büro. Mittlerweile im Safe.« Er grinste breit. »Ich hab mir schon gedacht, dass die mal wichtig werden.«

»Du hast Nerven, Mann.« Radek schüttelte verärgert den Kopf.

»Und du wirst jemanden brauchen, der dir erklärt, worum es bei dem Ganzen geht«, fügte Winkler hinzu.

»Ich nehme an, dass du das machen wirst.«

Winkler nickte.

»Dann lass uns fahren. Wir müssen sowieso im LKA deine Aussage aufnehmen.«

Radek ging zu Neumann und informierte ihn kurz. »Ich fahr mit Winkler ins Büro und fang mit dem Schreiben an.«

Neumann nickte. Es war ihm recht, wenn er den Papierkram Radek überlassen konnte. Das Verfassen von Berichten war nicht das Seine. Er war ein Mann der Tat, kein Denker.

37.

Der Journaldienst hatte über Funk mitverfolgt, was geschehen war, und eine frische Kanne Kaffee aufgestellt. Die würden sie brauchen. Radek wusste, dass ihm eine lange Nacht bevorstand.

Nachdem er den jungen Aktivisten einvernommen und dessen Aussage unterschrieben vor sich liegen hatte, erklärte ihm Winkler, was Sonja und er anhand Tirlas Unterlagen herausgefunden hatten.

Radek musste ihm zustimmen, das war brisanter Stoff, damit würde einiges ins Rollen kommen. Danach schickte er Winkler nach Hause. Er sollte sich um Tirla kümmern, und am Vormittag würden sie dafür sorgen, dass der Rumäne wieder im Krankenhaus aufgenommen wurde. Außerdem sollte auch Winkler sich im Krankenhaus untersuchen lassen. Der Schlag mit dem Baseballschläger hatte einen großen dunklen Bluterguss oberhalb der linken Hüfte hinterlassen.

»Mir geht es gut, ich brauche keine Untersuchung«, weigerte sich Winkler.

»Aber wir brauchen einen Befund aus dem Spital. Was denkst du, wie wir eine Anzeige wegen Körperverletzung begründen sollen, wenn es keine Verletzung gibt?«

Das leuchtete Winkler ein, und er versprach, sofort ins Krankenhaus zu fahren, nachdem er nach Tirla gesehen hatte.

Winkler war gerade dabei, zu gehen, als Neumann ins Büro kam. Etwas verlegen wandte er sich noch einmal um, strich die langen Haare zurück und kratzte sich am Bart. »Eines noch, Leute«, sagte er. »Danke, dass ihr uns da rausgeholt habt.«

Radek und Neumann waren einen Moment sprachlos. Das war mehr, als sie von ihm erwartet hatten. Bevor sie etwas erwidern konnten, war Winkler gegangen.

Es war 2 Uhr morgens.

Sie tranken eine Tasse Kaffee und brachten sich gegenseitig auf den neuesten Stand. Die Tatortgruppe hatte ihre Arbeit beendet, den Bericht würde sie in den nächsten Tagen übermitteln. Der Wagen war in die KPU überstellt. Dort würde man sich heute noch daranmachen, das Wageninnere nach Spuren abzusuchen.

Neumann reagierte ähnlich empört wie Radek, dass Winkler ihnen den Aufenthalt Tirlas verheimlicht hatte, ließ sich aber durch die Ergebnisse der Unterlagen und Aufzeichnungen, die Winkler ihnen übergeben hatte, wieder versöhnen.

Radek hatte inzwischen die Identitäten der beiden Täter geklärt. Es war nicht schwierig gewesen. Nach Abnahme der Fingerabdrücke bei der erkennungsdienstlichen Behandlung war schnell klar gewesen, mit wem sie es zu tun hatten. Radek fand in den Datenbanken schon nach einer oberflächlichen Suche jede Menge interessanter Fakten.

»Der mit der Glatze heißt Viktor Gsida«, erklärte Radek. »41 Jahre alt. Ein Vorstrafenregister so dick wie das St. Pöltner Telefonbuch. Körperverletzung und Körperverletzung und Körperverletzung und so weiter – ein lustiger Schläger. Dazwischen ein paarmal gefährliche Drohung, eine Verurteilung wegen Drogenbesitzes. Ich hab über beide alte Akten gefunden. Gsida arbeitete früher als Türsteher in der Disco Chicago. Daher die vielen Vorstrafen. Dreimal saß er im Knast. Sechs, zwölf und drei Monate. Wegen schwerer Körperverletzung, Drogenhandel und gefährlicher Drohung.« Radek pfiff aufs Rauchverbot in den Büros und zündete sich eine Zigarette an. Das Beste wollte er sich für den Schluss aufheben. »Der andere Typ heißt Klemens Engelmeier. Drei Jahre jünger. Ebenfalls jede Menge Vorstrafen. Ähnliche Delikte. Als Jugendlicher zweimal Mopeddiebstahl, dann Körperverletzungen. Zahlreiche Schlägereien. Nichts mit Drogen, aber einmal einen Raub. Dafür kassierte er seine zweite Gefängnisstrafe, 18 Monate. Vier Jahre vorher sein erster Knastaufenthalt, fünf Monate wegen schwerer Körperverletzung. Hat ebenfalls als Türsteher in der Disco Chicago gearbeitet.« Er nahm einen Schluck Kaffee, bevor er die Bombe platzen ließ. »Und rate mal, wo die beiden jetzt arbeiten?«

»Bei Jungmann«, sagte Neumann sofort.

Radek tat enttäuscht. »Falsch. Bei Sulzer.«

»Na ja, nur knapp daneben.«

»Sie sind dort seit fast zehn Jahren beschäftigt. Und – oh Wunder – seither keine einzige strafrechtliche Verurteilung mehr.«

»Das nennt man gelungene Resozialisierung«, kommentierte Neumann trocken. »Aber mich würde vielmehr interessieren, was zwei Schläger bei einer Arbeitsvermittlung machen.«

»Und bei einer Hausverwaltung, die auf Vermietung für Ausländer spezialisiert ist«, ergänzte Radek.

»Die Männer fürs Grobe?«

»Das sehe ich auch so«, bestätigte Radek. »Möglicherweise hat ihnen Sulzer die Aufträge erteilt, zu Tirla, Gebert und Winkler ein bisschen grob zu sein.«

»Oder ein anderer. Vielleicht hatten sie einen kleinen Nebenjob. Für Kohler oder Jungmann oder Ecker. Wäre auch möglich.«

Radek brummte zustimmend, rauchte seine Zigarette fertig, drückte sie in den Aschenbecher und sprach aus, was beide dachten: »Die Frage ist: Wer ist der dritte Mann?«

»Schauen wir, ob unsere beiden Früchtchen schon gesprächiger geworden sind«, schlug Neumann vor.

Sie holten einen nach dem anderen in einen der Vernehmungsräume.

Gsida war der Erste. Er wirkte nach wie vor bedrohlich. Groß und muskulös, ohne Jacke, mit schwarzem T-Shirt, der Gürtel der Jeans fehlte und seine Schuhbänder ebenso. Er wurde von zwei uniformierten Polizeibeamten flankiert. Der blaue Fleck von Radeks Pistole leuchtete an seinem Kopf.

Mit verschränkten Armen saß er ihnen gegenüber am Tisch und musterte sie argwöhnisch. »Ich möchte einen Anwalt haben«, sagte er sofort. »Ohne Anwalt erfahrt ihr von mir kein Wort. Außerdem möchte ich einen Anruf machen, das steht mir zu.«

Radek schüttelte den Kopf. »Tut mir leid, solange wir euren Komplizen nicht haben, gibt es gar nichts. Keinen Anwalt und kein Telefonat.«

»Das könnt ihr nicht machen«, fuhr Gsida sie an. »Ich habe ein Recht auf einen Anruf und darf einen Anwalt beiziehen.«

»Ja, aber nur wenn dadurch nicht die Gefahr besteht, dass die Amtshandlung vereitelt wird«, klärte Radek ihn auf. »Und weil euer Komplize flüchtig ist … tja, Pech gehabt.«

Gsida nickte grimmig. »Gut, wie ihr wollt. Dann sag ich nichts mehr.«

Dabei blieb es, bis sie ihn wieder zurückbrachten. Obwohl sie mehrere Male versuchten, ihn zum Reden zu bringen, ernteten sie nur zornige Blicke und beharrliches Schweigen.

Engelmeier reagierte nicht viel gesprächiger. Bis auf die kurzen blonden Haare wirkte er wie ein kleinerer Klon von Gsida.

Es machte den Eindruck, als hätten sie sich vor der Tat abgesprochen, wie sie im Fall einer Festnahme reagieren und was sie sagen, oder besser nicht sagen, sollten.

Keine Stunde später waren die ersten Einvernahmen mit den zwei Tätern erledigt. Radek und Neumann kehrten zurück in ihr Büro, holten sich neuen Kaffee und setzten sich an ihre Schreibtische.

»Was denkst du, waren die zwei auch im Fall Gebert die Täter?«, fragte Radek das, was beide mittlerweile beschäftigte. Sie mussten sich darüber Klarheit verschaffen, damit sie wussten, in welche Richtung ihre Erhebungen weitergehen sollten.

Neumann zögerte nur kurz, dann antwortete er: »Ja. Ich glaube, das sind die Mörder von Valentin Gebert und die Täter im Fall Tirla und die Kerle, die Winkler überfallen haben.«

Radek nickte zufrieden. »Das denke ich auch.«

»Aber wer ist der dritte Mann?«, fragte Neumann.

»Keine Ahnung. Harry Lime?«

»Idiot«, murmelte Neumann grinsend.

Sie hingen für eine Weile ihren Gedanken nach.

Radek war müde und es fiel ihm schwer, sich auf den Fall zu konzentrieren. Sie hatten nichts, was die beiden mit dem Mord an Valentin Gebert in Verbindung brachte, außer dem Umstand, dass sie ähnliche Kleidung wie die Täter trugen, zumindest der Zeugenaussage nach, die sie hatten.

»Wir sollten ihre Jacken kriminaltechnisch untersuchen lassen«, schlug Radek vor und erntete einen fragenden Blick.

»Worauf willst du hinaus?«

»Wenn sie diese Jacken beim Mord an Gebert getragen haben, gibt es vielleicht verwertbare Spuren.«

»Verstehe. Ich bring die Klamotten in die KPU«, sagte Neumann. »Ich weiß: Die Ergebnisse brauchen wir gestern.«

»Und wir müssen alles noch einmal durchgehen«, fuhr Radek fort. »Wir brauchen mehr Fakten. Bis jetzt haben wir nichts außer der Sache mit Sonja Gebert und Klaus Winkler gestern Abend. Selbst das gibt nicht viel her. Wir sollten Hausdurchsuchungen veranlassen.«

»Na, dann an die Arbeit!«

Neumann machte sich auf den Weg in die KPU, und Radek wandte sich seinem Computer zu. Es gab einige Berichte und Anträge zu schreiben, und die Erhebungen zu Gsida und Engelmeier standen erst am Anfang. Radek war davon überzeugt, dass sie über die beiden eine Menge anderer Sachen ausgraben würden.

*

Um 7.30 Uhr, als alle Kollegen der Gruppe anwesend waren, gab es eine erste Besprechung. Bachler und Pirker führten den Vorsitz, und deshalb wusste jeder, dass die Sache dringlich war, dass sie ihre aktuellen Fälle beiseitelegen mussten.

Radek und Neumann hatten eine Stunde zuvor mit ihrem Gruppenführer und Bachler besprochen, welches Vorgehen sie geplant hatten, und sich ihre Schritte absegnen lassen.

Die übrigen Kollegen der Gruppe 2 waren aus den Morgenbesprechungen informiert. Teilweise zumindest. Radek brachte sie schnell auf den aktuellsten Stand.

Es gab mehrere Dinge zu tun. Die Suche nach dem dritten Komplizen stand dabei im Vordergrund. Zunächst die Hausdurchsuchungen bei Gsida und Engelmeier. Die Staatsanwaltschaft hatte dafür grünes Licht gegeben. Das würden

Radek und Neumann mit Gernot Lechner und Mike Springer machen. Sie hatten sich bereits Unterstützung von den uniformierten Kollegen organisiert.

Tirla musste ins Krankenhaus gebracht werden, und zwar so, dass das Spital keine Schwierigkeiten machte und Tirla sich halbwegs sicher fühlte. Außerdem musste geklärt werden, ob Tirla die Täter, die ihn überfallen hatten, wiedererkannte. Katrin Binder übernahm diesen Part.

Danach würde sie zu Sulzer fahren, die Personalakten von Gsida und Engelmeier besorgen und ihn zu einer Einvernahme vorladen.

Die Unterlagen und Informationen, die sie von Winkler bekommen hatten, hielten Radek und Neumann vorerst zurück, darauf hatten sie sich am frühen Morgen geeinigt. Einen Schritt nach dem anderen. Sie wollten nicht mit Wirtschaftsdelikten anfangen, wenn es um Mord und ähnlich schwere Verbrechen ging.

*

Eine kleine Genossenschaftswohnung in der Nähe des Einkaufszentrums Traisenpark, etwa 50 Quadratmeter groß, schätzte Radek. Vorzimmer mit Abstellraum, Bad und Toilette, Wohnzimmer mit kleiner Kochnische, Schlafzimmer. Vom Wohnzimmer führte eine Tür zu einer kleinen Loggia.

Die Wohnung war sparsam, aber funktionell eingerichtet. Und sie war unerwartet sauber. Radek vermutete, dass Gsida eine Haushaltshilfe beschäftigte, die ihm ein- oder zweimal pro Woche die Wohnung putzte.

Gsida stand im Vorraum und beobachtete die Polizisten misstrauisch. Seine Hände, mit Handschellen gefesselt, hingen vor ihm runter, als wären sie nicht Teil seines Körpers.

»Ich hoffe, ihr macht nichts kaputt, sonst fordere ich Schadensersatz«, sagte er. Es war das Einzige, was er bisher von sich hatte hören lassen.

»Wir werden aufpassen«, entgegnete Radek.

Als er ihn am Morgen aus der Zelle geholt hatte, um ihn wie vorgeschrieben zur Hausdurchsuchung mitzunehmen, hatte Gsida das mit gleichgültigem Achselzucken quittiert. Auch während der Fahrt in seine Wohnung hatte Gsida nichts gesprochen. Die Adresse hatte Radek aus dem Melderegister. Wie gehofft hatte einer der Schlüssel gepasst, die sie bei Gsida gefunden hatten, ansonsten hätte Radek die Tür aufbrechen lassen.

Zwei uniformierte Kollegen behielten Gsida im Auge, während Radek und Lechner die Wohnung durchsuchten. Lechner begann im Abstellraum und in der Garderobe des Vorraums, Radek im Schlafzimmer.

Im Kleiderkasten fein säuberlich gefaltete T-Shirts, Pullover und Hemden in den Fächern, auf Stangen hingen einige Sakkos und Jacken. Weder unter noch zwischen den Kleidungsstücken, auch nicht in deren Taschen, fand er etwas Verdächtiges.

Danach nahm er sich die Lade des Nachtkästchens vor und wühlte zwischen einer Packung Kondomen, einer Tube Gleitcreme, einer alten Armbanduhr, losen Geldscheinen, 20ern und 50ern, und Gsidas Reisepass herum. Plötzlich bekam er ein Messer mit dunklem Griff und dünner Klinge zu fassen, die auf Knopfdruck seitlich aufklappte. Es war ein ähnliches Modell wie das, welches sie ihm gestern Abend nach dem Überfall auf Sonja und Klaus abgenommen hatten. Und ganz hinten lag ein Schlagring. Dunkler Stahl mit blank polierten Fingerlöchern. Radek zog ihn vorsichtig mit zwei Fingern aus der Lade. Er trug zwar Latexhandschuhe, wollte aber trotzdem mögliche Spuren nicht zerstören. Vorsichtig packte er ihn in eine Beweismitteltüte und beschriftete sie.

Der nächste Fund verbarg sich unter der Matratze auf Höhe des Kopfpolsters. Eine Colt Government M1911, Kaliber .45. Sofort dachte Radek an den Mord an Gebert. Doch das hier konnte nicht die Mordwaffe sein. Dem Obduktionsbericht nach war Valentin Gebert durch einen der beiden Schüsse, die auf ihn abgegeben worden waren, getötet worden. Von hinten ins Herz. Das Geschoss war in einer Rippe stecken geblieben. Die ballistische Untersuchung der Kugel hatte ergeben, dass es sich um ein Kaliber .38 Spezial handelte, was bedeutete, dass der tödliche Schuss aus einem Revolver abgefeuert worden war.

Radek war sich sicher, dass Gsida für diese Pistole keine Berechtigung besaß. Er entlud die Waffe und verstaute Pistole, Magazin und Patronen ebenfalls in einem Plastikbeutel.

Als er zurück in den Vorraum ging und Gsida die Sachen hinhielt, reagierte der mit äußerster Gelassenheit. Er wusste, dass das Messer nicht illegal und der Besitz der Pistole keine großartige Sache war. Das brachte ihm höchstens eine Verwaltungsstrafe. Der Schlagring war eine verbotene Waffe, doch da würde er wohl warten, was sie ihm deswegen vorwarfen. Gsida zuckte mit den Achseln und sagte nur: »Spielzeug.«

Durch diese Funde angespornt, durchsuchten Radek und Lechner akribisch den Rest der Wohnung, fanden aber nichts Brauchbares mehr.

Nach eineinhalb Stunden waren sie fertig und fuhren zurück ins LKA.

*

Bis Mittag war eine Menge geschehen.

Die Hausdurchsuchungen bei Gsida und Engelmeier waren abgeschlossen. Aber außer den Sachen, die sie in Gsidas Wohnung gefunden hatten, gab es keine brauchbaren Ergebnisse. Radek hatte diesbezüglich auch keine allzu hohen Erwartungen gehabt. Sie hatten ja nicht einmal gewusst, wonach sie suchen sollten, und waren auf Zufallstreffer angewiesen. Das war keine sonderlich gute Ausgangslage.

Radek hatte die drei Gegenstände in die KPU gebracht. Wer weiß, vielleicht war die Colt Government schon einmal im Zusammenhang mit einer Straftat aufgetaucht oder auf dem Springmesser oder auf dem Schlagring waren verwertbare Spuren.

Katrin Binder war mit Tirla und Winkler ins Krankenhaus gefahren und hatte erreicht, dass Tirla wieder aufgenommen wurde. Es war schwierig gewesen, die Krankenhausverwaltung davon zu überzeugen, dass Tirla nicht aus Böswilligkeit abgehauen war, sondern aus Angst. Zunächst hieß es, das Krankenhaus würde eine Behandlung nur gegen Bezahlung durchführen, was für Tirla natürlich keine Option war. Erst nach einigen Telefonaten und langem Verhandeln hatte Binder Erfolg gehabt. Sie hatte es sogar geschafft, dass er vorübergehend in einem Einzelzimmer untergebracht wurde und unter besonderer Aufsicht der Schwestern stand. Für eine Woche zunächst, bis sie in dem Fall klarer sahen und wussten, ob der Rumäne noch gefährdet war oder nicht.

Tirla hatte sich vor Dankbarkeit überschlagen und hätte Katrin am liebsten umarmt und geküsst, wenn sie es zugelassen hätte.

Als Tirla in seinem Zimmer war, hatte Katrin ihm 15 Fotos vorgelegt, darunter jene von Gsida und Engelmeier. Tirla hatte die beiden sofort und eindeutig identifiziert. Für ihn bestand kein Zweifel, dass sie an dem Überfall auf ihn beteiligt gewesen waren.

Klaus Winkler hatte sich untersuchen und seine Verletzungen aus dem Überfall dokumentieren und befunden lassen.

Danach war Katrin in die Sulzer Arbeitsvermittlung und Immobilienverwaltung GmbH gefahren. Sulzer selbst hatte sie dort nicht angetroffen. Die Sekretärin hatte nicht gewusst, wo er war, und ihn auch nicht auf dem Handy erreicht. Aber sie hatte die Personalakten von Gsida und Engelmeier kopiert und sie Binder mitgegeben.

Radek und Neumann hatten sie sich inzwischen angesehen, jedoch nichts Brauchbares darin gefunden. Radek hatte das Gefühl, dass er einen Ballon in der Hand hielt, dem langsam die Luft ausging. Er spürte die Müdigkeit nach der durchwachten Nacht. Neumann schien es ähnlich zu gehen. Selbst die Unmengen an Kaffee, die sie in den letzten Stunden getrunken hatten, konnten das nicht wegwischen.

Sie hatten Hunger und ließen sich etwas aus dem Ristorante Vesuvio kommen. Sie mampften gerade ihre Pizza und beratschlagten, womit sie weitermachen sollten, als ein Anruf von der KPU kam. Auf beiden Jacken und dem Schlagring waren Blutspuren gefunden worden, die man jetzt näher untersuchen würde.

Es wurde Zeit, Gsida und Engelmeier erneut zu vernehmen, diesmal um einiges nachdrücklicher.

Ihr Zeitfenster betrug 48 Stunden nach der Festnahme. Verhängte das Gericht innerhalb dieser 48 Stunden keine U-Haft, kamen die beiden Täter frei, was sich keiner von ihnen wünschte.

Sie gingen ihre Möglichkeiten durch, aber die bisherigen Ergebnisse waren dürftig. Der Diebstahl des Lieferwagens und der Überfall waren das einzige Konkrete, das sie gegen die beiden vorweisen konnten, und das war nicht sonderlich spektakulär. Maximal eine Körperverletzung, vielleicht könnten sie einen versuchten Raubüberfall konstruieren, eine gefährliche Drohung oder eine versuchte Freiheitsentziehung. Noch während sie das diskutierten, wussten beide, dass davon kaum etwas vor Gericht halten würde. Nur der Kfz-Diebstahl. Und die Körperverletzung. Doch die hatte jemand anderer begangen, Klein und Groß waren nur Beitragstäter. Ihr Komplize, der mit dem Baseballschläger zugeschlagen hatte, war flüchtig. Hier konnte man eventuell Verdunkelungsgefahr ins Spiel bringen und sie deshalb in U-Haft nehmen. Wahrscheinlicher aber war, dass sie auf freiem Fuß angezeigt wurden.

Das Einzige, was Radek und Neumann weiterhelfen konnte, war ein Geständnis. Doch sie wussten, wie gering die Aussichten darauf waren. Dafür brauchten sie eine Strategie bei der Einvernahme und mussten sich eine entsprechende Vorgehensweise zurechtlegen. Wer war der Schwächere, der Dümmere, wer würde schneller umkippen? Mit diesen Fragen begannen sie ihre Überlegungen. Beide kamen zu dem Ergebnis, dass sie mit Engelmeier anfangen sollten.

*

»Ich glaube, wir werden die Dinger nicht brauchen«, sagte Radek und ließ Engelmeier von einem der uniformierten Beamten die Handschellen abnehmen. »Wollen Sie einen Kaffee?«

»Ich möchte einen Anwalt«, sagte Engelmeier.

»Das mit dem Anwalt habe ich Ihnen schon erklärt«, entgegnete Radek. »Da ein Täter noch immer flüchtig ist, wird es vorerst keinen Anwalt geben. Aber wir werden dieses Gespräch aufzeichnen.« Er schob ein Diktiergerät in die Mitte des Tisches. »Also, Kaffee?«

Engelmeier massierte seine Handgelenke und setzte sich bequemer hin. Das schwarze T-Shirt war zu eng und umschloss seine Muskeln wie eine zweite Haut. »Warum so freundlich?«, murmelte er. »Glauben Sie, dass Sie mich dadurch leichter zum Reden bringen?«

Radek schüttelte den Kopf. »Nein. Aber wir wollen einen Kaffee trinken, und ich dachte, dass Sie vielleicht auch Lust auf einen haben. Wir können ja vernünftig miteinander umgehen, oder nicht?«

Engelmeier nickte.

»Heißt das, ja, Sie wollen einen Kaffee, oder ja, wir können vernünftig miteinander reden?«

»Beides. Schwarz mit Zucker.«

Neumann ging, um Kaffee zu holen, und kam wenige Minuten später mit drei Tassen zurück. Er setzte sich neben Radek. Sie saßen am Besprechungstisch im Vernehmungsraum. Radek hatte die Fallakte, Neumann einen Laptop vor sich.

Radek nahm das Diktiergerät, nannte Datum und Uhrzeit, Anlass und Anwesende bei der Einvernahme und legte es zurück auf den Tisch. Engelmeier betrachtete interessiert das kleine, rot blinkende Licht, das die laufende Aufnahme anzeigte.

»Sie arbeiten mit Gsida gemeinsam für Herrn Sulzer«, begann Radek.

Engelmeier nahm den Kaffeebecher, blies mit gespitzten Lippen hinein, trank vorsichtig und blickte Radek schweigend an.

»Zuvor waren sie beide in der Disco Chicago als Türsteher beschäftigt. Haben Sie sich dort kennengelernt?«

Wieder Schweigen.

Radek musste Engelmeier zum Sprechen bringen. Das war der erste Schritt. »Kein lustiger Job, nehme ich an, oder?«

Schweigen.

»Sie können sich natürlich weiterhin weigern, mit mir zu reden. Aber ich glaube, diese Frage ist nicht allzu verfänglich, nicht wahr?« Radek lächelte Engelmeier spöttisch an, als wollte er ihm damit sagen: Bist du so ein Angsthase, dass du nicht einmal darauf mit Ja oder Nein antworten kannst?

Engelmeier deutete Radeks Spott richtig. »Nein, ist kein lustiger Job«, brummte er.

»Viele Arschlöcher, viele Idioten, nicht wahr?«

»Ja.«

»Da musste man manchmal hart durchgreifen. Oder täusche ich mich? Deshalb auch die vielen Vorstrafen. Körperverletzung, gefährliche Drohung und so.«

»Ja.«

»Sie standen mit Viktor Gsida an der Eingangskontrolle?«

Engelmeier nickte.

»Wie lange?«

»Einige Jahre. Sieben oder acht.«

»Und danach?«

»Haben wir bei Sulzer begonnen.«

»Wie sind Sie dorthin gekommen?«

Engelmeier schwieg.

»Hat er Sie angesprochen oder haben Sie sich beworben?«, fragte Radek weiter.

Schweigen.

»Ist die Frage zu schwierig?«

Engelmeier wirkte genervt. »Mann, was wollen Sie von mir? Sie wissen es doch ohnehin. Sulzer hat uns angeheuert. Er war früher auch Türsteher im Chicago und hat dann seine Firma aufgemacht. Und später hat er uns abgeworben.«

Das war eine neue Information für Radek. »Und was ist Ihre Aufgabe bei Sulzer?«

»Na, was schon. Darauf schauen, dass die Leute pünktlich bezahlen und dass in den Häusern alles in Ordnung bleibt und Ruhe herrscht.«

»Mit ›Leute‹ meinen Sie die ausländischen Mieter?«

»Ja.«

»Haben Sie auch andere Aufträge übernommen?«

»Nein.«

»Auch nicht von anderen Leuten außer Sulzer?«

»Nein.«

Engelmeier wirkte mürrisch, aber zumindest gab er Antworten und schwieg nicht nur. Es war Zeit, zu den wichtigen Dingen zu kommen. »Erzählen Sie mir etwas von gestern Abend«, forderte Radek ihn auf.

Engelmeier blickte ihn an, doch er sagte kein Wort.

»Was haben Sie am Montag, dem 6. September gemacht? Am Abend, gegen 22.30 Uhr? Und was am Dienstag eine Woche später, dem 14. September, etwa um die gleiche Zeit?«, fragte Radek weiter.

Engelmeier zuckte mit den Schultern. »Weiß ich nicht, da müsste ich nachschauen.«

»Überlegen Sie mal«, sagte Neumann. »Wir haben Zeit.«

Zähes Schweigen breitete sich im Raum aus, lag zwischen ihnen wie eine dicke Wand. Der Polizist im Hintergrund räusperte sich. Das war das einzige Geräusch.

Engelmeier wurde unruhig.

»Schon was eingefallen?«, fragte Radek nach einer halben Ewigkeit.

»Ich glaub, ich war daheim«, murmelte Engelmeier.

»Am sechsten?«

»An beiden Tagen.«

»Sind Sie sich da sicher?«

Ein zaghaftes Nicken.

»Ich höre nichts«, fuhr Neumann ihn an.

»Ja«, antwortete er unwirsch. Engelmeier kannte das Spielchen. Guter Bulle, böser Bulle. Davon ließ er sich nicht beeindrucken – das wussten Radek und Neumann, aber zumindest reichte es, um ihn zu irritieren.

»Und was haben Sie zu Hause gemacht?«, fragte Radek.

Engelmeier dachte lange nach, viel zu lange. »Weiß nicht. Wahrscheinlich ferngesehen.«

Radek zog aus dem Aktenumschlag das Foto der Überwachungskamera, das die drei Verdächtigen im Fall Tirla zeigte, und schob es Engelmeier hinüber.

»Erkennen Sie jemanden auf diesem Foto?«

Engelmeier betrachtete das Foto – und schwieg. Es war klar, dass er der mittlere der drei Männer war. Auch wenn das Foto von schlechter Qualität war und die Männer von hinten zeigte, Engelmeier war im Halbprofil gut zu erkennen.

»Das sind Sie«, erklärte Radek und deutete auf den Mann in der Mitte. »Oder etwa nicht?«

»Keine Ahnung. Glaub nicht«, antwortete Engelmeier, aber das klang so dünn wie die Entschuldigung eines Rasers, er müsse zu seiner schwangeren Frau ins Krankenhaus.

»Das Bild stammt aus einer Überwachungskamera und wurde am sechsten September aufgenommen, kurz bevor Radu Tirla niedergeschlagen und schwer verletzt wurde. Etwa 100 Meter vom Tatort entfernt. Kennen Sie Radu Tirla?«

»Nein.«

»Noch nie gehört, den Namen?«

Kopfschütteln.

»Und Sie haben an diesem Abend niemanden niedergeschlagen mit Ihren zwei Komplizen?«

Wieder Kopfschütteln – und Schweigen.

Radek nahm das Foto an sich und deute auf den Mann, der links neben Engelmeier ging. »Ich vermute, das hier ist Ihr Freund Viktor Gsida. Und diese Person kann man schwer erkennen.«

Der dritte Mann befand sich im Schatten der Hauswand, man sah nur die dunkle Kleidung und konnte vermuten, dass er dunkle Haare hatte. »Ich schätze, dass es der Mann mit dem Baseballschläger ist, der gestern Abend davonlief.«

Kein Wort.

Radek blickte Engelmeier ruhig an. Er merkte, dass sein Gegenüber nervös war. Dann sagte er: »Hören Sie, ich weiß, Sie wollen nicht mit uns reden. Sie glauben, wenn Sie lange genug den Mund halten, wird ein Anwalt kommen und Sie rausholen. Aber das wird nicht passieren, Herr Engelmeier. Es gibt eine Reihe von Verbrechen, in die Sie verwickelt sind. Dieses hier zum Beispiel. Also der Überfall auf Radu Tirla. Sie haben kein Alibi. Sie haben uns belogen, was den Abend des Überfalls auf Tirla betrifft. Sie waren nicht zu Hause. Radu Tirla hat Sie anhand von Fotos eindeutig identifiziert. Eine Woche später ein Raubüberfall mit tödlichem Ausgang auf den Journalisten Valentin Gebert. Möglicherweise war es sogar Mord, der als Raubüberfall getarnt war. Wir haben an Ihrer Jacke Blutspuren gefunden. Wenn es sich um das Blut von Gebert handelt, stehen Sie auch mit dieser Tat konkret in Verbindung. Und schließlich die Sache gestern Abend.«

Engelmeiers Nervosität steigerte sich merklich. Er hatte die Hände verschränkt vor sich auf dem Tisch liegen und presste sie angespannt ineinander.

»Herr Engelmeier«, Radek sprach wie zu einem störrischen Kind. »Sie befinden sich in einer schwierigen Situation. Es gibt einen Tatzeugen, der den Überfall auf Gebert beobachtet hat. Einem der Täter wurde die Maske vom Kopf gerissen. Der Zeuge sah, dass der Mann eine Glatze hatte. Also – das können nicht Sie gewesen sein. Der zweite Täter hat geschossen und Gebert getötet. Anschließend ist ein dritter Mann gekommen und hat geholfen, die Leiche zu durchsuchen. Waren Sie der Schütze oder der dritte Täter? Solange wir das nicht wissen, solange wir diesen Dritten nicht haben, müssen wir davon ausgehen, dass Sie der Schütze sind – und damit ein Mörder. Dafür kassieren Sie lebenslänglich. Ihr

Freund Viktor Gsida, dem wird es demgegenüber richtig gut gehen. Mittäterschaft ist bei Weitem nicht so schlimm. Er wird nach ein paar Jahren freikommen. Vielleicht ist er sogar kooperativ und geständig. Und erzählt uns alles, was wir wissen wollen. Ich an seiner Stelle würde das tun. Sie beide sind oft genug vor dem Richter gestanden. Sie wissen, wie das läuft. Ein Geständnis ist ein wichtiger Milderungsgrund bei der Bemessung der Strafe.«

Radek ließ Engelmeier etwas Zeit, um das Gehörte zu verdauen. Der saß da und betrachtete die beiden Polizisten, als hätte er kein Wort von dem verstanden, was Radek ihm gesagt hatte. Er schwieg weiterhin.

Neumann klappte den Laptop zu. »Scheiß drauf«, sagte er zu Radek. Engelmeier ignorierte er dabei. »Verschwenden wir nicht unsere Zeit mit diesem Typen. Holen wir Gsida, der ist sicher gesprächiger. Der macht mir einen helleren Eindruck. Der weiß genau, worum es geht. Wir brauchen kein Geständnis von Engelmeier. Wenn Gsida den Mund aufmacht, reicht das vollkommen. Dann fährt der hier lebenslänglich ein.«

Er wollte aufstehen, doch Radek hielt ihn zurück. Er merkte, wie es in Engelmeier arbeitete. Er konnte dessen Gedanken beinahe hören.

Die Zeit lief Engelmeier davon, das wurde ihm gerade bewusst. Er musste eine Entscheidung treffen. Er konnte schweigen und darauf hoffen, dass auch Viktor sein Maul hielt. Aber würde der das machen? Gsidas Ausgangssituation war um einiges besser. Mit etwas gutem Willen und einem Geständnis war er in ein paar Jahren wieder draußen, und er, Engelmeier, würde für ziemlich lange Zeit im Bau sitzen. Würde Gsida dichthalten? Bis jetzt hatte er sich wahrscheinlich immer auf ihn verlassen können. Aber hatten sie jemals so tief in der Scheiße gesteckt? Und hatten sie darüber gesprochen, was sie tun würden, wenn man sie erwischte? Vielleicht war ihre einzige Abmachung: auf einen Anwalt warten und den Mund halten. Doch würde ein Anwalt Engelmeier helfen können? Wenn die Polizisten schon so viele Indizien und Beweise zusammengetragen hatten, würden sie noch mehr finden. Kein Anwalt würde die so einfach vom Tisch wischen können. Welche Chancen hatte er dann noch? Ein Geständnis, Reue, der Wille zur Tataufklärung – Engelmeier wusste, dass das die Dinge waren, die das Strafmaß herunterdrückten.

»Letzte Chance, Herr Engelmeier«, sagte Radek, nahm das Foto, verstaute es in seinem Aktenumschlag und griff nach dem Diktiergerät.

»Warten Sie«, murmelte Engelmeier. Er starrte seine Hände an, seine Entscheidung war noch nicht getroffen, aber er war kurz davor, umzufallen.

Radek ließ ihm noch eine Minute Zeit.

»Ein Geständnis, Reue und der Wille zur Tataufklärung«, sagte Radek, »das kommt bei Gericht immer gut an. Ganz egal, was Sie gemacht haben.«

Engelmeier blickte von seinen Händen zu Radek und dann zu Neumann und wieder zu Radek. In seinen Augen war Angst zu sehen. Er wusste, dass es um sein Leben ging. Um die nächsten 20 Jahre. Die Frage war: Wollte er für seine Komplizen in den Knast gehen?

Er wollte nicht.

*

Sie blieben in einer Seitengasse stehen und besprachen sich noch kurz. Doch alles war klar. Sie legten die Sonderausrüstung an. Beschusssichere Westen, Helme, darunter Sturmhauben, zwei Beamte mit Sturmgewehr, ein weiterer mit der großen metallenen Ramme. Der dienstführende Beamte, der den Zugriff leitete, gab die letzten Anweisungen.

Acht Leute vom Einsatzkommando Cobra in anthrazitfarbenen Overalls. Radek und Neumann hatten ebenfalls beschusssichere Westen angelegt, ein Helm war für sie nicht vorgesehen.

Engelmeier hatte ausgepackt. Und zwar richtig. Nichts hatte ihn mehr bremsen können. Er hatte vermutlich sein Gewissen erleichtern und sich dadurch seinen Seelenfrieden erkaufen wollen. Vielleicht ging es ihm auch nur darum, so kurz wie möglich im Knast zu sitzen. Nur den Namen des dritten Mannes hatte er beharrlich verschwiegen.

Auf die Einvernahme Gsidas hatten sie bisher verzichtet. Dazu war später noch Zeit. Jetzt ging es zunächst darum, den dritten Mann zu schnappen. Engelmeier hatte ihr Versteck verraten, mit etwas Glück war der Gesuchte dort. Aber Radek zweifelte daran. Zu viel Zeit war inzwischen vergangen. Er selbst hätte längst das Weite gesucht. Doch wer weiß …

»Fertig?«, fragte der Dienstführende, ein junger Gruppeninspektor, dessen Name Radek entfallen war.

Die beiden Kriminalbeamten nickten und zogen ihre Pistolen, um das deutlich zu zeigen. Sie blieben am Ende der Reihe, die sich jetzt in Bewegung setzte.

Im Laufschritt die Straße entlang bis vor zur Ecke, 20 Meter weiter bis zum Haustor. Passanten blieben stehen und gafften blöde.

Der Gruppeninspektor führte die Truppe an, er hatte die Schlüssel aus Gsidas Besitz. Sie wussten, welcher zur Haustür und welcher zur Wohnung passte, mit etwas Glück würden sie die Ramme nicht benötigen.

Sie kamen problemlos ins Haus. Alle bis auf den Kommandanten hatten ihre Waffen schussbereit. Ein Gebäude aus den 60er-Jahren in der Birkengasse. Ein schmuckloses Treppenhaus.

Einer der Beamten holte den Lift und blockierte ihn im Erdgeschoss. Die Männer gingen zügig in zwei Reihen höher. Leise, die Zielperson sollte nicht durch unnötigen Krach im Stiegenhaus überrascht werden. Zweites Stockwerk, Tür Nummer 16.

Die Polizisten bezogen Stellung. Der Kommandant und jeweils zwei Mann links und rechts neben der Tür, einer sicherte das Treppenhaus nach oben. Einer anderer blieb mit Radek und Neumann auf der Treppe, die nach unten führte, und sicherte dort. Der Letzte behielt die restlichen Türen im Stockwerk im Auge. Sie waren eine gut eingespielte, routiniert arbeitende Maschine.

Sie kannten den Grundriss der Wohnung. Engelmeier hatte ihn ihnen aufgezeichnet und erklärt.

Der Gruppeninspektor kniete neben der Tür. Vorsichtig steckte er den Schlüssel ins Schloss, drehte ihn um. Radek guckte hinter dem Mauervorsprung hervor und sah, wie die Tür lautlos aufsprang. Der Kommandant gab die Tür frei.

»Zugriff!«, hörte er im Kopfhörer des Funkgeräts das Kommando. Und dann stürmten die vier Männer neben der Tür los. Der Kommandant hinterher, nun ebenfalls mit gezogener Pistole.

Die Ramme lehnte unbeachtet in einer Ecke.

Als Radek und Neumann in die Wohnung wollten, hielt sie der Cobra-Beamte an der Treppe zurück. »Stopp. Erst wenn die Wohnung sauber ist«, ordnete er an.

Sie hörten den Lärm aus der Wohnung. Dumpfe Schreie und Kommandos.

»Vorraum frei!« – »Bad frei!« – »Polizei! Keine Bewegung! Hände ruhig halten! Auf die Knie! Auf die Knie, verdammt noch mal!« – »Schlafzimmer frei!« – »Wohnung gesichert!«

Im Ohrhörer die Stimme des Kommandanten: »Zugriff abgeschlossen. Sicherheit hergestellt. Eine Person angetroffen und angehalten.«

Radek horchte angestrengt, aber es war nichts mehr zu hören.

Eine Person angehalten – sie hatten ihn erwischt! Hoffentlich.

Radek wäre am liebsten losgelaufen. Er konnte sich kaum zurückhalten.

Eine Tür ging auf. Nummer 12. Langsam und zögerlich. Zuerst einen Spalt breit, ein Auge wurde sichtbar, dann ein halbes Gesicht. Sofort war der Beamte dort, der für den Gang verantwortlich war. Eine Frau stand in der Tür, jenseits der 70, mit grauen Dauerwellen. Eine Kleiderschürze in verwaschenem Blau, die sie wahrscheinlich aus den 80er-Jahren herübergerettet hatte. Sie blickte erschrocken und neugierig auf die Polizisten.

»Polizeieinsatz. Bleiben Sie in Ihrer Wohnung«, befahl der Beamte, schob sie zurück ins Vorzimmer und schloss die Tür.

Der Kommandant erschien auf dem Gang und winkte den beiden Kriminalbeamten zu. »Wir haben eine Person fixiert«, sagte er. »Der Rest gehört euch.«

»Danke.« Radek steckte die Pistole ein und eilte in die Wohnung, Neumann hinter ihm.

Eine typische Wohnung aus den 60ern. Kleiner Flur, die Türen links und rechts standen offen. Abstellraum, Klo, Bad, Küche. Alles gar nicht oder nur dürftig möbliert. Am Ende des Flurs das Wohnzimmer. Ein Mann saß auf einer alten, verschlissenen Couch und sah die Polizisten mit einer Mischung aus Zorn, Verwirrung und Angst an. Seine Hände waren auf dem Rücken mit Handschellen gefesselt. Er erkannte Radek, und Hoffnungslosigkeit überschattete seinen Blick.

Radek ging zu ihm hin. »Herr Sulzer, Sie sind wegen Verdacht des Mordes an Valentin Gebert und einer Reihe anderer Delikte festgenommen.«

Sulzer sah blass und müde aus. Er trug dieselbe Kleidung wie am Vortag beim Überfall. T-Shirt, Jacke und Jeans in Schwarz. Offenbar hatte er auf der Couch geschlafen. Der dritte Täter. Radek war überrascht, er hätte jeden anderen erwartet, nur nicht Sulzer.

Die Cobra-Beamten hatten ihre Waffen versorgt und standen ein wenig hilflos im spärlich möblierten Wohnzimmer herum.

Der Gruppeninspektor kam zu Radek und fragte ihn: »Ist das der Typ, den ihr gesucht habt?«

Radek nickte. »Ja. Volltreffer.«

»Braucht ihr uns noch? Die Wohnung ist sauber. Das haben wir gecheckt.«

Radek schüttelte den Kopf. »Nein, wir übernehmen jetzt. Aber der Arrestantenwagen soll noch warten. Danke für eure Unterstützung.«

»Keine Ursache. Der Schlüssel steckt im Schloss.« Der Kommandant schüttelte Radek die Hand, wandte sich an seine Leute und rief: »Wir sind hier fertig. Abrücken!«

Eine Minute später waren die Cobra-Leute weg, dafür kamen Katrin Binder und Gernot Lechner. Die beiden hatten unten gewartet, die Außensicherung übernommen, für alle Fälle, und standen nun in der Wohnung. Ohne Schutzweste, was ein Segen sein musste. Die schwere Weste behinderte Radek bei seinen Bewegungen, doch sie jetzt abzunehmen war auch nicht mehr sinnvoll.

Sie hatten die Wohnungstür geschlossen und Neumann klimperte mit dem Schlüssel.

Katrin zog ein Blatt Papier aus der Jackentasche. »Ein Durchsuchungsbefehl für diese Wohnung und für die dazugehörige Garage«, klärte sie Armin Sulzer auf, der aussah, als wäre er von einem Auto angefahren worden. »Wollen Sie ihn lesen?«

Sulzer schüttelte den Kopf.

»Sie können uns begleiten.«

Wieder eine Verneinung.

Binder, Lechner und Radek zogen sich Latexhandschuhe an und begannen mit der Durchsuchung der Wohnung, während Neumann bei Sulzer blieb.

Sulzers Sachen lagen auf dem Beistelltisch neben der Couch, die Cobra-Beamten hatte ihn durchsucht und alles, was sie bei ihm gefunden hatten, dort deponiert. Ein Handy, eine Geldbörse, Schlüssel und etwas Kleingeld.

Das Erste, was sie entdeckten, waren eine Wollmütze mit ausgeschnittenen Löchern für Augen und Mund sowie dünne Lederhandschuhe. Sie lagen in der Küche. Im Wohnzimmer auf einem Tisch zwei Mobiltelefone neben Geldbörsen und anderem Kleinkram – die Sachen von Engelmeier und Gsida. Sorgfältig verstauten und beschrifteten sie alles in Beweistüten.

Sulzer folgte ihrem Tun unbeteiligt, als ginge ihn das Ganze nichts an, als würde es ihn nicht betreffen, als wäre er im falschen Film.

Die Wohnung war schnell durchsucht. Es gab nicht viel, wo man Dinge aufbewahren konnte, noch weniger zum Verstecken. Das Wohnzimmer mit einem Uralt-Sideboard, der Couch, einem wackeligen Beistelltisch, einem Esstisch und vier Sesseln aus dem vorigen Jahrtausend. Im Schlafzimmer ein alter Kleiderschrank ohne Inhalt und zwei versiffte Matratzen. Im Abstellraum ein kaputter, leerer Kippschrank für Schuhe, die meisten Küchenkästchen waren leer. Nur ein paar Teller, Kaffeetassen, Töpfe.

Nach einer halben Stunde waren sie fertig.

Lechner brachte die Spurenbeutel mit den sichergestellten Gegenständen in ihr Auto, während Radek und die anderen im Erdgeschoss durch einen Hinterausgang in einen Hof kamen. Dort befand sich eine lange Reihe von Garagenboxen. Zielstrebig ging Radek auf die Tür mit der Nummer 16 zu und suchte den passenden Schlüssel.

Sulzer folgte ihnen schweigend. Er wusste, was sie in dieser Garage finden würden.

Das verrostete Blechtor schwang quietschend hoch. Ein schwarzer BMW der 3er-Serie stand in der Box. Bingo.

»Ist das der Wagen, den Sie beim Überfall auf Gebert verwendet haben?«

Sulzer gab keine Antwort. Er vermutete, dass ihn vorerst nur eisernes Schweigen retten konnte. Aber er würde schnell begreifen, dass selbst das ihn nicht vor dem Knast bewahren konnte.

Radek ging um das Auto herum und leuchtete mit einer kleinen Taschenlampe ins Wageninnere. Es war nichts Auffälliges zu sehen. Er öffnete die Beifahrertür. Der BMW war nicht versperrt, der Schlüssel steckte im Schloss. Im Wageninneren lag nichts herum. Weder auf den Sitzen noch im Fußraum.

Vorsichtig öffnete er das Handschuhfach. Volltreffer.

Eine alte Colt Detective Special.

Er nahm sie vorsichtig am Lauf und zog sie aus dem Handschuhfach. Mit zwei Fingern hielt er den Revolver hoch und betrachtete ihn sorgfältig. Man sah ihm sein Alter an, die Brünierung war an vielen Stellen abgewetzt. Radek hätte nicht gedacht, dass es dieses Modell, außer als Filmrequisite, noch gab.

Wie ein hochgefährliches Reptil hielt er sie vor sich und ging aus der Garage.

»Ich glaube, wir haben die Tatwaffe im Fall Gebert«, sagte er, und an Sulzer gewandt: »Oder täusche ich mich?«

Sulzer gab keine Antwort.

Neumann hatte einen Plastikbeutel aus der Tasche gezogen. Radek klappte die Trommel der Waffe aus. Zwei Patronen waren abgefeuert, drei scharfe steckten noch in den Kammern. Sie verstauten die Waffe und die Patronen im Spurenbeutel, und Katrin nahm ihn an sich.

»Ich kümmere mich um den BMW«, bot Neumann an. »Das hatten wir ja schon mal. Wagentransport, KPU, das ganze Programm, nehme ich an.«

»Du bist ein Schatz«, feixte Radek. Aber er wusste, dass damit der Schreibkram wieder an ihm hängen blieb.

*

Den ganzen Nachmittag bis in den Abend hinein saß er am Computer.

Nachdem Neumann von der KPU zurückgekehrt war, hatten sie versucht, Sulzer einzuvernehmen, aber das war schnell erledigt gewesen. Sulzer hatte sie angeschaut, als kämen sie von einem anderen Planeten, und nur gesagt: »Ich möchte meinen Anwalt anrufen.«

Das hatte er dann getan, das Telefon nach wenigen Sätzen Radek gereicht, und Sulzers Anwalt hatte Radek mitgeteilt: »Mein Mandant wird ohne mein Beisein nichts sagen. Ich würde vorschlagen, wir vereinbaren einen Termin für eine Vernehmung.«

Radek war wütend geworden, weil er sich von diesem Typen herumgängeln lassen musste, hatte aber gewusst, dass es keine andere Möglichkeit gab, und deshalb kurz angebunden geantwortet: »Morgen 8 Uhr, bei uns im Büro. Wenn Sie nicht da sind, werden wir ihn trotzdem einvernehmen. Sollte Ihr Mandant die Aussage verweigern, werden wir seine Weigerung protokollieren und anschließend den gesamten

Vorgang der Staatsanwaltschaft übermitteln. Dann können Sie sich bei denen wichtigmachen.«

Sie hatten Sulzer zurück in die Zelle bringen lassen. Eine Nacht in Ungewissheit würde ihn vielleicht etwas mürber machen, aber nicht weichkochen. Dafür war Sulzer viel zu abgebrüht. In dem Punkt machten sie sich keine großen Hoffnungen.

Im Anschluss hatte Radek begonnen, seine Berichte zu schreiben und einen Haufen Formulare auszufüllen.

Um kurz vor 22 Uhr war er endlich fertig und telefonierte mit Sonja. Es schien ihr besser zu gehen. Trotz der späten Stunde wollte er noch bei ihr vorbeischauen. Er hatte es versprochen. Und sie freute sich auf ihn, sagte sie am Telefon.

Seine Gedanken kehrten zu ihrem Abschied zurück. Er spürte noch immer, wie er ihren Körper in seinen Armen gehalten hatte.

*

Es war nicht zu übersehen, wie erledigt er war. Dunkle Ringe unter den Augen, das Gesicht blass und müde, unrasiert, das Haar zerzaust. Als er das zerknitterte Sakko auszog und über die Lehne der Couch legte, merkte sie, dass ihm auch eine Dusche nicht schaden würde. Radek hatte seit zwei Tagen nicht mehr geschlafen und war, nach dem, was er erzählte, die ganze Zeit auf Hochtouren gelaufen.

Jetzt war es kurz vor 23 Uhr.

Sonja reichte ihm eine Flasche Bier. Das erste Glas trank er beinahe in einem Zug aus. Wahrscheinlich brauchte er das, um runterzukommen. Sie selbst hatte sich eine Tasse Tee gemacht.

»Wir haben Sulzer festgenommen«, berichtete Radek. »Engelmeier hat ausgepackt und ihn verpfiffen. Laut ihm war Sulzer nicht nur der dritte Täter beim Überfall auf euch, sondern hat auch Valentin erschossen.«

War er gekommen, um ihr das persönlich zusagen? »Bist du dir da sicher?«, fragte sie.

Radek nickte. »Engelmeier behauptet es zumindest. Gsida hat bisher jede Aussage verweigert. Sulzer ebenfalls. Aber morgen früh werden wir ihn im Beisein eines Anwalts vernehmen. Ich hoffe, dass er dann etwas gesprächiger ist.«

»Weshalb haben sie Valentin ermordet?«, wollte sie wissen, nachdem sie eine Weile geschwiegen hatte.

»Weil er angeblich dabei war, die krummen Geschäfte von Ecker und Jungmann aufzudecken.«

»Und Kohler«, ergänzte sie.

Radek nickte.

»Wir werden einen Artikel über diese Bande bringen«, sagte sie plötzlich. »Ich war heute in der Redaktion und habe den Artikel fertiggestellt. Ich werde darin alle Fakten, die wir bisher haben, bekannt geben. Alle Geschäfte und Verbindungen der vier. Ich werde auch einige Informationen verwenden, die ich von dir bekommen habe. Aber ohne dich namentlich zu nennen. Das heißt dann: ›aus Polizeikreisen verlautet‹. Wir werden von eurer Pressestelle eine Bestätigung einfordern. Wir werden auch den Artikel von Valentin über die Wanderarbeiter hineinnehmen. Morgen Vormittag ist Redaktionssitzung. Am Freitag soll der Artikel erscheinen. Als Titelstory. Bis dahin darf nichts an die übrige Presse durchsickern. Kannst du mir dabei helfen?«

Radek dachte nach. Immer langsamer. Das Bier begann zu wirken, und jetzt, wo er sich entspannte und auf der weichen Couch saß, versank er in der Müdigkeit wie in einem angenehmen, warmen Bad. »Ich werde sehen, was sich machen lässt. Aber ich kann das schwer beeinflussen.«

»Das verstehe ich. Wie gesagt, ich setze mich morgen mit eurer Pressestelle in Verbindung, um ein offizielles Statement zu bekommen.«

»Mach das.« Radek trank einen Schluck Bier. Er musterte sie einige Augenblicke lang, zögerte. »Ich brauche deine Unterlagen«, sagte er schließlich. »Alles, was du hast. Damit ich es gegen Sulzer und die anderen verwenden kann. Die Sache wird immer größer, und ich habe keine Ahnung, was noch auf uns zukommt. Jede Information kann uns helfen, die drei festzunageln.«

Sonja dachte nach. Ging es ihm um die Unterlagen? War er deshalb bei ihr aufgetaucht? Auf seinem Hemd waren noch die Spuren ihrer verwischten Wimperntusche zu sehen. Hatte er sie nur aus Mitleid in die Arme genommen und getröstet? »In Ordnung. Ich kann dir alles ausdrucken, was ich hier im Computer habe. Den Rest kopiere ich dir morgen, wenn ich in die Redaktion gehe. Und nach der Sitzung bringe ich dir die Unterlagen vorbei. Ich muss sowieso wegen meiner Aussage noch zu euch kommen.«

»Das wäre eine große Hilfe.« Radek sprach wie in Zeitlupe.

Sonja ging in ihr Arbeitszimmer und setzte sich an den Laptop. 20 Minuten später hatte sie alles ausgedruckt, was sie während der letzten Tage gesammelt und gespeichert hatte. Es war ein ansehnlicher Packen Papier. Auch der Entwurf des Artikels, den sie für das Wochenblatt geschrieben hatte, befand sich darunter.

Als sie ins Wohnzimmer zurückkehrte, war Radek verschwunden. Das dachte sie zumindest im ersten Augenblick, bis sie ihn auf der Couch liegen sah. Er war eingeschlafen und zur Seite gesunken, sein Kopf lag auf einem der Zierpolster. Unwillkürlich musste sie lächeln.

Sonja versuchte ihn zu wecken, sprach ihn an, zuerst leise, dann lauter. Erfolglos. Sie stupste ihn an die Schulter, rüttelte ihn sanft. Genauso erfolglos. Also ließ sie ihn schlafen, zog ihm die Schuhe aus und hob seine Beine auf die Couch. Anschließend verschwand sie im Schlafzimmer, zog sich bequeme Freizeitkleidung an und nahm zwei dünne Decken mit. Eine breitete sie über Radek aus, mit der anderen kuschelte sie sich in den Fauteuil.

Sie trank ihren Tee und beobachtete den schlafenden Polizisten auf ihrer Couch. Er wirkte friedlich, obwohl er – selbst im Schlaf – die Stirn manchmal in Falten zog, als würde er angestrengt nachdenken.

38.

Als er erwachte, hatte Radek keine Ahnung, wo er war. Es dauerte einige Momente, bis er begriff, dass er auf Sonjas Couch lag. Verflucht – er musste eingeschlafen sein. Die Einvernahme von Sulzer, 8 Uhr, schoss es ihm durch den Kopf. Radek fuhr hoch und sah auf seine Armbanduhr. Es war kurz nach sechs.

»Scheiße«, fluchte er. »Ich bin eingepennt.«

Sein Blick fiel auf Sonja, die soeben die Augen öffnete. Offenbar hatte er sie geweckt. Sie saß auf dem Fauteuil unter einer Decke, die Beine angezogen, zusammengekauert wie ein Embryo.

Sie schälte sich aus der Decke und lächelte. »Guten Morgen.«

»Guten Morgen«, murmelte er. Ihm fiel auf, dass sie ihm die Schuhe ausgezogen und ihn zugedeckt hatte. Es war ihm peinlich. »Tut mir leid, dass ich eingeschlafen bin.«

»Macht nichts.«

»Hab dich vom Schlafen abgehalten und mach nur Scherereien.«

Ihr Lächeln hielt an, sie streckte sich und fuhr sich durch das zerzauste Haar. »Ich hab Urlaub«, sagte sie. »Und du machst keine Scherereien.«

Es klang, als wollte sie sagen: Es war schön, dass du heute Nacht hier gewesen bist und ich nicht alleine bleiben musste.

»Möchtest du ein Frühstück?«, fragte sie.

»Ich muss nach Hause. Mich mal duschen und umziehen«, sagte er und legte die Decke beiseite. Sulzer um 8 Uhr – das würde knapp werden. »Ich hab diese Klamotten seit zwei Tagen an. Und genau so riechen sie auch.«

»Wenn du willst, kannst du bei mir duschen. Ich habe Valentins Sachen noch hier. Ich bin noch nicht dazu gekommen, sie wegzubringen. Ich könnte dir etwas heraussuchen. Wenn es dich nicht stört, dass … sie von meinem Bruder sind.«

Radek dachte nicht lange nach. »In Ordnung.«

Sie zeigte ihm das Badezimmer und gab ihm ein frisches Handtuch.

Während er duschte, hörte er sie in ihrem Gästezimmer hantieren. »Ich leg dir die Sachen ins Wohnzimmer. Ein Hemd, Socken und eine Unterhose. Valentins Hosen sind dir sicher zu klein«, rief sie nach einer Weile durch die geschlossene Badtür.

Radek ging mit dem Handtuch um die Hüften ins Wohnzimmer, um die Sachen zu holen.

Sie war in der Küche und machte Frühstück, kam aber kurz zu ihm. »Ich hoffe, es passt. Valentin war etwas kleiner als du«, sagte sie.

Ihm entging nicht, wie sie einen scheuen Blick auf seinen nackten Oberkörper warf. Er war schlank, nicht übertrieben muskulös, aber durchtrainiert. Das, was sie sah, schien ihr zu gefallen.

»Danke.« Er nahm Valentins Sachen und verschwand wieder im Bad. Das Hemd war etwas eng, die Ärmel zu kurz, aber unter dem Sakko würde das nicht auffallen.

Sonja hatte inzwischen den Tisch gedeckt. Sie frühstückten schweigend.

Noch einmal entschuldigte er sich, und sie beteuerte, dass er ihr keine Umstände bereitet habe.

»Ich muss mich beeilen«, sagte er. »Um acht kommt Sulzers Anwalt zu dessen Einvernahme.«

»Die Unterlagen, die du wolltest, liegen dort drüben.« Sie deutete auf eine prall gefüllte Flügelmappe auf dem Couchtisch.

»Prima, vielen Dank!«

»Ich komme heute Nachmittag mit dem Rest.«

»Das wäre fein.«

Er trank seinen Kaffee aus, wischte sich den Mund mit der Serviette ab.

»Danke für das Frühstück. Das mit der Zahnbürste kommt das nächste Mal«, blödelte er, um das Gefühl der Peinlichkeit, das ihn nicht losließ, zu überspielen.

Sie lächelte und brachte ihn anschließend an die Tür. Dort standen sie wieder, zögerten, warteten, als fiele es ihnen schwer, auseinanderzugehen.

Radek nahm Sonja in die Arme und küsste sie. Zärtlich, zögerlich zuerst, er hatte Angst, dass sie ihn zurückweisen würde, aber nichts dergleichen geschah. Kurz war sie überrascht, dann öffnete sie die Lippen, ließ ihn gewähren, schlang die Arme um seinen Nacken und drängte sich an ihn.

»Unsere erste gemeinsame Nacht hab ich mir anders vorgestellt«, scherzte er, nachdem sie sich getrennt hatten.

Sie musste lachen, boxte ihn gegen die Brust. »Du bist so was von unromantisch«, schimpfte sie mit gespielter Empörung.

»Nicht immer«, antwortete er und küsste sie noch einmal, bevor er ging.

*

Er hatte eine schlaflose Nacht hinter sich. Manchmal war er auf der Pritsche eingedöst. Die Erschöpfung, die Müdigkeit, die Anspannung der letzten Tage waren groß gewesen. Doch schnell war er wieder hochgeschreckt, und die Gedanken in seinem Kopf hatten zu rattern begonnen wie die Waggons einer Hochschaubahn.

Da die Bullen ihn so schnell in der Wohnung in der Birkengasse geschnappt hatten, musste ihn entweder Gsida oder Engelmeier verpfiffen haben. Oder beide. Denn kein anderer wusste von dieser Wohnung.

Hatten beide gesungen oder nur einer von ihnen? Was wussten die Bullen? Und wie sollte er sich verhalten?

Die Sache mit der Journalistenfotze und diesem Kommunistenschwein war klar. Da gab es nichts zu beschönigen. Aber das bereitete ihm wenig Kopfzerbrechen. Viel wichtiger war, was den Polizisten über die Gebert-Sache bekannt war. Wussten sie, wer geschossen hatte? Verflucht, warum hatten sie die Waffe und den Wagen nicht verschwinden lassen? Sie wollten die Angelegenheit mit dem Parteiheini noch erledigen. Hätte der nicht die Finger von der Sache gelassen, dann hätten sie ihn killen müssen. Ziemlich sicher. Und die Frau auch. Scheiße. Deshalb hatten sie die Kanone nicht entsorgt und den Wagen behalten. In einem sicheren Versteck, wie er gedacht hatte. Anschließend hätten sie den Revolver in der Traisen versenkt und die Karre irgendwo abgefackelt. Und alles wäre erledigt gewesen. Keine Spuren. Aber jetzt ... Dass die Bullen den Revolver gefunden hatten, war eine schwerwiegende Sache.

Wovon wussten die Kriminalbeamten sonst noch?

Die ganze Nacht hatte er mehrere Szenarien durchgespielt, kein einziges war zufriedenstellend, bei jedem würde er ein paar Jahre in den Knast einfahren. Das schürte seine Angst.

Er saß mit seinem Anwalt den Polizisten gegenüber. Dieser Radek machte einen selbstsicheren Eindruck. Es war nicht mehr so wie vor ein paar Tagen im Büro, wo er den

Polizisten wie einen kleinen Lehrling behandelt und hinausgeschmissen hatte. Und der andere, Neumann, schaute ihn mit einer Art an, die sagte: Jetzt haben wir dich an den Eiern, mein Junge.

Sein Anwalt, Doktor Alois Knecht, saß neben ihm und beobachtete aufmerksam, was passierte. Er wirkte seriös, Anfang 50, aber noch keine graue Strähne im Haar, wohlgenährt, rundes Gesicht, dunkelgrauer Anzug, weißes Hemd, dunkle Krawatte mit hellen Streifen. Dicke Brille.

Vorhin, als Sulzer in den Raum gekommen war und Platz genommen hatte, hatte der Anwalt ihm zuversichtlich zugenickt, mit dieser typischen Ich-hol-Sie-da-raus-Miene. Aber Sulzer war davon nicht überzeugt. Knecht würde ihm letzten Endes nicht helfen können.

Radek blätterte in seinen Unterlagen. Dann wandte er sich an den Anwalt: »Sie kennen die Spielregeln. Zuhören ja, einmischen nein.«

Doktor Knecht nickte. »Das ist nicht mein erstes Mal«, merkte er an.

Sulzer war klar, dass Knecht nicht das Sagen hatte. Trotz seines Ich-hol-Sie-da-raus-Blicks.

»Herr Sulzer«, begann Radek und zog ein Diktiergerät aus seiner Tasche. »Wir werden dieses Gespräch aufnehmen.«

Sulzer nickte stumm.

»Sie werden verdächtigt, mehrere Straftaten begangen zu haben. Dabei geht es zunächst um Delikte wie Körperverletzung, gefährliche Drohung und Raubmord. Also keine Kleinigkeiten. Konkret stehen folgende Anschuldigungen im Raum: Am 6. September haben Sie mit zwei Komplizen den rumänischen Wanderarbeiter Radu Tirla überfallen und schwer verletzt. Eine Woche später überfielen Sie mit denselben Komplizen den Journalisten Valentin Gebert. Bei dieser Tat haben Sie das Opfer von hinten mit zwei Schüssen getötet. Und vorgestern überfielen Sie Sonja Gebert und Klaus Winkler. Dabei wurden Ihre Komplizen festgenommen, Ihnen gelang die Flucht.«

Damit hatte er gerechnet. Das beantwortete aber nicht, was die Polizisten ihm beweisen konnten. Dieser Radek beobachtete ihn, er wollte die Wirkung seiner Worte sehen.

»Was sagen Sie zu diesen Vorwürfen?«

Sulzer zuckte die Schultern. »Keine Ahnung, wovon Sie reden.«

Radek lächelte. »Klar können Sie alles abstreiten, das ist Ihr gutes Recht. Aber es wird dadurch nicht besser. Wir haben eine Menge Beweise und Indizien gegen Sie. Wenn Sie mit uns kooperieren und geständig sind, ist das etwas, was später in der Gerichtsverhandlung für Sie von Vorteil sein wird. Das wissen Sie.«

Sulzer schwieg.

»Sie haben mehrere Vorstrafen wegen Körperverletzung«, sagte Radek.

Sulzer nickte. »Ja, aber das ist lange her. Das war während meiner Zeit als Türsteher.«

»Im Club Chicago, nicht wahr? Gemeinsam mit den Herren Gsida und Engelmeier.«

Nicken.

»Die Sie dann zu sich in die Firma holten.«

Wieder ein Nicken.

»Und mit denen Sie die drei genannten Taten begangen haben.«

Keine Reaktion.

Radek blieb freundlich. »Herr Sulzer, ich möchte es Ihnen einfach machen. Wir brauchen kein Geständnis von Ihnen. Die Untersuchungshaft wurde bereits über Sie und Ihre Komplizen verhängt. Sie werden heute noch ins Landesgericht überstellt. Wir haben das Fahrzeug, das bei der Tat auf Gebert verwendet wurde. Wir haben die Tatwaffe. Wir haben Ihre Handschuhe. Selbst wenn wir keine Fingerabdrücke finden, wird es nicht schwierig sein, eine Verbindung zu Ihnen herzustellen. Haare, Hautschuppen, Schweißabsonderungen, es gibt so viele Möglichkeiten. Und wir haben eine Aussage, bei der Sie als derjenige benannt werden, der die Schüsse auf Gebert abgegeben hat. Außerdem eine Zeugenaussage, die das untermauert.« Radek beobachtete ihn aufmerksam, bevor er fortfuhr.

Sulzer entging das nicht, und er strengte sich an, sich seine Nervosität nicht anmerken zu lassen.

»Dabei haben wir noch nicht einmal richtig zu graben begonnen. Wir haben Sie noch nicht nach Ihren Alibis für die Tatzeiten gefragt. Wir hatten auch noch nicht die Zeit, Ihren zweiten Komplizen richtig zu vernehmen. Er hat bisher jede Aussage verweigert. Ob er das angesichts der neuen Beweislage noch lange durchhält, ist fraglich. Also, letzten Endes werden Sie alleine dastehen.«

Wenn es stimmte, was dieser Polizist sagte, musste es Engelmeier gewesen sein, der umgefallen ist, dachte Sulzer. Der war immer die größere Flasche von den beiden gewesen. Aber egal. Auch Gsida würde nicht den Kopf für ihn hinhalten. Dafür stand zu viel auf dem Spiel. Der Polizist hatte recht. Die Musik hatte zu spielen aufgehört, und er stand ohne Sessel da. Raub mit Todesfolge – das konnte lebenslang bedeuten. Das wusste er. Dafür brauchte er keinen Anwalt und keinen Polizisten. Mit einem Geständnis kam er vielleicht billiger davon. Scheiß drauf. Er war erledigt.

Er dachte an Ecker. Seit vorgestern hatte er vergeblich versucht, ihn zu erreichen. Entweder wollte er nicht ans Telefon gehen oder er war nicht im Lande. Keine Ahnung. Zumindest mit Jungmann hatte er gesprochen und ihn darüber informiert, dass der Überfall auf diese kleine Fotze und ihren

Kommunistenfreund schiefgelaufen war. Doch Jungmann hatte nicht kapiert, worum es ging. Der war zu bescheuert dafür. Hatte sich nicht sonderlich beeindruckt gezeigt, geglaubt, das sei Sulzers Problem, das er alleine auslöffeln würde. Ecker und Kohler dachten vermutlich genauso. So war das doch immer. Wenn es den erwischte, der die Drecksarbeit machte, hatte er Pech gehabt. Wenn die Gegenseite dich kriegt, streiten wir ab, dass es dich gibt – so lautete das Motto. Klar. Die haben uns abgeschrieben, dachte Sulzer.

Aber warum sollte er in den Knast gehen und Ecker und seine Geschäftefuzzis würden davonkommen und lustig weitermachen wie bisher? Nein! Die Sache war ohnehin gelaufen. Jetzt ging es nur noch darum, wie lange er einsitzen musste. Jedes Jahr weniger im Knast war ein Gewinn.

Ihn erwarteten mindestens 15 Jahre, wahrscheinlich mehr. Er hatte bisher versucht, diesen Gedanken wegzuschieben, obwohl er die ganze Zeit über gegenwärtig war. Jetzt drang er mit aller Macht in sein Bewusstsein. Sein Magen verkrampfte sich und er spürte den Schweiß auf seinem Rücken. Panik ergriff ihn. 15 Jahre waren eine verdammt lange Zeit. Alles würde weg sein. Alles umsonst gewesen.

Er war auf der Verliererstraße.

»Hallo, Herr Sulzer?«

Der Polizist hatte scheinbar etwas gesagt. Sulzer hatte es überhört. »Was?«, fragte er.

»Ich würde gerne chronologisch beginnen«, wiederholte Radek.

Er hatte ein Foto aus seinem Aktenumschlag gezogen und es über den Tisch geschoben. Gsida, Engelmeier und er. Von hinten zwar, und er im Schatten, schlecht zu erkennen, aber deutlich genug.

»Dieses Bild wurde von einer Überwachungskamera in der Nähe des Tatortes aufgenommen, an dem Radu Tirla überfallen wurde. Wenige Minuten zuvor. Sind Sie das?« Radek zeigt auf den Mann im Schatten der Hauswand.

Ja, das war er. Tirla, dieser Scheißrumäne, mit dem hatte alles angefangen. Das Maul aufgerissen. Blöde Fragen gestellt. Wollte mehr Geld haben. Kam mit: gerechter Lohn für gerechte Arbeit und solch einer Scheiße. Begann, die anderen aufzuwiegeln. Hatte sogar eine Scheißrechnung geklaut. Das hatten sie erst bemerkt, nachdem sie ihn plattgemacht hatten. Zum Glück hatten sie die Abrechnung bei ihm gefunden. Aber es war nur eine Kopie gewesen. Das Original war verschwunden. Er hatte schon vermutet, dass Tirla in Sachen herumwühlte, die ihn nichts angingen. Dieser Scheißrumäne! Sie hatten ein Exempel statuieren müssen. Doch dann war Gebert aufgetaucht. Bei Kohler und Jungmann und bei ihm. Noch mehr blöde Fragen. Und keine glaubwürdigen Antworten darauf. Sie hatten ihn genauso verprügeln wollen wie den Rumänen, aber es war schiefgegangen. Alles war schiefgegangen.

»Sind Sie das?«, wiederholte der Polizist seine Frage.

Auch der Anwalt betrachtete das Foto mit Interesse.

Sulzer warf ihm einen kurzen Blick zu. Nein – bedeutete Knecht ihm mit einer unmerklichen Kopfbewegung. Da saß er. Fettgefressen und mit wohlgefälliger Miene. Kleine Schweinsäuglein hinter der dicken Brille. Der war fein raus. Ganz egal, ob er gestand oder nicht, ganz egal, ob er ihn vor dem Knast bewahren konnte oder nicht, sein Geld für das Mandat bekam er in jedem Fall.

Er würde ihn nicht rausholen können. Davon war Sulzer überzeugt. Er würde ins Gefängnis gehen. Und verflucht, er würde diese arroganten Schweine mitnehmen. Ecker, Jungmann, Kohler – er würde nicht ohne sie untergehen.

»Ja. Das bin ich.«

Er sah den triumphierenden Ausdruck in den Gesichtern der beiden Polizisten. Jetzt hatten sie ihn dort, wo sie ihn haben wollten.

Der fette Doktor Knecht wirkte ratlos, verdrehte die Augen und schüttelte deutlich sichtbar den Kopf. Nein, kein Geständnis, flehte sein Blick.

Scheiß drauf.

»Und anschließend haben Sie Radu Tirla niedergeschlagen? Gemeinsam mit Viktor Gsida und Klemens Engelmeier?«, fragte Radek. Er hatte erkannt, dass Sulzer in die Knie ging, jetzt musste er nur noch den Sack zumachen.

»Ja«, sagte Sulzer.

»Und wie war das mit Valentin Gebert?«

Nun ging es ans Eingemachte.

Alles vorbei.

Sulzer betrachtete das Diktiergerät. Ein schmales Ding, digital, ein rotes Licht leuchtete dezent.

»Wir wollten diesen Gebert nicht umbringen.« Sulzer sprach mit tonloser Stimme, aber deutlich hörbar für alle Anwesenden. »Eigentlich sollte er nur eingeschüchtert werden. Wir hätten ihn so zugerichtet wie diesen bescheuerten Rumänen, der nur Schwierigkeiten machte. Wir wollten seinen Laptop und seine Unterlagen einkassieren. Damit wäre alles erledigt gewesen. Aber er musste ja den wilden Mann markieren und sich wehren und Viktor die Maske vom Gesicht reißen. Scheiße! Gebert hätte nie das Maul gehalten, ganz egal, wie hart wir ihn rangenommen hätten. Da blieb nur eine Möglichkeit. Und das war's dann für ihn.«

»Sie haben ihn erschossen.«

»Ja.«

»Mit zwei Schüssen aus dem Revolver, den wir im Auto in Ihrer Garage gefunden haben.«

»Ja. Aber wir wollten ihn nicht töten. Wir wollten ihn nur … einschüchtern.«

»Was wäre gewesen, wenn Gebert trotzdem weitergemacht hätte?«

Sulzer zuckte die Schultern. »Keine Ahnung. Dann hätten wir vielleicht zu härteren Maßnahmen gegriffen.«

»Spätestens dann hätten Sie ihn umgebracht?«

Radek wartete eine ganze Weile, aber Sulzer gab keine Antwort. Doch das Schweigen war wie ein Geständnis: Ja, Valentin Gebert wäre spätestens dann getötet worden, wenn er nicht aufgehört hätte, weiterzurecherchieren.

»Warum trugen Sie beim Überfall auf Tirla keine Masken?«, fragte Neumann.

Mit dieser Frage hatte Sulzer nicht gerechnet, so einleuchtend erschien ihm der Grund. »Wir haben Tirla zu Fuß verfolgt. Masken wären zu auffällig gewesen. Er kannte zwar Viktor und Klemens, aber wir glaubten nicht, dass er zur Polizei gehen würde. Bei Gebert waren wir uns sicher, dass er vor einer Anzeige nicht zurückschrecken würde. Er kannte unsere Gesichter. Und bei Winkler sollte es einschüchternd wirken.«

»Sie waren auch der dritte Täter beim Überfall auf Sonja Gebert und Klaus Winkler? Der Typ mit dem Baseballschläger, der abgehauen ist?«, fragte Radek weiter.

»Klar, oder glauben Sie, das war der große Unbekannte?«

Das war's. Drei Taten, drei Geständnisse. Jetzt würden sie ihn ganz langsam fertigmachen.

Anwalt Knecht putzte seine Brillengläser. Vermutlich fiel ihm im Moment nichts Besseres ein. Da ging es ihm wie Sulzer.

»Sie waren der Drahtzieher hinter den drei Taten. Sehe ich das richtig?«, fragte Radek.

Sulzer nickte. »Ja.«

»Und weshalb haben Sie das getan? Wegen Ihrer Geschäfte mit Jungmann?«

»Ja.«

Radek kramte in seinen Akten und zog mehrere Blätter Papier heraus. Sulzer erkannte sofort die Rechnungen. Also hatte dieser Scheißrumäne sie doch im Original mitgehen lassen und wahrscheinlich dieser Kommunistensau gegeben. Sie hätten viel schneller reagieren sollen. Sie hatten zu lange gewartet.

»Wir haben hier die Abrechnung einer Firma namens Romanian Recruitment Agency. Die ist, soweit wir wissen, zum Großteil in Ihrem Besitz. Stimmt das?«

Sulzer nickte.

»Mit dieser Rechnung werden Arbeitsleistungen abgerechnet. Wir haben auch private Aufzeichnungen eines Arbeiters, denen zufolge diese Abrechnungen hier viel zu viele Arbeitsstunden aufweisen. Vereinfacht gesagt wird die Arbeitszeit von fünf Männern verrechnet, die gar nicht auf der Baustelle waren. Können Sie uns das näher erklären?«

»Es ist, wie Sie sagen. Wir haben Arbeitsstunden verrechnet, die nicht geleistet wurden.«

»Wie oft?«

»Ich weiß es nicht.«

»Auch nicht ungefähr?«

»Sehr oft.«

»Radu Tirla ist dahintergekommen und hat Klaus Winkler informiert. Und der hat sich an Valentin Gebert gewandt. Deshalb wurde Tirla überfallen und Gebert ermordet.«

Sulzer schüttelte den Kopf. »Nicht nur deswegen.«

»Weswegen dann?«

»Tirla hat nur Stunk gemacht, deshalb die Abreibung. Aber Gebert hat viel tiefer gewühlt und einige unserer Geschäfte entdeckt. Wenn …«, er zögerte, »wenn er das öffentlich gemacht hätte, wäre das nicht gut für uns gewesen.«

»Wen meinen Sie mit ›uns‹?«

»Ecker, Jungmann, Kohler und mich.«

Anwalt Knecht rutschte nervös auf seinem Sessel hin und her. Ihm war sichtlich unwohl in seiner Haut. Das war gut so.

»Können Sie uns kurz erklären, welche Geschäfte das sind und wie sie ablaufen? Soweit wir wissen, handelt es sich um einen groß angelegten Betrug mit Immobilien«, sagte Radek. »Wir sind mit unseren Erhebungen allerdings erst am Anfang.«

Sulzer hatte sich vorgebeugt, um sich die Abrechnung anzusehen, jetzt lehnte er sich zurück und seufzte. Wenn ich schon auspacke, dann wenigstens gründlich, dachte er. Die Bullen hatten Blut gerochen und würden sowieso nicht lockerlassen, bis sie alles gefunden hatten, was es an Sauereien zu finden gab.

»Jungmann saniert Häuser, die er mit Ecker günstig von der Stadt St. Pölten gekauft hat.«

»Das ist alles?«

Sulzer schüttelte den Kopf. »Natürlich nicht. So sieht es nach außen hin aus. Tatsächlich kauft Ecker die Häuser weit unter ihrem Marktwert. Jungmann saniert sie billigst. Nämlich indem er über meine Firmen mit Wanderarbeitern günstige Lohnsklaven aus Südosteuropa bekommt, die unter dem Kollektivlohn arbeiteten. Aus den Liegenschaften macht Jungmann Luxusimmobilien, die Ecker über eine Maklerin schweineteuer verhökert. So verdienten wir alle gutes Geld. Zum Teil legal, zum Teil illegal.«

Der Anwalt Doktor Knecht machte den Eindruck, als wollte er jeden Moment aufspringen und gehen. Möglicherweise steckte er mit Jungmann oder Ecker unter einer Decke. Das hatte Sulzer noch gar nicht bedacht. Vielleicht hätte er darauf bestehen sollen, sein Geständnis alleine zu machen. Aber das war jetzt auch egal.

»Warum bekommt Ecker die Häuser so günstig?«, mischte sich Neumann ein.

»Soweit ich weiß, reichen sie sehr gute Nutzungsprojekte ein, mit billigen Wohnungen und so. Kohler sorgt für die entsprechenden Gutachten und dafür, dass im Gemeinderat alles glatt über die Bühne geht. Nach dem Kauf werden die Pläne abgeändert, und aus den billigen Wohnungen werden Luxusimmobilien.«

»Das geht so einfach?«

Sulzer schüttelte mitleidig den Kopf, als wollte er sagen: Ihr habt nicht die geringste Ahnung. »Selbstverständlich nicht. Aber Ecker schmiert einen Typen in der zuständigen Magistratsabteilung. Und natürlich Kohler als den zuständigen Stadtrat. Das läuft alles wie eine gut geölte Maschine.«

»Im wahrsten Sinn des Wortes.« Radek konnte sich eine bissige Bemerkung nicht verkneifen. »Und wie lange läuft diese Maschine schon so?«

»Mehrere Jahre: sechs oder sieben vielleicht. Das hat sich langsam entwickelt.«

»Und wie viel habt ihr dadurch eingesackt?« Neumann beugte sich vor.

Sulzer dachte nach. »Kann ich nicht genau sagen. Mehrere Millionen. Ich verdiente daran, dass ich den Lohn der Arbeiter drückte. Jungmann daran, dass er Ecker höhere Baukosten verrechnete. Ecker schlug die überhöhten Rechnungen als Baukosten seinen Investoren auf und kassierte die Differenz. Außerdem behielt er rund 30 Prozent der Liegenschaften für sich. Wir alle lukrierten zusätzlich Gewinne aus unseren Beteiligungen. Über Eckers Fonds war ich auch an einigen der Immobilien beteiligt.«

»Und als Tirla und Gebert diese Sache aufgedeckt haben, sind Sie ganz alleine auf die Idee gekommen, ihm eine Lektion zu erteilen?«

Sulzer schüttelte neuerlich den Kopf. »Nein. Das ist auf dem Mist von Ecker und Jungmann gewachsen. Ich habe mit meinen Jungs nur die Drecksarbeit gemacht.«

»Also hatten Ecker und Jungmann die Idee, den beiden eine Abreibung zu verpassen?«

»Ja. Ich wurde jeweils von Ecker kontaktiert, der mir die Aufträge erteilte.«

»Und Sie haben es gemacht.«

»Ja.«

»Was ist mit dem Geld passiert? Mit den Überzahlungen und den Gewinnen? Und wie wurde das Ganze abgewickelt?«, wechselte Neumann das Thema.

»Meistens über die Steindlbank. Ecker kennt da von früher jemanden, der die Gelder über einige Scheinfirmen auf mehrere Offshore-Konten verschob. Und dann hatten wir Zugriff darauf. War nach außen hin alles sauber.«

»Geldwäsche, Bestechung, da kommt einiges zusammen«, murmelte Neumann.

Sulzer dämmerte, dass er mittlerweile zu viel gesagt hatte. Er war dabei, alles offenzulegen, was er wusste, möglicherweise keine gute Idee. Aber jetzt war es ohnehin zu spät für Reue oder Umkehr. Er hatte sich zu weit aus dem Fenster gelehnt. Der Wagen rollte. Mal sehen, wohin er ihn brachte.

»Wir werden Ihre Aussage noch im Detail aufnehmen und später Schritt für Schritt durchgehen«, sagte Radek. »Vorerst wollen wir nur den groben Rahmen wissen, damit wir abschätzen können, welche Dimension die ganze Angelegenheit hat.«

»Eine sehr große«, antwortete Sulzer spöttisch.

»Das glaube ich Ihnen«, sagte Radek. »Wir werden jetzt alles protokollieren und Sie dann erneut einvernehmen, nachdem wir uns um die Herren Ecker und Jungmann gekümmert haben.«

39.

Die Sekretärin mit den wasserstoffblond gefärbten Haaren empfing sie mit professionellem Lächeln, das sofort verschwand, als sie die zwei uniformierten Polizisten sah, die Radek und Lechner begleiteten. Lechner hielt ihr die Dienstmarke vors Gesicht und Radek fragte, ob Christian Ecker in seinem Büro sei.

»Ja«, antwortete sie vorsichtig. »Wen darf ich melden?«

»Brauchen Sie nicht, das machen wir selber«, sagte Radek und ging weiter in Eckers Büro. Den Weg kannte er vom letzten Mal.

Eine Stunde nach der Einvernahme von Sulzer hatten sie die Festnahmeanordnungen für Ecker und Jungmann bekommen. In der Zwischenzeit hatten sie mit Bachler gesprochen und ihn in groben Zügen über die Ermittlungsergebnisse und weiteren Details informiert. Radek hatte auch seinen Verdacht nicht verheimlicht, dass der Stadtrat für Wohnbau in die Sache verwickelt war und vermutlich mindestens einer seiner Mitarbeiter. Bachler hatte sofort reagiert, sich ans Telefon gesetzt und eine Reihe von Anrufen getätigt.

Neumann war zu Jungmann gefahren, Radek zu Ecker.

Ecker saß hinter seinem Schreibtisch am Computer und blickte sie verärgert an, als sie eintraten. Doch als er Radek erkannte, wurde sein Blick misstrauisch. Er bot ihnen keinen Platz an und verzichtete auf jede Form der Begrüßung.

Zumindest unterbrach er seine Arbeit, lehnte sich in seinem Stuhl zurück und wartete.

Radek fragte sich, was Ecker über die Festnahme seiner Handlanger wusste. War es Sulzer gelungen, ihn vorzuwarnen, bevor sie ihn erwischt hatten? Hatte er Ecker darüber informiert, dass der Überfall schiefgegangen war und seine Mittäter verhaftet worden waren? Dass es nur eine Frage der Zeit war, bis die Bullen auch bei Ecker anklopfen würden? Dann hätte er genug Zeit gehabt, um jede Menge Beweise zu vernichten.

»Warum platzen Sie unangemeldet bei mir herein?«, fragte Ecker feindselig.

»Herr Ecker, Sie sind vorläufig festgenommen«, kam Radek sofort zur Sache.

Er sah, wie Eckers Gesicht blass wurde und seine arrogante Maske abbröckelte wie der morsche Verputz einer alten Fassade.

»Sie machen Witze«, entgegnete Ecker.

»Lachen können Sie später«, bemerkte Lechner kalt. »Kommen Sie freiwillig mit, oder müssen wir uns zuerst auf Sie draufknien und Ihnen Handschellen anlegen?«

Ecker stand wortlos auf und zog sein Sakko an, das an einem Kleiderständer hing. Als er das Büro verlassen wollte, stoppte ihn Lechner und ließ ihn mit gespreizten Armen und Beinen an die Wand lehnen, tastete ihn ab und durchsuchte ihn nach Waffen.

Radek sah, wie Ecker innerlich kochte, aber der Investmentmanager riss sich zusammen.

»Können Sie mir auch sagen, weshalb Sie mich verhaften?«

»Vorerst lauten die Vorwürfe: Verdacht auf Anstiftung zum Mord und Verdacht auf Beteiligung an einer kriminellen Vereinigung«, antwortete Radek knapp. »Aber ich glaube nicht, dass es dabei bleiben wird.«

»Lächerlich«, schnaubte Ecker, während er die Wand vor sich anstarrte. »Das ist absolut lächerlich. Sie haben nichts gegen mich in der Hand. Das könnt ihr nie beweisen.«

»Das werden wir sehen.«

»Ich möchte meinen Anwalt anrufen.«

»Später«, sagte Radek. »Jetzt kommen Sie mit uns.«

Es war Radek eine Genugtuung, als sie Ecker an der Sekretärin vorbeiführten, die sie mit großen Augen anstarrte.

»Rufen Sie Herrn Doktor Knecht an«, befahl ihr Ecker. »Sagen Sie ihm, dass mich die Polizei verhaftet hat.«

Auch der Herr Doktor Knecht, dachte Radek. Der wird in den nächsten Monaten mit seinen Kunden einiges zu tun haben – und dabei eine Menge Geld verdienen.

Er schloss die Tür hinter sich und warf einen Blick zurück auf das dezente Firmenschild. »Austria-Invest« stand dort in schlichten Lettern, darunter etwas kleiner: »Investmentgesellschaft« und »Inhaber: Mag. Christian Ecker«. Damit ist es wohl bald vorbei, dachte Radek.

Ecker schien das anders zu sehen. »In einer Stunde bin ich wieder draußen«, wetterte er, während sie das breite Treppenhaus hinuntergingen. »Dann können Sie sich auf etwas gefasst machen! Ich werde eine Beschwerde gegen Sie und gegen Ihre Vorgesetzten einreichen. Ich werde Ihnen allen den Arsch aufreißen. Das lasse ich mir nicht bieten!«

Die beiden Polizisten schwiegen und ließen Ecker schimpfen.

Radek wusste, dass es vorbei war.

Nur Kohler war noch auf freiem Fuß. Der war Politiker und genoss als Landtagsabgeordneter Immunität. Aber Radek war davon überzeugt, dass auch der Herr Stadtrat bald stürzen würde.

*

»Besprechung mit StA um 13 Uhr. Sitzungszimmer zwei«, rief Pirker im Vorbeigehen in ihr Büro.

Jetzt war es 12.30 Uhr. Radek und Neumann waren gerade dabei, ihre Berichte über die Festnahmen von Ecker und Jungmann zu schreiben und den Papierkram für die Anträge wegen der Hausdurchsuchungen in den Büros und in den Privatwohnungen der beiden zu erledigen.

Ecker war auf der Fahrt ins LKA immer stiller geworden. Bei der Aufnahme im Arrest, als er seine Taschen leeren, den Gürtel ablegen, die Schuhbänder ausfädeln musste, hatte er kleinlaut gewirkt, beinahe jämmerlich, und als sich die Zellentür hinter ihm geschlossen hatte, hatte Radek ihn fast bemitleidet, obwohl der letzte Blick, den er Radek zugeworfen hatte, voll Zorn und Hass gewesen war.

Bei Jungmann war es ähnlich gelaufen, hatte Neumann berichtet. Auch der Bauunternehmer hatte sich widerstandslos festnehmen lassen, war zwar verunsichert gewesen, aber großmäulig. Bis er in der Zelle saß. Kein Wort mehr war ihm über die Lippen gekommen, er hatte nur noch nach einem Anwalt verlangt.

Winkler hatte den Befund des Krankenhauses über seine Verletzungen übermittelt. Stumpfes Abdominaltrauma, keine Hämorrhagie, eine leichte Verletzung der Milz, Kapseleinriss ohne Beschädigung des Parenchyms, subkapsuläres, nicht expandierendes Hämatom. Radek hatte keine Ahnung, was das bedeutete, aber Winkler hatte ihm am Telefon versichert, dass es nichts Besorgniserregendes sei. Er müsse vorsichtshalber einen Tag im Krankenhaus bleiben und danach einige Male zur Sonografie und zur Kontrolle des Blutbilds kommen.

Winkler hatte auch von Tirla berichtet, dem es ebenfalls gut ging. Er war bereit, alles, was er Klaus erzählt hatte, vor der Polizei und vor Gericht zu wiederholen.

Radek und Neumann würden ihre Verdächtigen noch mehrere Male vernehmen. Diesmal genauer, länger, detaillierter. Radek war sich sicher, dass auch Gsida gestehen würde. Und wenn nicht – auch egal. Sie hatten die Aussagen von Engelmeier und Sulzer, die Gsida belasteten, und die Blutspuren auf dem Schlagring, sollten sie zu Tirla passen. Gsida würde umfallen, ebenso wie Ecker und Jungmann. Auch davon war er überzeugt.

Er rief Sonja an. Kein Wort über den Abschied am Morgen. Er sagte nur: »Informelle Polizeikreise verlauten, dass der Investmentmanager Magister Christian Ecker und der Bauunternehmer Ingenieur Harald Jungmann heute Morgen vom Landeskriminalamt festgenommen wurden. Ruf unsere Pressestelle an und hol dir eine Bestätigung. Das kannst du noch verwenden.« Dann verabschiedete er sich schnell.

Im Besprechungsraum war großes Kino angesagt.

Bachler hatte den Vorsitz übernommen, neben ihm der Leiter des Landeskriminalamts. Auf der anderen Seite saß Pirker, daneben waren zwei Plätze frei. Pirker winkte Radek und Neumann heran und bedeutete ihnen, auf den freien Stühlen neben ihm Platz zu nehmen. Damit waren sie komplett.

Eine schnelle Vorstellungsrunde. Links an der Längsseite der Staatsanwalt und ein Typ von der Korruptionsstaatsanwaltschaft, beide in grauen Anzügen, weißen Hemden, dunklen Krawatten, als wäre das ihre Uniform. Neben den Staatsanwälten ein Kollege vom Bundesamt zur Korruptionsbekämpfung, der sich eifrig mit dem Korruptionsstaatsanwalt unterhielt.

Mit einem leeren Sitzplatz dazwischen der Komiker vom LV, der mit betretener Miene die Anwesenden musterte. Er wusste genau, dass er hier auf der falschen Party war.

Neben Radek und Neumann saßen ein Gruppenführer des Einsatzbereichs 4, Wirtschaftskriminalität, und einer vom Einsatzbereich 5, Betrug, jeweils mit einem Kriminalbeamten als Begleiter.

Bachler eröffnete die Besprechung. Von rechtsextremistischen Hintergründen sei bisher nichts festzustellen gewesen, die Fälle Tirla und Gebert seien nach Absprache mit den Leitern des LKA und des Verfassungsschutzes nun wieder in die Zuständigkeit des LKA übergegangen, begann er seine Ausführungen, und alle sahen deutlich, dass er jede Silbe dieser ersten Sätze genoss. Der LKA-Leiter nickte bestätigend.

Danach erklärte Bachler in groben Zügen, worum es ging, und übergab das Wort an Radek, um die Fälle Tirla und Gebert sowie den Überfall auf Sonja und Winkler detailliert darzustellen. Das tat Radek und erklärte anschließend die Hintergründe, soweit sie bisher recherchiert werden konnten und in den Vernehmungen sichtbar geworden waren.

Als er den Verdacht äußerte, dass auch Stadtrat Kohler und wahrscheinlich hochrangige Mitarbeiter seines Ressorts beteiligt waren, stieg kurz die Spannung, doch ansonsten war alles Routine.

Die Staatsanwälte tippten eifrig in ihre Laptops.

Nachdem Radek mit seiner Darstellung fertig war, wurde geklärt, wie es weitergehen sollte. Zunächst diskutierten sie die Delikte: schwere Körperverletzung, Mord – mit Fragezeichen –, zumindest aber schwerer Raub, Kfz-Diebstahl, schwerer und gewerbsmäßiger Betrug, Missbrauch der Amtsgewalt, Bestechung, möglicherweise organisierte Schwarzarbeit und Bildung einer kriminellen Vereinigung. So viel war auf den ersten Blick bereits zu erkennen.

Die Ermittlungen wurden aufgeteilt. Die Vergehen gegen Leib und Leben würden in einem Verfahren, die Wirtschaftsdelikte in einem anderen aufgearbeitet werden. Die Einsatzbereiche für Betrug und Wirtschaftskriminalität würden sich einklinken und bei den Wirtschaftsdelikten dort weitermachen, wo Radek und Neumann jetzt standen. Sie mussten auch die zuständige Sozialversicherungsanstalt und das Finanzressort wegen Verdachts auf Hinterziehung von Abgaben und Steuern einschalten.

Dann ging es um erste Details: Hausdurchsuchungen bei Ecker und Jungmann, Haftanträge wegen Verdunkelungsgefahr, die Reihenfolgen von Einvernahmen, Festlegung erster Ermittlungsschwerpunkte. Polizeiliche Routine.

Ihre Arbeit war noch nicht zu Ende. Aber Radek wusste, dass ihnen der Fall nun endgültig aus den Händen genommen wurde. Ab jetzt waren sie Teil eines größeren Teams, das alle Geschäftsbereiche und alle Aktivitäten der Verdächtigen durchleuchten würde. Unter der Leitung der Staatsanwaltschaft würden sie Ermittlungsaufträge entgegennehmen und die notwendigen Erhebungen führen. Nicht mehr alleine, sondern unterstützt von einem Haufen anderer Kriminalbeamter.

Und am Ende würden einige Verurteilungen stehen: Sulzer – der Mörder, Ecker – der Anstifter, Engelmeier und Gsida – die Komplizen, Jungmann und Kohler – die Korrupten. Und wer weiß, wer ihnen noch alles ins Netz gehen würde.

Radek lehnte sich zurück und war zufrieden. Sie hatten das Ihre getan. Jetzt konnten die anderen laufen.

Um 15 Uhr würde Sonja zur Einvernahme kommen und die Unterlagen vervollständigen.

Radek war sich sicher, dass er am Abend wieder bei ihr sein würde. Diesmal, ohne auf der Couch einzuschlafen.

40.

»Ich möchte auf Valentin anstoßen«, sagte Sonja. »Ich glaube, das, was in dieser Woche geschehen ist, war genau, was er zu erreichen hoffte. Danke, dass ihr diese verkommene Bande hinter Gitter gebracht habt. Auf Valentin!«

Sie hob ihr Weinglas, Winkler ebenfalls, auch Neumann und Radek taten es ihr gleich.

»Auf Valentin!« Es klang wie ein dumpfer Chor von Verschwörern.

Sie saßen auf dem Rathausplatz, im Gastgarten des Restaurants Luigi, einem hervorragenden Italiener. Das Treffen war Sonjas Idee gewesen. Sie übernahm auch die Rechnung. Sie hatte eine Flasche Pinot Grigio bestellt. Ereignisreiche Tage lagen hinter ihnen.

Während des Essens berichteten Radek und Neumann über die jüngsten Entwicklungen, soweit sie sie noch im Blick hatten.

Ecker hatte zunächst seine Beteiligung an der ganzen Sache abgestritten. Doch bei der Hausdurchsuchung in seiner Wohnung hatten die Polizisten den Laptop von Valentin Gebert gefunden. Außerdem war er von den anderen belastet worden. Schließlich war er in die Knie gegangen und hatte gestanden, die Überfälle auf Tirla, Valentin Gebert, Sonja und Klaus in Auftrag gegeben zu haben. Valentin war auf dem besten Weg gewesen, die Geschäftspraktiken von

Sulzer, Ecker, Jungmann und Kohler aufzudecken. Aber es war nicht geplant gewesen, Gebert umzubringen. Sie hatten ihn einschüchtern und seine Rechercheergebnisse vernichten wollen. Valentins Tod war ein Unfall, hatte Ecker behauptet. Aber das glaubte ihm Radek nicht ganz. Möglicherweise hatte er doch Sulzer angewiesen, Gebert umzubringen, und sie versuchten sich herauszureden. Es machte jedoch keinen Unterschied – ob vorsätzlicher Mord oder Raub mit Todesfolge, in beiden Fällen war die Höchststrafe lebenslänglich.

Radek hatte keine Ahnung, warum Ecker Geberts Laptop und die mobile Festplatte nicht vernichtet hatte. In der Aufstellung von Eckers Telefongesprächen der letzten Wochen hatten sie die Nummer eines IT-Experten gefunden, den Ecker in den Tagen nach Valentins Tod mehrmals vergeblich zu erreichen versucht hatte. Sie hatten in Erfahrung gebracht, dass der Typ in der Türkei Urlaub machte. Radek vermutete, dass Ecker Zugang zum Laptop und den Informationen darauf haben wollte, bevor er den Computer schrottete.

Sonja kannte das Passwort von Valentins Laptop. Radek und seine Kollegen hatten darauf eine Menge Materialien und Unterlagen gefunden, die sie bisher nicht gekannt hatten und die ihre Verdächtigen weiter belasteten. Vor allem Stadtrat Kohler.

Ecker versuchte seine Rolle herunterzuspielen, beschuldigte Jungmann, alles angezettelt zu haben. Aber sie wussten mittlerweile, dass Ecker derjenige war, der im Hintergrund alle Fäden gezogen hatte.

Jungmann leugnete beharrlich, obwohl er von Ecker und Sulzer belastet wurde. Das seien alles böswillige Unterstellungen. Er habe zwar mit den beiden Geschäfte gemacht, doch die seien alle legal gewesen. Und von den Überfällen wisse er nichts.

Neumann befürchtete, dass Jungmann damit durchkommen könnte, aber Radek war anderer Meinung. Er war davon überzeugt, dass Jungmann sich nicht damit herausreden konnte, nur normale Geschäftskontakte mit Sulzer und Ecker unterhalten zu haben. Dazu war ihr Beziehungsgeflecht viel zu dicht gewoben.

Auch Stolojescu saß inzwischen wegen Verdachts der Mittäterschaft hinter Gittern und sang wie ein kleines Vögelchen darüber, wie sie die Abrechnungen fingiert hatten.

Aus dem Bereich Wirtschaftskriminalität hatte Radek gehört, dass Konten bei einer Banco de Mercado in Panama City gefunden worden waren. Auch wegen eines Kontos in Liechtenstein wurde ermittelt. In beiden Fällen waren Verbindungen zur Steindlbank aufgetaucht. Ein Mitarbeiter namens Albert Hupfau hatte Gelder von Ecker auf diese Konten verschoben. Über die Steindlbank hatte es in der Vergangenheit immer wieder Gerüchte gegeben, dass sie in Geldwäsche für Paten der russischen Mafia verwickelt war, deshalb schaltete sich die Finanzmarktaufsicht ein.

Sonjas Artikel über die Machenschaften von Ecker und seinen Komplizen hatte wie eine Bombe eingeschlagen. Sie hatte ihren Informationsvorsprung gut genutzt und war in der letzten Woche zu einer viel herumgereichten Person geworden. Morgen Abend, am Sonntag, würde sie bei einer Diskussionssendung im Fernsehen zu sehen sein.

In der gleichen Ausgabe des Wochenblatts war auch die Reportage von Valentin Gebert über die Situation der Wanderarbeiter erschienen. Sie hatte ebenfalls eine umfassende Reaktion ausgelöst, diesmal von Gewerkschaft, linken Arbeitervertretern und Politikern. Forderungen wurden aufgestellt: Die Wanderarbeiter müssten mehr Rechte bekommen, eine eigene gewerkschaftliche Vertretung, eine politische Lösung auf Ebene der Europäischen Union sollte angestrebt werden. Politikergelaber, aber zumindest bewegte sich etwas, wie Winkler zufrieden anmerkte. Die PNL hatte sich mit ihrem Verein für Wanderarbeiter in die Diskussion eingeschaltet. Auch Winkler war mittlerweile mehrfach von Medien zur Wanderarbeiterfrage interviewt worden.

Kohler war zurückgetreten. Ein Verdienst von Sonja, die in ihrem Artikel die Vermutung geäußert hatte, dass der Stadtrat an Eckers Geschäften beteiligt war. Die Medien hatten sich auf diesen Verdacht gestürzt. Inzwischen waren fünf weitere Projekte bekannt, in denen Kohler, Ecker und ihre Komplizen ganz ähnlich vorgegangen waren. Es war von einem der größten Skandale der letzten Jahre die Rede, wenn nicht vom größten Bauskandal der zweiten Republik. Das war übertrieben, aber es erhöhte den öffentlichen Druck.

Zuerst hatte Kohler alles geleugnet – wie in Politikerkreisen üblich. Das sei eine Intrige, eine Schmutzkübelkampagne der Opposition, er selbst völlig unschuldig, keiner der gegen ihn erhobenen Vorwürfe sei wahr. Doch als Diplomingenieur Karl Reisenbauer, Leiter der Magistratsabteilung für Wohnbau, wegen Amtsmissbrauchs und Bestechlichkeit festgenommen worden war und danach immer mehr Details über die Verkäufe, die Umwidmungen und die Verbindungen von Kohler mit Ecker und Jungmann bekannt geworden waren, hatten ihn Bürgermeister und Partei fallen lassen und Kohler war zurückgetreten. Das Verfahren zur Aufhebung der politischen Immunität lief. Mittlerweile wurden erste Forderungen nach der Einrichtung eines Untersuchungsausschusses laut.

Radek wusste, dass das Ende dieser Angelegenheit noch lange nicht erreicht war. Sie hatten ihre Ermittlungen in den Fällen Tirla, Gebert, Winkler/Gebert weitgehend abgeschlossen. Die Tatabläufe waren geklärt, die Verdächtigen geständig. Auch Gsida hatte ausgepackt. Es ging nur mehr darum, den Fall für das Gericht wasserdicht zu machen. Routinearbeit, mehr nicht. Nächste Woche würden sie damit fertig werden.

Aber die wirtschaftlichen und politischen Dimensionen des Falls und die Verflechtungen zwischen Ecker, Jungmann, Sulzer und Kohler würden die Kollegen der Einsatzbereiche Wirtschaftskriminalität und Betrug, die Korruptionsstaatsanwaltschaft und die Gerichte noch eine Weile beschäftigen.

Sonja würde in den nächsten Wochen einiges darüber schreiben können. Es war auch ihre Geschichte geworden.

Als Radek seine Ausführungen beendet hatte und die leeren Teller abgeräumt waren, schenkte Sonja allen nach und erhob ihr Glas erneut. »Außerdem möchte ich mich dafür bedanken, dass ihr uns an dem Abend des Überfalls gerettet habt. Ich weiß nicht, was geschehen wäre, wenn …«

Sie alle wussten es.

»Also, wenn wir schon bei den großen Demutsgesten sind«, unterbrach Radek das betretene Schweigen, »möchte ich mich auch bedanken. Für eure Hilfe und eure Unterstützung. Eine solche Zusammenarbeit ist nicht üblich und war für uns eine sehr riskante Angelegenheit. Aber es hat gut geklappt. Ohne euch hätten wir bei dieser Sache niemals so schnell durchgeblickt. Auf euch!«

Auch Neumann prostete Sonja und Winkler zu. »Ich kann mich den Ausführungen meines Vorredners nur anschließen«, sagte er in schelmischem Ton. »Danke!«

»Tja«, meldete sich Winkler zu Wort. »So wie es aussieht, bleibt mir in dieser allgemeinen Lobhudelei das Schlusswort.« Er dachte einen Augenblick lang nach.

Alle beobachteten ihn gespannt.

»Ich weiß nicht genau, wie ich es sagen soll. Ich … mag keine Bullen.«

»Das ist ja was ganz Neues«, ätzte Neumann.

»Das hat seine Gründe. Und die sind nicht einfach weg, nur weil wir mit euch … zusammengearbeitet haben. Trotzdem muss ich eines sagen: Ihr seid die ersten Polizisten, die mir sympathisch sind. Also, vielleicht ist bei den Bullen doch noch nicht alles verloren.«

»Hört, hört«, sagte Radek. »Wenn du mal einen Jobwechsel überlegst und zu uns kommen willst, kann ich ein gutes Wort für dich einlegen.«

Winkler betrachtete ihn ernst, dann wandte er sich an Sonja: »Ich hab dir doch gesagt, der Kerl hat Humor.«

Sie lachten.

»Ich hätte nicht gedacht, dass ich das mal zu Polizisten sage, aber: Ihr seid in Ordnung. Danke für das, was ihr gemacht habt.« Winkler griff zum Glas. »Auf euch. Wir reichen euch die Hände, Genossen all, zum Bund.«

»Karl Marx?«, fragte Neumann scherzhaft.

»Nein. Arbeiterlied«, entgegnete Winkler und begann leise zu singen: »Wir reichen euch die Hände, Genossen all, zum Bund! Des Kampfes sei kein Ende, eh' nicht im weiten Rund der Arbeit freies Volk gesiegt und jeder Feind am Boden liegt.«

Wie passend, dachte Radek.

Weitere Titel finden Sie auf den folgenden Seiten und im Internet:

WWW.GMEINER-VERLAG.DE